2019年度教育部人文社会科学青年基金项目"明清诗学影响下的明治时期日本诗话与汉诗批评研究"（项目编号：19YJC752036），宝鸡文理学院重点科研项目"中国诗话影响下的明治时期日本诗话与汉诗研究"（项目编号：ZK2017057）资助出版

明治诗话与汉诗批评研究

闫朝华◎著

中国社会科学出版社

图书在版编目(CIP)数据

明治诗话与汉诗批评研究/闫朝华著. —北京:中国社会科学
出版社,2023.2
ISBN 978 - 7 - 5227 - 1266 - 6

Ⅰ.①明… Ⅱ.①闫… Ⅲ.①汉诗—诗歌研究—日本—明治
时代 Ⅳ.①I313.072

中国国家版本馆 CIP 数据核字(2023)第 024279 号

出 版 人	赵剑英
责任编辑	郭晓鸿
特约编辑	杜若佳
责任校对	师敏革
责任印制	戴 宽

出 版	中国社会科学出版社
社 址	北京鼓楼西大街甲 158 号
邮 编	100720
网 址	http://www.csspw.cn
发 行 部	010 - 84083685
门 市 部	010 - 84029450
经 销	新华书店及其他书店
印 刷	北京明恒达印务有限公司
装 订	廊坊市广阳区广增装订厂
版 次	2023 年 2 月第 1 版
印 次	2023 年 2 月第 1 次印刷
开 本	710 × 1000 1/16
印 张	21.75
插 页	2
字 数	315 千字
定 价	118.00 元

凡购买中国社会科学出版社图书,如有质量问题请与本社营销中心联系调换
电话:010 - 84083683

目　　录

绪　　论

　　明治时代是西学日盛、汉学颓败的时代。然而千余年来，在日本形成的汉学传统不可能在短暂的时间里消失殆尽，总要经历一个渐次变化的过程。

　　汉文学作为汉学的一部分，尽管在这一时期受到主客观两方面的巨大冲击，但是它在明治近代文化的建设过程中所发挥的重要作用不可忘却，明治时期所出现的汉诗文的兴盛局面也证明了汉文学所蕴含的包容性和再生能力。

　　自从诗话这一中国传统的文学样式传入日本之后，它就与汉诗文的发展相生相伴，至江户时期达到顶点，明治时期汉诗文的兴盛也必然会伴有诗话的产生。可以说，明治诗话是汉诗在这一时期发展的必然产物，是日本诗话的重要组成部分，是诗学领域中一笔宝贵的财富。然而，遗憾的是，明治诗话至今却几乎无人问津，是一块亟待开发的处女地，值得我们去挖掘与探索。当然，我们对明治诗话的研究不能脱离明治时代这一特殊历史背景，不能忽视这一时期中日文人之间交流的重要作用，不能无视整个明治诗坛变化发展的实际情况，更不能脱离对明治汉诗本体的分析与研究。

　　笔者在前人研究成果甚少的基础之上，以收集到的第一手文献材料为依托，在日本诗话研究的整体观念指导下，采用综合比较研究的方法，对明治时期的诗话内容进行分类、整理；在对其内容进行分析和论述以及与江户时期诗话对比研究的基础上，得出明治诗话产生的原因以及特点。这将有利于我们对以往以池田四郎次郎编著的《日本诗话丛书》为主要对象的研究成果总括日本诗话整体特点的偏颇和不足进行修正和补充,有利于我们对日本诗话有一个更为全面的了解和认识。

虽然明治时代只有短短的四十五年,但是,在不同阶段却有着不同风格的汉诗流行,大沼枕山的宋诗推崇、森春涛的清诗鼓吹,森槐南、国分青崖汉魏古风的提倡,新派诗人的汉诗改良都在当时产生了重要的影响。所以,笔者从大沼枕山一派咏物诗的内容与创作的"本土化",森春涛一派艳体诗的特征与社会影响,森槐南、国分青崖的古体诗的回归与创新,中野逍遥"恋爱"诗的近代色彩以及"征清"诗的内容与思想批判五个方面对明治汉诗进行分析和论述。这样有利于我们进一步了解不断变化的明治诗坛,弄清明治时期不同阶段汉诗风格的变化情况,更有利于我们对明治汉诗进行准确而细致的把握。

近年来,国内外学界在日本诗话的研究方面有了一定的进展,取得了可喜的成绩。但是,通观国内外日本诗话研究的现状,其研究的范围和重心似乎仅仅局限于池田四郎次郎编选的《日本诗话丛书》所收录的64部诗话(其中《东人诗话》为朝鲜人徐居正撰写,不应该纳入《日本诗话丛书》)。在日本诗话研究不断深化的情况下,作为日本诗话重要组成部分的明治诗话却几乎无人问津,研究更是"惨淡"。可以说,真正的明治诗话研究尚未展开。

如果我们把诗话研究命名为"日本诗话研究"的话,那么明治时期的诗话自然应该包括在内。否则,所谓的"日本诗话研究"就是不完整的,得出的结论也自然是不全面的。所以,我们要在日本诗话的研究中树立研究的整体观念,应该对日本诗话产生发展的纵向历史观照和诗话内容特征变化的横向比较两个方面进行综合考察,在日本诗话研究整体观念的指导下,大力加强对尚未"开发"的明治诗话相关资料进行搜集和整理,对其内容进行深入细致的分析与研究,这对于认知日本诗话的全貌具有非常重要的意义。

明治诗话研究不可能仅仅是对诗话文本的简单解读,这就要求我们在研究的过程中不能脱离明治时期这一特殊的历史场域，不能忽视这一时期与以往中日交流所处的历史背景，不能无视整个明治诗坛变化发展的实际情况，更不能脱离对明治汉诗本体的考察。虽然现在明治诗话的研究还很欠缺，但是与明治诗话相关的研究成果却为我们的研究提供了有益的借鉴。

日本诗话虽然深受中国诗话的影响，但是日本诗话毕竟属于日本文学的范畴。所以，我们不应该将研究的视域仅仅放在国内，还应将目光投向日本学界。只有将视野同时放在中日两方面才能真正体现出日本诗话研究的国际性，才能真正体现出中日文学比较研究的特点。

一　研究综述

（一）中国国内日本诗话研究现状

在开始谈论明治诗话研究之前，首先将近年来国内"日本诗话"的研究情况作一回顾和综述（文中出现的论文、专著都以公开发表的时间先后为顺序）。

刘欢萍在《20世纪80年代以来中国的日本诗话研究述评》一文中，将2008年以前国内日本诗话研究的情况作了比较详细的述评，指出了研究中存在的不足，同时针对今后亟须研究的问题提出了自己的意见，① 关于其中的内容，此处不再赘述。

2009年以前对日本诗话进行系统研究的有谭雯在2005年撰写的博士学位论文《日本诗话及其对中国诗话的继承与发展》。2009年以后，国内在日本诗话研究方面有了进一步的发展，刘芳亮的博士学位论文《日本江户汉诗对明代诗歌的接受研究》，主要对明代诗坛流行的格调派、性灵派在江户时期汉诗坛的影响、接受以及流变进行了比较客观细致的考证和论述。②

白鹤峰在《论日本诗话中的复古理论》一文中，从格调论、性灵

---

① 刘欢萍：《20世纪80年代以来中国的日本诗话研究述评》，《日本学论坛》2008年第4期。
② 刘芳亮：《日本江户汉诗对明代诗歌的接受研究》，博士学位论文，山东大学，2009年。

论两个方面论述了日本诗话中的复古理论，并对其进行了文化层面和理论渊源上的探讨；① 刘欢萍的《日本诗话对清代诗文的接受与批评考论》一文，论述了江户后期汉诗坛尽管囿于时代的局限，但在对清诗文的接受上，并非盲目地全部接受，而是能够匠心别才、迭出新见地对清诗进行别具一格的批评。②

刘欢萍又在《日本〈夜航诗话〉对中国古典诗文考释之举隅辨析》一文中，在肯定《夜航诗话》价值的基础上，对其考释中出现的错误和隔膜之处进行了辨析；③ 此后，她又在《论日本〈五山堂诗话〉的诗学观及对中国古典诗学之受容》一文中，论述了菊池侗孙在对中国诗话接受时所表现出来的"倡导性灵，排斥生僻，兼学唐宋，排斥伪体"这样兼容并包的诗学理念。④

权宇在《试析日本诗话的价值取向和审美文化特点》一文中，针对日本诗话中隐含的"游离于'顺承'与'递进'之间、'和风'与'和习'之间、'诗教'与'人情'之间的关系问题"进行了深入的探讨和论述，最后得出了"日本诗话在发展和演变过程中，不仅具有将中日两国诗话融为一体的痕迹，同时也体现了其中'和风'的价值取向和'主情'的审美文化特点"这样的结论。⑤

曹磊在《津阪孝绰〈夜航诗话〉研究评述》一文中，在总结以往《夜航诗话》研究的概况、成果以及观点的基础上，提出了"唐诗征引情况与标准也将成为对《夜航诗话》进行研究的全新角度，是拓展域外诗话研究的重要手段"这样的观点。⑥

孙立在《面向中国的日本诗话》一文中，论证了"日本诗话早期

---

① 白鹤峰：《论日本诗话中的复古理论》，《林业科技信息》2010 年第 4 期。
② 刘欢萍：《日本诗话对清代诗文的接受与批评考论》，《东疆学刊》2010 年第 1 期。
③ 刘欢萍：《日本〈夜航诗话〉对中国古典诗文考释之举隅辨析》，《名作欣赏》2011 年第 2 期。
④ 刘欢萍：《论日本〈五山堂诗话〉的诗学观及对中国古典诗学之受容》，《贵州文史丛刊》2011 年第 4 期。
⑤ 权宇：《试析日本诗话的价值取向和审美文化特点》，《延边大学学报》（社会科学版）2012 年第 2 期。
⑥ 曹磊：《津阪孝绰〈夜航诗话〉研究评述》，《古籍整理研究学刊》2012 年第 6 期。

脱胎于中国诗话，在江户后期又逐步本土化的表现，说明日本诗话在面向中国的同时，为适应日本本土读者的需要而本土化的特色和过程"。① 同时他也出版了自己的研究专著《日本诗话中的中国古代诗学研究》。

祁晓明在《江户汉诗人打通和、汉壁垒的尝试——以池田四郎次郎的〈日本诗话丛书〉为例》一文中，论述并得出了"诗话作者每每引用歌论、俳论以入诗，并与汉诗论相互印证，相互发明，将和歌、汉诗做理论和实践的打通，一定程度上破除了既有的和、汉壁垒。表明日本人对于外来的中国汉诗并不只是被动地接受，而是在创作实践中努力探索一条汉诗日本化的路径"的结论。② 他之前已经出版了自己的学术著作《江户时期的日本诗话》，在中日两国古典文学的背景下，以翔实的资料为依托，对江户时期的日本诗话，即《日本诗话丛书》进行了全面深入的探讨，议论精辟，见解独到。

毛明娟的硕士学位论文《江户时期日本诗话对清代诗歌的接受批评》，从日本诗话对清代诗人钱谦益、王士祯及其神韵说，对袁枚及其性灵说以及对沈德潜及其格调说的接受等几个方面对日本诗话中存在的对清代诗歌理论接受时的批评态度和思想进行了挖掘。③

道坂昭广在《江户时代后期日本人对汉诗的认识——以津阪东阳〈夜航诗话〉为线索》一文中，对津阪东阳对汉诗的独特认识和将汉诗创作融入日本文学方面所做出的切实努力进行了论述，得出了津阪东阳思想中所抱有的日本汉诗人能够与东亚其他国家汉诗人在同等资格下进行诗文交流的潜在愿望这样的结论。④

孙立在《民国—明治时期中日诗话的古今之变》一文中，对中

---

① 孙立：《面向中国的日本诗话》，《学术研究》2012 年第 1 期。

② 祁晓明：《江户汉诗人打通和、汉壁垒的尝试——以池田四郎次郎的〈日本诗话丛书〉为例》，《文史哲》2012 年第 6 期。

③ 毛明娟：《江户时期日本诗话对清代诗歌的接受批评》，硕士学位论文，福建师范大学，2013 年。

④ ［日］道坂昭广：《江户时代后期日本人对汉诗的认识——以津阪东阳〈夜航诗话〉为线索》，《西华师范大学学报》2014 年第 1 期。

国民国时期和日本明治时期的诗话的形式与内容进行了较为细致的比较，对《明治诗话》中呈现的新格局进行了概括，最终得出诗话由于旧体诗"母体"和文言文的语言载体的衰废而最终彻底走向消亡的结论。①

王晓平先生在《日本诗话：转世与复活》一文中，对日本诗话的发展历史、内容和作用进行了精辟的阐述，并从诗话研究的国际性的角度对其研究的意义作了热情洋溢的提倡。②

由此可见，在日本诗话研究的过程中，几乎都是以江户时期诗话为中心而展开的，而明治诗话的研究却甚为惨淡，研究论文几乎没有，或者只是被略微提到而已，明确提出明治诗话研究的论文和专著尚未得见。

（二）明治汉诗研究现状综述

1. 日本国内的研究现状

在日本，明治汉诗作品、知名汉诗人和明治汉文学史等方面的研究取得了令人欣喜的成绩，明治汉诗文书籍的编纂、主要汉文学家、汉诗文作品的研究已经比较深入。下面笔者仅将见到和搜集到的书籍资料、论文专著等方面的研究情况作简要的梳理和叙述。

（1）汉诗文集资料类

神田喜一郎花费了二十多年的时间，参阅了大量明治时期出版的个人诗集，诗社诗集，发表在新闻报纸、杂志上的汉诗文，精心编辑成《明治汉诗文集》一书。书中收录了大量的明治汉诗文作品，还附录了大江敬香对当时明治诗坛、诗人、文人们所作的评论，以及当时著名诗人、文人们的履历，其筚路蓝缕之功不可磨灭。但是，编者限于时间、精力和材料等方面的原因以及出版社方面的要求，此书在内容的选择上也有所侧重，选录的数量也相对较少。③

---

① 孙立：《民国—明治时期中日诗话的古今之变》，《中山大学学报》（社会科学版）2015年第3期。
② 王晓平：《日本诗话：转世与复活》，《中华读书报》2015年2月4日第18版。
③ ［日］神田喜一郎：《明治汉诗文集》，筑摩书房1983年版。

此后，入谷仙介等人编著了"新日本古典文学大系"中的《汉诗文集·明治编2》一书，其中主要收录了森春涛、中村敬宇、成岛柳北、信夫恕轩、中野逍遥等人的诗文集，这样能够补阙《明治汉诗文集》内容上的不足。此外，书中还附录了对上述诗人的简要解说和论述。① 从资料的收集、整合的角度来看，这两部书为读者提供了比较丰富的资料，但从研究的层面来讲，还远远达不到研究的要求。

猪口笃志编著的《日本汉诗》对明治时期的汉诗也有所涉及，特别在对汉诗作者的介绍、作品内容的评述、写作背景的解说等方面颇为细致，可备参考。但是，所收录的诗人诗作甚少。②

（2）汉诗及汉诗人研究著述类

入谷仙介的专著《近代文学としての明治汉诗》中，对明治著名的诗人森春涛、森槐南、国分青崖、中野逍遥、山根立庵及其汉诗各立一章，并进行了细致的分析和研究；③ 斋藤希史的《汉文脉と近代日本》④ 和《汉文脉の近代—清末＝明治の文化圏》⑤ 以潜流在日本文学中的汉文脉为背景，对明治时期的汉诗文和作者进行了比较客观的议论和评述；日野俊彦在《森春涛の基础的研究》一书中对明治时期重要的汉诗人森春涛的诗风诗论、各个时期的活动以及与森春涛相关的周边情况等多个方面进行了非常详细的梳理和论述，内容翔实，是研究森春涛重要的基础性资料；⑥ 合山林太郎的新著《幕末·明治期における日本汉诗文の研究》一书分为四个部分，共十八章（包括序章在内），主要对幕末、明治初期的社会和汉诗文化、汉诗坛的动向、诗社以及主要的汉诗人（如大沼枕山、森春涛、森槐南、国分青崖、野口宁斋、森鸥外等人）进行了探讨和论述，这些对明治诗话和

① ［日］入谷仙介等：《汉诗文集·明治编2》，岩波书店2004年版。
② ［日］猪口笃志：《日本汉诗》，明治书院2000年版。
③ ［日］入谷仙介：《近代文学としての明治汉诗》，研文出版1989年版。
④ ［日］斋藤希史：《汉文脉と近代日本》，日本放送出版协会2007年版。
⑤ ［日］斋藤希史：《汉文脉の近代—清末＝明治の文化圈》，名古屋大学出版会2005年版。
⑥ ［日］日野俊彦：《森春涛の基础的研究》，汲古书院2013年版。

汉诗的研究都具有一定的参考价值。①

对于明治诗人、诗作的个案研究，特别是知名的文学家，如夏目漱石、正冈子规、森鸥外、中野逍遥等人的研究较多。如岩波书店出版的《漱石全集·第十八卷》、古井由吉的《品读漱石的汉诗》、吉川幸次郎的《漱石诗注》、祝振媛的《夏目漱石的汉诗与中国文化思想》；藤川正数的《森鸥外与汉诗》、陈生保的《森鸥外的汉诗·上下》；清水房雄的《子规汉诗的周边》、陈前的《漱石与子规的汉诗——从对比的视角入手》、二宫俊博的《明治汉诗人中野逍遥的周边》；福井辰彦的博士学位论文《明治汉诗的比较文学研究》中对永井荷风的《下谷丛话》，槐南门下四天王之一的宫崎晴澜诗作的"妖怪体"与唐诗人李贺之间的关系，其诗风与清诗人张船山之间的影响关系，森春涛、森槐南父子与陈碧城，明治汉诗与清诗风之间的关系进行了深入的研究与探讨。然而对于明治时期其他诗人和诗派的研究还不是很多，或者说还不深入，其研究范围和研究内容还有待于进一步拓展和深化。

（3）明治时期的汉文学史研究著述类

町田三郎的《明治的汉学者们》《明治汉学纪要·上下》，三浦叶的《明治汉文学史》《明治的汉学》中都部分涉及了明治汉诗研究的内容，但基本上是对史实背景的叙述和材料框架的大体勾勒，而没有进行深入的分析和详细的论述。

2. 中国国内的研究现状

国内对明治时期汉诗的研究主要集中在以下几个方面。

一是明治时期日本国内知名诗人、文人汉诗作品的评析、考释及其受到中国哪些诗人、哪个诗派诗风影响与接受的研究。如刘芳亮在《大沼枕山对白居易诗歌的接受》一文中，分析和论述了大沼枕山对白居易诗歌的吸收并不仅仅局限于和韵这样常见的形式，而是在充分理解白居易的诗歌、积极吸收白居易的创作技法的基础上，对日本本

---

① ［日］合山林太郎：《幕末·明治期における日本汉诗文の研究》，和泉书院 2014 年版。

国的传说故事重新整合，将其写入歌行体诗歌之中，从而完成了汉诗的"日本化"。①

　　二是明治时期中国民间文人、驻日官员与日本文人之间的诗歌酬唱、诗歌评点、汉诗文集的题批、序跋、相互之间的笔谈等方面的资料整理与研究。如李庆编著的《东瀛遗墨——近代中日文化交流稀见史料辑注》，郭真义、郑海麟编著的《黄遵宪题批日人汉籍》，王宝平编著的《晚清东游日记汇编——中日诗文集交流》《日本典籍清人序跋集》等著作都为今后的研究提供了非常珍贵的原始资料。

　　三是明治维新背景下出现的开化诗、狂诗、竹枝词，以鼓吹和歌颂战争为内容的汉诗文的研究。如兰立亮的《日本汉诗文中的明治时代》、②严明的《日本狂诗创作的三次高潮》、③蔡毅的《黄遵宪与明治"文明开化新诗"》④、陈文丽的《近代中国人撰日本竹枝词之研究》⑤、夏晓虹的《日本汉诗中的甲午战争》⑥等若干篇论文。

　　四是幕末、明治时期中日汉诗文交流史的研究。如王晓平的《近代中日文化交流史稿》《亚洲汉文学》，陈福康的《日本汉文学史·上中下》，蔡毅的《日本汉诗论稿》，李庆的《日本汉学史·第1卷》都在部分章节中对中日汉诗文的交流有所涉及和论述。

　　五是日本幕末明治时期的汉诗文批评研究。如郭颖的《汉诗与和习：从〈东瀛诗选〉到日本的诗歌自觉》中，在对俞樾《东瀛诗选》进行充分考订、分析、归纳的基础之上，提出了日本汉诗中存在的"和臭"并不完全是日本汉诗人在创作过程中的失误与缺点，而是日本汉诗人由被动接受中国诗歌影响逐渐走向主动自觉创作的

---

① 刘芳亮：《大沼枕山对白居易诗歌的接受》，《信阳师范学院学报》（哲学社会科学版）2011年第1期。

② 兰立亮：《日本汉诗文中的明治时代》，《乐山师范学院学报》2012年第1期。

③ 严明：《日本狂诗创作的三次高潮》，《学习与探索》2009年第2期。

④ 参见《黄遵宪研究新论——纪念黄遵宪逝世一百周年国际学术研讨会论文集》，社会科学文献出版社2007年版，第472—481页。

⑤ 陈文丽：《近代中国人撰日本竹枝词之研究》，硕士学位论文，浙江工商大学，2012年。

⑥ 夏晓虹：《日本汉诗中的甲午战争》，《读书》1999年第11期。

一种积极表现，她将这种现象称为"和秀"（日语"和臭"与"和秀"发音相同）。① 虽然只有一字之差，但是这也表现出作者在研究过程中公允的态度和敏锐的视角。

六是日本近代汉文学的研究。如高文汉的《日本近代汉文学》一书中将明治、大正和昭和前期出现的汉诗和汉文进行选录和论述，书中明治部分所占篇幅较大，有相当一部分参考了木下周南编著的《明治诗话》中的内容，材料较为丰富，但是多为引用，介绍性的内容居多，评述性的话语则相对较少。②

由此可见，国内外的研究成果为今后明治诗话的研究奠定了坚实的基础，为进一步的研究提供了多层次、多维度的视角。从某种意义上说，它孕育和催生了在整体观念之下对日本诗话中的明治诗话进行拓展这样一个新的研究课题。所以，明治诗话大有可以挖掘的空间和研究的必要。

（三）明治诗话研究与明治汉诗批评

1. 明治诗话研究

任何文学形式的产生和发展都有一定的规律性，承前启后是它们的一般规律。明治诗话是明治时期这一特殊历史阶段的特殊产物，它自然不可能摆脱以往诗话的影响，它应该是在继承以往诗话的某些特征之后，又具有不同于以往诗话的某些新特点。

诚然，与江户时期的诗话相比，明治诗话的数量相对较少，远没有池田四郎次郎辑录的《日本诗话丛书》中那么多。内容上也没有它系统、全面和多样。这是因为两者产生的历史阶段存在较大差异。所以，不能因为数量少而将明治时期的诗话排除在日本诗话的范围之外，明治诗话也是在新的历史时期内产生的有关汉诗研究方面的理论总结，它对于研究明治时期的汉诗批评、各个诗家对汉诗持有的态度以及日本诗话的发展变化都是不可或缺的重要材料。

---

① 郭颖：《汉诗与和习：从〈东瀛诗选〉到日本的诗歌自觉》，厦门大学出版社 2013 年版。
② 高文汉：《日本近代汉文学》，宁夏人民出版社 2005 年版。

　　张伯伟曾在《中国古代文学批评方法研究》一书中，对日本诗话进行了统计，除了《日本诗话丛书》中的诗话以外，他将明治诗话也列入其内，并在诗话列表中注明了有无收录的字样，统计出日本诗话共有91种。事实上，日本诗话的数量远比这个数字要多，国内相关学者也正在积极地搜集和整理。赵季、叶言材、刘畅辑校出版的《日本汉文诗话集成》中辑录诗话达139种，并附录诗语、诗韵类书13种，并对其中72种汉文诗话进行了仔细的校勘，无论是从数量还是从质量上说，都远远超过了《日本诗话丛书》。《日本汉文诗话集成》使那些尘封已久，无人问津的"死材料"得以重见天日，为丰富汉文化的整体研究做出了重要贡献。这些都说明了国内学者早已将研究视域进一步拓宽，其中对明治诗话也有部分涉及。张伯伟还在《清代诗话东传略论稿》一书中指出："诗话之概念，可有广狭二意，前者如清人林昌彝云：'凡涉论诗，即诗话体也。'郭绍虞《诗话丛话》亦将论诗绝句、诗格、摘句、序跋、尺牍、笔记、总集、注释等统称为'诗话'。而狭义的诗话仅指古代论诗诸体之一，可与选本（含总集）、摘句、诗格、论诗诗、评点等并列。就我的认识而言，应以狭义的观念来看待诗话，因为论诗性质上的相通不等于著述上的相同，混而言之，容易抹杀各种批评形式本身的特点，也无益于进一步探究中外文学批评在更深层次上的异同。然而，诗话体的大混杂是在清代。"①

　　张伯伟所指出的狭义的诗话并不能完全概括日本诗话的内容，因为日本诗话的形成和发展受到了中国历代诗话的影响，特别是诗话体大混杂的清代，对诗话的界定也更加宽泛。可以说，日本诗话是在广义的诗话范畴内发展起来的，而且与江户时代的诗话相比，明治诗话的范围要更大一些。所以，对明治诗话的研究还是要以郭绍虞先生提出的广义诗话为依据，虽然可能产生"抹杀各种批评形式本身的特点"，但可以避免在研究过程中的"画地为牢"，更能体

---

① 张伯伟：《清代诗话东传略论稿》，中华书局2007年版，"引言"第3—4页。

现出诗话在内涵和外延上的发展变化，也更有利于日本诗话多点式研究的有效开展。

蔡镇楚在《比较诗话学》一书中专门辟出一章来讲中国诗话和日本诗话。首先，他将日本诗话发展演变的历史进程进行了分期，共分为：诞生期（五山时代）、发展期（德川时代）和转换期（明治时代）三个时期，并对各个时期代表性的诗话作了列举。前两个时期他以池田四郎次郎编著的《日本诗话丛书》为主，并在其中加入了古贺侗庵的《侗庵非诗话》，还列举了明治时期的 19 种诗话，并根据船津富彦《中国诗话研究》中附录的《日本之诗话》，列举了 6 种明治时期之后的日本近代诗话。其次，他根据论诗主旨对日本诗话进行了细致的分类，主要分为：诗论、诗格、诗史、诗证、诗录、诗事六大类。分类还是以池田四郎次郎的《日本诗话丛书》为依据，除了仅将冈崎春石的《近世诗人丛话》（其中有大沼枕山之下 20 家诗的诗人，如若按作者的卒年来算，应该归入明治诗话之中）划入诗录中以外，对明治时期的诗话只作了比较笼统的划分。如，木下周南的《明治诗话》、藤田三郎的《近代诗话》被划分为"专论一朝一代的断代诗话"，阪口五峰的《北越诗话》被划分为"专论某一地域之诗的地方性诗话"，剩余的明治时期的诗话并未做出相应的分类。蔡镇楚进一步将日本诗话和朝鲜诗话进行对比，从艺术风格和审美特征的角度，概括出日本诗话具有诗格化、钟化、诗论化的特点，故而将日本诗话命名为钟派诗话。① 但是，如果我们将明治诗话也算入日本诗话的话，其结果又会如何呢？

祁晓明在《江户时期的日本诗话》一书中，在参考了船津富彦和蔡镇楚两位先生观点的基础之上，提出了自己的看法。他认为："日本诗话既区别于中国诗话又不同于朝鲜诗话的特点在于其启蒙性，即作为汉诗入门教材的性质；以及其集团性，即捍卫各自诗派的诗歌主张及作为诗社刊物发表诗社成员作品的性质。……总而言之，诗话无

---

① 蔡镇楚：《比较诗话学》，北京图书馆出版社 2006 年版，第 302—322 页。

论是作为汉诗教科书还是作为诗社刊物，其侧重点都在于实用，因此，实用性是日本诗话最显著的特征。"①

祁晓明的观点值得借鉴。但是，他依然把目光集中在"江户时期"，只对《日本诗话丛书》中的诗话进行了研究和探讨。他的观点能否适用于"明治诗话"研究，也还需要进一步的考证。因此，对与以往历史背景不同的明治诗话需要进行认真的分析、比较和探究。

以笔者目前了解掌握的资料和研究情况来看，与江户时代的诗话相比较而言，明治时期的诗话内容相对比较繁杂，形式也比较多样，对明治诗话的研究须从多个方面进行考察。

第一，对目前收集到的明治时期的诗话进行分类、整理。现大致可将其分为四类。第一类是汉诗初学者的入门书籍，汉诗入门的诗语、诗歌、诗法类著述，如日本文林阁刊行的《作诗自在》、须和文孝编的《诗格类聚考》、木山槐所的《初学诗法轨范》、大桥又四郎编的《诗学捷径》、岩溪晋编的《诗学初楷》、野口宁斋的《少年诗话》、石桥云来的《有余堂诗法摘要》、赤松椋园编的《诗学筌蹄》、藤井惟勉编的《新选掌中明治诗学便览》等。第二类是诗人、诗作、诗风评述类诗话。如籾山逸也的《明治诗话》、广濑青村的《摄西六家诗评》、阪口仁一郎的《北越诗话》（又名《七松居诗话》）、释清潭的《下谷小诗话》、冈崎春石的《近世诗人丛话》、大江敬香的《明治诗家评论》等。第三类是词汇、名物和典故的随笔性诗话。如山田翠雨的《翠雨轩诗话》、日柳燕石的《柳东轩诗话》、太田淳轩的《淳轩诗话》、细川十洲的《梧园诗话》等。第四类是新型诗话，如木下周南的《明治诗话》。

还有一部分诗话虽然有名传世，但至今还没有找到原本，如林鹤梁的《醉亭诗话》、太田晴轩的《白醉轩诗话》、木苏岐山的《五千卷堂诗话》、长梅外的《梅外诗话》、中根淑的《诗窗闲话》、矢岛梨轩的《梨轩诗话》。有的诗话虽有诗话之名，却与传统的汉诗内容颇不

① 祁晓明：《江户时期的日本诗话》，中国社会科学出版社 2009 年版，第 94—108 页。

相同，如河井醉茗著的《醉茗诗话》、富士川英郎的《西东诗话》、三木露风的《露风诗话》、藤田三郎的《近代诗话》、柳水亭种清的《咄表诗话》等。所以，此类诗话暂不列入考察范围。

第二，明治初期由于中日文人之间的交流比较活跃，相互之间的诗歌唱和、诗集文集的题词、序跋数量较多，需要花大力气进行研读、鉴别和对比分析，这也将成为诗话研究中的重要参考。如郭真义、郑海麟编著的《黄遵宪题批日人汉集》、王宝平编著的《晚清东游日记汇编——中日诗文集交流》《日本典籍清人序跋集》等；日本文人来华旅游的游记和诗文，如竹添光鸿著的《栈云峡雨日记并诗草》、冈千仞著的《观光游草》等。

第三，由于出版业的发达，诗集、刊物、杂志不断涌现，其中诗文合集、个人诗集中多有名家对汉诗的评点，而且品评的角度也各不相同，各有侧重，也成为了解汉诗坛诗风诗论的重要途径。如森春涛编的《新文诗》、《新新文诗》和《旧雨诗钞》，岩溪裳川编的《檀栾集》，佐田白茅编的《诸家合评》，关根痴堂著的《东京新咏》等。

第四，诗家品评类著作，为我们提供了诗人诗作研究的辅助材料。如伊藤三郎编的《诗家品评录》、大江敬香著的《敬香遗集》、太田才次郎编著的《旧闻小录》等。

通过以上四个方面的考察，可以对明治诗话的内容进行一个相对全面和细致的分析和研究，进而得出相对比较客观的结论。

2. 明治汉诗批评

虽然明治汉诗的研究一直在继续，也取得了不少成果，但是在很多领域仍然遗留了值得研究的问题。本文拟从五个方面对明治时期一些具有代表性的汉诗作以尝试性的研究。

第一，大沼枕山一派咏物诗内容与创作的"本土化"。文中通过对菊池五山、大沼枕山和植村芦洲一脉相承的咏物诗的发展变化进行考察，从中分析日本咏物诗在内容与创作上与中国咏物诗的不同之处和逐渐"本土化"的特点。

第二，森春涛一派艳体诗的基本特征与社会影响。文中在对森春涛艳体诗内容考察的基础上，对其基本特征进行总结，同时对艳体诗在当时和以后所产生的影响进行探究。

第三，森槐南、国分青崖"古体诗"的回归与创新。文中在对森槐南、国分青崖当时的诗体、风格和内容变化的背景考察的基础上，对其在汉诗上的创新之处进行阐述。

第四，中野逍遥"恋爱诗"的近代色彩。文中主要对中野逍遥的"才子佳人"类型的诗歌和大胆表露自己爱恋的"恋爱"诗进行细读，进而分析中野逍遥在恋爱诗创作中对传统汉诗的继承和对西方近代思想的吸收。

第五，明治"征清"汉诗的内容及其思想批判。甲午战争以后，以"征清"为题材的汉诗文大量出现，如高桥白石著的《征清诗史》、野口宁斋编著的《大纛余光》、柳井绢斋编著的《征清诗集》、关口隆正的《炮枪余响》、坪井航三的《征清军中公余》、依田学海的《征清录》等。我们透过这些汉诗文可以分析甲午战争前后日本文人对中国态度和心理层面的巨大变化，结合当时的社会背景对其诗中狭隘的民族主义思想和强烈的军国主义思想进行批判。

江户末期，随着汉诗坛对诗风宗尚论争的逐渐平息，诗话作为阐述自己诗学思想、攻击论敌的功能逐渐弱化，用诗话来教授门徒、提掖后学、发表诗社同人的汉诗作品等方面的功用渐趋明显。或者说，汉诗人将"外化"在诗话中的诗学思想逐渐地"内化"于自己的汉诗创作之中了，诗学派别的争论已经不再适应这个时期的社会需要，实用主义指导下的汉诗创作只需要对各派诗论进行借鉴和吸收，而不再是对哪门哪派诗学思想的忠实维护。

特别是在以西学马首是瞻的明治社会的大背景下，汉文学日渐式微，渐显颓势，日本人对汉诗的学习和研究明显不如江户时代那么活跃，但是具有较高汉文学素养的幕末遗老、文人和诗人对汉诗文依然持有一种特殊的感情，不愿或者难以立刻从汉文学的影响中走出来，也许正是由于这些人的"坚持"才使汉文脉在明治时期不致彻底断绝。加之大量的幕末遗儒、藩士、文人充任明治新政府的官员，深受传统汉学影响的他们不可能在短时间内完全脱离汉学而彻底接受西方的思想，即便像中村敬宇这样具有出国留洋经验的先进文人依然把汉学教养视为"和魂"中的重要部分，并且努力在和、汉、洋之间求得一种有效的折中与融合。激进的西方模仿的确使日本在很多方面取得了长足的进步，但一味求新求变而抛弃传统的弊端也逐渐显现出来。政府内部的"保守势力"与"激进势力"在激烈的斗争之后，最终达成"妥协"，最明显的表现就是明治的新式学校教育在学科设立上的变化，原本新式大学的学科中没有的汉学科被重新设立。由于明治新式教育在地方发展相对较慢，旧式学塾依然大量存在，其教授的内容也依然是以汉学为主，汉文写作、汉诗创作依然是学生培养的主要内容。夏目漱石、正冈子规、森鸥外等一批在明治文坛叱咤风云的一代文豪从小也都接受过汉私塾的传统教育。而且这一时期各地私塾的大量涌现也为诗社的创立、汉诗文杂志的创刊和发行、新闻报纸汉诗栏目的开设奠定了良好的社会基础。汉学修养深厚的幕末遗老、文人诗人在开设的私塾和诗社里，培养出了为数不少的后进诗人，特别是在新体诗尚未出现之前，汉诗以其多样的形式、丰富的内涵、特有的韵调和节奏，在时代变化的描写上，在自我感情的抒发上，无疑比日本传统的和歌更具艺术表现力。

明治维新之后，国门大开，日本与中国的交流不再拘囿于长崎一隅，中国最新刊行的汉诗文集、诗话著作也能够很快传入日本。加之日本与清政府之间互派使节，日本国内的知名诗人、文人可以和具有较高汉学素养的中国民间文人、官方使节进行面对面的诗歌交流唱和与诗文的品评论谈。所以，诗话的内容也不再仅仅是对诗格、诗风、诗法、诗派等方面的"纸上谈兵"，他们可以在直接的交流中得到切身直观的感受并学习，同时也可以避免本国诗人之间的"闭门造车"。当然，日本的文人诗人并不是对中国文人诗人一味地附和，他们在相互的交流中也充分展示出自己的才学，希望能与中国的文人"一较高下"。

时代的变化对日本的汉诗坛产生了巨大的影响。在相继创立的诗社里，汉诗的教授更多地被视为汉诗创作技艺的传授。所以，明治时期的诗话中出现了相当数量的诗格、诗法之类的入门书，刊行汉诗作品时多附有评点。至于是宗"唐"还是宗"宋"，是格调、性灵还是神韵已不再是争论的焦点，以论诗及事、论诗及辞为形式的散点式品评也成为诗话的主要内容之一。诗文集刊行时，求序索跋，题字题词必不可少，从名人大家的序跋中也可以看出诗集的质量，而且序跋中自然会有对汉诗集整体性评述的内容。这就要求在明治诗话的研究中，不能把目光仅仅停留在诗话著作上，还应该将眼光投向刊行诗集中"重量级"诗人的散点评述上，以及诗文著作的序文和跋文上。它们虽然细碎、繁杂，篇幅也没有诗话著作那么大，但是其诗学思想都贯穿在那"短小精悍"的评论之中，毋宁说，那样的评论才是最鲜活的，也是最一针见血的，这也正是东方诗学（此处指东亚汉学圈）所具有的、异于西方诗学的显著特点。

综上所述，如果今后的研究真正要以"日本诗话"来统摄"日本的诗话"的话，就需要将"明治诗话"也纳入其内，否则"日本诗话研究"这样的叫法是不妥当的，也是不完整的。虽然在江户时期的诗话中，已经逐渐出现了日本诗话的本土化倾向，但对中国诗话的影响与接受仍是不争的事实。在汉文学地位发生变化的"特殊时期"的明治诗话，已经不可能与江户时代的诗话完全相同，肯定会发生与以往诗话不同的变化。所以，要树立日本诗话研究的整体观念，既要在纵向的历史中把握两者之间影响的承继关系，又要弄清两者在横向的内涵和外延上的某些新变化；既要重视江户时期的诗话研究，也要花力气着手明治诗话的研究，这对于确立日本诗话研究的整体性意义重大。王晓平先生曾在《日本诗话：转世与复活》一文中谈道："我们对异域诗话的研究，首先要注意吸取各该国学者多年潜心研究的成果，虚心领会其中各该国诗人、诗论家的审美趣味，将这种研究作为现代文学交流的环节来看待；同时，我们对这些异域诗话的理解也会有益于研究的深入。"① 所

---

① 王晓平：《日本诗话：转世与复活》，《中华读书报》2015 年 2 月 4 日第 18 版。

以，我们现在很有必要对明治诗话这块尚待开发的处女地进行"开拓"，去进一步挖掘明治汉诗文这个域外的汉文学"宝库"。

二 研究意义

本书从比较文学，比较文化的视角对明治时期产生的明治诗话和汉诗作品进行分析和研究，具有以下学术意义。

第一，挖掘新鲜材料，填补和修正日本诗话研究中的不足。

明治时期的诗话著述比较分散，有待于进一步发掘整理，进而进行细致的研究分析。尽可能弄清明治时期诗话与江户诗话之间的内在联系，与中国诗话之间的交流关系，分析总结明治诗话的若干特点，阐明明治诗话产生的历史意义和文学意义，填补和修正日本诗话研究上的不足。

第二，挖掘明治汉诗的文学特质，构建新的历史性评价坐标和文学性评价坐标。

处在日本历史文化特殊时期的明治汉诗坛，在历史意义和文学意义上自然与江户时期的汉诗文具有很多不同之处，在传统汉文脉的基础之上和西方文化的双重作用之下的汉诗究竟如何定位是一个非常重要的研究问题。

第三，将研究立足于中日文学文化交流的基础之上，建立起双方互动的研究观念。

比较文学研究本身就是一种开放的、互动性的文学研究，不能一味地强调中国文学文化对于日本文学文化的影响，而忽视其对中国文学文化的选择性的接受与吸收，在研究中力图发掘出明治时期日本汉诗对中国汉诗在接受上所反映出的变异和排异的特点。

第四，通过明治诗话和明治汉诗研究，深刻剖析明治时期这一特殊历史阶段日本文化和日本民族的性格特征。

日本民族在吸收和借鉴中国文学的过程中，始终抱有一种强烈的竞争心态和追赶意识，但在吸收和借鉴外来文化时，从未丧失本国文化的主体性。所以，在明治维新这个特殊的历史阶段，对日本文化的特点与民族性、国民性的分析就具有更加重要的意义。

三　研究方法

本书拟采用以下四类研究方法展开研究。

第一，运用比较文学中影响研究的方法，重视第一手资料的发掘整理，尽量做到阐幽显微，以实证性的材料为基础展开实证分析研究。

第二，借鉴和运用接受研究的理论，在翔实的材料实证分析研究的基础上，着重展开文学文化接受方面的考察，避免空泛的议论。

第三，运用比较文学、比较文化研究中的"变异学"理论，对文本进行细致研读，对文学文化交流中普遍存在的对异文化的"变异"和"排异"现象展开深入研究探讨。

第四，通过阐释学和文学批评的方法对文本进行解读，发掘其中隐含的更深层次的文化内涵和意义。

总而言之，研究方法要根据实际的研究对象灵活运用，尽可能将方法和研究内容有机地结合起来，在归纳和总结现有研究成果的基础之上，对前人涉及但未能深入的内容进行充分的发掘和拓展，同时努力开创新的研究视野，注重研究视角的创新，最大限度地解决其中的学术问题。

第一章　明治汉学观的变化以及对汉文学的影响

明治维新初年，西方文明如洪水一般涌入日本，汉学、汉文学受到了前所未有的冲击，逐渐丧失了在日本社会以及文化领域内的主导地位，成为保守、僵化和落后的代名词。日本人对西学的狂热与对汉学的冷漠形成鲜明的对比，大量的汉文典籍被视为"无用之物"而被廉价抛售，或者被束之高阁，汉学和汉文学一度陷入了衰退的境地。黄遵宪曾作诗慨叹道："五经高阁竟如删，太学诸生守《兔园》。犹有穷儒衣逢掖，著书扫叶老名山。"① 但是，随着明治维新的不断深化，过度吸收西方文明的弊端逐渐显现，日本思想界开始对其弊端进行反思，重新对汉学的作用进行评价，汉文学得到再次复兴，并在明治二三十年代迎来了日本汉文学史上的第四次繁荣。黄遵宪在《日本国志·学术志》中记载到："维新以来，广事外交，日重西法，明治十二三年，西说最盛。于是又斥汉学为无用，有昌言废之者。虽当路诸公知其不可，而汉学之士多潦倒摈弃，卒不得志。朝廷又念汉学有益于世道，有益于风俗，于是倡'斯文会'者，专以崇汉学为主。"② 所以，明治时期的汉学和汉文学的发展与日本思想界和学术界对汉学

---

① 钟叔河、王晓秋：《走向世界丛书·日本杂事诗（广注）》，岳麓书社 1985 年版，第 649 页。

② 钟叔河、王晓秋：《走向世界丛书·日本杂事诗（广注）》，岳麓书社 1985 年版，第 651 页。

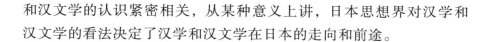

和汉文学的认识紧密相关，从某种意义上讲，日本思想界对汉学和汉文学的看法决定了汉学和汉文学在日本的走向和前途。

第一节　明治前期的汉学观
——新旧思想的葛藤

明治初期，在思想界和学术界，一批兼备汉学修养和西洋近代知识的学者，以"开启民智""文明开化"为己任，积极倡导西方新文明。他们是当时新文明有力的倡导者和推动者，被称为明治时期的启蒙思想家。

当时在日本学界，新式的洋学与传统的汉学交织混杂在一起，思想也处于混沌状态。大多数日本国民在"文明开化"口号的指引下，一切都以西学马首是瞻，丢弃了旧幕时代占据思想和学术中心地位的儒教和汉学，新旧思想之间产生了激烈的冲突。所以，这些启蒙思想家们对于儒教和汉学在明治维新中的价值进行了重新思考与评价。

明治时期著名的启蒙思想家福泽谕吉极力主张打破旧幕以来的封建道德，树立"实利实学"的新文明，将儒教、汉学视为迂远空泛之物。但是，他又高喊"维持士道"，而且他一生都在创作汉诗，自身存在着对传统汉学既反对又保留的矛盾性。他对儒学把身处野蛮战乱年代的日本人民带入"元和偃武"和平时期的功绩予以肯定。他在《文明论之概略》卷五《日本文明的来源》中说："东洋和西洋在学术风尚上有所不同，西洋各国以实验为主，而我们日本则向来崇拜孔孟的理论。虚实的差别固然不可同日而语，但也不能一律加以否定。总之，把我国人民从野蛮世界中拯救出来，而引导至今天的文明境界，这不能不归功于佛教和儒学。尤其是近世以来儒学逐渐昌盛，排除了世俗神佛的荒谬之说，扫除了人们的迷信，其功绩的确很大。"[①] 他还

---

① ［日］福泽谕吉：《文明论之概略》，北京编译社译，商务印书馆1992年版，第145—146页。

说："如果过去我国没有儒学，也不可能有今天。在西洋所谓'Refinement'，即陶冶人心，使之进入文雅这一方面，儒学的功德的确不小。"①

但是，福泽谕吉站在倡导西方文明的立场，对汉学进行了批驳，其内容主要包括以下三个方面。

第一，他认为，汉学是空理论，不合时势，并非实学。"汉学、洋学虽然都有学问之名，若从人之居家处世、文明之立国富强进行议论时，我国古来奉行的汉学则不能视为学问，我们所倡导的是文明之实学，而非中国之虚文空论。"②

第二，他反对汉学的尚古思想。他说："他们如此迷信古代崇拜古代，而自己丝毫不动脑筋，真是精神奴隶，他们把自己的全部精神为古代的道理服务。生在今天的世界而甘受古人的支配，并且还迭相传衍，使今天的社会也受到这种支配，成为社会停滞不前的一种因素。可以说，这是儒学的罪过。"③

第三，他认为儒教"治下"而不"警上"，并非难了贵族、士君子以及儒者的不道德的品质，批判了儒学典籍中的男尊女卑思想，把贵族、士君子犯不道德行为而不自耻，社会也不苛责的现象也视为儒教主义的过错④。

在福泽谕吉看来，儒学适用于过去，而不适用于现在。学习儒学的人应该根据具体的时代背景，对儒学是否适应当今社会作出适当的判断，而不是原封不动地死搬硬套。所以，他在《劝学篇》中说："孔子的时代距我们明治年间已有两千多年，……后世学习孔子的人也不能不考虑时代这一要素而进行取舍。要是有人想把两千多年前的教条原封不动地搬到明治时代来实施，那就是不识时务。"⑤

太田才次郎在《淳轩诗话》中载有一则有关福泽谕吉的逸话，从

---

① ［日］福泽谕吉：《文明论之概略》，北京编译社译，商务印书馆 1992 年版，第 149 页。
② ［日］福泽谕吉：《福翁百话》，时事新报社 1902 年版，第 117 页。
③ ［日］福泽谕吉：《文明论之概略》，北京编译社译，商务印书馆 1992 年版，第 149 页。
④ ［日］福泽谕吉：《品行论》，时事新报社 1885 年版。
⑤ ［日］福泽谕吉：《劝学篇》，群力译，商务印书馆 1984 年版，第 74 页。

中也可看出福泽谕吉对汉学的态度。逸话中云："或曰，福泽先生非儒而有似儒者。先生少时就乡先生而受汉学，是一；自以雪池为号，是二；时时赋诗以为乐，是三；平生爱左氏文，好读之，是四。此四者，奉西学者之所希觏。然先生平生排抵汉学，不遗余力。何也？先生门人有某者，一日问先生曰'先生常好赋汉诗，读汉文，而力排汉学，何也？'先生答曰'汉文之妙，余亦知之。但其学既遍于海内，至西学，则学之者少矣。是以抑此而扬彼耳。'某语之余，不知先生之意思果然乎否也。"①

虽然福泽谕吉高喊打倒儒学的封建道德，剔除儒魂，但是士族出身的他却希望继续维持来源于儒魂的士道，反映了他在儒学思想批判上的矛盾性。

西村茂树则与福泽谕吉相反，他在 1889 年提倡日本道德论，1890年向榎本武扬文部大臣建言，提出日本国家德育的基础必须依靠儒教精神，并为推行儒教道德论编写了教科书。由此可以看出，西村茂树对儒学的重视和对儒学价值的肯定。

西村茂树二十四岁时，师从幕末志士佐久间象山，学习儒学，兼习兵学。象山主张的"东洋道德，西洋技艺"对于之后西村提出的"圣学"②产生了重要影响。西村提出的"圣学"实际上就是将中国儒学与西洋哲学结合起来，兼而取之，以解决单一儒学道德"固陋迂阔，不合时宜"的弊病。

西村茂树倡导在大学开设"圣学"科，主张将儒教用于德育，采用儒教的精神为小学生编写教材，与教育敕语并行实施。中学则不再重新编写教材，直接以儒教经典作为教科书。他强烈反对高等教育界

---

① ［日］太田才次郎：《淳轩诗话》，松雪堂 1939 年版。

② 佐久间象山曾提到"圣学"一词，他在《省警录》中云："君子有五乐。而富贵不与焉，一门知礼义，骨肉无衅隙。一乐也。取予不苟，廉洁自守，内不愧于妻孥，外不作于众民。二乐也。讲明圣学，心识大道，随时安养，处险如夷。三乐也。生乎西人启窿寯之后，而知古圣贤所未尝识之理。四乐也。东洋道德，西洋艺术，精粗不遗，表里兼该，因以泽民物，报国恩。五乐也。"（文中标点为笔者另加）上村胜弥：《大日本思想全集》卷 17，大日本思想全集刊行会 1932 年版，第 249 页。

取消师范学校和中学的汉文科而将汉文教育划入国语之中的做法。同时，他认为，汉学的缺失不但会导致文化倾覆，而且会对道德带来很大影响。儒者的固陋、教授方法的拙劣是儒者之罪，而非汉学之过，绝不可将二者混为一谈。所以，他在《国家文运的前途》一文中这样写道："我国的文化由国语（按：日语）和汉学构成，洋学会促进文化的进步。今后汉学也是其中不可或缺的一部分。如果缺少其中任意一部分的话，我国的文化将会丧失步调，顷刻颠覆。何况汉学乃承载儒教之工具，从古至今我国一直都用儒教来加以维持。如今国民道德的衰微虽然有各种各样的原因，但是儒学的衰微是其中最为显著的原因之一。……今日的儒者多固陋而不通时势，其教授方法之拙劣，实在令人感到惋惜。造成这样的结果，乃是儒者之罪，而非汉学之过。有识之士如能挺身而出，必有改正之法。因而，以此为由而废除汉学，可以说确实有失轻重。"① 西村茂树作为当时的有识之士，站在了事关国家文运前途的高度，对当时社会上的"废儒"谬误进行了批驳和纠正。

西村茂树的学问本领主要在于儒学和儒教道德，而并非汉诗文。但是，他自幼学习汉籍，学作汉诗文，具有良好的汉文学功底。所以，他对汉文学方面的问题也做过相关论述。

1884年4月15日，他在东京学士会院作了题为《文章论》的演讲，他对日本自古以来使用汉文的事实颇为抵触。他认为，用汉语而不用日语记述本国历史是一件奇异的事情，并列举了五条用汉语记录日语而带来的不便。其一，文章语法不同，词序有别；其二，汉语中的语气词难以掌握；其三，使用汉文记述日语不能体现日语的语势，而必须按照汉文的意思翻译之后再记述，译法拙劣者完全会丧失著者的原义；其四，由于以上原因，导致学生学习汉文费时费力；其五，音韵相异、顺序不同，书写汉文时，始终不知文章之巧拙②。尽管西

---

① ［日］三浦叶：《明治の汉学》，汲古书院1998年版，第123页。
② ［日］三浦叶：《明治の汉学》，汲古书院1998年版，第126—127页。

村认为汉文有上述诸多不便，但是他依然承认汉文在当今学科精细化背景下记述和议论大事上的作用，主张应该努力学习汉学，借助汉文改善和提高日文的表现力。

　　同时，他也希望日本文士能够"努力改善本邦的文章，使其巧妙雄大，能与中国文章居于同等地位"，"为文学另辟一片天地，进而争取独立国家的体面"①。他提倡文章改良，建议在精读日本古文弄通语法的基础上，精通中国及欧美各国，特别是希腊拉丁之文法，熟读诸国名家之文章，自我创造，写出前无古人之文章②。在翻译方面，他和精通汉学问的中村敬宇等人一样，认为汉文是非常必要的。同时他还提出用日本的俗语来弥补汉文翻译时的不足，希望从事翻译的人员必须同时具备和汉两方面的知识和素养。

　　他将中国与日本文章做了一番比较后认为，中国文章有七个优点：一是中国文章简约而日本文章冗长；二是中国文章充实而日本文章瘦削；三是中国文章雄健而日本文章软弱；四是中国文章富于变化而日本文章平衍；五是日本文章不及中国文章庄重；六是日本文章不及中国文章壮烈；七是日本文章不及中国文章正大。但同时他又指出三点日本文章优于中国文章的地方：一是"テニヲハ"的灵活运用；二是明确的时态；三是长于细密叙述③。从以上的比较论述可以看出，西村茂树对汉文学的优点和必要性认可的同时，又试图打破汉文与日文之间的隔阂，希望能取汉文之长，补日文之短，最终达到和汉融合的实用目的。

　　关于汉诗，西村也有过论述。他认为日本人通过一千两百多年的学习，特别是到了德川时代，日本人已经掌握了汉诗这一纯粹的中国文学样式的精髓，释六如、赖山阳、梁川星岩等诗人的水平并不亚于中国的名家。他主张化用中国的汉诗，创作具有日本风格的作品。"诗虽源自中国，但我国诗人辈出，已化其为我国之物。纵令中式音

---

①　［日］松平直亮：《泊翁西村茂树传》上卷，日本弘道会1923年版，第613页。
②　［日］松平直亮：《泊翁西村茂树传》上卷，日本弘道会1923年版，第615页。
③　［日］松平直亮：《泊翁西村茂树传》上卷，日本弘道会1923年版，第682—683页。

调节奏再难理解，也可以将其转化并创造出日式之音调节奏，吟咏之时自然会感发人心。"尽管他将和歌视为能够代表日本文学的精华，但是"和歌却缺少汉诗刚健奇拔、材料富赡、意象变化多端的长处"。所以，他主张"以汉诗来弥补和歌之短处，将来若要不断推进我国之文运，就须对和歌大加改良，吸取汉诗之长处，将其全部融入和歌之中……中国人按照汉语之语法音词自由吟唱，而日本人仅会机械模仿中国之语法音词。纵然邦人才思在中国人之上，终究无法改变处于下风之结果"。① 因此，他希望将来日本和歌能够兼备汉诗的长处，达到最终彻底废除汉诗之目的。西村主张积极推进和歌与汉诗融合的想法固然可贵，但不考虑或者忽视了和歌与汉诗两者之间截然不同的内在特点，一味强调所谓的"融合"，又片面拔高本国文化的优越性，其"融合"的最终结果也只不过是一种理想而已。

明治汉学家中村敬宇汉学素养深厚，汉文造诣颇深，通晓洋学，海外留学让他开阔了眼界，增长了见识，然而在他身上却依然保留着旧幕时代传统的儒者之风。所以，在对洋学和汉学认识的态度方面，他与具有新兴民主性和大众性特点的福泽谕吉存在些许不同。他认为，在洋学和汉学的学习上应该双管齐下，不可偏废，而且他还特别重视汉学修养对洋学学习重要的促进作用。他在《汉学不可废论》中指出，但凡在洋学上能崭露头角、有所建树者，都应具备良好的汉学素养。擅长汉学者，在英文的学习过程中，进步迅速。擅作汉诗文者，易通英文，大都胜于英语专攻者一筹，没有汉学素养的学生是不可能进入哲学科和文学科的。为了说明汉学素养的重要性，他列举了两位当时既通洋学，又擅长诗文而出名的成功人士的范例。他说："此二人可谓为有读书天赋之少年才子，因具汉学之基础，故而能精进于洋学，得此良好之结果。"② 而且，他还根据自己的实际经验进一步强调汉学素养的必要性，"予自伦敦归国之初，儿辈废汉学而专习英学。

① ［日］松平直亮：《泊翁西村茂树传》上卷，日本弘道会1923年版，第689—690页。
② ［日］伊藤整等：《明治思想家集》，讲谈社1968年版，第109页。

攻学英学之初，虽进步稍快，然至难处则止步不前，故予对汉学之废弛深感后悔。……予又观幼年留洋而中年归国者中之一二人，仅语言纯熟而已，至难处却徘徊不进。此与具备汉学基础而出国留洋之人相较，真乃天壤之别"。①

中村敬宇对汉学的功绩是非常肯定的。所以，在他创办的英文学塾——同人社中，将汉学与英学并行教授。他在《编年日本外史序》中反对喧嚣一时的"汉字废除论"，他说："今日论者，或欲废汉字，或欲限用之，或欲专用国字，或欲独用罗马字，纷纷是非，果何日而决耶？余谓学问文艺之事，多多益善。其旧者何必厌而弃之，其新者何为拒而绝之？汉字行于我邦，二千年有余岁。如古诗文，我邦挽近复胜于古昔。而日用话说汉语之杂者，十而六七矣。今欲废汉字或限用之，均皆不可行也。"他在谈及汉学益处时又云："余近聚徒教授，深悟于洋学者不可不修汉学。无汉学而从事洋学者，勤苦五六年，尚不能适修汉学者之一二年。洋学进步之迟疾，视汉学得力之深浅。盖汉学之有益于人如此。"②

1877 年东京大学成立后，设立了文学部，文学部中又设立了哲学、政治和汉文三门学科。中村敬宇、三岛中洲、岛田篁村、信夫恕轩等汉学家在文学部主讲汉文学。1880 年中村敬宇在《申报》上发表了关于如何教授汉文学的意见。他说："余教授文学部三年级之学生，……每月约做作文两三次，后对文章加以修改或者施以评点，以资鼓励。虽文题由我来命，但大致均由平日阅读之英文书中抽取一二章，令其以汉文加以翻译。余非不通英文，学生英语原本亦尚可。余以为若能将此种课业长久坚持，于英汉互译将大有裨益。若着眼于有利于眼前之目的，边做汉文，边读英文，考求译语，一举两得，且更不废功夫，学生亦喜欢如此。若能依此学习，一学年后定能发现学业取得之巨大进步。"③

① ［日］伊藤整等：《明治思想家集》，讲谈社 1968 年版，第 109 页。
② ［日］中村敬宇：《敬宇文集》第 3 卷，吉川弘文馆 1903 年版，第 5—6 页。
③ ［日］三浦叶：《明治の汉学》，汲古书院 1998 年版，第 61—62 页。

中村敬宇的意见实际上是通过实用的具体实践改变日本人心目中将汉学与洋学相互对立的思想观念，进而解决在汉学与洋学学习过程中"单打一"的片面做法，试图对汉学与洋学进行调和。对于努力挽救汉学衰退的汉学家来说，这种意见无疑提供了有力的支持，同时也产生了重要的影响。明治汉文名家信夫恕轩对中村敬宇的意见颇为认同，他援引中村敬宇的意见为自己"不善汉文，其翻译之文辞必定艰涩"的主张增加权威性。本间俊明也引用中村敬宇的观点，在题为《论汉学讲究之必要及哲学馆设置汉学专修课之事》的论文中，论述了"将来欲深入洋学之阃奥者，必先努力培养汉学之能力"① 的观点。

接受西方的新思想，倡导天赋人权的加藤弘之也承认汉学的必要性。1879 年，他向文部省提出设立古典讲习科的建议，但却未被采纳。1881 年，他再次建言，此时文部省也深感汉学的必要，于 1882 年重新设立古典讲习科，但是却将其附属于文学部，培养专门的汉学人才，这在日本汉学史上具有非常重要的意义。加藤在《天则百话》一书的《汉学》一文中，强烈反驳了明治初期人们关于汉学有害无益，妨碍明治开化的错误认识。他认为，首先，日本古代的文明开化全部源自儒佛，特别是德川幕府三百年间上流阶层的开化，儒学发挥了极其重要的作用，而且影响深远。其次，日语深受汉语的影响，在日常的生活会话和变体汉文中，人们经常使用大量的汉语词汇，而且相当多的汉语词汇已经融入日语之中，成为日语不可或缺的一部分。最后，在接受欧洲文明开化的今天，重视洋学不但不应该抛弃汉学，反而需要进一步加强对汉学的研究。虽然东京帝国大学有汉文学科，但也不能只研究汉学，还要深入研究欧洲文学哲学，但人员甚少，困难很大。所以，如果有一批从事汉学研究的专门人员，对将来是非常有益的，"就像今天在欧洲研究希腊、罗马古学那样，我很希望在我国能够有一些专门研究汉学的人才"②。

---

① ［日］三浦叶：《明治の汉学》，汲古书院 1998 年版，第 36 页。
② ［日］加藤弘之：《天则百话》，博文馆 1899 年版，第 46—48 页。

西周，石见国（今属岛根县）津和野藩医之子。二十岁奉藩主之命，学习儒学，遵从崎门学派，主要学习朱子学。他在读过《论语征》之后，逐渐转向古学派，后又倾倒于徂徕学派。嘉永二年（1849），游学大阪时进入后藤机开办的松阴塾，之后又进入冈山藩黉闲谷学校学习，最后来到江户，任时习堂讲师。后来赴荷兰留学，学习哲学、法律学和经济学。

西周具有深厚的汉学素养，又精通洋学。他承认儒学在理解学习西方哲学过程中重要的媒介作用，但同时也指摘宋儒形而上学的缺点，力排虚妄空谈，注重实证实效。在这一点上，他与福泽谕吉的观点是相似的。

他从研究法律的角度出发研究中国的法制。在研究过程中，他深切感受到和汉古今书籍研究的必要。他在《百学连环》（第二编下）中讲："大凡为适用于国政，仅学习西洋之国法政律是毫无用处的。如果想有用于国政，必须知晓我国古来之事。由于我国的政律制度皆取自汉土，欲知之，必先知汉土古来之国法、政律以及历代之事实。否则，研究西洋各学更属无益。故而欲发挥政律学之作用，必须研究和汉古今之书籍，这是学习西洋学所必要的。"①

西周还善于用汉文写文章。他对于汉文的态度表现在《百学连环总论并同闻书》一文中。他在文中写道："以文事为方法，协助学术，达到探究真理之目的。（文字）作为媒介，虽然可以发现真理，但如果沉溺于文字，则有害于真理的发现。……而且可以说，就连山阳先生仍旧将真理与文字混淆在一起，依然未能脱离腐儒之境。如果山阳先生真是一位掌握真理之人，其所著书籍，必用日文书写，何故殚精竭虑用汉文来记述呢？他用汉文记述，不但自己辛苦，读者也多费功夫。不通汉文者，更是不知所云。若以日文书写，则可以推广于万民，其益处更大。我国文章历来都用日文书写，而学者不可不懂汉文，但并非一定要用汉文书写。只是所写的文章要以大家易懂易解为主旨，

---

①　［日］三浦叶：《明治の汉学》，汲古书院1998年版，第84页。

汉文则用汉语，英文则用英语，法文则用法语，日文则用日语，以其国民易懂易解为关键。"① 西周虽然承认汉字汉文在学术上发挥的媒介作用，但他也提出写文章一味使用汉字反而会受到汉字的钳制，无益于文章的理解的看法。他主张日本人应该使用日文书写文章，这样不但可以扩大识者阶层，还可以减少因文字障碍而带来的不便。

在汉文流行的明治初期，他批评用汉文书写文章的赖山阳为腐儒，主张用日文书写文章，在明治思想启蒙时期是切合实际的。但是，在论及"国字"问题的时候，他主张将罗马字作为日本国字的论调，则显得太过激进，完全不符合日本的实际情况。

中江兆民，名笃介，出生于高知城下新町（今高知县），土佐藩藩士中江卓介之子。自幼学习汉学，特别爱读《庄子》与《史记》。1871 年，被政府选派赴法国留学，潜心研究史学、哲学和文学，深受法国民主主义思想的影响。归国后，他积极倡导自由民权，指导自由民权运动，是日本明治时期自由民权运动的理论家、政治家。1904 年罹患喉头癌，被医生告知生命仅余一年半。他在与恶疾的苦斗中，以矫健的文笔写出《一年有半》和《续一年有半》两部书稿，后由其学生幸德秋水整理出版，出版后在日本思想界引起轰动。

中江兆民从法国学成归来，开办法文学塾。一天在街道散步，在旧书店偶见一本和汉对译的小册子，其译文纵横自在，毫无艰涩之处。得知译者是汉文名手冈松甕谷，遂执弟子礼，入门受教，汉文水平大有长进。他在汉文上独推冈松甕谷，在《一年有半》中他对冈松评论道："日本近来的汉文，没有一篇是值得阅读的。他们不甘心做归有光和王遵严的奴隶，而却到了步盐谷宕阴、安井息轩后尘的地步。那种陈腐的气味，使人一读就要头痛。唯有冈村甕谷先生，的确是近代的大作家。他所翻译的《常山纪谈》、《东瀛通鉴》、《纪事本末》、《庄子注释》等书的水平，是其他汉学家做梦也想不到的。"② "其取材

① ［日］三浦叶：《明治の汉学》，汲古书院 1998 年版，第 86 页。
② ［日］中江兆民：《一年有半·续一年有半》，吴藻溪译，商务印书馆 1997 年版，第 50 页。

宏博，自三代秦汉而下及明清，再至稗官野史、方技之书，随意引用无遗。而其所著文章，又所谓字字轩昂，而不失妥帖。"① 幸德秋水认为此段评语也可用在中江兆民身上，"此语直接用来评论夫子之文亦无不可。先生之学涵盖和汉洋，诸子百家无不研习，随意取用，实在令人惊叹②。"

中江兆民在汉文方面颇为自负，曾对唐宋八大家文逐一批点并附加评语。"予之评语，胜于山阳、谢拾遗于万千也。"③ 而且，中江兆民对《史记》特别推崇，他云："《史记》之文，不拘格法，神气贯连，收放有度，雄浑苍劲，真乃天下至文也。"④

中江兆民既通洋学，又通汉学，而且他擅写汉文，作汉诗。中江兆民对当时汉学研究风气的衰退很不满，他说："近年来，研究汉学的风气衰退，人们都是追求够用就行，所以无师自学的人不少，浅薄和粗糙的现象极多，随时可以看见'退让三舍'、'伺人鼻息'、'一苇带水'、'旗帜鲜明'之类的词语在报纸上不断出现；而读者也没有觉得奇怪的。这是由于小学和中学的课程太繁多，没有闲暇学习汉学的缘故。"⑤

中江兆民认为汉学修养是非常必要的。幸德秋水在《文士》一文中这样记述道："先生教诲我等曰'日本文字难道不是汉字吗？日本文学难道不是训读体的汉文吗？不懂得汉字用法，怎么能写文章？擅长写文章者，不可不多读汉文。而且从事洋书翻译者，时常也会为没有适当的译词而苦恼。肆意生造之粗陋文字，接连出现于纸上，不但拙劣不足观，而且令人费解。实际想来，并非没有适当的词汇，而是他们的汉文素养不足。'"而且中江兆民还说："汉文简洁有力，其妙冠绝世界。泰西文字细致繁复，毫发无漏。然而让汉文精熟者看来，往往觉得行文冗长，令人生厌。"⑥ 对于汉文言简意赅的风格和丰富的

---

① ［日］幸德秋水：《兆民先生》，博文馆 1902 年版，第 49 页。
② ［日］幸德秋水：《兆民先生》，博文馆 1902 年版，第 49—50 页。
③ ［日］幸德秋水：《兆民先生》，博文馆 1902 年版，第 51 页。
④ ［日］幸德秋水：《兆民先生》，博文馆 1902 年版，第 53 页。
⑤ ［日］中江兆民：《一年有半·续一年有半》，吴藻溪译，商务印书馆 1997 年版，第 39 页。
⑥ ［日］幸德秋水：《兆民先生》，博文馆 1902 年版，第 53—54 页。

表现力，中江兆民是非常看重和推崇的。

中江兆民喜欢汉诗，特别是杜甫的诗。幸德秋水在《人物》一文中评述道："先生论诗，必谈杜甫。酒醉后，经常吟诵'出师未捷身先死，长使英雄泪满襟'之句。至于李白，则认为他的确是千古第一诗人，但却不如少陵之真气，恻隐动人。少陵乃慷慨之忠臣，太白只是一个无与伦比的醉汉而已。""先生喜欢杜诗，但并非仅仅喜欢他的诗，而是敬佩他高尚的人品，正是敬重他的人品，夫子（按：中江兆民）才能成为少陵第二。""先生飘逸放纵，被酒骂世，表面看来颇有太白之遗风，然其一生凛然而有操守，宛如少陵其人。而且细读其文章，在冷嘲冷骂之间，却藏有至忠至诚之泪，苍凉沉郁，读后让人泣泪，宛如散文式之杜诗。其身世坎坷潦倒，宛如明治之少陵。"①

中江兆民主张诗文立意要新奇，反对蹈袭古人，模拟做作。他云："我常常觉得，中国的诗文，到了宋代以后，不值得一读。毕竟脱不掉古人的窠臼。……生在古人以后，就要在古人开垦的田地以外，另行播种，另行收获。文人的苦心就在这里。……假如沿袭古人的思想，也就是在古人的田地里面播种收获，那就是剽窃。"他认为，真山民的诗"构思新颖，注意声调"，"大有类似唐朝诗人的地方"，并指出高青邱的诗"大致好像是从山民的这些地方得到了启发的"，"在构思方面，真正是新颖的，声调却往往能够赶上唐朝的优秀诗人。这不是模仿做作，而是自然类似"。②

他对于明治诗坛一些诗人生搬硬套，拾古人牙慧创作汉诗的做法进行了批评，而对森槐南的诗学颇为赞赏："森槐南先生的诗学，不仅是日本的诗人，即使是中国的作家，恐怕也没有不尊重的。他的作品我读得不多；凡已读过的，我觉得都是佳作。先生的作品不仅仅构思和措词够好，就切合主题这一点上，也可以看出他是煞费苦心的。槐南和宁斋诸君更值得珍视的地方是，不像日本的其他诗人那样，间

---

① ［日］幸德秋水：《兆民先生》，博文馆 1902 年版，第 64—65 页。

② ［日］中江兆民：《一年有半·续一年有半》，吴藻溪译，商务印书馆 1997 年版，第 49 页。

接从《佩文韵府》那种工具书里去找材料，而像直接从自己的腹中取出来一样。"①

　　他曾经尝试革新汉诗，主张参酌法国高乃依的《熙德》《西拿》，拉辛的《阿达莉》《伊菲革涅亚》以及雨果近来的几部作品，觉得这样去创作汉诗"谅必能使人们的耳目大为之一新"。但是"要想做到字句优雅和纯粹，这是极端困难的"。所以，他曾经打算与森槐南、野口宁斋、本田种竹等人商量此事，而终究未果。②

　　中江兆民自幼熟读经史，赴法留学归来，仍然勤修汉学而不辍，所作汉诗数百，而大多无存。身染重疾，病榻之侧仍有《陶渊明集》与《三国志》，时常翻阅。在病逝前五个月，因为夜间病痛难忍，不能入睡，时有诗思，而诗韵生疏。所以写信让幸德秋水将《诗韵含英》一书带来。后来作《病中二首》，其一云："残灯吹焰已，凉月伴窗明。病客梦方觉，阴虫三五鸣。"其二云："西风终夜压庭区，落叶扑窗似客呼。梦觉寻思时一笑，病魔虽有兆民无。"③ 这让人不禁联想起夏目漱石养病期间同样写作汉诗的情景。尽管是洋学者，尽管有时也会对汉学提出各种批评，但其身上深厚的汉学素养，时不时对他们产生潜移默化的影响。兆民病逝前的汉诗创作，就是无可争辩的明证。

　　当时站在接受西学"一线"的启蒙学家福泽谕吉、西周、西村茂树和中江兆民等人都是具有传统汉学素养和西方近代文化知识的社会精英。虽然他们都从某一个方面对日本传统的儒学进行了批判，但是却没有彻底抛弃。自幼接受汉学教育的他们在接受西方新思想、创制西学概念汉字译名的过程中，引经据典，往往将儒学典籍纳入引用之列。通过借助儒学概念，寻找东方学术的理论依据。所以，他们的思维模式都带有明显的儒学印记。他们借助儒学的某些概念

---

　　① ［日］中江兆民：《一年有半·续一年有半》，吴藻溪译，商务印书馆1997年版，第50页。

　　② ［日］中江兆民：《一年有半·续一年有半》，吴藻溪译，商务印书馆1997年版，第49—50页。

　　③ ［日］幸德秋水：《兆民先生》，博文馆1902年版，第94—95页。

宣传"西学"，使两者之间保留和维持着一定程度的联系，试图在两者之间寻找合理的接合点。这也就导致了他们对日本儒学批判的不彻底性，也为后来汉学的复兴埋下了伏笔。正如王家骅所说的那样："'文明开化'时期的日本启蒙学思想运动，是拖着儒学尾巴的儒学批判运动。"①

第二节　明治后期的汉学观
——汉学复兴论

从1885年伊藤博文组阁，森有礼担任文部大臣，一直到1887年的这段时间是日本明治维新时期极端欧化的时代。1887年以后，日本国内开始对过度欧化进行反思，反欧化的思想开始勃兴，日本国粹主义思潮逐渐兴起，各种宣扬国粹主义的社会团体相继成立，欧化进步和国粹保守两种思想所引发的论争造成了思想上的混乱。1889年日本宪法颁布，制定了有关国体的基础性法规，次年颁布教育敕令，从教育上指明了民心归向的目标。其中，在政治上和教育上，国家主义和国体思想等方面的宣传异常盛行，汉文学、国文学的古典开始走向复兴。但是，1894年中日甲午战争爆发，日本打败了腐败无能的大清帝国，所获巨额的战争赔款进一步增强了日本的国力，同时日本在亚洲的政治地位也发生了彻底的逆转，成为亚洲的新"霸主"。所以，明治政府中的激进派势力叫嚣要重建日本"形象"，极力宣扬日本的国粹主义和日本优越论，主张从文化、教育上摆脱汉学的影响。因而，存废汉字、废除汉文的呼声相继出现。但是，由于日本国内保守派反对运动的兴起而被迫中止，排斥的汉字汉文运动也宣告破产。之所以如此，其主要原因大致有二：其一，中国传统道德伦理思想在日本的影响是甲午战争日本获胜的重要因素之一；其二，日本宣扬的所谓背负起"东洋代表"的"责任"，与西洋相抗衡，就必须"保持"中国

---

① 王家骅：《儒家思想与日本文化》，浙江人民出版社1994年版，第168页。

的思想与文化。所以，在这一时期，汉语学校、私塾、汉文专修科如雨后春笋，与汉文相关的各种学会也相继成立，杂志、研究著述的刊行骤增，孔子"释奠"再度复活，汉学迎来了再次复兴的机会。

三浦叶将明治后期汉学复兴的原因归结为内外因两个方面，并认为促使汉学复兴的外因中有三个客观条件。

第一，中国国内重大政治事件的发生，促使日本学者要结合中国的历史、政治、文化等方面的知识来研究中国出现的新变化。1911年辛亥革命爆发，次年宣统皇帝退位，中华民国成立。这一重要的历史事件引起了日本史学家的关注，学界的市村瓚次郎、白鸟库吉、桑原骘藏、内藤湖南、桥本增吉等人相继发表了有关中国革命的论文。

第二，中日两国国际地位的变化，导致了日本人对汉文化态度的转变。所以，日本学界就需要采用不同于传统汉学的研究方法，重新对以往的汉学进行再认识和研究。中日甲午战争以后，日本人对中国文化的看法也发生了巨大的变化。1904年成立的东洋史学会就发表了很多研究中国的论文，论文中采用了西方近代科学的研究方法，这与传统汉学者的研究方法大不相同，甚至产生了冲突。这也表明，以往汉学的研究方法的权威性逐渐受到质疑和挑战，甚至被抛弃。值得一提的是，从事古代史研究的白鸟库吉受西方实证史学的影响，用史料批判的方法考辨民族古史。1909年他在《中国古传说之研究》一文中提出所谓的"尧舜禹抹杀论"在日本史学界掀起"轩然大波"。他大胆怀疑和批评中国的古典，给一味墨守古法的汉学者带来巨大冲击，为东洋史学研究的发展作出了重要贡献。

第三，敦煌学、甲骨学等新兴的学术研究领域，吸纳了日本研究人员参与其中。1909年敦煌遗书发现的消息传入日本之后，京都大学的内藤湖南、狩野直喜、富冈谦藏等人迅速加入敦煌研究的行列。为了躲避辛亥革命而亡命日本京都的罗振玉和王国维在敦煌遗书、甲骨文和金石铭文等方面的研究方面颇有造诣，其发表的研究文章引起了日本学界的关注。内藤湖南、狩野直喜与罗振玉原本就是老朋友，经常在一起探讨学术，提倡新汉学。可以说，敦煌学、甲骨学、金石学等学问研究的兴起、客观上促进了汉学的复兴①。

　　而内部原因则主要是人们对儒教及其相关思想优点的肯定与认可。关于这个问题，井上哲次郎在哲学会的演讲稿《儒教之短长》一文中，从四个方面阐述了为何人们要提倡复兴儒教的动机。第一，因为年少时曾读的四书五经久而忘之，如今反倒觉得有趣，故而提倡。第二，教育敕令定下了日本教育的大政方针，但是总觉得有些不充足，需要有成为基础的、广泛性的原理或者教理，而儒教正好适合，它与教育敕令不但不冲突，反而能够补充教育敕令的不足。第三，从崇尚古典的角度来讲，必须要认真学习四书五经，现在的青年根本就不读四书五经。现在复活儒教，让他们可以形成一个阅读古典的良好习惯。第四，儒教和佛教、基督教不同，它并非宗教，无须虔诚的宗教心，它只不过是一种重要的德教。②

　　井上哲次郎作为当时的知名学者，对当时日本国内儒教复兴的背景进行了分析。从某种意义上讲，他所提出的四种动机可以代表当时日本人对儒教的感性认识，这也说明了儒学在日本国民思想观念中地位的逐渐回升，反映了现实生活对传统道德回归的社会需求。过度西化导致国民道德层面上的缺失，急需儒学道德来进行修复和补充，需要对传统道德进行再认识，这是符合社会历史发展基本规律的。同时，也再次证明了儒学在近代日本发展过程中所具有的强大的包容性。

　　除了井上哲次郎之外，接受大学汉学教育的新一代汉学者从另一个角度对是否有必要复兴汉学，如何复兴汉学进行了深入的思考和论述。其中颇具影响力的学者主要以田冈岭云和远藤隆吉等人为代表。

　　田冈岭云曾撰写《汉学复兴之机》一文，他在文章一开头就以一种感伤的笔调表现出对汉学耆宿一一离世、汉学界后继无人境况的惋惜之情。文中云："长绳系日难，乌兔匆匆，春去秋来。一岁复一岁，花落花开。花虽年年新，人却岁岁老。红颜难赖，忽惊镜里秋霜。人

---

① ［日］三浦叶：《明治の汉学》，汲古书院1998年版，第42—44页。
② ［日］三浦叶：《明治の汉学》，汲古书院1998年版，第44—45页。

生倏忽，百年如梦。自入明治，已二十九年。茗溪当年蓬发短褐之少年措大，如今华发齿豁，秋风老其人，凋落渐次。去一岁，三洲（长）逝、甕谷（冈松）亡、听秋（伊藤）亦亡。今之汉学界之耆宿，能有百年之寿者，余年终有几何？不出十年，汉学界之耆宿将为之一扫。而绍之述之者，果有其人乎？"①

　　田冈岭云对国内尊崇西学而抛弃汉学的现象表现出强烈的不满。他认为，两千年来因袭之汉学，绝不能这样轻易丢掉，必须有人来继承和延续。如若不然，日本的汉学将会遭受灭顶之灾。

　　田冈岭云首先从汉学与日本国民的思想文化之间的关系开始论述。他认为，汉学与日本思想文化上的关系就如同拉丁希腊之古学与西欧诸国的关系那样，是日本思想文化之本源。如果"汉学毁灭，则我国国民思想文化之源即会干涸，滋养根干则枝叶繁茂。吾国民首先必须要学习汉学，这是毋庸讳言的"。但同时也提出不能像有些顽固不化之徒那样，"一句话抹杀摒弃西洋文化"，而应该"先学习西洋文化，而后反观源流再修汉学"，忖度权衡，"吸收西洋之长处，但不应忘却自己之长处"，以我为主，"非将我化于彼，而是将彼化于我"，取长补短，融会贯通。接着，他又从地缘的相近，"同文同种"的角度进行了阐释，他提到："从地理上考虑，中日两国同为东亚国家，而且又同文同种，中国文化对日本影响深远。在世界上，我国最善于咀嚼中国之思想，最善于解读中国之文字。西洋文化虽不可不学，但作为同文之国，同种之民，同为东亚之国，不可不先学中国之文化，很显然，也是最易学习的。乾坤一洲，四海一家，其间焉有彼此之差别？而由近及远，从易而难乃是秩序，亦是顺序。中国距我最近，中国思想也最易通解，先学中国文化而后学西欧之学术，只不过是秩序和顺序罢了。"②

　　进而，他从世界学术的大趋势出发，认为 18 世纪是东西两大文明独立发展的重要时期，19 世纪是两大文明激烈冲突的时期，20 世纪乃

---

① 〔日〕伊藤整等：《明治思想家集》，讲谈社 1968 年版，第 267 页。
② 〔日〕伊藤整等：《明治思想家集》，讲谈社 1968 年版，第 268 页。

是两种文明融合孕育新文明的时期。甲午战争胜利之后，我国（按：指日本）已经远远超越东洋各国，必须占据"东洋盟主"地位，作为"东洋盟主"要担负起彰显东洋文明光彩之责任，进而纵横驰骋于世界舞台。作为担当如此大任之我国国民，必须成为东西文明之融会者，进而成为世界文明之集大成者。这可以说就是田冈岭云复兴汉学的根本动机。然而面对日本国内汉学地位扫地，学界空虚的现状，他又指出，如果再不复兴汉学，"彰显东洋文明"将化为"泡影"，"成就世界文明"的想法最终也只不过是"幻想"。他将20世纪看作第四次历史更迭的重要时期，也是汉学复兴不可错过的绝佳机会，他提醒日本国民不能"舍本逐末"。然而，仔细看来，支持田冈岭云思想的依然是"东洋道德、西洋技艺"的陈腐观念。

但同时，他还指出，复兴汉学并不意味着将"西欧之学作为夷狄之学加以摒弃"，因为西欧的哲学、文学、美术、天文、医学、算数学等科学都是源自埃及、希腊、阿拉伯之古学。也就是说，古学中蕴含着新发展的萌芽。同样，复兴汉学也并不意味着仅仅是"寻章摘句，穿凿文字"的考证之学，而是要以汉学为根本，与西欧思想相互比较，运用西欧诸国之科学方法，以全新的眼光反观中国的古学，发掘蕴含于汉学中的"真金"，去摭拾遗落于汉学沧海中的"明珠"。所以，他认为"中国之文明是学界之沧海，遗珠俯首可拾。而且，我日本实际占据最有利之位置，身负必为之大任，岂有不奋起之理？二十世纪，在政治上成为世界各国盟主的同时，在学界岂能不成为世界文明之集大成者？"[①] 面对西方学者认真研究汉学的现状，田冈岭云显得有些"排外"，"如果我邦人有此宝库之密钥而不开启，反而让与西欧人……我国民如今若不努力，有何面目面对那些红髯之异种人？"[②]

田冈岭云的"汉学复兴论"，并非单纯的"汉学"的复兴论。他对于汉学复兴的迫切态度是因为汉学是促进日本思想发展不可或缺的

---

① ［日］伊藤整等：《明治思想家集》，讲谈社1968年版，第269页。
② ［日］伊藤整等：《明治思想家集》，讲谈社1968年版，第269页。

"养分"，是促进东西思想文化调和的重要"材料"，是能够与西方文明相抗衡的东方文明的"杰出代表"。同时，他的汉学复兴论中隐含着基于国家政治地位变化，而产生的表现在文化层面上的大国沙文主义倾向，包藏着攫取亚洲文化霸权的企图与野心。

如果说，《汉学复兴之机》是田冈岭云站在专业汉学者的角度，将"汉学复兴"提升到关乎日本在亚洲乃至世界上的文化地位，是否能够最终完成东西文明融合的"高、大、上"的高度来加以强调的话，远藤隆吉的《汉学之革命》则显得非常"低调"、"务实"和"亲民"了。

从书名上看，似乎只要和"革命"挂钩，就有一种"完全打破"的意味。而实际上，远藤隆吉《汉学之革命》一书的宗旨并非要革掉"汉学"的"命"，而是要采用与传统汉学讲授方式不同的形式，达到提高大众汉学修养之目的，通过向一般社会大众讲授汉学知识，扩大汉学的社会基础，从而维持和延续汉学之命脉，在社会大众中切实有效地复兴汉学。

他在书中的"序"中云："去年（按：1909）以来，汉学典籍渐次出版，所到之处无不唱读，犹如复归旧时之状态，其为何故？汉学二字虽有陈腐固陋之一面，亦有刚健不拔之另一面，让人不禁联想到善与恶之两个极端。……维新以来，犹如风中残灯、几近泯灭之汉学，复又枯木逢春。虽不兴盛，却能支撑有识者之精神，此乃其长处。其未能大兴，亦缘自其短处。……吾坚信，用汉学之思想，或对其加以现代式之阐释，即可满足一般人之精神需求。……吾相信有开设会堂，弘扬汉学之必要，但如今尚未立刻能够到达如此之阶段。故而，暂提此意见，问于当今有识之士。同时，为意欲获得修养之资的社会人士，解读最为通俗之数十条思想。本书之目的并非专业研究，然对汉学所持有之见解亦非历来固有，汉学之命运，历来被禁锢于学者头脑之中。吾将以此思想，将其生命存于大众头脑之中，故而称其为'汉学革命'。"①

_____

① ［日］远藤隆吉：《汉学の革命》，育英舍1911年版，"序"。

远藤隆吉为什么要主张开设"会堂"呢？他将原因归结为以下四个方面。

其一，汉学讲义一般是书本讲义，一般不面向社会大众。因此，社会大众一般认为汉学讲义是一种复杂的文字解释的学问①。

其二，汉学崇古抑今，易流于尚古之固陋②。

其三，汉学包括经学、文章学、阳明学、老庄之学等诸多种类。古代学者都将其视为修身、齐家、治国、平天下之学术，而如今的学者只是研读古书而没有明确之目的③。

其四，汉学种类繁多，须对汉学所有学问进行研究，若如此就会让人感到茫然失措，不自觉地就将其搞成文学讲义。因而，汉学须将重点置于能够影响思想的部分上④。

基于以上原因，远藤隆吉主张通过开设"会堂"，向世人广泛宣扬汉学的思想。通过汉学"说教"，将汉学从书本中解放出来，灌输到一般人的思想精神中。通过这种方式的革新，改变历来仅由汉学家苦苦支撑汉学的艰难局面，让汉学在一般民众的头脑中真正地"活"起来，壮大汉学的"势力"，如此一来，才是汉学能够继续生存的唯一"活路"。⑤

远藤隆吉主张开设的"会堂"并非宣读汉学书籍的无聊"讲堂"，而是丰富精神修养的人生"道场"。从某种意义上讲，它和佛教、基督教一样，向人们讲授有益于身心修养的食粮，但它又不带有任何的宗教色彩，更容易为人们所接受。所以，汉学的革命就有点类似于心学与理学，但与心学和理学又不完全相同。心学的重点是日常的道德训诫，理学则主要是教授人们安身立命的道理和做法。而汉学革命的主要目的则是与当今的实际情况相结合，对汉学的内容加以重新阐释，

---

① ［日］远藤隆吉：《汉学の革命》，育英舍1911年版，第2—4页。
② ［日］远藤隆吉：《汉学の革命》，育英舍1911年版，第8—12页。
③ ［日］远藤隆吉：《汉学の革命》，育英舍1911年版，第13—14页。
④ ［日］远藤隆吉：《汉学の革命》，育英舍1911年版，第15—16页。
⑤ ［日］远藤隆吉：《汉学の革命》，育英舍1911年版，第33—34页。

为当今的社会大众提供精神上的滋养。它并非仅局限于日常的道德训诫，也并非完全是人生的处世哲理。所以，汉学革命比心学和理学要高尚得多①。

那么，学习汉学到底有何益处？远藤隆吉指出，"古代学习汉学之人都被视作有识之士，出仕为官汉学是必不可少的。如今要成为政府官员都要学习西学，光靠汉学不行，要推动日本文化的发展，必须兼备东西之学。汉学在提高个人精神修养方面具有不可替代的作用，通过学习和研究汉学可以找到个人精神修养的有效途径，我所倡导的汉学革命就是以一种平易的方式对汉学思想进行'说教'，而不是假借汉学者的口吻。而且，我所讲的与学校的讲义不同，我们没有必要劳心费神地研究汉学，也没有必要全面地学习它，那样困难太大，只要将其中有益于我们的部分内容加以学习、吸收，进而活用就足够了。因为汉学中有很多适合于当下'说教'的、取之不尽的经典"②。同时汉学中有一种情调，一种风格，蕴含着古今一贯的中国精神，如果能够将其中诸如忠孝义烈、光明正大、堂堂正正之类的精神加以鼓吹，化作自身修养的一部分的话，那的确是大有裨益的③。

因为远藤隆吉是对汉学进行选择性的讲授，所以他在内容的选择和题目的设定上都十分慎重，单从设定的题目就可以看出"说教"的内容和好坏。④

综上所述，远藤隆吉倡导的汉学复兴论就是通过设立汉学"会堂"（在学校亦可），在广义的汉学中选取适合当下的、可以灵活应用的、有益于社会大众的部分内容和题目加以宣讲和"说教"，培养和提高社会大众的汉学素养和精神修养，扩大汉学在民众中的基础与实际影响，进而达到维持和推动汉学兴盛的目的。

---

① ［日］远藤隆吉：《汉学の革命》，育英舍1911年版，第39—40页。
② ［日］远藤隆吉：《汉学の革命》，育英舍1911年版，第136—140页。
③ ［日］远藤隆吉：《汉学の革命》，育英舍1911年版，第147—148页。
④ ［日］远藤隆吉：《汉学の革命》，育英舍1911年版，第153—154页。

第三节　汉学观的变化对汉文学的影响

——地位与作用的嬗变

　　东西方文化的冲突，究其根本就是源于不同民族深层文化心理的冲突。最为突出的表现在对于伦理道德方面的敏感。明治时期的启蒙思想家在鼓吹西方文明的时候，都不约而同地将矛头指向了对日本社会影响深远的儒家伦理道德。在他们看来，社会的进步首先需要从思想上打开局面，去改良或者革新阻碍西学接受和发展的传统的汉学观念。前面所提到的启蒙学家都是自幼接受汉文学教育之后才转而走上学习西学道路的。可以说，他们都是在原有汉学素养的基础上对西方文化进行理解、消化和吸收的。所以，当他们转过头来，对汉学进行重新审视，进而批判的时候，就不得不面临如何处理传统汉学与新进西学之间关系的问题。是彻底打破旧的接受新的，还是将两者折中融合呢？事实证明，启蒙学家们几乎都采用了后者。传统汉学中固然含有限制日本向近代社会转变的消极的一面，但也应看到汉学具备推动社会发展积极的另一面。当发现过度的西化使人们陷入迷惘和混乱，出现社会与道德的反常表现的时候，他们又开始呼唤儒学伦理的回归，重新对汉学进行批判和改造而加以利用。王家骅先生曾指出："如果在接受近代文化的经济基础和社会关系尚不完备的情况下，性急的欲全面抛弃传统，要求超前的文化变革就只会造成与现实的错位和脱节，旧的外在规范遭卑弃，新的又不能根植，以致形成文化道德的空白时空。这或许导致对民族文化自身的破坏，或者刺激人们呼唤传统的回归，都将造成延缓文化建设的结局。"①

　　明治维新以后，日本人的世界观发生了巨大的变化，传统的价值体系在短时间之内被击得体无完肤。明治新政府为了实现富国强兵的目的，将学习的视线转向了先进的欧美国家，政治、经济、文化、教

---

　　① 王家骅：《儒家思想与日本文化》，浙江人民出版社1994年版，第179页。

育都积极效仿西方诸国的模式。在学校教育方面，明治政府颁布并实施了新的教育法令，将"实学实用"的西学作为重点，以前居主导地位的汉学则降低到"兼而习之"的从属地位。以教授汉学为主的藩校、私塾、寺子屋等教育机构被关闭，代之以洋学塾。后来，为了纠正全面西化教育模式的偏颇，1877年文部省在东京大学的文学部开设了"和汉文"专业，1881年又增设了"古典讲习科"。民间也再次出现了众多的汉学塾，其中最为著名的有庆应义塾、同人社、二松学舍，它们为社会培养出了一大批有名的汉学人才，其中明治时期著名的文学家夏目漱石就出自二松学舍。在此基础上，汉文学渐有复兴的趋势。从明治时期汉文学发展的总体趋势来看，虽然不过是一段大势将去之前的曲折迂回的小插曲，但是它同样是夕阳西下时一抹壮丽的晚霞。

启蒙思想的宣传可以在短时间起到明显的效果，国家的强制性政策也固然可以左右文化的进程和文学的发展方向。但是，潜流在近代日本文化形成过程中的汉文脉却不可能完全断绝。特别是在西方文化还尚未扎根的情况下，汉文学的实际功用在短时间之内还无法被彻底取代。

启蒙思想的受众绝大多数是年轻人，也最容易在年轻人中产生积极影响。而对于深受汉学教育，具有较深汉学修养的人来说，影响远没有想象中那么大。过去在德川旧幕、旧藩担任过儒臣的汉学者或者文人，维新后又成立诗社（如旧雨社），聚集故旧，饮酒燕游，品评诗文，依然进行汉诗文的创作。在他们的眼中，汉文学依旧属于"雅文学"，他们依然将书写汉文，创作汉诗视为一种文人雅趣。还有一部分汉文学家在明治政界、军界担任过重要的职务（如竹添井井、副岛苍海），他们有的曾经是维新志士，有的是曾经留洋亲眼见识过西方文化的"海归派"。他们在大力倡导"文明开化"的同时，依然没有放弃用汉诗文的形式来寄托和抒发自己的思想感情。所以，可以说汉文学在当时日本社会上层人士中还是被普遍认可的。

明治初年，在"文明开化"的口号下，西方书籍的介绍与翻译成为必要。然而从事译介的人员，大多是新闻工作者、政治家和汉学家，他们大多受过良好的汉学教育，有较强的汉学素养，文学底子主要来自四书五经《古文珍宝》《十八史略》《唐诗选》《文章轨范》等。为了学习西洋文化而进行翻译所依靠的并非"和文学"，而是汉文学或者带有浓厚的汉文调变体文，而且在有的翻译小说中间或穿插汉诗，洋诗汉译更是不必多说。所以，汉文学成为译介者汲取营养的主要来源，这是日本"和文学"所无法替代的。

随着西方学校教育的推广和不断深入，日本年青一代的汉文学素养逐渐弱化。年轻人汉文学素养的缺失，令不少文人学者感到忧虑和担心，大町桂月就是其中一位。他希望年轻人能够把汉文作为一种课外素养加以学习，并且给出了学习的步骤和教材。他在《汉文与作文以及修养》一文中指出："如今学科繁多，中等教育汉文教程却极少。故而，今日之青年阅读汉文颇为吃力，此乃当今之教育使然也。有志者欲补其精神食粮，请先考虑汉文。当今书籍、杂志易读，犹如走平路，而汉文类若爬坡，脚健者岂能望坡兴叹？若从顺序上讲，应从《日本外史》开始为好，再而登临《文章轨范》之山。"他认为《文章轨范》"抽取了中国文章中的精华，欲学文章者，须首先熟读《文章轨范》，以养文章之气力，兼资修养"，并对《文章轨范》中所选六十九篇之风格和十五位作者进行了简明扼要、切中肯綮的评价，"十五家多为大官，在野亦是杰士，皆为一代人杰。中国文学基于道而发于雄伟之人格，此乃中国文学超绝于世界之缘由也，读《文章轨范》必先留意此点"。同时，他提醒日本青年"必须明白文章者并非笔头之小技，其基础深且广也。对其无丝毫兴趣者，中国文学亦毫无意义。明白世道人格之青年，请读《文章轨范》，不仅有益于作文，于修养上更是大有裨益的"①。在大町桂月看来，汉文学并非可有可无，而是提高他们的文学素养和人格修养，有益于日本青年的必备之物。

大町桂月还将明治二十年代汉诗文再次出现兴盛的局面称为"奇

---

① ［日］大町桂月：《笔のすさび》，富山房1912年版，第122—131页。

现象"，将汉诗的兴盛归结为"汉籍进入两千余年，汉诗创作技巧的发达"①。其实，汉诗兴盛的原因除了"技巧发达"之外，还有其他客观的历史原因。首先，江户后期是日本汉文学史上的黄金期，明治时期紧随其后。进入明治时代后，庞大的老中青汉诗文人的基础雄厚，势力尚存，而且他们的汉诗文创作技法娴熟，水平颇高，其在明治初年日本文坛的影响依然很大。其次，在明治时期有很多诗社、吟社和文会等民间文学团体不断成立，这也为汉诗文的生存与发展提供了一定的有利空间。再次，印刷业的进步和新闻出版业的发达，使日本报纸杂志业也兴盛起来，报纸杂志刊登的内容虽然以西方的新文化居多，但也为和歌、汉诗文等古典文学留下了一定的空间，当时几乎所有的报纸都辟有汉诗栏目，此外还有专门的汉诗文杂志。这样就为汉诗文创作者展示才能、进行汉诗文交流提供了平台。复次，尽管当时日本国内大批私塾被迫关闭，但著名学者开办的私塾依然运行，而且其社会影响力颇大。如藤泽南岳的泊园书院、芳野金陵的逢原堂和安井息轩的三计塾等。为了满足当时的社会需求，一些新私塾也应运而生。如岛田篁村的双桂精舍、中村敬宇的同人社、草场船山的敬塾、福泽谕吉的庆应义塾和冈鹿门的绥猷堂都是当时知名的汉文学塾。这些汉学塾为汉文学提供了栖息之所，培养出了一批又一批具备汉学素养的优秀人才，奠定了日后汉学复兴的社会基础。最后，中日两国互派使节的成立，使中日文人能够走出国门，东槎西游，既开阔了眼界，增长了见识，又结交了文人诗友，出现了前所未有的交流局面，为日本汉诗文的活跃与发展发挥了强有力的推动作用。

明治时期俳句改革骁将正冈子规从诗人和歌人、汉诗与和歌对比的角度寻找汉诗文复兴的原因，得出"歌人无见识"和"汉诗的言语多，句法变化丰富"等论断。他在随笔中写道："今日之文坛，若就歌（和歌）、俳（俳句）、诗（汉诗）三者其进步程度做一比较，诗为第一，俳为第二，歌为第三。"在谈及原因时，他说："即使在报纸杂

---

① ［日］大町桂月：《笔のしづく》（增订版），公文书院1911年版，第172页。

志的文学中，余以为汉诗也是比较发达的，和歌下落，汉诗腾贵此结论虽稍难接受，但究其原因有二：第一，歌人毫无见识，与歌人相比，诗人的见识要高明许多；第二，由于和歌语言区域狭窄，不像汉诗的言语多，句法变化丰富①。"作为小说家、翻译家活跃在文坛的森田思轩也认为，汉诗比和歌更容易引入外来语，而且表现手法多样，作为新时代的诗歌形式具有很大的可能性②。

史学家山路爱山在《明治文学史》一书中，将汉诗的隆兴概括为"飞奔急走后的大歇"。他指出，明治初年，闭关锁国的日本打开国门，追求文明开化，人们如饥似渴地追求新思想、新知识，原本禁锢一般知识分子的"和汉学问"土崩瓦解。在这个"极大胆、极放恣、极活泼现象之时代"，新知识、新思想势如破堤之水，无可阻挡，犹如脱缰野马、铁蹄奋飞。他借用李白诗句"飞流直下三千尺，疑是银河落九天"来形容从悠闲的幕府文学史时代进入明治文学史时代令人目眩心悸的状况。然而，不久奔者既已疲倦，遂进入所谓的"回顾时代"。人们抛开洋老师，离开洋学堂，重返旧学塾，聆听古学教诲。他说，这莫非是跑得过快，需要做大休息的缘故吧③。

明治汉诗在衰败大势之下"奇迹般的复兴"，也与明治时期汉诗文的改良运动相伴而生。在本章第一节中就讲过，西村茂树就曾提出将汉诗文与和歌进行有效融合的观点，实际上就是对汉诗文进行改良的一种尝试。当然，提倡汉诗改良的不仅仅是像西村茂树这样的启蒙学家，还有很多汉诗文界的知名人物，他们都参与到这场汉诗文改良运动中来了。

1893年活跃于汉诗坛的汉诗人柳井绚斋在博文馆出版的杂志《日本之少年》第十五号（1893年8月）上刊登的《汉诗论》一文中指出，随着汉诗的流行，社会上倡导的汉诗改良论已经兴起，不同于传

---

① ［日］木下周南：《明治诗话》，文中堂1943年版，第354页。
② ［日］合山林太郎：《幕末·明治期における日本汉诗文の研究》，和泉书院2014年版，第55页。
③ 王晓平：《近代中日文学交流史稿》，湖南文艺出版社1987年版，第128—129页。

统汉诗形式的摸索动向业已出现。关于改良的主要内容，柳井列举出了咏诗对象的扩大化、汉诗文中西方诗歌情趣的移植，特别是长篇叙事诗风的汉诗创作等几个方面的内容，并提出使用当代汉语创作和欣赏汉诗，废除汉诗中韵律、平仄等音韵规则的主张。

对于明治一〇年代的年轻人来讲，汉文学功底尚可，汉诗文还属于一般性的教养。因此他们开始尝试将西方传入的文艺知识、西洋诗歌中的诸多要素融入汉诗文创作之中。具体来讲，就是洋诗汉译，叙事诗、戏剧诗风的汉诗创作。

作为法学家、政治家的末松谦澄尝试将英国诗人格雷、拜伦、雪莱等人的代表作进行汉译。明治二十年代森鸥外的洋诗汉译作品收录在《于母影》（一名为《面影》）之中。这种改良汉诗的主要特点在于借用传统汉诗的形式和表现手法，对西洋诗歌进行翻译。井上哲次郎的长篇汉诗《袖荻用韵仿梁陈体》① 和《孝女白菊诗》② 就是叙事诗、戏剧诗风汉诗改良创作的一种积极尝试。这种汉诗创作参考运用了中国六朝以前歌谣的表现手法，同时模仿西洋戏剧的形式并将其移入作品的创作之中。这种表现手法的主要特征就是将主人公所说的话原原本本记述在诗中，在井上哲次郎上述两首长诗中，这种手法被频繁使用。

事实上，很多改良汉诗就是将汉诗作为器具，将洋诗移植其中而形成的。之所以会这样，是因为在当时日本的传统诗歌中，相较于和歌、俳谐而言，汉诗的优势更为明显，汉诗的适应性最强。

明治二十年代以后，汉诗从改良逐渐向否定的方向转变。这一时期后，汉诗富于发展性特点的社会评价逐渐丧失，作为传统诗歌的代表地位也逐渐让位于和歌和俳谐。以往主张将洋诗的内容与形式导入汉诗的改良者，也逐渐远离汉诗改良的道路。森鸥外在 20 年代中期以后汉诗创作数量变少，末松谦澄的创作也主要是为了支撑他作为政治

---

① ［日］井上哲次郎：《巽轩诗钞》上卷，钩玄堂 1884 年版，第 4—7 页。
② ［日］井上哲次郎：《巽轩诗钞》下卷，钩玄堂 1884 年版，第 5—27 页。

家的社交活动，作品带有一定的游戏色彩。井上哲次郎的汉诗创作只是出于个人兴趣，公开场合则不断地批判汉诗。这些汉诗改良者的态度变化主要是基于社会新思潮的产生而发生变化的缘故。

首先，要求诗歌平易的意识在民众中逐渐形成。具体而言，就是要打破音韵、格律、修辞等古典诗歌的规则，使用通俗语言和相近形式来创作诗歌，原本汉诗中的诗语、典故被视为诗歌创作的限制，成为诗歌创作的障碍。

其次，明治二十年代接受了新式初等教育，而且能够理解汉诗趣味的学生数量大为减少，汉诗也随之逐渐丧失了继续存续的"土壤"。

再次，汉诗改良内部理论的发展导致了汉诗由改良转向了否定的道路。作为汉诗基础的平仄、韵脚等种种音韵规则与一般通用的汉语发音不完全一致的状况也成为汉诗学习的难点，即便是中国人也难免在这方面出错。所以，如果没有深厚的汉文学造诣，是很难真正掌握汉诗的。

最后，将文章与诗歌的存在形式与国家的发展相对接的做法，对汉诗改良和汉诗批判产生了重要影响。因为很多从事汉诗改良的人士是抱有一种有益于国家发展的意识而进行诗歌革新的。在叙事诗、戏剧诗风的长篇汉诗创作的背景中，就隐存着一种为了推动日本文化的发展而去模仿西洋诗歌的意识，这种意识与古代日本不遗余力地向中国学习时的情形并无二致。明治二十年代，德国思想家赫尔德①所主张的"一国有一国之语言""各民族本土文化的发展"的思想在日本不断传播与浸染，逐渐在日本人头脑中形成了日语诗歌的革新意识，

---

① 全名为约翰·哥特弗雷德·赫尔德（1744—1803），德国哲学家、路德派神学家、诗人。其代表作品《论语言的起源》成为狂飙运动的基础，对于现代学术性语言学的贡献很大。在此书中，赫尔德坚持咬字清晰的语言的兴起是出于自然，而非超自然的力量。他认为人类和自然的成长与衰颓都是依循相同的法则，因此将历史视为所有人类共通的有机演变，而显示于各民族特有文化的发展中。其中历史观中的革命运动也是历史演变不可缺少的要素。他主张各民族本土文化的发展，产生一种表现于艺术与文学的"民族精神"。对赫尔德而言，"民族精神"这种概念并不表示任何民族较其他民族更具优越性。相反他大力鼓吹所有文化是均等的，并且具有各自的价值。［德］J. G. 赫尔德：《论语言的起源》，姚小平译，商务印书馆1998年版。

汉诗作为汉文学不应该算作日本诗歌改良的对象，甲午战争之后，这种倾向变得愈加强烈。井上哲次郎在 1893 年 1 月《国民之友》第一七九号中发表的《诗歌改良方针》一文中提出，日本应有日本的诗歌，绝不能借用中国的汉诗而将其看作日本的诗歌，日本人没有必要创作汉诗。在这一时期，和歌、俳谐的革新的确取得了一定的成就，和歌在保留基本音律数规则的前提下，结合日常用语规范，选用可以使用的和歌词汇，增加了和歌的表现对象，克服了汉诗中无法解决的各种问题，弥补了拟古框架内汉诗表现的局限性，逐渐取得了作为近代日本诗歌的地位。

当然，这一时期并不是所有的汉诗改良论者都转向了否定汉诗的一面，大江敬香就是其中一位。他不主张彻底地否定汉诗，但也不像传统汉诗人那样墨守汉诗创作的陈规，而是提出了汉诗平仄废除论的改良主张。

在明治一〇年代，大江就已经尝试过洋诗的汉译，与汉诗改良论者多有交往，活跃于英诗汉译领域的末松谦澄就是他东京外国语学校的同窗好友，与汉诗改良者井上哲次郎之间互有汉诗赠答。井上曾写《论诗》一首赠与大江："诗元言志耳，何必要雕琢。钉饳求绮丽，却不如素朴。近时作诗者，学问綦浅薄。底事用绮语，徒欲眩人目。一读谁不厌，浮靡又软弱。巧思虽可取，何堪过烂熟。触事摅壮怀，辞章乃河岳。自然存妙趣，笔气愈磅礴。君已立吟坛，崭然露头角。笔底几篇成，光怪何错落。期君溯词源，汃汃成大作。旗鼓可压世，时俗岂足逐，此事向谁望，方今唯君独。所以赠拙诗，一言请然诺。"①

明治二十三年，大江开始独自提出汉诗改良的主张，并将自己视为井上哲次郎和志贺重昂的后继者，主张模仿西洋的叙事诗创作长篇汉诗。但是，真正能体现大江汉诗改良主张的还是平仄废止论。1892年 2 月，大江在《早稻田文学》一卷九号中发表文章，面对"今日学生既要学习汉学，又要学习国文，还要学习西洋书籍，不能专心学习

---

① ［日］井上哲次郎：《巽轩诗钞》上卷，钩玄堂 1884 年版，第 28 页。

汉诗"，"汉诗命运已到了岌岌可危之境地"，"一、二百年之后将绝迹于我国"的现状，表现出对汉诗衰退覆灭的危机意识。为了阻止汉诗的衰退，他提出了平仄废止论。因为韵律与平仄是汉诗最为基础的音韵规则，也是初学者必须掌握的基础知识，但对于日本人来说，掌握音律平仄并非易事。所以，如果能够去掉汉诗的韵律与平仄，就会使更多的人更为简便地创作"新体"汉诗。表面来看，大江的主张有利于初学者学习汉诗，但是没有韵律和平仄的汉诗，就与徒具汉诗形骸的汉字排列游戏毫无分别。所以，1896 年 10 月正冈子规在《日本人》第二十八号发文批评道："与其废除韵律和平仄，进而翻译创作出可读的汉诗，还不如把汉诗直译成日语的新体诗。"也就是说，创作没有音韵规则的汉诗，还不如创作汉文训读调的新体诗更为合理。幸田露伴也对平仄废止论给予了否定："无视平仄定规的最大自由论，只是在小范围内兴起，在尚未被一般性接受的情况下就宣告破产。"①1897 年以后，大江放弃了平仄废止论的主张，仿效成岛柳北的《花月新志》创办了《花香月影》，跻身于年长汉诗爱好者中间，为汉诗振兴作出了不小的贡献。

明治二十年代后期以后，汉诗改良运动逐渐走向低潮。围绕汉诗的议论出现了新的倾向，按照他们的主张可以将其大致分为两派，一派是将汉诗视为古典文学，作为研究和鉴赏的对象，从而放弃汉诗创作，即研究鉴赏派；另一派则是继续坚持传统方法下的汉诗创作，即传统汉诗创作派。

最初将汉诗视为古典，把汉诗作为研究和鉴赏对象的是东洋史学家市村瓒次郎。他曾发表文章称，汉诗具有与西洋诗歌相媲美的魅力，同时也是被毫无意义的规则束缚的拟古文艺。他希望阅读汉诗汉文的人越多越好，但同时希望创作的人越少越好。现在不需要像以前那样去创作汉诗，而只是将汉诗作为鉴赏和研究的对象就可以了，应该积极地介绍汉诗，通过汉诗和译来代替汉诗创作，这对于时日尚浅、立

---

① ［日］幸田露伴：《露伴全集》第 18 卷，岩波书店 1949 年版，第 295 页。

足未稳的新体诗的发展具有积极的意义。

虽然坚守传统汉诗创作的汉诗人柳井绹斋也曾尝试"旧瓶装新酒",将洋诗的新内容移入汉诗的旧形式之中,但是他没有改变使用传统的方法来创作汉诗的立场。他认为,汉诗创作中如果没有平仄就无法感受到字句的美妙,如果能够坚持不懈地进行汉诗训练,即便不能弄懂汉语的读音,也能逐渐理解汉语的音调,通过汉诗文训读的方式也可以留下足以让中国人称赞的诗篇。

他们二人在主张上的分歧,源于其知识结构不同,分属不同知识集团。市村是东洋学会的中心人物,东洋学会是以古典讲习科为基础,在继承汉学传统的基础上,致力于开拓和建立东洋学方面的新学问。而柳井则属于传统汉诗界最具实力的森槐南一派,槐南一派推崇清诗,在传统诗学方面的素养颇为深厚。所以,柳井坚持传统汉诗创作的原因也出于对自己学识的自负。

以市村和柳井为代表的两派虽然也曾经因为见解不同发生论战,但是最终也没有得出具有建设性的结论。这是由于两者并没有将汉诗作为改良的对象,无意从汉诗中寻找作为当代文艺的可能性,只是体现了明治时代与汉诗的不和与矛盾罢了。

通过上述对汉诗改良动向的考察,我们可以从作为汉文学重要组成部分的汉诗文在经过由改良到否定、再到坚守的历史过程中,发现汉诗在明治文化变革时期鲜明的位置变化,同时也可以重新审视汉诗在诗歌变革中的角色担当,进而证明了汉文学在明治文化变革期和新旧文化转型时所发挥的媒介作用。但是,随着明治新式学校教育的不断推进,新生一代对汉文学的观念发生了颠覆性变化,传统汉文学教养逐渐丧失,汉诗文不可避免地走向衰落,甚至淡出人们的视线,成为少数专门人士的"绝技"与"雅好"。

小　结

本章通过对明治前后两个时期日本具有代表性的学者对汉学态度

的考察，可以大致厘清在明治时代这个思想文化变革期汉学地位和作用的变化。明治维新以前，在日本社会思想界占据主要地位的儒学，在维新初期成为接受西方思想文化的启蒙学者批评的众矢之的，他们试图通过传统观念的革新（或者打破）来推动国内思想文化的转变。但是，思想文化的过度西化导致传统思想道德的缺失，又不得不重新转向儒学来寻求解决的方策，试图寻找西学与汉学并行不悖的合理路径。汉文学作为汉学的一部分，势必受到这种思想的影响。在西方文化涤荡的日本，虽然汉文学丧失了昔日的光辉，但是它在文化转型过程中发挥的基础性作用不容抹杀，汉文学俨然成为吸收和化合西方文化的重要载体。在日本民族的多维价值观中，不存在对于传统文化的绝对坚守，"有用性"成为其文化价值判断与取舍的基准。在适时的取舍与变革方面，日本并不像中国那样，要受到自身固有文化和价值体系的顽强抵抗和筛选。对于日本民族来说，对于外来文化的选择性吸收终究只是一种自我完善的手段而已。

第二章　明治诗坛发展的三个阶段

　　明治诗坛风云变幻，诗社诗风几经更迭，诗坛领袖几易其主。如果对诗坛变化不加以考察梳理，恐难认清其真面目，也无法准确把握当时诗坛的汉诗动向和诗风嬗变，进而无法明了明治诗话产生的前因后果。因此，本章拟对明治诗坛发展的整体情况作以概观。

　　猪口笃志在《日本汉文学史》中将明治汉诗文坛的发展变化划分为两个时期，即明治初期和明治中后期。① 这样的划分虽然便于对汉文学进行整体走向的描述，但是不利于对明治时代四十五年汉诗文坛变化的微观考察，因而，这样的时期划分略显笼统。

　　三浦叶在《明治汉文学史》中将明治时期汉诗坛的发展变化划分为三个时期。明治初年至明治二十三年（1890）为第一期，即汉诗坛酝酿期；明治二十四年（1891）至明治三十年（1897）前后为第二期，即汉诗坛鼎盛期；明治三十年（1897）前后至明治末年为第三期，即汉诗坛的衰微期。② 实际上，明治时期汉诗坛的发展变化界限不太分明，而是互有联系，相互穿插。此种时间划分虽然略显机械，但能突出各个时期的主要特点。所以，笔者认为三浦叶的时期划分更为合理。

---

① ［日］猪口笃志：《日本汉文学史》，角川书店1984年版。
② ［日］三浦叶：《明治汉文学史》，汲古书院1998年版，第20页。

第一节　汉诗坛的酝酿期

——下谷茉莉时代(1868—1890 年)

一　枕山与春涛的 "角逐"

明治初期，接受西洋文明，加快日本近代化发展成为这一时期的首要目标，汉诗文被视为过时的 "闲事业" 被抛弃在一边。随着日本国内政治渐趋稳定、经济稳步发展，江户幕末遗留下来的汉诗文人的文化活动逐渐活跃起来。

明治维新后，日本国内的汉诗坛天下三分。其一是名镇九州、迎合时俗、崇尚元白率易之风的咸宜园一派；其二是享誉中国地方、承传江户诗家遗老菅茶山田园诗风一派；其三是梁川星岩玉池吟社一派。明治维新前，梁川星岩在东京神田开办玉池吟社，东京诗人咸集门下，其声名大噪，雄视天下。玉池吟社一派力压其他两派，执掌日本诗坛。星岩门下才俊众多，有小野湖山、鲈松塘、大沼枕山、森春涛等知名者。星岩殁后，其门人在日本诗坛都颇具影响力。

1870 年 9 月鲈松塘定居东京，开设七曲吟社。1871 年小野湖山辞去明治新政府职务，来到东京，虽众人力推湖山，而他本人却钟情于诗酒优游。1872 年藤野海南在东京创立旧雨社，将其作为诗友交游的场所，其成员有重野成斋、冈鹿门、阪谷朗庐、小野湖山、鲈松塘等十几人，都是幕末知名诗人，每月一次在不忍池畔的长酡亭定期召开诗会，以此联络旧友感情，但并无心重建诗坛。

大沼枕山（1818—1891），名厚，字子寿，通称舍吉，号枕山、熙熙堂、台岭。尾张（今爱知县）人。出生于儒者之家，从小对汉诗文耳濡目染，受过良好的汉学教育。其父死后，寄居鹫津松隐门下，学习汉诗。后至江户，学于菊池五山。后适逢诗坛翘楚梁川星岩创办玉池吟社，遂入其社，仰之为师，受其教，诗艺大进，逐渐成为玉池吟社的核心人物，与小野湖山、鲈松塘并称 "梁门三高足"，他们三人也被誉为明治时期东京诗坛的 "三诗宗"。

　　大沼枕山之才学颇受同门鲈松塘和向山黄村的推崇，他在东京下谷仲御徒士町三枚桥畔开创下谷吟社，招徒授业，不拒贫贱，东京诗人纷纷加盟，众人推举枕山为诗宗。因此，枕山在东京诗坛的影响日增，遂执东京诗坛之牛耳。

　　天明以来，宋诗风大为流行，经大窪诗佛和菊池五山二人的极力鼓吹，宋诗风之余势一直延续到了明治初期。

　　受教于菊池五山门下的大沼枕山十分推崇宋诗，特别喜欢南宋陆游的诗文。他曾在陆游诗集的卷尾题写《读放翁诗》一首："宋余才俊各骎骎，窥见陆家诗境深。别有天成难学得，青莲风格少陵心。"[1]足见枕山对陆游的敬重和对其诗风的喜爱。枕山在宋诗上颇有造诣，能够出入于苏、黄、范、杨四家之间。若将枕山诗作按比例划分的话，其诗之构成可划作"苏黄二分，范杨五分，陆三分"[2]。枕山主学宋诗，但又不拘囿于宋诗。在学诗上他能够广收博取，既吸收五山、星岩之"性灵"，又兼及"格调"。松下忠在论及枕山诗风时总结道："枕山不以特定的时代或人物分界，所以不能把他归属于唐诗派或者宋诗派，应该说他是以唐宋诗为中心的折衷派。"[3] 我国清季大儒俞樾在《东瀛诗选》中谈到枕山诗学思想时云："枕山于诗学颇近香山一派。其诗云'诗无定法意所属，不要疏宕要精熟。不古不今成一家，枯淡为骨菁为肉'可得其大概矣。"[4]

　　大江敬香在《明治诗家评论》中评论枕山时云："枕山之诗已至臻完善。虽于体制上略有短长，但概而言之，居上乘之绝句，有绝句之妙境，律诗有律诗之妙境，古诗有古诗之妙境。言绝句为其长处者，非知枕山之人也；曰律诗为其擅长者，非知枕山之人也；说古诗为其本领者亦非知枕山之人也；言以绝句之法作绝句，律诗之法作律诗，古诗之法作古诗之人方为知枕山之人也。身为诗家，枕山之诗各体尤

---

①　［日］神田喜一郎：《明治汉诗文集·62》，筑摩书房1983年版，第349页。
②　［日］神田喜一郎：《明治汉诗文集·62》，筑摩书房1983年版，第349页。
③　［日］松下忠：《江户时代的诗风诗论》，范建明译，学苑出版社2008年版，第713页。
④　［日］三浦叶：《明治汉文学史》，汲古书院1998年版，第68页。

备，此为余下各家输其一招之所在。湖山豪，春涛丽，松塘淡，各具特色，枕山则兼而有之。盖湖山、春涛、松塘推枕山为首之故亦在于此。"① 由此可见，枕山在绝句、律诗和古诗方面可谓全才，为当时方家所推服。

正当枕山宋诗一统天下之时，森春涛则树立清新诗风之旗帜，在东京下谷摩利支天街创立茉莉吟社，与下谷吟社相颉颃。

森春涛（1819—1889），名鲁直，字方大、古愚、希英，通称浩甫，号春涛，别号三十六湾书楼、九十九峰轩、香鱼水庐裔。尾张（今爱知县）人，曾随鹫津益斋和梁川星岩学习汉诗。春涛最初在名古屋开设吟社教授汉诗，门人众多，颇有名气，后游历美浓、越前等地，所到之处，皆为人所推重。1874 年春涛初到东京时就曾云"天若借我十年寿，一变海内汉诗风②"，表露出决心力改诗坛诗风的志向。自从茉莉吟社创立之后，春涛在东京诗坛名声渐显。虽然春涛和枕山师出同门，但其诗风与枕山却大不相同。春涛的汉诗词句艳丽、清新典雅、富有神韵。横田天风在《明治的清新诗派森春涛先生（四）》中评论其汉诗时说："先生学识高深，才优力大，夙爱李太白、李义山、李长吉之诗，切劘磨砺不止，遂达浑圆入神之境，余力及处，弁香于清王渔洋，兴于景而感于情，直陶写性情。长于诗中巧用丽句艳词，其妙在声调，在风韵，在丽新清真，天来兴趣津津不尽。"③ 春涛曾经将自己的书斋一度命名为"三李堂"，表明自己诗作的艳丽之风源于"盛锦绣之语于花月之情"的李义山和李长吉，至于将李白纳入其中，只不过是为了"装点门面"，因为李白的诗风与李义山、李长吉完全不同。今关天彭在《森春涛（下）》中也指出了这一点，他说："将李太白冠于首位，只因为李白是诗家之翘楚，仅仅为了体面罢了。"④

森春涛诗风的形成，深受王渔洋"神韵说"的影响。春涛曾用王

① ［日］神田喜一郎：《明治汉诗文集·62》，筑摩书房 1983 年版，第 348 页。
② ［日］入谷仙介、揖斐高等：《汉诗文集·明治编2》，岩波书店 2004 年版，第 440 页。
③ ［日］入谷仙介、揖斐高等：《汉诗文集·明治编2》，岩波书店 2004 年版，第 437 页。
④ ［日］入谷仙介、揖斐高等：《汉诗文集·明治编2》，岩波书店 2004 年版，第 437 页。

渔洋《秋柳四首》的韵而创作了《秋柳四首》，明确表露了他对王渔洋"神韵说"的接受。今关天彭在《森春涛（上）（下）》中指出："春涛诗将香奁体与神韵派合而为一，其文辞清丽、情绪缠绵、音节婉转，又富有清新之感兴，其间虽有俗情媚态之厌，亦我国之一天才也。"①

小野湖山在谈及春涛的汉诗风格时，曾作《题森春涛莲塘诗后》一首表达了自己的看法。诗云："千古香奁韩偓集，继之次也竹枝词。两家以外推妍妙，一种春髯艳体诗。"野口松阳也在赠诗中云："艳体也知风调高，百年只算一春涛。美人香草渊源远，直自西昆溯楚骚。"②堪称春涛艳体诗代表作之一的《岐阜竹枝》中写道："环郭皆山紫翠堆，夕阳人倚好楼台。香鱼欲上桃花落，三十六湾春水来。"③再如《高山竹枝》中一首云："芙蓉水浅涨脂香，杨柳烟轻匀泪妆。银汉红墙楼十七，中藏七十二鸳鸯。"④诗中用词艳丽，声调清婉，艳体诗风可见一斑。

春涛自名古屋来东京后创办茉莉吟社，招徒授业，名声渐显，逐渐取代枕山的下谷吟社而后来居上。出现这样的结果并非偶然，究其原因，大致有以下三点。

其一，积极介绍和鼓吹清诗。明治维新以后，日本不遗余力地向西方学习，传统的汉学被视为过时的无用之物。在社会各方面都在求新求变的大背景下，要让人们重新接受汉诗，就要改变和打破宋诗一统天下的单一风格和沉闷局面，给汉诗注入新鲜的血液。深受清代王渔洋神韵说影响的春涛推崇和提倡清诗，其诗风具有清新雅丽的特点，给渐显颓势的汉诗坛吹入一股清新的活气，受到了诗坛同人和初学者的广泛欢迎。春涛于1877年10月编选张船山、陈碧城、郭频伽三家绝句，出版了《清三家绝句》，1878年8月出版了《清二十四家诗》。

---

① ［日］入谷仙介、揖斐高等：《汉诗文集·明治编2》，岩波书店2004年版，第447页。
② ［日］三浦叶：《明治汉文学史》，汲古书院1998年版，第35页。
③ ［日］森春涛：《春涛诗钞》第1卷，文会堂书店1912年版，第1页。
④ ［日］森春涛：《春涛诗钞》第8卷，文会堂书店1912年版，第18页。

此二书一经出版，大受欢迎。小野湖山在《清三家绝句》"序"中云："高枝难攀，低花易折。是可以评春涛翁所选三家绝句。三家为谁，曰张船山，曰陈碧城，曰郭频伽，皆近世钜匠距今不远。读其诗，恍如闻音吐。近者易解，易解则易学。岂非易折之花耶？若夫自钱、吴、王以迄苏、黄、陆、李、杜、韩，愈高愈难学。庾子山所谓枝高出手寒者，春涛后彼先此，可谓得导人之妙矣。"① 岩谷一六在《清三家绝句》"小引"中写道："春涛翁选张船山、陈碧城、郭频伽三家绝句上梓，其诗只妙雅丽、读之可以发性灵也。曩者江湖社诸老首唱宋诗，有范、杨、陆三家刊本，海内靡然。诗风一变，今斯选行世，余知骚坛俊英有所向往而真性灵之诗出矣。"② 神田喜一郎在分析明治大正年间清诗流行的原因时说："从江户末期至明治、大正近百年间，清诗非常流行。……究其原因，江户末期至明治大正年间，我国汉诗人大都爱读清诗，都将清诗视为汉诗创作的范本。……时代较近的汉诗易于理解且有新鲜味，会直接与读者产生共鸣。"③ 所以，森春涛在汉诗集的选编上充分考虑到初学者的接受能力，将难以学习的宋诗排除在外。将距世不远、易于学习的清诗作为初学者的范本，让他们能够感受到清诗的新鲜味，产生亲近感，进而调动初学者写诗的欲望，通过模拟创作来抒发自己的情感。春涛这样的考虑和做法在当时无疑是非常成功的。

其二，采用灵活的教授方法。春涛以培养诗人为目标，根据门生各自的特点因材施教。他在汉诗教授中不用僻题险韵，而且在教授的过程中，能够征证于人事，寄意于风月，巧喻善谑，让门生自己融会神理，窥其妙境。而枕山在教授上却相当刻板，让初学汉诗的门生从难以掌握的咏物诗开始学起，让门生作古诗长篇。在枕山看来，只要能够熟练掌握古诗，律诗和绝句的学习就变得很容易。而且，他经常将汽车、汽船、电信、铁路等难于入诗的新词语作为诗题。这样无疑

---

① ［日］森春涛：《清三家绝句》，茉莉巷卖诗店存版 1868 年版，"序"。
② ［日］森春涛：《清三家绝句》，茉莉巷卖诗店存版 1868 年版，"小引"。
③ ［日］神田喜一郎：《神田喜一郎全集》第 8 卷，同朋舍 1987 年版，第 163—167 页。

严重束缚了门生的手脚，不利于门生创造能力的发挥。枕山这样的教授方法可能与他在鹭津松隐门下受教的经历有关。鹭津松隐之子鹭津毅堂在《毅堂丙集》诗稿末尾回答门生关于学诗方法的疑问时说："子欲学诗，宜读葩经文选及唐宋大家集，沉浸之久，必有所得。然后发诸笔墨，可也。世之轻俊才子，目先触清乾隆以后诗，为其怀巧所衒惑。物效口吻，盖诗虽工而未成家者。"① 从这段话中或许可以明白枕山教授方法的来由。

岩溪裳川在《砚凹余滴》中评论枕山和春涛时云："世推枕山而重春涛，非私其人，贵其艺所然也。枕山所学（所谓性灵）不能教授于人，春涛所悟（所谓神韵）虽学而不能知，却能传于人。枕翁以僻题险韵教人，课于初学，拘束其才气无启发之地。春翁于初学则反之，诗不必设题，任其所作，尽量开诱其诗才，时而说诗。或征证于人事，寄意于风月，巧喻善谑，以之为资，闻者最终融会神理，窥其妙境。盖学而可得者形也，学而不可得者神也。春翁传其神而枕翁传其形，夫形可模而神难描。枕翁之艺乃一人之艺，枕翁一死复无枕翁矣，故下谷吟社之寥落并非无由。春翁之艺在于善教其才，涵养既久后世不可知能出几个春涛，唯憾其少也。"② 因此，出自枕山门下的知名诗人甚少，仅有植村芦洲、杉浦梅潭、关雪山、沟口桂岩、中根半岭几人而已。而春涛门下弟子出名的较多，加之进入春涛吟社学诗的门人不断增加，因此，对东京诗坛的主导权就逐渐由枕山转向春涛一派了。

其三，诗集和社刊的成功发行。《森春涛先生事历略》中记载："是时天下之风气皆心醉于泰西之学，雅道坠地，终无一人提倡之。先生于此慨然有感，乃先选东京才人绝句，诱掖斯道，稍稍使人知之。"③ 春涛慨叹汉诗地位的衰落，意欲挽回汉诗的颓势，于 1875 年 9 月编辑刊行了《东京才人绝句》上下两册。川田甕江在为其作的"序"中写道："……昔者会交贵贱异等，而今则台阁江湖相唱和，昔者讽

---

① ［日］日野俊彦：《森春涛の基础的研究》，汲古书院 2013 年版，第 126 页。
② ［日］神田喜一郎：《明治汉诗文集·62》，筑摩书房 1983 年版，第 343 页。
③ ［日］日野俊彦：《森春涛の基础的研究》，汲古书院 2013 年版，第 99 页。

世黜罚随至，而今则蛰龙吠犬，言所无罪。昔者咏物花鸟风月，而今则石室、电机、汽车、轮船，耳目所触无一非新题目。是故读今诗，斯知今日之东京矣。知今日之东京，斯知今日之才子矣。近世法人极坐氏著书，记欧洲政治之沿革，名曰文明史。今森翁此编，作诗史读可也，即作文明史读亦无不可。"①

春涛在诗集的编选上，不避官绅处士，不问专门业余，只要符合其主张的清新之作，皆收录其中。诗集中的作者不乏当时的名流大家，有旧时藩主山内容堂，诗人小野湖山、大沼枕山、鲈松塘、大槻磐溪、成岛柳北等一百六十六人，诗作五百六十三首，俨然一个诗坛荟萃。大江敬香在《明治诗家评论》中谈到《东京才人绝句》时云："但凡欲为事，必要有能成事之社刊。有社刊者事易成，无社刊者事难成。今观春涛东京才人绝句的情况，便可知其时运已到。"②《东京才人绝句》的成功刊行，成为春涛奠定东京诗坛地位绝好的试金石。此诗集使中央诗坛的诗风为之一变，很快受到读者的广泛欢迎。同时，这也为他下一步出版社刊《新文诗》创造了良好的社会环境。后来春涛在《新文诗》中收录政界官员、台阁诗人的诗作，受到诗界同人的诟病，但这种做法也正是春涛"经营"诗社的高明之处，是将汉诗融入政治社会的一种努力。《新文诗》中录入官员的诗作，不但能够得到官方的支持，而且更有利于清诗的提倡，可以进一步扩大社会影响。据此可知，春涛具有积极"入世"的一面，这与枕山的消极"避世"形成了鲜明的对比。大江敬香在批评枕山的缺点时说："盖诗若能合于社会，方为振兴诗学之第一方法。然而枕山不知将诗合于社会的必要性，亦不知从诗即诗，社会即社会的观念中走出来，作以与时俱进的改变。虽有报纸杂志，但不知将其作为熙熙堂的社刊加以利用，局促于诗坛之内，不知飞扬于诗坛之外。一言以蔽之，保守而不思进取。着眼大处，于诗学实在可惜。着眼小处，于枕山自身亦是可叹。"③ 大江敬香

---

① ［日］神田喜一郎：《明治汉诗文集·62》，筑摩书房1983年版，第360页。
② ［日］神田喜一郎：《明治汉诗文集·62》，筑摩书房1983年版，第342页。
③ ［日］神田喜一郎：《明治汉诗文集·62》，筑摩书房1983年版，第349页。

的评论无疑是正确的。幕府儒家出身，深受传统汉学影响的大沼枕山，其作为诗人的传统观念根深蒂固，始终抱有一种旧式诗人的孤傲态度，一生没有剪掉象征江户时代的"丁髷"发髻。从他的《东京词三十首》中就可以看出他对维新时期出现的新事物和新现象的不满和对明治社会现实的讽刺。他以诗人自居，坚守一生耕耘的"砚田"，始终与明治政府保持距离。木下周南评论枕山时云："枕山其人是一生结发的守旧家，对趋于新奇之人心、异样之洋风颇感不快即放言论之。"①揖斐高在《森春涛小论》中说："春涛能够巧妙地顺应明治开化期的潮流，能够将两部诗集（按：指《东京才人绝句》和《新文诗》第一集）按计划刊行。而江户遗民、不能正视新时代、顽固不化的大沼枕山则被明显地暴露出来。特别是，在供职于新政府的丹羽花南、永井禾原、神波即山、鹫津毅斋等旧幕以来门人和友人的积极斡旋下，春涛博得了'新政府显官的眷顾'，春涛利用这些有利条件在《新文诗》上实现了'台阁与江湖的唱和'。这样一来，在为明治诗坛指明新方向的同时，对春涛代替枕山执掌诗坛指导权也具有非常重大的意义。"②

《新文诗》第一集刊行时，川田甕江为其作"序"云："厌旧喜新，人情皆然。然举世趋新，耳目所触，无物不新。当是时求新于新，则新者非新，自洋学之盛，蟹文横行，鸟迹渐少。而春涛老人，独守旧业，征近著于旧友，每篇批评，每月刊行。使览者唯见其可喜，而不见其可厌。化腐为新，工亦甚矣。夫官报物价，翻译数目，陈陈相因，屋上架屋，今日新闻纸乃然。人亦盖置彼而读此新文诗。春涛曰，仆守旧业，独不愧于心乎？今获此新文，可谓腐草生光矣。"③阪谷朗庐也赞扬道："顷日阅高选新文诗，不特文诗之新，可喜命名之新奇。何其著意之敏也。盖曰么册子特假音便，以当吾家吟坛新闻纸，抑人事与雅趣则两存不可。微为新闻纸示劝诫于新话，而新文诗放风致乎

---

① ［日］木下周南：《明治诗话》，文中堂1943年版，第15页。
② ［日］入谷仙介、揖斐高等：《汉诗文集·明治编2》，岩波书店2004年版，第446—447页。
③ ［日］森春涛：《新文诗》第1集，茉莉巷凹处藏梓1875年版，第1页。

新韵，皆新世鼓吹之尤者。"①

《新文诗》从 1875 年 8 月第一集开始发行，直到 1883 年 12 月共发行了一百期。"这是明治年间诗文杂志的首唱。……作为纯文艺，发行能达到百集的杂志非常少见。"② 由此可见，《新文诗》这本汉诗杂志在当时受欢迎的程度，同时也可以推知它对明治诗坛所产生的影响。通过《新文诗》，春涛在诗坛名声大噪，茉莉吟社也盛名远播，出自春涛门下的弟子和知名诗人甚多。幕末至明治初年诗坛盛行的宋诗转向了春涛提倡和鼓吹的清诗，诗风也由平淡奇巧的"性灵"转向了清真雅丽的"神韵"。神田喜一郎在《明治汉诗文集》的"编集后记"中对春涛和《新文诗》给予这样的评价："只不过在这个时期里，与明治的新气运相呼应，努力开拓新诗坛的是森春涛，他的活动中有惊人之举。1875 年，他集合了当时各界的汉诗作家，创刊了汉诗文的专门杂志。春涛之子槐南伶俐，父子相携，以《新文诗》为阵地，不遗余力地鼓吹斯道。毫不夸张地说，活跃于明治后半期的很多汉诗人，都是从这里走出来的。我对春涛的功绩给予高度的评价。"③

二　柳北《花月新志》的登场与汉诗文杂志的流行

正值大沼枕山与森春涛两雄相争、逐鹿诗坛之时，非等闲之辈的成岛柳北则立于局外，作壁上观。

成岛柳北（1837—1884），名弘，字叔历、保民。通称甲子太郎、惟弘、温。别号确堂、漫上渔史、何有仙史等。江户（今东京）人，出身于幕末名家，三代历任将军侍讲。柳北自幼随祖父和父亲学习儒学，十八岁出任见习侍讲，后为德川家茂讲授经学。明治维新后，他以幕末遗臣自居，不仕明治新政府。他亲于笔墨，后来出任《朝日新闻》社长，在《朝日新闻》上开设杂录栏，登载社会各界人士投来的诗文稿件，一两年后，受到社会的广泛关注。柳北具有深厚的汉文学

---

① ［日］森春涛：《新文诗》第 2 集，茉莉巷凹处藏梓 1875 年版，第 10 页。
② ［日］日野俊彦：《森春涛的基础的研究》，汲古书院 2013 年版，第 101 页。
③ ［日］神田喜一郎：《明治汉诗文集·62》，筑摩书房 1983 年版，第 401—402 页。

功底，诗文造诣颇深。他不仅仅是一位诗人，还具备一定的政治才能和社会眼光，与森春涛相比，有过之而无不及。而且，柳北在诗文坛的交友范围非常广泛。大江敬香在《明治诗家评论》中评述柳北时说："柳北善于交友，不论台阁江湖，诗人、文章家、歌人中之有名者皆有交往。历来文士相忌相轻，诗坛上有枕山一派，黄石一派，春涛一派，松塘一派，往往外亲内疏。而柳北与枕山、黄石、春涛、松塘交善，四子皆与柳北交，以之为畏友。然非独在诗坛，于文坛亦有甍江一派、成斋一派。……柳北敬重甍江、成斋、篁村，三子皆与柳北交，以之为良友。"① 柳北在发行《花月新志》之前，就已经发现《新文诗》中存在的一些弊病。如，汉诗选录限于台阁，选材范围仅限于诗文，杂志的制作装订②虽然雅致，但费用太高。于是，柳北在1878 年 1 月创办《花月新志》之时，一改《新文诗》的弊病，从社会各界选登优秀作品，在汉诗文录用上，坚持"以诗采人"的态度，反对《新文诗》"以人采诗"只选当时名家能手作品的做法。而且《花月新志》在编辑上，崭新通俗，风格多样，内容涉猎广泛，不仅刊登汉诗、汉文，和歌和翻译文学作品也是刊发的对象。川田甍江在《花月新志》题词中写道："艳莫艳于花，而韶光九十，动多风雨；清莫清于月，而团圆无缺，一岁止十二回。除去阴霾薄蚀，所余几夕？是故春宵一刻，抵金之尊；扬州无类，夸二分之名。若夫西苑摇落，剪采缀英，方丈说法，天女现身，嫦娥窃药，吴刚斫桂，青樽律酒，寻春于醉乡；银烛书屏，身居不夜城。则王者、佛者、仙者、富贵者流之事，而非吾辈所与焉。呜呼！缺陷世界，谁能握如意珠？惟文人才子，藻葩灿然，笔有光彩。余尝赋二十八字，赠成岛君。曰'润笔钱冲买笑钱，秋波春月入新篇。载将艳福兼清福，人在垂杨柳北船'若谓余言不信，请视之《花月

---

①　［日］神田喜一郎：《明治汉诗文集·62》，筑摩书房 1983 年版，第 347 页。

②　《新文诗》杂志装订样式：木版白纸印刷，绿色梅花栏、红罫（红色边框线），四六判（日本的原纸规格的一种，也称为正度纸，尺寸为 788mm×1091mm），装订精美。［日］神田喜一郎：《明治汉诗文集·62》，筑摩书房 1983 年版，第 363 页。

新志》。"① 柳北本人在题言中也说："……故所采录亦惟从余所好，今观斯志者，请莫以诗文集观之，又莫以新闻纸观之。道德家嘲其谐谑，轻狂者骂其陈腐，吾亦全然不顾。果有欲识其真情趣者，棹扁舟于墨江，提弧瓢于东台，往问花神与嫦娥。"② 依田学海对《花月新志》这样评论道："寄迹于风月，娱是非心于烟花；文则骈俪，诗则艳体；墨水之花，柳桥之月，遍访而细评之，花月新志如是已乎？呜呼，是非善读此篇者也。夫司马相如之靡丽，东方朔之谐谑，彼岂本心哉！其谏田猎，论董偃，矫矫乎有直臣之风，能使人主晓然有所感发焉，亦以其文辞之巧也。若夫勃率理论，陈陈腐腐，读未终卷，厌倦思睡，其言则是矣，吾未见其能兴起人心意进于道也。然则寓规风于谐辞，寄议论与绮语，一场花月之谈，未必不胜百篇之论策也。"③

可见，柳北在创办刊物上，不避雅俗，兼而取之。既有诙谐讽刺之作，又有庄重典雅之篇。加之装订朴素，走大众化的办刊路线，因而广受读者的喜爱。东京自不必说，其影响还波及地方诗坛。于是，《花月新志》在诗坛上的地位很快反超《新文诗》，后来居上。大江敬香在《明治诗坛评论》中论及《花月新志》时讲："新文诗特重台阁，而花月新志尤喜江湖。致春涛柳北如此境遇，足证明二家之性质。春涛风流独存于文学之上，柳北风流非居于文学之上，而存于事实之中。学诗从春涛者有之，而爱诗从柳北者更多。其《花月新志》凌驾于《新文诗》，且流行于都鄙，非无故也。"④ 他还说："有柳北，明治年间诗运气脉才得以维持，文学界应牢记勿忘。误认柳北为薄幸杜郎者，不但不足以话柳北，亦不足以论明治诗坛之沿革。"⑤ 诚然，柳北在《花月新志》上的努力，为汉文学者提供了作品发表的园地，也扩大了读者阶层。而且对于这一时期汉诗文的普及、社会各阶层文学作品

① ［日］神田喜一郎：《明治汉诗文集·62》，筑摩书房1983年版，第333—334页。
② ［日］神田喜一郎：《明治汉诗文集·62》，筑摩书房1983年版，第334页。
③ 高文汉：《日本近代汉文学》，宁夏人民出版社2005年版，第74—75页。
④ ［日］神田喜一郎：《明治汉诗文集·62》，筑摩书房1983年版，第334页。
⑤ ［日］神田喜一郎：《明治汉诗文集·62》，筑摩书房1983年版，第347页。

创作的繁荣以及诗文运的维持和发展做出了突出贡献。

如此一来，以《花月新志》为阵地的成岛柳北，以《新文诗》享誉诗坛、成为诗坛新盟主的森春涛以及表面上从诗坛下落但余势尚存的大沼枕山三人在中央诗坛形成"三足鼎立"的新局面。1884 年前后汉诗趋于兴盛的重要原因之一就是《新文诗》和《花月新志》的流行。乘汉诗文兴盛的潮流，各种汉诗文杂志不断出现，汉诗文集的出版也变得活跃起来。除了上述《东京才人绝句》《新文诗》《新新文诗》《花月新志》之外，还有许多诗集和杂志在这一时期大量涌现，较有名气的诗集和杂志还有以下数种。

诗集。拥万堂编、文正堂辑录的《明治三十八家绝句》（1871年），分上中下三卷，入选诗人三十八人，诗作七百七十五首；关鸭渚编纂的《明治十家绝句》（1878 年）中皆收录当时最具代表性的诗坛大家之作；浅见绫川编辑的《东京十才子诗》（1880 年）中的诗人都是不满三十岁的诗坛新秀；谷嘤斋编辑的《明治百二十家绝句》六册（1882 年）中部分诗作和《东京才人绝句》有所重复；俞樾编辑的《东瀛诗选》四十卷补遗四卷（1883 年）中录诗五千余首；水越耕南、龟山节宇撰评的《皇朝百家绝句》（1885 年）中收录赖山阳、梁川星岩以下百人之作。

杂志。佐田白茅创刊的《明治诗文》（1876 年 12 月—1881 年 1 月，后更名为《明治文诗》）主要收录政坛显要、文坛名流的作品，主要反映上层社会的思想和风潮，与《花月新志》雅俗兼收的大众刊物大相径庭。他在"例言"中明确写道："此编专采体格严正可为法则者，及雄伟光明可传于不朽者。若浮华纤功、猥亵失体者，概不采录（汉土人物论亦不录）。虽春兰秋菊并收，亦不敢薰莸相混。"[1] 吉田次郎的《古今诗文详解》（1880 年 12 月—1887 年前后）"专门汇集现今诸家诗文，兼载古人之作，悉解释其意义"[2]。以初学者为对象，比《明

---

① ［日］神田喜一郎：《明治汉诗文集·62》，筑摩书房 1983 年版，第 383 页。
② ［日］神田喜一郎：《明治汉诗文集·62》，筑摩书房 1983 年版，第 383 页。

治诗文》更加注重读者阶层。其刊行后，广受欢迎，每号发行高达三千部，远超《新文诗》和《花月新志》的发行量。石井南桥的《桂林一枝》（1878 年 11 月—1882 年 4 月）、大内青峦的《昆山片玉》（1878 年 11 月—1887 年前后）、总生宽的《圭玷新评》（1884 年 2 月—1886 年前后）、小川果斋在大阪刊行的与《新文诗》体裁、内容颇似的《熙朝风雅》（1885 年 3 月—1886 年前后）、森川竹磎创刊的《鸥梦新志》（1886 年 1 月—1900 年前后）等，在当时创刊的汉文学杂志中，都是比较有影响力的知名刊物。

虽然汉诗文在一定程度上出现了繁荣的局面，但是当时有志于文学的人大多把目光转向了洋书，转向了西洋文学的学习与研究。1884 年 11 月成岛柳北去世，之后日本文坛知名的汉学家也相继辞世，汉诗文坛受到很大打击，逐渐显现出衰退之象。《花月新志》也在柳北辞世不久便宣告停刊，盛极一时的《古今诗文详解》发行量逐年递减，于 1887 年停刊，其他杂志的命运也就可想而知了。汉诗文杂志的发行量犹如一个晴雨表，直接反映出汉诗文发展的兴衰变化，通过这些杂志就可以了解汉诗文在明治初期的社会影响和在人们心中的地位变化。

三　汉诗吟社的林立

明治初期除了大沼枕山的下谷吟社和森春涛的茉莉吟社之外，还有其他诗社大量存在，有的在东京，有的则在地方。从诗社吟社的林立也可以从侧面看出汉诗文的兴盛状况，此处仅对其他诗社吟社的基本情况撮其大要简略叙之。

旧雨吟社

1872 年藤野海南与旧友文人重野成斋、冈千仞、鹫津毅堂、小笠原修之、阪本朗庐、横山德溪，诗人小野湖山、鲈松塘等人聚于自宅相谈，每月一次于不忍池长酡亭举行诗文会，定名旧雨社，诗会人数最多时达到二三十人。旧雨社原本以文会为主，后来不断有人携诗参会，小野湖山担任诗文点评。于是，旧雨社又被称为旧雨吟社，藤野

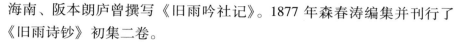

海南、阪本朗庐曾撰写《旧雨吟社记》。1877 年森春涛编集并刊行了《旧雨诗钞》初集二卷。

七曲吟社

下谷吟社名震天下之时，与枕山同出星岩之门的俊才鲈松塘于 1870 年 9 月在浅草向柳原开设吟社，名为七曲吟社。该吟社虽处东京，但其势力却扩展至地方，与东京诗人之间的唱和甚少。因此，七曲吟社之名望与东京相比，反而在地方更为出名。1878 年鲈松塘编辑诗社诗集《七曲吟社闺媛绝句》一册，1879 年有马则兴、关三一编辑《七曲吟社绝句》二册和《七曲吟社诗》二册四卷。

晚翠吟社

1878 年 9 月创立，向山黄村任社主，1906 年 7 月解散。黄村诗宗尚东坡，以东坡的"诗贵自得"为创作旨归，其诗作自然平易，感情真挚，他甚至将其居所命名为"景苏轩"。吟社每月一次在不忍池畔的湖心亭召开诗会，大沼枕山、小野湖山和鲈松塘担任诗评。1891 年 10 月枕山殁后，黄村担任诗评，偶与河田贯堂、杉浦梅潭三人共评。1897 年 8 月黄村殁后，由西冈宜轩、田边松坡、杉浦梅潭、冈崎春石继任诗评，诗卷众多，达三百三十四卷。

不如学吟社

晚翠吟社中的小团体，诗社成员大部分是晚翠吟社的成员，但也有不少新面孔。吟社诗集有《不如学吟社草稿》（又名《樱莲吟社诗集》）三册，第一册中有晚翠吟社第一、三、五、六诗集和相关的详细注释。

麴坊吟社

麴坊吟社又名读杜诗社，由骚坛老将冈本黄石主持。黄石原为旧幕时代彦根藩的家老，时势易变后退隐，是当时屈指可数的汉诗人。黄石人品诗品高尚，诗宗杜甫，但黄石自己从未以诗人自居，也从未将吟社势力放在心上，也从未考虑主导诗坛，有人请教汉诗，黄石也仅作教授而已。中央诗坛文人知其诗名者甚夥，而地方知其名者甚鲜。聚集于麴坊诗社的诗人颇多，有杉听雨、田中青山、岩谷一六、大岛怡斋、丁野丹山、横田竹泉、日下部鸣鹤、矢土锦山、田边松枝、福井学圃、金井金洞等数十人。

茗溪吟社

旧幕时代旗本子弟就学于昌平黉，废藩后毕业生陆续聚集于东京。1882 年 2 月，川口东州主盟创立茗溪吟社，以赋诗酌酒为乐。社中诗人有结城虚舟、竹岛醉竹、堀井俞辣、木曾直干、内藤处、高桥一凤、乙骨华阳、清水鲁堂、吉田梅亭、浅井成堂、吉川六石等数人。供职于会计检查院的川口东州在工作之余还教授学生书法，入门求教者甚多，遂开设私塾有填楼。由于平日工作过于繁忙，经常不能如约参会，于是吟社 1892 年宣布解散。吟社召开诗会共计四十五次，每次成诗一卷。后来川口东州录其中诗作，于 1896 年出版了吟社诗选集《茗溪吟社诗钞》。

白鸥吟社

1878 年由依田学海、成岛柳北、瓜生梅村和籾山衣洲等人创立于墨田河畔。

梦草吟社

1877 年前后由关泽霞庵创立，入社诗人有神波即山、近卫霞山、北川龟城、岩溪裳川、松原竹秋、大江敬香等人。1881 年吟社诗集与关泽霞庵的个人诗集均遭祝融之灾，全部焚毁。

龙邱吟社

1878 年神波即山从政府退休返乡，在其家乡龙冈创立该社，教授诗书。诗社曾招请鹫津毅堂讲授《诗经》，但吟社门生认为鹫津毅堂讲义拙劣，对其评价不高。因此，龙邱吟社一直萎靡不振。

玉川吟社

以长三洲、秋月橘门为中心人物，每月在玉川俎桥畔玉川堂召开诗会。吟社成员有广濑青村、南摩羽峰、那珂梧楼、藤田吴江、城井锦原、后藤柳处、浦田改亭、池上秦川、水谷奥岭、福井学圃、隈静斋、松平天行等数人。1885 年由隈静斋、水谷弓夫编选刊行吟社诗集《玉川吟社小稿》两卷。

大手吟社

1880 年由内务、大藏和农商务三部门的台阁官员联合创立。大沼枕山出任吟社指导，与植村芦洲、菊池三溪一同兼任诗评。枕山门人大森惟中主编的诗集有《扛鼎集》四卷、续两卷，1884 年刊行。

优游吟社

以小野湖山为指导者的地方吟社，位于关西大阪。湖山晚年游历京都，与冈本黄石、江马天江、谷如意、赖支峰等诸文人多有交游。1887 年 1 月 6 日受邀于大阪吟醉楼，与菊池三溪、五十川切堂、小原竹香、藤泽南岳、日柳三舟、林栎窗、石桥云来、加岛菱州、绪方南湫宴集畅饮，席间赋诗。7 日远藤松云又在吟醉楼设宴招请，碧明吟社诸子齐聚一堂，席上作诗，遂结为诗盟，始有优游吟社，诗社邀请小野湖山在大阪举行诗会。1889 年小野湖山将诗社诗作进行选录，成《优游吟社诗》两卷并出版发行。

月泉吟社

地处横滨的一个小吟社，由平塚梅花主办。其余社友有早川梅后、市河水哉、大矢南亩、横沟黄中、田边梅仙、古山淡海六人。出版吟社诗集有《月泉吟社诗》一册，其中收录 1883 年 6 月至 12 月的社友诗作。

正葩吟社

1881 年由越中人山田新川在东京创立，他非常反感当时诗坛汉诗中的浮调绮词，提倡蕴藉雅驯的汉诗作品，故而以“正葩”作为吟社之名。

爱琴吟社

1882 年秋，由大江敬香在公务之余为教授汉诗而创立的吟社。社中聚集有当时知名的后进诗人，有福井学圃、野口宁斋、大久保湘南、佐藤六石、落合东郭、森川竹磎、谷枫桥等数人。

佛珠吟社

1881 年创办于千住，规模甚小，每月依次在吟社会员家中举行诗会，会员有森鸥外、宫崎晴澜等数人。

莲池吟社

1879 年王韬赴日东游。他于 3 月 25 日出席东台长酡亭诗会，参会的日本知名诗人甚多，有小野湖山、藤野海南、鹭津毅堂、冈鹿门、龟井省轩、小牧樱泉、佐田茹斋、鲈松塘、三岛中洲、小山春山、大乡学桥、河野芬汀、村山拙轩、木下梅里、西尾鹿峰、猪野熊梁、野口犀阳、星野丰城、川口江东、蒲生绡亭、平山焦阴、寺田望南、重野成斋等。此诗会记于王韬撰写的《扶桑游记》的《东台之会·一月一集》之中。

5月27日王韬出席东台娇语亭之会。凡出席者，每人出资五十钱，重野成斋、冈鹿门、森春涛、阪本朗庐、关根痴堂、马场不知姣斋等人也纷纷出席。此次诗会马场不知姣斋记为《莲池吟社》。这样看来，长酡亭诗会也应该属于莲池吟社的诗会。但是，莲池吟社与其他吟社大异其趣，无吟社之实，仅为诗人相互交友愉情之所。

通过这一时期林立的诗社，我们也可以窥见汉诗兴盛之一斑，汉诗吟社的创立对于汉诗坛的维系与振兴发挥了重要的作用。以汉诗吟社为中心，大家名手可以教授门生，提掖后学；亦可以对汉诗品评优劣、指点谬误；亦可以与同人交流唱和、谈音论律；亦可以倡导己见，谈论古今；亦可以一展才华，交友愉情；亦可以结集出版，诗史留名。汉诗吟社的林立现象反映出当时汉诗繁荣的历史面貌，可以窥见当时诗人对汉诗风格的喜尚爱好，亦可看清当时诗风变化的社会动向，让我们可以在真实的历史场域中了解和探寻汉诗变化的深层原因，为明治初期的汉诗研究提供了非常重要的历史参考资料。

第二节　汉诗坛鼎盛期
——星社时代（1891—1897年）

一　星社的复兴

1884年成岛柳北去世，1889年诗坛盟主森春涛离世，1891年大沼枕山也寿终正寝，汉文学界的元老们相继辞世，诗社和杂志也相继停办，汉诗坛陷入极度衰微的境地。

森春涛晚年创办的星社是明治中后期最大的诗社，凡是能作汉诗者，无论老少皆可加盟。春涛在其居所召开星社例会，在星冈茶寮举行大会。由于春涛年老多病，星社在一段时间内处于半停顿的状态。森春涛殁后，学习汉诗的门人又聚集于其子森槐南门下。1890 年在国分青崖、本田种竹和大江敬香的提议下，拥立森槐南为盟主，准备聚集一批新进的青年诗人复兴星社，槐南本人也有承继父志的打算，于是便起而应之。

这一时期，日本国内政界围绕国会的设立，社会上掀起政治热潮，改革之势席卷全国。坪内逍遥著《当代书生气质》为小说界的革新摇旗呐喊，社会各方面的改革之风也随之勃兴。在这样的社会大背景下，星社再次复兴，而且加入星社的成员都是充满革新意识的青年诗人，在诗风宗尚上并没有什么拘囿。1890 年 4 月 3 日《国民新闻》中《中央汉诗坛的变迁》一文中这样写道："所谓青年汉诗家求同存异之团结，大有希望压倒老派诗家，掌握汉诗坛之主导权于自己手中，故而他们作为汉诗坛革新之风云儿疾呼于天下。"① 与以往吟社不大相同的是，森槐南领导的星社带有浓厚的时代改革色彩。在槐南和星社青年诗人们的共同努力下，汉诗文坛出现了百花齐放的繁荣景象。

文艺评论家、汉诗人大町桂月将这段时间称为汉诗的全盛期，并将这一"奇怪现象"的出现归结为"汉诗写作技巧的发达"。他在《明治文坛的奇现象》一文中云："时至明治，西洋文学、思想迅速涌入，此未足奇；小说改头换面而勃兴，是亦未足奇；新体诗勃兴亦非奇也。原以为势必衰亡之汉诗却兴旺繁盛起来，且技法纯熟，此乃吾最感意外之处。汉籍传入两千年，未及明治时代汉诗写作技巧之发达。……明治二十年代确是汉诗之全盛时代。"②

俳坛骁将正冈子规在其随笔中也写道："今日之文坛，歌、俳、诗三者相比较而言，其进步程度，诗为第一，俳句第二、和歌第三。"他还为这样的结果给出了自己的解释："余以为新闻杂志之文学中汉

---

① ［日］三浦叶：《明治汉文学史》，汲古书院 1998 年版，第 54 页。
② ［日］大町桂月：《笔のしづく》，公文书院 1911 年版，第 172 页。

诗比较发达，和歌下落，汉诗腾贵，虽稍难接受，但其中原因有二。其一，歌人无见识，与歌家相较，诗家之见识犹在数等之上；其二，汉语言丰富，句法变化多端，和歌语言区域狭窄，字数亦少。"① 同时，正冈子规还对复兴汉诗的参与者给予了高度的评价："明治维新改革之成就者，并非幕府遗老，而是二十岁前后之青年。日本汉诗界之振兴者，亦非天保臭气之老诗人，而是后进之青年。"②

处在这一社会历史变革期里的青年汉诗人，对于振兴与繁荣汉诗方面所做出的贡献的确不小。年轻诗人思想活跃，富有变革激情，他们希望从陈陈相因的汉诗俗套中走出来，运用汉诗文自由地表达自己内心的想法和思想感情。

星社复兴后，并未创办社刊。社内才俊大多出任报纸、杂志汉诗栏目的评论员，对来稿进行选录评论。槐南以"菊如淡人"为号，坐镇报纸《东京日日新闻》，以"说诗轩主人"为号坐镇报纸《国民新闻》，其诗文评论颇受圈内同人和大众读者的重视；国分青崖、本田种竹和桂湖村坐镇报纸《日本新闻》，他们的诗评也备受珍视，特别是国分青崖的诗评更被视为珍品中的珍品。岩溪裳川、大江敬香客座杂志《精美》，以诗评而享有盛名。甚至在这一时期，被报纸杂志刊载的诗作未获得他们的品评，诗文作者甚至会产生一种无法名状的遗憾和失落。

随着星社势力的不断壮大，社会影响力也逐渐增强，星社内部同人之间的唱和之作、名手大家作品在各大报纸、杂志上不断刊载，星社逐渐确立了在中央诗坛的中心地位，森槐南也成为中央诗坛的新盟主。槐南主导的星社主要提倡明清诗，尤其是清代吴梅村的诗，故而吴梅村的诗集在当时备受追捧，一时洛阳纸贵。

二 明治中期三大家：槐南、青崖、种竹

森槐南（1863—1911），名大来，字公泰，通称泰二郎，号槐南、

---

① ［日］木下周南：《明治诗话》，文中堂1943年版，第354页。
② ［日］木下周南：《明治诗话》，文中堂1943年版，第356页。

扫雪山童、台南小史、秋波禅侣、菊如淡人、说诗轩主人等，尾张（今爱知县）人。自幼随父学诗，后随清人金嘉穗习汉学，之后入永井三桥门下学习绝句。槐南在英语学校学习期间，酷爱中国古典小说，曾遭其父春涛训斥，后放弃英语，专心治诗，得到鹫津毅堂、桥本蓉塘的悉心指导。

槐南承其父春涛之衣钵，推崇清诗。但同时他又在唐诗的基础上加入吴梅村的苍凉，王渔洋的神韵，郭频伽、陈碧城的艳丽，诗风自成一家。槐南诗才富赡，故常有恃才放旷之举，作诗喜欢追求奇僻。他通晓汉文小说，诗作中常常带有汉文小说的口调。因而，有人在《学庭志丛》上评论槐南时云："君之诗不落家声可感也。然有带小说之口调，时或落奇僻谓是其所学失正鹄笑。名声虽噪世间，遂非大家之气象也。"①

田冈岭云在《今日之汉诗人》中也批评道："自古称此人轻佻，今日吾一叹，今日之汉诗人无知者不鲜。彼之一人中果有真素养、真定见乎？唯其于诗语之上作钉饳补缀而成句章，全无气魄神情。待人亦轻佻浮薄，表面苟合阿附，实则相互妒忌排挤，心事陋恶。如彼之槐南，剧秦美新之徒，媚上而骄下，藉其父之余威而主盟社，其德不足论，其学亦未有过人之处。若以此人为诗人中泰斗，所谓汉诗人一辈之德学岂非不言自明哉。杜甫之沉痛、李白之飘逸、东坡之阔达，于今日之诗人中亦难求。彼之人轻佻、偏狭、阿媚，彼之诗亦气魄神韵皆无，不亦宜乎？"② 这段评论将讽刺与谩骂都集于槐南与槐南派诗人身上，历数槐南及槐南派诗人品性之低劣、诗品之轻佻、学问之孤陋、作诗之堆砌辞藻言之无物、毫无感情更无诗之神韵气魄等诸多"鄙陋"，将槐南和槐南派的诗人及其汉诗批驳得一无是处。很明显，如此严苛的评论显然是失当的。首先，槐南作诗巧妙，富含韵致，诗风艳丽，诗中可能会有浮薄轻佻之处，但是将其缺点过度

① ［日］三浦叶：《明治汉文学史》，汲古书院1998年版，第66页。
② ［日］田中贡太郎：《土佐五人随笔集》，人文会出版部1922年版，第254—255页。

放大，恐有失公允。其次，槐南在诗学研究方面也颇有建树，曾著《唐诗选评释》《杜诗讲义》《韩诗讲义》《李义山诗讲义》《玉溪生讲义》《唐诗研究法》《做诗法讲话》《古诗平仄论》等书，若槐南真是文才不济，恐难为之。实际上，田冈岭云的评论是在特殊的历史背景下产生的。当时推崇和提倡汉魏古调的政府官员、汉诗人副岛苍海对国分青崖高古浑厚的汉诗风格颇为激赏，故而国分青崖从星社脱颖而出，标榜汉魏盛唐复古之风悄然勃兴，槐南艳冶之清诗风遂显颓势。由于青崖与槐南在诗风和性格上的不和，二人矛盾越积越深，最终青崖愤然退出星社，这就是明治诗坛的"星社内讧"。再次，田冈岭云的评论与明治二十年代日本国内反思激进的西化政策而意欲复兴"东洋精神"的社会思潮有一定的联系。田冈岭云本身就是一位汉文学复兴的鼓吹者，他在《今日之汉诗人》中通过对诗人愚庵的评论流露出对青崖的赞赏："此等鸡群之中，独愚庵（按：禅僧天田铁眼）为崭露头角之孤鹤。彼之诗杳然无香火之语，枯淡简朴。词短而意永，言外情趣摇曳，五言绝句宛如唐人口吻。彼虽蔬笋之徒但不陷诗理。彼虽悟道所得虽多，亦可视为诗人一种之天才。近世诗坛吾所推服者唯有此人，若除却此人与青崖，其余不足道也。"① 由此可推知，他对槐南的贬低是在有意或无意之间站在赞扬青崖的立场上作出的。

国分青崖（1857—1944），名高胤，字子美，通称豁，别号太白山人、名桥老隐、默水渔仙、石楠庄主人、敬日楼主人，仙台人。十三岁入昨并凤山门下学习汉诗，后师学冈鹿门。青崖诗作多以怀古、咏史见长，师宗杜甫，又喜元遗山、李空同。诗作纵横排晏，诗风苍古雄劲，有一种豪快之气。其名作《芳山怀古》"闻夕君主按剑崩，时无李郭奈龙兴。南朝天地臣生晚，风雨空山谒御陵"给人一种压迫感。田边碧堂游历中国时，曾将青崖诗作示于中国诗人，中国诗人看后评价云："雄劲绝无浮华之病，在近时作家中一种出色。只一片忧

---

① ［日］田中贡太郎：《土佐五人随笔集》，人文会出版部 1922 年版，第 254—255 页。

陶之气，流露来不遑经锻炼也。往往有生硬疏豪之句，是君之长处，亦是君之短处也。"① 青崖对于楠木正成这个日本历史人物推崇备至，有关楠木正成的诗作很多，诗中多含剑气，多讲道理，因而没有受到当时中国诗人的青睐。

副岛苍海在报纸《日本新闻》上读到青崖的七言古诗《风雨观华严瀑布歌》，备感钦佩，随即次韵一首赠与青崖。之后又专程驱车拜访青崖，二人促膝长谈，意气相投。在副岛苍海的鼓励下，青崖在诗坛的名气大振。

"星社内讧"之后，青崖归隐，潜心围棋，不再过问诗坛诸事。1920 年前后，青崖不忍心汉诗坛之凋敝而出山，执掌大正、昭和时期的中央诗坛。青崖为人恬淡寡欲，不好刊行诗集。他将时事政治、人事、天变、地异作为诗材写入汉诗，发表于报纸评林栏目，其大多数诗作是为讽刺时弊之篇。后来，他将部分"评林诗"编集成《诗董狐》一书出版发行。正冈子规读罢《诗董狐》谈及感想时说："……其书以诗经作序，楚辞作跋，发凡三十六则足见作者识见。诗凡一百零八首皆讽时事骂世俗。以哭群鬼（磐梯山破裂）一篇起始，以松菊幽（木户）柱石臣（大久保）悲末路（西乡）三律结束，此中有作者之微意。夫评林者，取材于时事，遣以韵语者也。故材料皆俗，皆野、皆污、皆臭，是极非文学性者也。……而从另一方面看来，俗虽俗，但在俗趣的修饰上则多要修饰之伎俩。评林可观之处实在于此。诗人、政治家众多，而能将这般时事问题一一写成地道之诗作、像样之韵文者，青崖之外焉有他人？评林真可谓青崖独属，他人不能窥其门户。"② 由此可见，青崖汉诗方面深厚的功力与造诣，以及在熔炼诗材和汉诗创作上的醇熟技巧。

本田种竹（1862—1907），名秀，字实卿，通称幸之助，号种竹、梦花居士，阿波德岛（今德岛县）人。曾从藩儒冈本午桥修汉学，壮

---

① ［日］三浦叶：《明治汉文学史》，汲古书院 1998 年版，第 71 页。
② ［日］三浦叶：《明治汉文学史》，汲古书院 1998 年版，第 70—71 页。

年时至京都从江马天江、赖支峰、谷大湖学习汉诗。1884 年来到东京，走入仕途，最后供职于内务大臣官房秘书科。1897 年漫游中国中部，1904 年离职，潜心诗文。曾出入于大沼枕山、森春涛、向山黄村和杉浦梅潭门下。星社成立后，种竹一跃成名，成为当时诗坛重镇。1906 年种竹创办"自然吟社"，同时又出入于雪门会、花月会、剪灯会、檀栾会、随鸥吟社之间，社交诗会非常频繁。中日甲午战争爆发后，他代替从军的国分青崖担任《日本新闻》汉诗栏目主编。子规曾评论种竹的汉诗处于槐南与青崖之间，且最解风雅，世上评论种竹诗中略带俗气只不过是不解风雅而已。种竹酷爱梅花，遍游赏梅胜地，吟咏于诗中。子规对其咏梅诗颇为赞赏："余大胆断言古来咏梅花者无有人能出种竹之右也。"① 种竹晚年研究清初诗人，倾倒于钱谦益、吴梅村、王渔洋和朱竹坨等人的诗风，著有《怀古田舍诗存》《戊戌游草》《梅花百种》《墨水百律》等。

正冈子规虽然立身俳坛，但是也很擅长汉诗。所以，他对诗坛的发展情况也就颇为关心。他曾在 1896 年 9 月 5 日的一篇文章中论及青崖、槐南、种竹"三大家"的诗风特色时说："与其他文学都以东京作为中心一样，汉诗亦以东京为中心。东京有三诗人，曰国分青崖，曰本田种竹，曰森槐南，此三人成三派鼎立之势，不相上下。东京诗人亦多依附此三派，各张门户之见。青崖诗为世人评以'雄浑'二字，故其题目喜采壮大者。如其《游富士》《游日光》之诗，一时震惊诗界。吾闻有人评其游山诗最为巧妙，游辽东诗佳篇亦甚多。石田东陵、桂湖村私淑青崖，诗风颇似，二人与青崖喜好相同，崇尚豪壮之题。若用喜好之题目为诗，必共得其妙。槐南与青崖正相反也。青崖取所好之题为诗，尽去俗题，槐南将喜好之题与俗题巧玩股掌，为诗有重技巧而胜诗美之倾向。炫技本属人之常情，槐南诗题选择广泛，特喜俗题难题，牵强为之，于诗中切迫之处多有夸耀，其巧言善辩，可谓天下独步。若以青崖所选之题目令槐南作之，固然可为，但终难

---

① ［日］三浦叶：《明治汉文学史》，汲古书院 1998 年版，第 73 页。

见青崖诗之神韵。种竹身处青崖与槐南两者之间，其选题似青崖之不狭，不斥格调又与槐南不同。可以说，选题广泛虽与槐南相似，但在俗题上却不如槐南那样倾注心力。其纯格调之诗不如青崖。青崖不选而槐南不用之雅趣，种竹却能独入诗篇。虽不知青崖和槐南对雅趣作何见解，但综而论之，二人不如种竹能解雅趣。雅趣未必在高山峻岭之间，亦未必在怒涛奔流之边，亦未必在模拟古韵之处。雅趣可得于一草一木之间，亦可得于细径小流之边。虽不见南山，市中小园可有雅趣，不谙古语古诗，与伧父谈话亦有雅趣。能解此中滋味者，种竹也。有人或曰'种竹诗略带俗气'，谓此俗气者乃误解雅趣者也。雅与俗相远而近，雄浑与俗相离而非可容之类。种竹定有欲为雅而陷于鄙俗之事。吾亦多少认同俗气，若以些许俗气而掩其长处，乃吾所不取也。世人皆知青崖与槐南之长处，而误解种竹者甚众，故吾为种竹而发一言。青崖游山诗已成旧事，新作尚未完成。今尚未闻槐南新作之消息。近日早稻田文学所载《美人梦商标图》一篇，足见槐南诗之技巧之妙。……种竹诗古体《芳野村观海》、五律《月濑观海》皆可视为近来之杰作。种竹诗中有'翠雨出竹飞'，'莲花池上开'之句，以吾目观之，雅趣实在此处。此三人之优劣吾不能判，以公平之眼视之，吾信其各有所长，可并立而存，无判其优劣之必要。"[1] 正冈子规之评语能击中三人之要害，评论鞭辟入里，论及各自长短亦未厚此薄彼，与田冈岭云抑槐南而扬青崖之评论相比而言，柔和中肯，可谓的评。

三　星社以外的吟社

这一时期，除了星社以外，东京和地方均有其他汉诗吟社存在。虽然它们在诗坛的地位无法比肩星社，影响不如星社那么大，但是对于汉诗的发展起到了活跃和延续的作用。

涵咏吟社

1892 年福井学圃在自己居所创立涵咏吟社，与星社相对，在诗坛

---

① ［日］三浦叶：《明治汉文学史》，汲古书院 1998 年版，第56—58 页。

另树一旗帜。学圃初学诗于冈本黄石与长梅外，后学于冈本黄石之高足大岛怡斋。诗法精进，诸体兼备，尤爱汉魏诸家诗集，长于律诗，诗风清隽雅淡。创设吟社之时，承蒙恩师支持，又得到小野湖山、岩谷一六、向山黄村、依田学海、信夫中轩等人的外援。于是，吟社在诗坛上也颇受重视。吟社中的诗人有：村冈栎斋、秋月天放、上真行、丸山龙川、三谷耕云、胜岛仙坡、久保天随等数人，后来冈崎春石、末松青萍、大岛怡斋也加入吟社。吟社活动一直持续到1919年，学圃殁后，吟社遂废。

昔社

1890年，原处国外的幕府旧臣为了相聚叙旧，于每月二十一日定期聚会，而将二十一日合为一字即为"昔"，于是就有了昔话会，田边莲舟担任座长。后来，参与聚会的人中喜好汉诗者数人，于是于1895年创立诗会，每月一次在上野东照宫社务所召开诗会，以田边莲舟为盟主，昔社由此创立。参会者有田边莲舟、水品梅所、乙骨华阳、嘉山昆笃、石川必堂、内藤柳处、冈崎西江、山本铁杵等数人。后来，昔社也允许与旧幕无关的人员参与，其中有平山竹溪、太田建庵、草间天葩、村上琴屋、细贝香塘、汤河远洋、石川文庄、武居东谷、丰岛慎斋等数人，田边莲舟担任诗文评正。莲舟殁后，冈崎春石继任社长。

小鸥吟社

1888年由北川霞庵创立。每月一次在霞庵居所召开诗会。参会者有岩溪裳川、神波即山、矢土锦山、丹羽濑桓斋、富士五桐、土岐交山等人，森春涛、岩谷一六、野口松阳等数位诗坛大家莅临参会。

雪门会

1897年由关泽霞庵创办的吟社。霞庵在诗界交友广泛，会中诗人有神波即山、岩溪裳川、森春涛、森槐南、杉浦梅潭、矢土锦山、大江敬香、野口宁斋、阪口五峰、宫口鸭北等数人。关泽霞庵著有《霞庵诗钞》六卷，于1926年离世。

森春涛去世之后，他在诗坛的影响尚存。而且春涛门下俊杰不少，与政府部门的台阁诗人多有联系，以春涛既往的名望和诗坛好友的支持，复兴诗社自然会得到诗坛的广泛响应。其子槐南诗才富赡，后又进入政界，受到伊藤博文知遇，同时，他与星社成员在各大报纸担任汉诗评正，所以星社在诗坛的影响日剧。其他诗社则主要是由志趣相投的诗界同人以汉诗为中心召开的小范围聚会，虽偶有重量级人物参会，但与星社相较，范围较小，影响有限。尽管如此，在星社一家独大的诗坛中，其他诗社自树旗帜，彰显不同的诗学观点，有助于打破诗坛单一诗风的不利局面，更有利于推动汉诗风格的多元化发展。

四　报纸汉诗栏的兴盛

自 1890 年开始，东京的中央日刊报纸上皆开设有汉诗栏，收录和刊载汉诗，并设有当时知名诗人专门担任汉诗编撰，进行诗作评论，汉诗创作遂呈现出繁盛的景象。

《东京日日新闻》是当时的御用报纸，其中开设的文苑栏目大多登载台阁诸公的诗作，森槐南曾以"菊如淡人"为名，担任汉诗评正。

森春涛去世后，森槐南接管《每日新闻》[①] 中"沧海拾珠"栏目，担任主编一职。与《东京日日新闻》的"文苑"栏目"以人载诗"不同的是，槐南将《每日新闻》的"沧海拾珠"栏目作为重点，在"沧海拾珠"中采取"以诗载诗"的态度，录用来自社会各界诗人的作品。但是，此栏目之中星社成员的诗作多有刊载，外人看来《沧海拾珠》好似星社诗人发表汉诗的专栏一般，因此颇受世人诟病。

1889 年创刊的报纸《日本新闻》中也开设"文苑"栏目，刊载汉诗、和歌和俳句，国分青崖以太白山人之名担任主编。中日甲午战争爆发后，青崖从军，本田种竹接任该职，其影响与担任《东京日日新闻》汉诗栏目主编的森槐南旗鼓相当。

1890 年创刊的报纸《国民新闻》由德富苏峰任主编，森槐南以

---

① 原名为《横滨每日新闻》，1871 年（明治四年）创办，是日本第一家日报，1886 年（明治十九年）更名为《每日新闻》。与 1872 年 3 月（明治五年）创刊的《东京日日新闻》、1872 年 7 月创刊的《邮便报知新闻》并称为日本早期三大报纸。

"说诗轩主人"为名担任诗评，文苑栏目在当时颇为兴盛。

1872 年创刊的报纸《邮便报知新闻》由栗本锄云担任汉诗栏目主编；1882 年创刊的报纸《时事新报》由福泽谕吉任主编，关根痴堂任汉诗栏主管；《朝野新闻》上也刊载汉诗，最初由成岛柳北主持，成岛殁后，由大江敬香继任汉诗栏主编，之后由福井学圃继任主编一职；1890 年创刊的报纸《国会新闻》由籾山衣洲担任汉诗评论。

地方报纸中《大阪每日新闻》的木苏岐山、《新爱知新闻》的津田杉南、《中京新闻》的奥田抱生、《扶桑新闻》的服部担风等人都担任过汉诗评正。

日本近代报纸业的勃兴推动了日本近现代文学文化事业的发展和繁荣，汉诗文也借助报纸这个新兴的媒介扩大了社会影响。当时著名诗人、文人大都将报纸杂志作为倡导自己诗学观点、推行自家诗风、进行汉诗评论的主要阵地。各大报纸的汉诗栏面向社会各阶层广泛征稿，汉诗人可以通过汉诗评论社会时事，表达己见，抒发感情。这样一方面有利于汉诗创作群体从专业汉诗人的狭小圈子扩展到一般的江湖诗人，另一方面也有利于汉诗文的推介、交流与学习。所以，在这一时期，汉诗文才能够引起社会的强烈反响，才能够在明治中期呈现出欣欣向荣的繁盛景象。

第三节　汉诗坛的衰微期
——独立派时代(1897—1912 年)

一　星社的瓦解

1899 年，星社解散。究其原因，主要是星社内部诗派产生分歧，直接导火索就是国分青崖与森槐南二人在诗风和性格上的龃龉。

据说三条实美在日光别墅招请诗人，所请诸人基本是政府官员。其中有太正官权大书记官岩谷一六、伊藤博文的秘书矢土锦山、内阁属的森槐南，唯有国分青崖并非官员，却被三条实美视为座上宾。而同席的森槐南却被安排在宴会的末席，因而森槐南心中大为不悦。青崖在宴会上作《风雨观华严瀑布歌》七古一首，之后登载于报纸《日本新闻》之上。副岛苍海读后大悦，便次其原韵作《寄国分青崖用风雨观华严瀑布歌原韵》一首赠与青崖。青崖对苍海诗评论云："吾观世人之诗，非不佳、非不工，只钉饾糟粕、绝无有生气也。公此篇一气斡旋，神完魄足，使彼排青比白、沾沾自喜者却走三十里矣，可称快绝，高胤拜批。"①

可以看出，青崖对汉诗格调的推崇，对流行于世"排青比白"艳体诗风的不屑。副岛苍海对青崖也赞赏有加："青崖居士胡为者，欲与白也争英风"，将青崖与李白相比，视青崖为"文中虎兮文中龙"。于是，槐南心生嫉妒，经常寻找青崖短处，欲令青崖难堪，两人关系也逐渐变得微妙。青崖本就对追名逐利而沦为酒会助兴"诗人"行为颇为反感，于是，于1897年彻底退出诗坛。

星社内诗人木苏岐山与槐南一派诗风不同，1891年也离开星社，在大阪的《大阪每日新闻》汉诗栏担任主编，指导关西诗坛。"槐门四天王"之一的宫崎晴澜在完成《晴澜焚诗》诗集之后，亦弃笔不作汉诗。于是，星社逐渐走向瓦解，中央的汉诗坛也由隆盛逐渐走向衰微。

如果说，星社的内讧和社内成员的离散是直接导致星社瓦解的外因，那么日本当时国内的政治环境就是汉诗坛走向衰微的内因。中日甲午战争日本获胜，日本国内一片欢腾，国内极端民族主义势力极力鼓吹日本精神，宣扬国粹主义和军国主义。明治中期以降，森春涛父子鼓吹的香奁体艳体诗已经不再适应当时的社会风潮，讲究神韵技巧的绮靡诗风逐渐失去魅力，而幕末时期维新志士文学中那种雄浑豪放的诗风再次受到青睐。这一时期，恶用汉诗歌颂"万世一系"的日本历史、美化鼓吹侵略战争、粉饰日本侵略者侵略暴行，以"征清"为题材的汉诗文大量涌现。中日两国国际政治地位的颠覆性变化，也加速了汉文学在日本衰败的历史进程。

---

① ［日］三浦叶：《明治汉文学史》，汲古书院1998年版，第63页。

二 独立派诗人的活跃

大江敬香（1857—1916），名孝之，字子琴，号敬香，别号爱琴阁主人。阿波德岛（今德岛县）人。从小在藩校修文馆学习汉学，被誉为神童。1873 年入东京，就学于庆应义塾，1877 年任远州挂川冀北学舍教师。从这一时期开始，他独自学习汉诗，得到菊池三溪和森春涛的指点。1878 年出任《静冈新闻》主编，之后又转入《山阳新报》《神户新报》任主笔。1882 年步入仕途，进入参事院，后转至东京府厅。在府厅任职期间，担任府立高等学校的讲师，同时创办爱琴吟社，培养学诗后辈。福井学圃、大久保湘南、佐藤六石、落合东郭、谷枫桥、森川竹磎等人常常出入吟社。成岛柳北辞世之后，敬香继任《朝野新闻》汉诗栏主编，爱琴吟社逐渐兴盛。1891 年前后敬香决心成为一名专业汉诗人，他创办杂志《学海》，后更名为《精美》，在汉文学的普及和青年诗人培养方面贡献良多。

继成岛柳北《花月新志》之后，敬香于 1898 年创刊《花香月影》，1908 年 5 月又创刊《风雅报》。他在采录汉诗时，"雄浑朴茂者采焉，沉雄瑰丽者采焉，高华爽朗者采焉，闲淡幽淡者采焉。奇佳者、险怪者、纤巧者、靡曼者亦皆采焉。惟其诗之巧拙是究，而不问宗派之同异"。① 所以，敬香始终能够以不偏不倚的态度游刃于各诗派之间。敬香诗文兼修，以诗鸣世，喜欢白居易、陆放翁、高青邱的诗风，特别推崇白居易诗文的平易与真情。松平康国在《敬香诗钞序》中评敬香时说："子琴师从菊池三溪，又屡次请益于春涛，又与槐南为友，乃能脱时调自成一家。祢青邱而祖香山，和平之音，清秀之气，迥不犹人。盖多得益于性情者，然而自视歉焉。常绎妙谛于神韵，寻逸响于格调，翕受兼客，以资进修。"② 日下勺水在评论敬香的诗风时云："流丽温秀，典雅畅达，能发人情几微。"③ 除此以外，敬香还撰写了

---

① ［日］大江孝之：《敬香遗集》，东京印刷株式会社 1928 年版，第 3 页。
② ［日］大江孝之：《敬香遗集》，东京印刷株式会社 1928 年版，第 3 页。
③ ［日］大江孝之：《敬香遗集》，东京印刷株式会社 1928 年版，第 1 页。

《明治诗家评论》和《明治诗坛评论》，纵论明治前半期的诗家、诗坛，其眼光独到，评价中肯。此二篇评论对于了解和研究明治前半期汉诗坛的诗派、诗风宗尚和诗坛变化具有非常重要的参考价值。

野口宁斋（1867—1905），名式，字贯卿，通称一太郎，号宁斋、谪天情仙、疏庵、藤乃舍由缘，野口松阳长子，肥前（今佐贺县）人。师从森春涛、森槐南父子学习汉诗，以清诗为宗，但又不拘于清诗，绝句、律诗、长篇皆作。他反对诗人之间的党同伐异，其诗作在《新新文诗》《每日新闻》的"沧海遗珠"栏目、《东京日日新闻》的"文苑"栏目皆有刊载，诗集《出门小草》的出版奠定了他在诗坛的地位，被誉为诗坛"鬼才"。后加入星社，为森槐南一派出力不少，为槐门"四天王"之一。

1898年野口宁斋创刊《百花栏》，他在初集卷头上写道："相传铁兜先生有著百花栏而未果，此编虽袭用其名，选录之法或有不同。彼限于百家，其集中唯举杰出之绝句，而此编不问古体今体，无论旧作新篇，收于筐中，载于志上，未必止于各家白眉之什，此其一异也。此编每月一集，每集百家，每家一首，且每卷不同其人，可有连出者，亦有间见者。随时采录，任意编纂，此其二异也。"① 内容上要求"有议论之说、风流之作、潇洒之篇什、脱略之作。要而言之，于不弄奇不取巧之中，发露诸家之天真"② 之作。而且"本编不施圈点，不加评语，愚意不止为避谀与滥，抑亦我所好而强加于人"③。在这一点上，《百花栏》与其他杂志也颇不相同。宁斋共编辑二十九集，为汉诗坛的发展积极努力。星社解散后，他与北条鸥所一起创办《啜茗雅集》，试图聚集各方诗人，继续维持和推动汉诗的发展，在后进诗人的培养上也做出了积极贡献。他曾出版《史诗谈》《开春诗纪》《少年诗话》《宁斋诗话》《三体诗评释》等著作。

除了汉诗以外，宁斋还喜好和歌、俳句，对于明治小说也颇为精

---

① ［日］神田喜一郎：《明治汉诗文集·62》，筑摩书房1983年版，第375页。
② ［日］神田喜一郎：《明治汉诗文集·62》，筑摩书房1983年版，第375页。
③ ［日］神田喜一郎：《明治汉诗文集·62》，筑摩书房1983年版，第375页。

通，曾作《韵语阳秋》，对文学界进行评论，与国分青崖批评社会时事的《评林》相对峙，而且名声颇高。正冈子规在对两者进行评论时云："与青崖政治社会的《评林》相对峙的是宁斋文学界之《韵语阳秋》，此乃宁斋之独到之处，非他人所能模仿，作此种诗并非有诗才即可完成。作《评林》不可不通政治社会之情况，作《韵语阳秋》则不可不读文学界之著作。在这一点上，青崖、宁斋已然握有其他诗人所未有之资格。而《评林》与《韵语阳秋》相比，后者于材料的文学性上远胜前者。《阳秋》有关褒贬者，虽有文学性，实际观之，其汉诗褒贬极少，咏颂小说趣向者甚多。……《韵语阳秋》乃匆卒之作，其逊色也确属事实，将其比之于俗世评林，《评林》诗中不乏颇具文学性之佳作，《韵语阳秋》则略显平平。……《评林》于讽咏上，世人已有定论，无须吾辈赘言。从文学方面来看《评林》，吾闻世人尚有误解者。在此《评林》之误解既明，而论及《韵语阳秋》，吾则有一语助言之必要，读者若不涉及全盘，请勿苛责。"①

野口宁斋颇具诗才，一生专事汉诗，在维系和推动汉诗、培养后进诗人方面作出了一定贡献，但他又是一个极其狂热、极端的民族主义者。他在1895年编辑出版了征清诗集《大纛余光》，收录187人467首诗，极力美化侵略战争，为日本军国主义歌功颂德。在日俄战争时，他又书写《征露宣战歌》，为侵略战争摇旗呐喊、助纣为虐。所以，对充当日本军国主义的"吹鼓手"野口宁斋恶用汉诗的丑恶一面应该予以坚决批判。

高野竹隐（1862—1921），名清雄，号竹隐、白马山人、修箫仙侣，名古屋人。他师从佐藤牧山，善诗，被誉为"牧山门之高足"。1882年他跟随佐藤牧山上东京，之后在根本通明、秋水胤月门下学习经学，经永坂石埭介绍，出入于森春涛门下，其富赡之诗才令春涛门人惊讶不已。1908年接受阪田九峰、入泽昕江、荒木门牛、冈西鲤山的邀请，在冈山创立西川诗社，由竹隐主盟，冈山诗坛为之一振。

---

① ［日］三浦叶：《明治汉文学史》，汲古书院1998年版，第82页。

竹隐是一位笃学之士，精于诗学音韵，善于填词。其诗古雅典正，内带一股清新气味，修洁沉厚。不过竹隐有些汉诗过于静思炼磨，表现出一种难涩险怪之趣，一般人不容易接受。森槐南认为竹隐的能力在国分青崖与本田种竹之上，暗中将其视为强劲对手，终生都以竹隐为师友。国分青崖、田边碧堂、西村天囚、内藤湖南、长尾雨山、矶野秋渚等人对竹隐诗论甚为推服。松村琴庄在其《日本诗话》中认为，大正初年的诗坛三大家中首屈一指的人物非竹隐莫属。

三　吟社、杂志、诗集

"星社内讧"之后，国分青崖退出诗坛，归隐棋林，木苏岐山、宫崎晴澜也相继退出星社。基于种种原因，星社最终解散。加之1905年野口宁斋、1911年槐南相继离世，中央诗坛已无人能够再次领导，诗坛往日的兴盛景象已然不在，走向衰败的趋势已无力挽回。尽管如此，在这一时期，依然有吟社创立。

花月会

1898年由大江敬香创立。花月会参加者较多，且大都是诗坛名手，有森槐南、本田种竹、永坂石埭、大久保湘南、田边莲舟、末松青萍、渡边无边、广濑云堂、永井禾原、土居香国、长冈云海、木村芥舟、股野蓝田、榎本梁川等数人。吟社创办杂志《花香月影》，1908年又发行《风雅报》，1902年创刊《扶桑诗文》，主要发表汉诗文作品。直到敬香去世，他都在一直努力提倡和推动汉诗文的发展。

随鸥吟社

1897年以降，汉诗坛逐渐衰落，为了挽回诗坛颓势，由"槐南门四天王"之一的大久保湘南主事，手岛海雪、上村卖剑辅助，创立随鸥吟社。随鸥吟社在其创立宗旨中写道："墨上曾有白鸥会，风流云散不继久矣。今外征之师连战而破骄虏，恩威并行，四海莫不惊叹。谓系国运昌隆之机一在于今日。夫文运盛衰伴国运之消长，虽云诗为小技，抑亦我文华之精华。维持钻研之，以资恢张，淘吾人之志也。

达会遂以墨上为会寓，缅思前度之风流，察将来之诗运，与同好诸贤议，爰创一诗社，命其为随鸥，取诸于李太白《江上吟》之'海客无心随白鸥'之句，实乃槐南先生所赐。望江胡清雅之君子来偕周旋于烟波浩荡之间。"① 这种打算"处时局""沿国策""乘国运隆祥之波"，图谋将来能够"恢复扩张文运"的创刊宗旨中，明目张胆地讴歌和美化军国主义侵略行为，令人愤慨；将高雅的诗人雅会与通过对外侵略来促使日本"国运昌隆"相对接，甘愿沦为军国主义政府的吹鼓手和刀笔吏，令人扼腕；诗人头脑中膨胀的民族主义扩张思想让人不寒而栗，整个国家都处在一种战胜的狂喜之中。所以，在当时，随鸥吟社的办社宗旨自然能够笼络到诸多文人。先是森槐南、永坂石埭、国分青崖、岩溪裳川、北条鸥所、本田种竹、野口宁斋等人客座吟社，为其打援。之后，吟社成员数量不断增加，1911 年 3 月增至 500 人左右。而且，随鸥吟社存续时间很长，从 1904 年 8 月墨上云水庵召开第一次诗会，一直持续到昭和年代，其社刊《随鸥集》每月一集。虽然随鸥吟社持续到了昭和年代，但其整体上缺乏新兴气力。吟社主持者历经多人，1908 年湘南殁后，土居香国接任。香国退隐后，佐藤六石继任。六石殁后，由久保天随主持。

鸥梦吟社

由森川竹磎主持创办。鸥梦吟社发行杂志《鸥梦新志》，每月一集，编录江湖文章、诗、词及诸大家之诗话、词话等，1900 年休刊，1914 年改名《诗苑》后再刊。竹磎殁后，上村卖剑在鸥梦吟社之后创立声教社，将《诗苑》改名《文字禅》继续刊行，这个刊物一直延续到昭和时代。岩溪裳川、久保天随、服部担风等人曾给予吟社大力支持。

以下诗会规模较小，与上述吟社相比，主要是诗社同好之间的交流唱和，对汉诗文坛的影响相对较小。

剪烛会

继花月会之后，由森春涛门下的田中梦山、永井禾风首倡而创立

---

① ［日］神田喜一郎：《明治汉诗文集·62》，筑摩书房 1983 年版，第 376—377 页。

的吟社。

檀栾会

1902 年春由江木冷灰创立。每月一次诗酒会，森槐南担任汉诗评正。诗社内部诗友之间的唱和作品收入诗集《檀栾集》中。

佩兰会

1905 年 6 月由服部担风创立，在桑名阿谁儿楼举办首次诗会。有关该诗会的多次报道刊载于《随鸥集》的"墨田佳话"之中。1983 年 11 月佩兰会召开的诗会已达四百次。

一半儿会

永坂石埭在梁川星岩旧宅玉池仙馆开设的诗会。

杂志除了上文中出现的《花香月影》《风雅报》《百花栏》《鸥梦新志》《随鸥集》之外，还有《作诗作文之友》，1898 年 11 月由益友社刊行，五本双屿任主编，至二十期停刊。内容仅限于诗论、文论、评论和解释。其中"诗之部"由依田学海、岩溪裳川、五本双屿、森槐南、野口宁斋等人担任主笔。

《新诗综》1899 年 4 月创刊，森槐南任主编。每月一集，体裁内容与《随鸥集》颇为相似，多为编集三李堂同人与森槐南星社门生的作品。但是，杂志刊行至第七集即告停刊。之后，上村卖剑任主编，北条鸥所负责选录，从第十三集开始，槐南负责汉诗选评，与《花香月影》并行于当时汉诗文坛。

这一时期较为著名的诗集是《明治二百五十家绝句》，由博文馆岸上质轩辑录 1898 至 1899 年发表于《太阳》杂志上的台阁诗人与江湖诗人的绝句，每人十首。1902 年出版发行。此书大抵囊括了晚翠吟社派、星社派、涵咏吟社派以及东京和地方诗人的诗作。编辑效仿《文政十七家绝句》《家永二十家绝句》等诗集的样式，是当时辑录诗人最多的一部汉诗绝句集。

这一时期，知名汉诗人创办各种杂志，刊载和评论汉诗作品，积极创立汉诗吟社，提倡和鼓吹汉诗，试图挽回汉诗颓唐不振的局面。虽然多有诗坛名手大家的参与和支持，但汉文学走向衰败的历史进程是无法扭转的，整个社会无论是小说、诗歌、戏剧都已全面转向西方，西方文学理论犹如走马灯，在日本文学界一一上演，特别是新体诗的崛起与流行，对汉诗的冲击巨大。汉诗流行的热潮已经退去，整个日本社会对汉诗的态度也变得更加冷漠。加之，诗坛大佬名家渐次亡故，其门人后生在汉诗坛上的号召力和推动力大大减弱，仅能维系汉诗的现状，根本无力在汉诗文坛再次掀起大的浪潮。中日甲午战争日本获胜，汉学在日本人心中的地位跌入谷底，鄙视汉诗文的观念在日本民众的心中愈加强烈。而且日本文学界、汉诗文坛还弥漫着一种狭隘的民族主义、国粹主义和军国主义倾向，汉诗这个原本可以净化人心的高雅文学形式也被恶用于讴歌和美化侵略战争，诗人本应有的独立精神和良知也被遮蔽和吞噬，甘愿沦为附和日本军国主义的"马前卒"，为其摇旗呐喊。在汉诗庸俗化与诗人政教化两方面因素的作用之下，汉诗坛走向衰败是其发展的必然结果。

清末中国国内诗文也呈现出凋敝的景象，加之"言文一致"的提倡，传统文学的生存空间被进一步挤压，诗学理论几无创新。一直深受中国汉诗理论影响的日本汉诗文，在缺乏新鲜理论营养的状况下，自然不会有什么大的发展，充其量只能保持和维系现状，最终萎缩衰败，进而逐渐淡出人们的视线。热执生在《汉诗坛之衰废》中写道："正值汉文学全废论旺盛之今日，远离汉诗之世乃不可避免，洵可憾也。所谓明治文坛，以诗成名，与古竞盛者有耶？槐南、种竹、宁斋、青崖之徒微拥残垒，虽各挥八叉之手，而未能光彩焕发。除报纸《日本新闻》之文苑尚可观之外，杂志中唯有《新诗综》。淫猥恋爱之文章、柔弱曲折之新体诗参差充填骚坛，汉诗却后有瞠若之观，汉诗寂寥如此，个中亦无有足征世道人心之转变者哉。"① 从中可看出，汉诗坛业已成为固守汉诗文之残垒，已经难以引领文坛，逐渐失去了广泛的社会支持而走向彻底的衰废。

---

① ［日］热执生：《傍若无人》，求光阁书店1905年版，第31—32页。

小　结

　　明治时代仅仅四十五年，在这短短的四十多年间，日本汉诗坛经历了酝酿、隆盛、衰败的历史过程。诗坛领袖三易其主，各领风骚。诗风宗尚，几经变化，时宗宋，时崇清。初期，枕山立，开下谷吟社，盛极一时，诗坛独步，吟社如雨后春笋；继而春涛出，创茉莉吟社，投世人喜好，力推清诗，风格清新雅丽，一改诗坛沉闷之宋诗风。出诗集、创社刊，遂执诗坛之牛耳。中期，春涛殁，其子继之，兴星社，指点诗坛，报纸、杂志、汉诗栏层出不穷，青年才俊不断涌现，诗坛一片隆盛景象。后期，星社散，诗坛渐次衰敝，虽有青崖欲力挽颓势，但终究难抗时流。日本汉诗在迎来明治时期最后一次隆盛之后，跌入低谷，一蹶不振。

第三章　明治前期中日文人之间的交流

　　江户时期，幕府闭关锁国，仅有长崎一隅对外开放。中日之间的文化交流仅能通过来往于长崎的贸易商船加以维系。中国的汉诗文集通过中国的商贾带入日本贩卖，牟取利益。而那些商贾在汉诗文方面几无造诣，或者略懂皮毛。但是由于大海悬隔，日本国内的汉诗人无缘来到中国，无奈之下只能请益于略懂诗文的贩夫走卒之辈。身处长崎的日本诗人借地理之便，有机会结识来自中国的"文人"，将清客"咀嚼"过的汉诗奉为"真诗"。小野泉藏在《社友诗律论》一书中记述道："我曾游长崎，以所作诗质诸清人，问'可歌乎？'乃曰'可歌矣。'吾诗是经清人咀嚼者，如吾诗者，真诗也。"① 虽然看起来不免可笑，但是囿于那个时代的政治环境，长崎诗人由于"地利"而表现出的"优越感"也是可以想象的。明治维新之后，国门大开，这种仅限长崎一隅的文化交流局面才宣告终结，中国的文人墨客可以乘槎东渡，领略扶桑的异域风情，日本的迁客骚人也可以泛海西游，亲身体验真实的华夏景象。

---

　　① ［日］池田四郎次郎：《日本诗话丛书·社友诗律论》第 10 卷，文会堂书店 1922 年版，第 442 页。

第一节　官方使节与日本文人的交流

一　雅集唱和

1877 年 12 月 16 日，中国首届驻日公使何如璋①、副使张斯桂②、参赞黄遵宪③，一行数十人抵达日本横滨，翻开了中日两国关系新的一页，同时也预示着两国诗文交流的主体由单纯的民间文人扩展到了官方使节。这些经过科举考试严格选拔的官员本身就具备较高的文学素养，诗词歌赋方面技能也大都不弱，对于日本诗坛来说，他们的参与比民间文人更具影响力。三浦叶在《明治汉文学史》一书中这样写道："回顾明治的汉诗坛，其诗运隆盛的一个重要原因就在于日中两国文人之间的交游。特别是清国公使官员与我国诗人的交游所产生的影响，尤其不可忽视。来自汉诗故乡的清国公使官员与我国诗人经常欢聚一堂，举办诗酒宴集，在诗人欢喜愉悦之余，也给我国诗坛带来了巨大的刺激。这样的诗酒盛会一直由明治十一年（1878）持续到了

---

① 何如璋（1838—1891），字子峨，广东大埔县人。1861 年中举，1868 年中进士，被选为庶吉士，散馆后授职翰林院编修。1877 年何如璋得李鸿章推荐，晋升为翰林院侍讲，加二品顶戴，充任出使日本大臣，成为中国首任驻日公使。在任期间主要做了四件大事。其一，除在东京设公使馆外，在横滨、神户、长崎三城市设领事馆，并收回领事裁判权。此举使侨胞的生命财产得到合法保障，使侨胞备受歧视凌辱的状况得到很大改善。其二，上奏处理琉球问题，却得不到清廷的支持。其三，向清廷上《奏陈务请力筹抵制疏》，指出当时中外通商存在的症结问题，竭力反对违背互利原则损害我国利益的不平等贸易，对日方要求与我内地通商一事，作《内地通商利害议》，清政府接纳了他的建议，拒绝了日本到我国内地通商的要求。其四，深入考察日本国情，并撰有《使东述略》和《使东杂咏》。

② 张斯桂（1817—1888），字景颜，号鲁生。浙江省慈溪县人。1871 年张斯桂被沈葆桢聘为幕僚，他积极协助沈葆桢创办福州船政局。1876 年在沈葆桢的大力举荐下，张斯桂被任命为首届驻日副使。使日期间，就"琉球问题"同日本政府据理力争，与日本民间人士密切往来。著有《使东诗录》和《使东采风集》。1882 年期满回国，被任命为直隶省广平（今河北省邯郸市）知府，1888 年卒于任上。

③ 黄遵宪（1848—1905），字公度，别号人境庐主人，广东嘉应州人。清朝诗人，外交家、政治家、教育家。1876 年中举，历任使日参赞、旧金山总领事、驻英参赞、新加坡总领事，戊戌变法期间署湖南按察使，助巡抚陈宝箴推行新政。工诗，喜以新事物熔铸入诗，有"诗界革新导师"之称，被誉为"近代中国走向世界第一人"。著有《人境庐诗草》《日本国志》《日本杂事诗》等。

明治二十七年（1894）日清战争（即中日甲午战争）爆发之前。"①

　　明治初年，虽然日本国内弥漫着"西洋崇拜"的气氛，但是依然有很多年纪稍大的汉学者对中国倾心有加，仍然以与中国文人名士之间的交流为荣。

　　1878 年，汉学家石川鸿斋②、僧人彻定、义应造访公使馆，拜谒何如璋、张斯桂二使，其间笔话墨谈，诗歌唱和。后来，石川鸿斋编辑赠答诗什，由东京文升堂刊刻，因使团误把石川鸿斋当作僧人，成为笑谈，故而诗集命名为《芝山一笑》。出版附有沈文荧③和王治本的序、大河内辉声的后序、清泽星洲撰写的志和彻定、义应的跋。沈文荧在序中记录了这次融洽的交流："谓宾主嘲戏，抽毫辩论，不过供一时欢剧，如风济而众籁皆寂，又乌足存？予曰'子言诚当。'虽秋津之不通使命久矣，今来讲信修睦以继好，息民鸿猷，盛典度越汉唐。而贤士大夫联骑骈毂，往来过从，欢若一家，肴酒豆肉，言笑宴宴，此盖千古以来所未有也。后之读是编者，慨然长叹曰'两邦和洽之美有如是乎？'吾知必流连景慕而邦交永固也，则又乌得以不存？"④ 清泽星洲将这次诗文唱和视为"清使与国人以文墨相亲之嚆矢"。

　　公使馆的人员有时也专程造访日本文人的府邸，令其喜出望外。

----

① ［日］三浦叶：《明治汉文学史》，汲古书院1998年版，第3页。
② 石川鸿斋（1833—1918），名英，字君华，号鸿斋、芝山外史、云泥居士。三河丰桥（今爱知县）人。善诗文，工山水、篆刻。曾师从西冈翠园、太田晴轩和曾我耐轩学习汉学。1877年移居东京，就职于同乡和泉屋市兵卫经营的书店，从事编集工作。芝赠上寺净土宗学校开校时，出任汉学教师。明治时期作为汉学者名声高显，与小野湖山、前田默凤、依田学海、富冈铁斋等汉学名家有交。曾为黄遵宪撰写《日本国志》和《日本杂事诗》翻译日本书籍文献。著有《夜窗鬼谈》（1889年，东洋堂），曾编集注释多部汉文典籍，有《诗法详论》《日本八大家文读本》《日本文章轨范》等四十余种著作行世。
③ 沈文荧（1833—1886），字心灿，号敬轩，又号梅史，浙江余姚人。擅诗词书画，通音律。1852年副贡，1859年举人，1877任出使日本随员，与黄遵宪、王韬等交好，是晚清中日交流的重要人物之一。1880年回国。1886年任商州知州，同年12月卒于州署。译有《日本神字考》，平生所著有《春萍馆古文钞》《名石斋文稿》《春萍馆诗草》《春萍馆外集》等四十六种，可惜均未见。笔记小说《红豆蔻轩薄幸诗》《朱素芳》《燕台评春录》，因王韬《淞滨琐话》全文引录才得以传世。
④ 王宝平：《晚清东游日记汇编1·中日诗文交流集》，上海古籍出版社2004年版，第59—60页。

日本文人也经常邀请公使官员，或乘舟游兴，或赏花观景，或设宴张筵，召开诗酒之会。

1878 年农历三月初二日，元老院宫本鸭北在巢鸭的别墅长草园设宴邀请何如璋、张斯桂、黄遵宪、重野成斋和中村敬宇等人。之后，儒者芳野金陵于占春园招请何、张二使。同年夏，二公使在墨水千岁楼宴请东京诸位文人，这也是中国使节首次宴请日本学者文人。

1880 年黄遵宪受邀与重野成斋、岩谷一六、蒲生裘亭和冈鹿门等人游乐于小石川后乐园。次年春，何、张二使任期已满，由黎庶昌①继任。何、张二使归国之际，日本文人赋诗相赠。黄遵宪转任美国旧金山总领事，离开日本之际，在墨水酒楼设宴招请日本友人。首届公使驻日期间的宴集唱和多为个人性质，次数较少，规模也不大，多为十几人的小聚会。

黎庶昌赴日后，更加注意用诗文联络日本文人，主办了多次中日两国的文人大会，公使官员也都鼎力相助，其中馆员孙点②功不可没。在黎庶昌任白两届公使期间，宴集人数也由以前的十几人发展到了几十人，而且定期召开，由最初的每年一次，变为春秋各一次，近代中日文人之间的雅集和唱酬也达到了高潮。

1882 年黎庶昌首次出使日本，任期三年。1882 年重阳节黎庶昌在上野的精养轩召开了登高会。1883 年他又邀请重野安绎、岩谷修、藤野正启、中村正直等十余人和中国文人共二十一人，相聚于使署西楼，登高望远，开怀畅饮。黎庶昌在酒会上提议："诸君子服膺圣学，经书润其腹，韦素被其躬，国殊而道通，群离而情萃。传曰'登高能

---

① 黎庶昌（1837—1897），字莼斋，贵州遵义人。初学郑珍，后为曾国藩幕僚，与张裕钊、吴汝纶、薛福成以文字相交，并称"曾门四弟子"。1876 年起，中国向各国派遣公使，黎庶昌被荐，先后随郭嵩焘、曾纪泽、陈兰彬等出使欧洲，历任驻英吉利、德意志、法兰西、西班牙使馆参赞。1881 年擢升道员，赐二品顶戴，派任驻日本国大臣。三年后，回国丁母忧。1887 年再度派驻日本，1890 年任满归国。著述有《拙尊园丛稿》《西洋杂志》《古逸丛书》等 20 余种。

② 孙点（1854—1891），字君异，号圣与、顽石。安徽来安人。曾任山东学政汪鸣銮幕僚，1885 年中举。次年朝试二等第六名，得直州判，终以薄官未仕。1887 年渡日，欲谋职于清使馆，未果。在李鸿章的推荐下，随黎庶昌出使日本。1891 年任满归国途中坠海身亡。著有《东渡赠言录》《梦梅华馆集十三种》《梦梅华馆日记》，并编著了黎庶昌在任期间中日文人的唱和集八种。

赋，可以为大夫。'宜有以张今日之雅者。"① 与会者皆热烈响应，纷纷酬唱环叠。会后共得诗五十二首，由孙点负责编成《癸未重九宴集编》，黎庶昌为之作序并亲笔题笺。重野安绎在《癸未重阳宴集记》中言："莼斋黎君驻节于此三年，每遇重阳辰，召集都下知交僚属陪焉。"② 由此可知，这三年皆有重阳宴集。

1887 年 7 月黎庶昌二次出使日本，以黎庶昌为中心的中日文人的宴集唱和更加频繁。1888 年 10 月 4 日，日本文人十六人为了祝贺黎庶昌再度担任驻日公使，在日本桥中洲枕流馆举行宴会，黎庶昌和随员等八人应约参加。席间唱和之什收入《枕流馆宴集编》，重野安绎为之写序，星野恒为之作引，孙点、蒲生重章二人为之撰写《枕流馆宴集记》。会后九日又是农历重阳节，黎庶昌在公使馆设宴招请东京的文人儒者，会上多有唱和之什，后编入《戊子重九宴集编》，之后附录《枕流馆宴集编》，于 1888 年刊刻。集中孙点作《重九集记》，岛田重礼作《上黎公使书》，蒲生重章和井上陈政作《重阳燕集记》，小牧昌业作《戊子重九燕集诗序》。矢土胜之在序中记云："一献一酬，一唱一和，觞咏之盛，所未曾闻。"③

1889 年 2 月 18 日，重野成斋在枕流馆设宴邀请黎庶昌公使。同年 3 月 23 日黎庶昌又在芝公园的红叶馆设宴，与会人数多达三十人。同年重阳节在红叶馆召开第四次登高会，驻清公使大鸟圭介、驻日朝鲜公使金嘉镇也应邀参加，人数已逾四十人，其场面之盛大可想而知。孙点将是年三次宴集之作《枕流馆集》、《修禊编》和《登高集》编入《己丑宴集续编》。1890 年黎庶昌瓜期将至，中日诗会达到高峰。农历三月初三日，黎庶昌在红叶馆召开"重三之宴"，出席宴会的日本文人多达三十六人，唱和之什收入《庚寅宴集编》。作为"重三之宴"的返礼，四月初八日元老院议官长冈云海、重野成斋在上野樱云台招待公使官员，与会人数已逾百人，诗集有《樱云台宴集编》。任期已

---

① 王宝平：《晚清东游日记汇编 1·中日诗文交流集》，上海古籍出版社 2004 年版，第 219 页。
② 王宝平：《晚清东游日记汇编 1·中日诗文交流集》，上海古籍出版社 2004 年版，第 220 页。
③ 王宝平：《晚清东游日记汇编 1·中日诗文交流集》，上海古籍出版社 2004 年版，第 235 页。

满即将归国的黎庶昌在十月二十二日农历重阳节，于红叶馆再次召开登高会，宴请日本文人雅士，人数多达六七十人，当日唱和之作收入《登高集》。此集后来与祖钱赠答的诗文集《题襟集》一并收入《庚寅宴集三编》。黎庶昌归国后，李经芳继任公使。李经芳之后，汪凤藻受命赴日。1893 年汪凤藻延用黎庶昌的做法，在红叶馆首倡修禊之宴，重阳节又召开登高会，翌年三月三日又举办诗酒之筵，但是，由于中日两国时局已经变得紧张，情势与先前大不相同，诗酒宴集也已今非昔比了。

　　王宝平将黎庶昌任期内的交流活动总结为三个特点，即制度化、大型化和政治化。黎庶昌之所以对诗酒宴集如此重视，是因为他把"以文会友，诗词唱酬"视为文化外交活动的重要组成部分。通过宴集唱和来联络日本文人雅士，希望两国有识之士能够珍视历史，以诚相交，和平共处。他曾作诗表达了自己的愿望："班荆倾盖尚萦思，何况联欢六载移。余事敦槃寻旧约，国盟金石寓深期。交怜有道诚能久，时局就平今可知。归去大瀛衣带限，望君频为寄新诗。"① 同时，他也清醒地认识到，内忧外患、国力衰竭的清政府已经无力主动出击来应对国内外此起彼伏的危机。面对西方列强在华势力的不断扩张，只能采取以夷制夷，相互制衡的方略。对于资本主义后起之秀的日本表现出来的咄咄逼人的态势，不得不令中国担心和警觉。然而他还抱有一丝"同文之国，风气近切"的心理，希望能与日本联手对抗来自西方列强的侵略，他在给朝廷的奏折②中表明了自己的这一想法，在诗酒唱和中也曾表露自己的愿望。诗云："连横经画匪夷思，十载星

① 王宝平：《晚清东游日记汇编 1·中日诗文交流集》，上海古籍出版社 2004 年版，第 317 页。
② 奏折称："……（日本）明治维新后，废藩置县，始有狡焉思逞之志。由是侵台湾，灭琉球，窥朝鲜，与我成为敌国。然二十余年来，百务繁兴，物力已竭，国中通行纸币，银元流出洋外，漏卮颇巨，一朝有急，势变难支。臣愚以为轻视日本者非，惧怕日本者亦非也。……该国近在毗邻封，唇齿相依，轮船往来，一昼两夜可达。兼以二国同文，风气近切，可以为祸，为福。而窃计我国海军除镇远、定远二铁舰外，其余兵轮不过与之相敌，未必能驾而上之。似宜因彼有向善之诚，随势利导，与为联络，趁修改条约之际，将球案一宗彼此说明，别订一亲密往来互助之约。如德、奥、义三国之比，用备缓急。设异时西洋强国启衅东方，庶免肘腋之虞，别生枝节……"王宝平：《晚清东游日记汇编 1·中日诗文交流集》，上海古籍出版社 2004 年版，第 10—11 页。

霜瞬息移。衣带水联眉睫外，辅东形要齿唇期。同文同臭须相爱，殊俗殊情谁不知。自有唱酬无限事，登高怕作送行诗。"① 诗又云："亚洲文物最相先，休戚同关岂偶然。古迹云迷箕子墓，皇州春满汉阳天。岷夷宅日尧成典，卧榻酣眠虎有涎。地利人和今更切，圣言当作佩韦弦。"② 这种以文化交流来推动外交的做法构成了这一时期诗酒唱和的鲜明特点，黎庶昌的美好愿望在当时也的确获得了许多日本友人的理解与共鸣，参与雅集酬唱的日本文人在唱和诗中也表达出对中国文化的倾慕与认同，表现出对于东方文化价值的理解与坚守。

二 诗文著述

首届驻日官员赴日之后皆有诗文撰著。公使何如璋著有《使东述略》和《使东杂咏》，副使张斯桂著有《使东诗录》，参赞黄遵宪著有《日本国志》和《日本杂事诗》。王锡祺在《使东诗录》的跋文中称张斯桂的诗"得之传钞，体物浏亮，缘情绮靡"，将《使东诗录》、《使东杂咏》和《日本杂事诗》并称为"三绝"。③

实际上，并不像王锡祺所说的那样。钟书河认为这样的评价很不公平，他说："文章的好坏，从来不与官职的高度成正比。《日本杂事诗》虽然出自僚官之手，却是有思想、有见解的好诗，叙事抒情，自称一家之言。《使东杂咏》比起《杂事诗》来已经低了不止一头，但毕竟还是翰林公的笔墨。《使东诗录》和二者放在一起，只能算是'龙虎狗'罢了。"④

《使东诗录》收诗四十首，其中描写异国人眼中日本人生活的风

① 王宝平：《晚清东游日记汇编 1·中日诗文交流集》，上海古籍出版社 2004 年版，第 361 页。

② 王宝平：《晚清东游日记汇编 1·中日诗文交流集》，上海古籍出版社 2004 年版，第 364 页。

③ 钟叔河、王晓秋等：《走向世界丛书·甲午以前日本游记五种》，岳麓书社 1985 年版，第 153 页。

④ 钟叔河、王晓秋等：《走向世界丛书·甲午以前日本游记五种》，岳麓书社 1985 年版，第 84 页。

俗名物诗尚有猎奇意味之外，大多数是走马观花之作。诗在立意、运思、用典和造句各方面不免有庸滥之嫌。而且有的诗是站在抱残守缺的立场上，对日本明治维新中的新事物进行指摘。如《易服色》中云："椎髻千年本色饶，沐猴底事诧今朝。改装笑拟皮蒙马，易服羞同尾续貂。优孟衣冠添话柄，匡庐面目断根苗。看他摘帽忙行礼，何似从前惯折腰。"① 显然与整个近代化的历史潮流唱反调。

与张斯桂相比，何如璋尽管也是一名封建官僚，但他却非常清楚自己所肩负的使命。《使东述略》是他赴日一段时间的见闻报告，内容上尽管是"海陆之所经，耳目之所接，风土政俗，或查焉而未审，或问焉而不详，或考之图籍而不能尽合。就所知大略，系日而记之。偶有所感，间纪之以诗，以志一时踪迹"，但他却很清楚"若得失之林、险夷之迹，与夫天时人事之消息盈虚，非参稽焉、博考焉、目击而身历焉，究难得其要领。宽之岁月，悉心以求，庶几穷原委、洞情伪，条别而详志之，或足资览者之考镜乎"的重要性②。他在概括明治维新后日本的社会状况时说："近趋欧俗，上自官府，下及学校，凡制度、器物、语言、文字，靡然以泰西为式。而遗老逸民、不得志之士，尚有敦故习、谈汉学、硁硁以旧俗自守者。"③ 在诗文中也并未表现出"卫道攘夷"的态度，面对眼前的新鲜事物，他既没有高声赞美，也没有皱眉摇头。如描写"电报"时云："柔能绕指硬盘空，路引金绳万里通。一擎飞声逾电疾，争夸奇巧夺神工。"④ 又如"三代名臣暨汉唐，殿屏图列古冠裳。维新孰建东迁策，顿改官家旧日装"。⑤

---

① 钟叔河、王晓秋等：《走向世界丛书·甲午以前日本游记五种》，岳麓书社1985年版，第145页。

② 钟叔河、王晓秋等：《走向世界丛书·甲午以前日本游记五种》，岳麓书社1985年版，第108页。

③ 钟叔河、王晓秋等：《走向世界丛书·甲午以前日本游记五种》，岳麓书社1985年版，第107页。

④ 钟叔河、王晓秋等：《走向世界丛书·甲午以前日本游记五种》，岳麓书社1985年版，第125页。

⑤ 钟叔河、王晓秋等：《走向世界丛书·甲午以前日本游记五种》，岳麓书社1985年版，第119页。

虽然诗中也提到了"易服色",但是与张斯桂态度并不相同。

黄遵宪虽然只是参赞,但是他在日本期间却发挥了重要作用。可以说,他是近代第一位对日本有真正了解的中国人。他对日本的研究和介绍在国内产生了非常重大的影响。他的《日本国志》是第一部由中国人编著的日本通志,专门记录明治维新期间日本发生的各种新变化,俨然一部"明治维新史"。对于当时的中国来讲,其意义是非常重大的。他的《日本杂事诗》专门吟咏日本的国政、民情、风俗、物产。狄葆贤在《平等阁诗话》中评价《日本杂事诗》:"写物如绘,妙趣横生,以悲悯之深哀,作婵嫣之好语。"① 对于这两部著作,黄遵宪自己也作诗云:"海外偏留文字缘,新诗脱口每争传。草完明治维新史,吟到中华以外天。"② 而且诗的小注中常常出现"别详《日本国志·地理志》""说详《日本国志·礼俗志》中"等字样,明显是将此二部著作视为可以相互参阅的姊妹篇。王韬在《日本杂事诗》的序中说:"(公度)著《日本杂事诗》二卷,都一百五十四首。叙述风土,纪载方言,错综事迹,感慨古今,或一诗但纪一事,或数事合为一诗,皆足以资考证。大抵意主纪事,不在修词,其间寓劝惩,明美刺,存微旨;而采据浩博,搜辑详明,方诸古人,实未多让。"③ 石川鸿斋在跋文中云:"公度出所著《日本杂事诗》见示,则上自神代,下及近世,其间时世沿革,政体殊异,山川风土服饰技艺之微,悉网罗无遗。而词彩绚烂,咀英嚼华,字字微实,无一瑕借。"④ 无一例外地对《日本杂事诗》给予了很高的评价。黄遵宪虽然善诗,但他只是将作诗视为"余事"。所以,从这两部著作中还可以看出,他要着重表达三个方面的意思:其一是日本民族善于学习;其二是教育的重要性;其三是说明日本的明治维新是一次自上而下的历史

---

① 钱钟联:《人境庐诗草笺注》上册,上海古籍出版社1981年版,"前言"第14页。

② 吴振清等:《黄遵宪集》上卷,天津人民出版社2003年版,第148页。

③ 钟叔河、王晓秋等:《走向世界丛书·甲午以前日本游记五种》,岳麓书社1985年版,第574页。

④ 钟叔河、王晓秋等:《走向世界丛书·甲午以前日本游记五种》,岳麓书社1985年版,第794页。

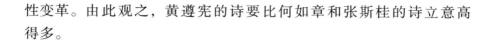

性变革。由此观之，黄遵宪的诗要比何如章和张斯桂的诗立意高得多。

三　题批评点

这一时期日本文人雅士经常邀请中国文人参加各种笔谈和雅集，并且时常为自己的著述乞序索跋，以得到中国文人的题批评点和肯定为荣。王宝平编著的《日本典籍清人序跋集》中载录了序跋 100 则。其中，中日甲午战争以前的有 69 则，何如璋、张斯桂、黄遵宪、沈文荧、黎庶昌、孙点、王治本、王韬等晚清官员名流都留下大量的批语和墨宝，而其中黄遵宪的表现尤为突出。

中国文人题批序跋的流行，实际上反映出当时日本汉学界普遍存在比附汉士名流以夸示同人的社会风气。关义臣在《日本名家经史论存》的"例言"中这样写道："汉土本工于文章，邦人效焉为之。而中经兵革，文学久废，虽名贤宿儒，犹时有疵颣。当时诸家，亦欲就正汉人。但航禁方严，海外绝交，适有一二舶商，稍解文字，获其批评，欣喜不已。前辈之虚怀求益如此。方今两国往来，公使以下，驻扎累岁，其人官硕学，乞之批评，以就删正，盖亦前辈之意也。"① 宫岛栗香②在《养浩堂诗集》的"例言"中也对这种风气有所揭示："吾邦古来，刊诗文者多矣。而经汉儒选正者不多有。昔高旸谷自负才名，邮商舶赠诗于沈归愚，得其伪评。生平夸示于人，以为前人之所不及。令邻交益亲，使节互相来往，乃能亲承诗教于清国诸儒，吾才固不逮古人，然窃自幸也。"③ 黄遵宪在《日本国志·学术志一》中对日本汉学界由来已久的比附夸示的风气进行了尖锐的批评："既各持其说，无亦相胜，则曲托贾竖，邮呈诗文于中国士大夫，得其一语

---

① 郭真义、郑海麟：《黄遵宪题批日人汉籍》，中华书局 2009 年版，"代前言"第 2 页。

② 宫岛栗香（1838—1911），名诚一郎，字栗香。羽前米泽（今山形县）人。少富诗才，曾参加倒幕维新运动。1878 年任修史馆书记官，1880 年 3 月与曾根俊虎、长冈护美、中村敬宇、柳原前光等人创立兴亚会。1891 年出任贵族院议员。曾利用与驻日官员沈文荧等人交往的便利条件刺探外交情报，对中国在琉球问题的处理上造成直接的损害。著有《养浩堂诗集》等。

③ 郭真义、郑海麟：《黄遵宪题批日人汉籍》，中华书局 2009 年版，"代前言"第 2—3 页。

褒奖，乃夸示同人，荣于华衮。"① 另外，宫岛栗香在笔谈中对黄遵宪说："今敝邦诗道大衰，因阁下挠正，欲兴起此风，所以有寸心也。"黄遵宪答曰："谨当遵命。"表现出黄遵宪作为汉诗故国"正宗"文人的"自负"和力挽日本诗坛颓势的愿望。②

尽管如此，黄遵宪在实际题批日人汉籍的时候，碍于日本文人的"面子"，难免有应景客套之举，评点中多有褒扬之辞，鲜有酷评之语。

在他题批的众多汉籍中，宫岛栗香的《养浩堂诗集》值得注意。1882 年万安文库出版的诗集中，有两任公使何如璋、黎庶昌，参赞黄遵宪和馆员沈文荧的序，还有何如璋、张斯桂、黄遵宪、沈文荧、王韬等中国官员名流的评语，可谓"风光"占尽。宫岛栗香与清朝驻日使馆人员均有密切交往，特别是黄遵宪。因为黄遵宪在日本立宪运动方面的认识主要来自宫岛，而且在中日联手抗俄方面的政见也一致。加之，宫岛为黄遵宪修改《日本杂事诗》，并为其撰写《日本国志》提供了大量史料，二人关系变得更为密切。黄遵宪在《养浩堂诗集》"序"中也表达了自己与宫岛在诗文上的知己之情，他说："余每读少陵怀谪仙诗云'何时一樽酒，重与细论文'。未尝不叹良朋聚首为人世不易得之事也。夫文字之交，臭味相投，得一奇则共赏，得一疑则共析，比之亲戚之情话，骨肉之团聚，其乐有甚焉者。……（余与栗香）未尝不相见，相见未尝不谈诗。"并且赞赏"栗香之事，清新俊逸，余叹为天才"③。在诗文的题批上"既为之校阅四五过，复系以评语累千万言"。可以看出黄遵宪在题批上的认真与用心。王韬对此评云："公度点窜处，极见苦心。"④ 有时甚至达到严苛的程度。《养浩堂诗集》中原本有诗 1203 首，出版前经过四次删正。首次由黄遵宪、沈文荧、王韬删至 835 首，二次由黄遵宪、沈文荧删至 648 首，三次经

① 黄遵宪：《日本国志》下卷，天津人民出版社 2005 年版，第 785 页。
② 陈铮：《黄遵宪全集》上卷，中华书局 2005 年版，第 755 页。
③ 郭真义、郑海麟：《黄遵宪题批日人汉籍》，中华书局 2009 年版，第 68 页。
④ 钟叔河、王晓秋等：《走向世界丛书·扶桑游记》，岳麓书社 1985 年版，第 498 页。

黄遵宪删至 564 首，最后由何如璋手定为五卷 392 首①，几乎删去了三分之二还多。黄遵宪在审定《养浩堂诗集》的《例言六则》后，随手附上缀语：“养浩堂诗例言，仆细加校阅，遂至删易过多，惶悚之至，乞宽容，而是正之为幸。”②《例言》的修改都如此细致，诗就更可想而知了。

黄遵宪很赏识宫岛的诗才，将其谓为“天才”。这实际上与他所认为的诗才出于天赋的主张密切相关。他在《养浩堂》卷一云：“诗之为道，或白头老宿，学殖甚富，而月锻季炼，尘闷钝滞之气，终身未除。……（栗香诗）间有似宋元晚唐人处，亦不必自古人得来，而不觉神与古会。盖其得之于天者厚矣。江郎采笔，当在君处，才子！才子！”③ 卷五的跋文中表达了相同的意思：“诗之为道，性情欲厚，根柢欲深。此其事似在诗外，而其实却在诗先，与文章同之者也。”这与严沧浪的“诗有别才”异曲同工。他认为，诗中的“家法”、“句调”、“格律”和“风骨”都是“皆可学而至焉”的，但是其中的“兴象之深微”“神韵之高浑”却是“不可学而至焉者”，需要有“天秉”。“天秉”的有无决定了“优而柔之，咏而游之”之后，“或不期而至焉”“或积久而后至焉”“或终身而不能一至焉”等不同的结果。因而，他将栗香的诗归结于“得之于天者甚厚”，可以“无意得之”，其关键还在于栗香“蓄积于诗之先”，而“才人学人穷年莫能究者”“讲求于诗中者”，最终也只能“有所未逮也”④。

黄遵宪本身就是极富个性和诗才的进步文人，其诗歌创作不拘成法，敢于跳出传统的樊篱，勇于创新，追求“我手写我口”的自由，

---

① 《养浩堂诗集》共五卷，卷一收宫岛栗香 1854 年至 1855 年古今体诗 74 首，卷末有黄遵宪、沈文荧、王韬的跋语；卷二收有 1856 年至 1858 年古今体诗 52 首，卷末有黄遵宪、何如璋、张斯桂、沈文荧、王韬五人的题跋；卷三收有 1859 年至 1862 年古今体诗 78 首，黄遵宪、何如璋、张斯桂、沈文荧、王韬和署名柴油衲者六人的题跋；卷四收有 1863 年至 1867 年古今体诗 93 首，黄遵宪、沈文荧、王韬三人的题跋；卷五收有 1868 年至 1879 年古今体诗 95 首，黄遵宪、何如璋、张斯桂三人的题跋。郭真义、郑海麟：《黄遵宪题批日人汉籍》，中华书局 2009 年版，第 78—84 页。

② 郭真义、郑海麟：《黄遵宪题批日人汉籍》，中华书局 2009 年版，第 68 页。

③ 郭真义、郑海麟：《黄遵宪题批日人汉籍》，中华书局 2009 年版，第 78 页。

④ 郭真义、郑海麟：《黄遵宪题批日人汉籍》，中华书局 2009 年版，第 83—84 页。

抒发"古岂能拘牵"的豪情。他的诗歌新颖独特、豪放不羁，诗文批评往往也是如此。他在批评《同诸子和沈梅史韵以送别》时云："君之诗实胜于仆，论诗则似不如我也。仆作诗少，故不如君。然君作诗多，亦有不如仆处。"① 如此直率的批语除了体现二人关系亲笃之外，也能看出黄遵宪在"诗才"天秉上的自负。

黄遵宪对各卷诗歌作了整体的评价。卷一跋云："栗香此卷皆少作，虽树骨未峻，炼格未纯，而其运笔之妙，吐属之佳，一见而知为诗人。"② 卷二跋云："小诗风调绝伦，闲适之篇最多名句，短章古诗佳者，别有隽逸古峭之致。盖是时多读唐宋人及乐府，故所得如此。长古亦有乳虎初生气。"③ 卷三跋云："诗卷格律渐细，风骨亦渐老，情深韵远，调逸气遒。兴每到好处，使人悲欢啼笑，百端交集。"④ 卷四跋云："栗香之诗无市儿龌龊态，无腐儒寒酸态，无武夫粗犷态，无儿女婉昵态，无下吏鄙俗态。每读过，使人神怡。风人之诗也。"⑤ 卷五跋云："此卷诗格益高，诗律亦细，即随意挥洒之作，亦老苍无稚弱气，可称佳者。"又复记云："诗有初读颇觉其佳，再读便觉索然无味者。栗香诗，余既三读，当其佳处，犹使人恬吟高唱，不欲释手也。"⑥

黄遵宪虽然在跋文中对宫岛的诗歌整体上予以褒扬，但是在具体的诗歌评点中，也指出了诗中音调、格律、句法、遣词等方面的问题。

音调格律方面：如，评卷二《桃源行》云："原作'红涨桃花水'改为'桃花红涨水'，此皆音节未谐之处。"⑦ 评《月夜访山僧》云："此篇多警句，然或幽淡，或奇警，或深隽，合之不成一格。结数句语亦弱。盖格律犹未精也。其病在不炼，语繁气弱，中着警句，

① 郭真义、郑海麟：《黄遵宪题批日人汉籍》，中华书局 2009 年版，第 152 页。
② 郭真义、郑海麟：《黄遵宪题批日人汉籍》，中华书局 2009 年版，第 78 页。
③ 郭真义、郑海麟：《黄遵宪题批日人汉籍》，中华书局 2009 年版，第 79 页。
④ 郭真义、郑海麟：《黄遵宪题批日人汉籍》，中华书局 2009 年版，第 80 页。
⑤ 郭真义、郑海麟：《黄遵宪题批日人汉籍》，中华书局 2009 年版，第 82 页。
⑥ 郭真义、郑海麟：《黄遵宪题批日人汉籍》，中华书局 2009 年版，第 83 页。
⑦ 郭真义、郑海麟：《黄遵宪题批日人汉籍》，中华书局 2009 年版，第 89 页。

便不相称。"① 评卷四《六月念七游羽付村访岛贯琢次宅》六首评云："三首与末首皆可删。然径作五古，却似未能，盖音节之未合也。"② 评《秋日闲怀和洼田梨溪韵》云："老健似赵瓯北。后联气未融贯，格律欠讲求。"③

句法方面：如，评卷三《浴吾妻双生温泉》二首云："前首结句弱。"④ 评《秋闺夜思》云："此章格律极老成。末二句句法不相称。是诗颇近乐府十九首门径。如'江山寥落天'，语涉时调，又嫌稍疏，非惟句法不沉称，字面亦不称也。若云'道路阻且长'则相称矣。或云'山川极迢迢'亦近。"⑤ 评卷四《纪行诗四首》云："以上数首纪行诗，风格渐老，写景亦佳。然言外之意甚少，故未能令人神往。凡一题十数首者，必须有一二处着议论者，必须有联络照应之妙。"⑥ 评《送千阪益三道求师》云："对仗精整，有旌旆飞扬之概。结局落套。"⑦ 评卷五《二十六日游小坂有作》云："此诗格律殊健，第六句驽弱耳。"⑧ 评《同副岛吉井》云："浑然流转，恨结句弱。"⑨

遣词方面：如，评卷四《三月十八日与兴让馆教员游成岛》云："语似平浅，然弃之可惜。"⑩ 评卷五《远洲滩难飓》云："神似东坡'望湖楼下水如天'之作。'颜'字容未恰好，易'头'字压'尤'韵，如何？"⑪ 评《己巳元旦三缘山访僧》云："意妙词新。'犹胜'二字换'好过'，则于拙朴中见风趣。"⑫

黄遵宪对于宫岛诗的评点可谓面面俱到，评点中经常涉及声调格

① 郭真义、郑海麟：《黄遵宪题批日人汉籍》，中华书局 2009 年版，第 97 页。
② 郭真义、郑海麟：《黄遵宪题批日人汉籍》，中华书局 2009 年版，第 130 页。
③ 郭真义、郑海麟：《黄遵宪题批日人汉籍》，中华书局 2009 年版，第 131 页。
④ 郭真义、郑海麟：《黄遵宪题批日人汉籍》，中华书局 2009 年版，第 100 页。
⑤ 郭真义、郑海麟：《黄遵宪题批日人汉籍》，中华书局 2009 年版，第 110 页。
⑥ 郭真义、郑海麟：《黄遵宪题批日人汉籍》，中华书局 2009 年版，第 120 页。
⑦ 郭真义、郑海麟：《黄遵宪题批日人汉籍》，中华书局 2009 年版，第 125 页。
⑧ 郭真义、郑海麟：《黄遵宪题批日人汉籍》，中华书局 2009 年版，第 141 页。
⑨ 郭真义、郑海麟：《黄遵宪题批日人汉籍》，中华书局 2009 年版，第 145 页。
⑩ 郭真义、郑海麟：《黄遵宪题批日人汉籍》，中华书局 2009 年版，第 128 页。
⑪ 郭真义、郑海麟：《黄遵宪题批日人汉籍》，中华书局 2009 年版，第 135 页。
⑫ 郭真义、郑海麟：《黄遵宪题批日人汉籍》，中华书局 2009 年版，第 140 页。

律和词句顺序方面的问题。格律不稳是学汉诗日本人的通病，语言不同而造成音调的"先天不足"。黄遵宪曾说："日本古诗不能遂与中土争衡者，语言限之也。"而且，曾经与来访的龟谷省轩"与之音节，尽数纸"。他认为，诗歌的音节"无定中有一定"，主张灵活运用，不可恪守死法。他云："古诗音节，渔洋山人《声调谱》言之甚详，而只得一偏，仓山颇疵议之。仆谓李杜有李杜音节，元白有元白音节。诗学某体，当随体而变，谓之无定，而实有一定。"① 宫岛自己也在《养浩堂诗集》的《例言》中写道："诗有音节，邦人未尽解也。邦俗读诗多操土音，或杂以汉语，与读和歌不大异，抑扬高下，求其不鲠喉舌而已。至四声五音，则概属漠然。然辞句颠倒，则误其节；声调枝蔓，则失其音。故虽卓然名家，诗之合音节者，盖十之五。此诚限于此，非人材之有所不及也。"② 可见，宫岛虽然从整体上概括了日本诗人普遍存在的弊病，但也从侧面反映出他对黄遵宪批评的认同与肯定。

黄遵宪在日期间为日人著述多有序作及评语，据中华书局 2005 年版的《黄遵宪全集》、《黄遵宪题批日人汉籍》和《日本典籍清人序跋集》的统计可知，共有 36 部次。除了诗歌以外，在汉文著述的题批上，他也留下了大量的有关文论方面的主张。

郭真义比较全面地概括了黄遵宪的文论主张："义理、文章俱佳是他对散文创作的整体要求。在义理上，他强调中庸，反对偏至；强调现实可行，反对高远迂阔；强调言志有据，反对凿空臆说；强调依时权变，反对泥古不化；强调自我心得之言，反对陈陈相因之语。在文章上，他则强调个人风格，反对模习前人；强调曲折达意，反对平铺直叙；强调简核精炼，反对拖沓芜杂。"③

中日甲午战争以前，推行维新的明治政府虽然在政治上与中国渐行渐远，但是，汉文化的深远影响不可能在短时间彻底地雪化冰

---

① 郭真义、郑海麟：《黄遵宪题批日人汉籍》，中华书局 2009 年版，第 89 页。
② 郭真义、郑海麟：《黄遵宪题批日人汉籍》，中华书局 2009 年版，"代前言"第 35 页。
③ 郭真义、郑海麟：《黄遵宪题批日人汉籍》，中华书局 2009 年版，"代前言"第 20 页。

消，思想上的非独立性和文化转型的滞后性决定了这一时期的汉文化还具有一定的积极作用，特别是深谙汉文且具有深厚汉文素养的日本文人对中国文学的向往和崇敬。加之，驻日官员和寓日文人的积极推动，这一时期迎来了中日文化交流的高潮，这种交流无论是在广度还是在深度上，都超过了历史上的任何一个时期。然而中日甲午战争之后，这种情况发生了急转直下的变化，单从中国文人序跋的受欢迎程度上就可以看出端倪。中日甲午战争以前，日本文人为获得中国名人学者的序跋而费尽心思。青山延寿在 1876 年出版《国史纪事本末》时，千方百计从李鸿章那里求文索序。① 然而当他在 1895 年出版《皇朝金鉴》之时，虽有黄遵宪为之撰写的富有学术水平的序，也未获采用。而且中日甲午战争日本的胜利，使日本文人内心中的民族主义极度膨胀，偏执地将文化的优越与武力的强大等同起来，痴狂地认为强大的武力可以诞生优秀的文化。青山勇在《皇朝金鉴》的跋文中口出狂言："去岁自皇上一宣战，于平壤于旅顺口我兵所向，无不奏捷，外国实畏我兵矣。自今而后，我国史者，清韩二邦必争先翻之。而此书虽属传记，彼人士一阅则必曰'日本国明君贤臣，古今何其多也。'必亦服我文矣。夫震耀威武，武臣之职也，发扬文德，文士之任也。"② 露骨地表现出武力获胜后急于向中朝兜售日本文化的野心。

甲午一战，清廷的惨败彻底改变了日本文人对中华文化的态度，对中国文学的态度由珍视转为傲视甚至鄙视，而对西方文学则从漠视迅速转变为惊视乃至师视，进而彻底改变了中日文化交流的方向，日本更是走向了全面西化、"脱亚入欧"的道路。昔日驻日官方使节和寓日文人积极的文化交流也最终成为明日黄花，散落在历史的时空中。

---

　　① 《国史纪事本末》1871 年刊本中只有自序和德川庆喜的题词，1876 年再版时才附有李鸿章的序。青山延寿：《国史纪事本末》，太田金右卫门 1876 年版。

　　② 王宝平：《晚清东游日记汇编 1·中日诗文交流集》，上海古籍出版社 2004 年版，"前言"第 13 页。

第二节 民间文人的东渡及其活动

一 王韬与《扶桑游记》

王韬（1828—1897），字紫诠，号仲弢、天南遁叟，江苏苏州甫里人。中国近代著名的政论家、改良思想家，被誉为"近代第一报人"。王韬自幼随父熟读四书五经，打下了坚实的经学基础。1843 年昆山应考中秀才，1846 年赴南京应考不第。1848 年因父亲亡故，家中妻小需要照顾。为了维持生计，他赴上海，就职于传教士麦都士的墨海书馆。在墨海书馆期间，他翻译了《圣经》《重学浅说》《西国天学源流》《光学图说》《华英通商事略》等书。1860 年太平军攻陷苏州、常州，进逼上海。1862 年因王韬化名黄畹为太平军献策，后东窗事发，出逃香港。1867 年在朋友的邀请和资助下，游历法国、英国和俄国等地。1871 年编译《普法战记》，1874 年创办《循环日报》，发表政论文章，鼓吹变法，主张实业自强，一时间名声大噪，成为东亚知名人士。

当时正值明治维新初年的日本，急于了解西方各国的情况，《普法战记》一经传入，就如同及时甘霖，在日本引起轰动，此书甚至还被作为日本陆军的教科书加以使用。当时日本文士只读过王韬的著述，而未曾谋面，他们将王韬视为学贯中西的维新志士和学者巨儒，都想邀请王韬赴日，一睹其风采。龟谷省轩在《扶桑游记》的跋文中道出了邀王访日的原委："戊寅之春，余与栗本匏庵、佐田白矛探梅于龟井户，归途饮于柳岛。匏庵曰'吾闻有弢园王先生者，今寓粤东，学博而才伟，足迹殆遍海外。曾读其《普法战记》，行文雄奇，其人可想。若得飘然来游，愿为东道主。'白茅曰'善矣！'余友寺田士弧曾至南海，与先生善，乃有东游之约。士弧与重野成斋、冈鹿门诸人，谋欲邀之。余告以匏庵言，于是成斋始与匏庵交。匏庵每置酒会友，未尝不津津乎王先生也。"① 可见，日本国内文士对于声名远播的王韬

---

① 钟叔河、王晓秋等：《走向世界丛书·扶桑游记》，岳麓书社 1985 年版，第 509 页。

很是敬仰，对王韬赴日颇为期待。王韬亦在《扶桑游记》"自序"中云："余多日东文士交，每相见，笔谈往复，辄夸述其山川佳丽，士女之便娟，谓相近若比，曷不一游？又言'至东瀛者，自古罕文士。先生若往，开其先声，此千载一时也。'聆之跃跃心动，神已飞于方壶员峤间矣。今春，寺田望南书来，以为千日之醉，白牢之享，敢不唯命是听。"① 可知王韬本人也有东游扶桑之念。

光绪五年（1879）三月初九日，王韬于上海乘轮船东渡日本，于七月十五日返沪。王韬将为期四个月的日本之行的见闻撰成《扶桑游记》三卷（以下简称《游记》），由日本报知社刊行。《游记》中多是记录观光游览、交友唱和之事，间或录诗，文字骈散结合，是一部游记体散文集。

赴日之前，虽然王韬对日本文化已有耳闻和初步了解，但是到了日本之后，才目睹了明治维新以后，国力蒸蒸日上、发展变化日新月异的日本。

文化优越的心态促使王韬情不自禁地用双眼搜寻与中国文化相似的事物，并将其付诸笔端。茶店啜茗时所看到的制作精雅的茶具"有如粤之潮州、闽之泉漳"；妇女盘发作髻疑似"隋唐时遗俗"；夜睡多用高枕、孩子褟负于背"有如粤东"；游览神户寺庙时所见的观音如来雕像"仿佛中土"②。这些无疑都会激起王韬内心的民族自豪感和中华文化的优越感。

同时，他对于日本的风土人情也予以观照。他在描写日本住宅时写道，"日本屋宇虽小，入其内，纸窗明净，茵席洁软"，"薄壁短垣，盗贼易入，而从未有宵小"③，以此赞赏日本民风之淳厚；他又把日本男女裸体共浴的现象视为"如入无遮拦大会中"④，流露出封建思想中对于男女大防观念的坚守。

---

① 钟叔河、王晓秋等：《走向世界丛书·扶桑游记》，岳麓书社1985年版，第385—386页。
② 钟叔河、王晓秋等：《走向世界丛书·扶桑游记》，岳麓书社1985年版，第394页。
③ 钟叔河、王晓秋等：《走向世界丛书·扶桑游记》，岳麓书社1985年版，第399页。
④ 钟叔河、王晓秋等：《走向世界丛书·扶桑游记》，岳麓书社1985年版，第397页。

　　王韬赴日之后，惊讶地看到西方文明对日本社会的影响之巨，浸染之深。各地的博览会，机械化生产的火柴厂，西法制造鱼酢、鹿脯，先进的机动轮船都给王韬留下了深刻的印象。更令王韬钦佩的是，与他交往的日本友人中多是通晓西学的有识之士。如，对泰西了如指掌，著有《米志》、《法志》和《英志》的冈鹿门；游历欧美精通洋学且汉文功底深厚的中村敬宇；常读洋书，通泰西之事，对欧洲情势"了然若掌中螺纹"的藤田茂吉。王韬将这些精通洋学与汉学的日本精英分子视为推动日本近代化发展的中坚力量。

　　王韬虽然鼓吹维新，但对具体历史事件的评判依然没有摆脱传统儒学思想中忠孝节义观念的樊篱，表现出传统儒者文人的一面。他在《扶桑游记》中多次谈及西乡隆盛。在游览招魂社时，曾作长歌咏西乡隆盛："日东节义汉代匹，抱义怀忠多激烈。平生知国不知家，身可亡兮家可灭。西乡本是人中豪，提戈欲靖边尘嚣。请缨有志急一试，赫然金石铭功高。……主人昂首指匾额，西乡笔迹今犹留。题菊诗工句清挺，武功文学一时并。叹有此才弗善用，不为鸾凤为鹰隼。听歌我尚有余悲，主人劝我且吟诗。诗成一曲歌未终，美人烈士吾心同。"① 他认为西乡虽然文武双全，但是没能妥善使用，而甘愿沦为"鹰隼"，做出背叛国家的不忠不义之举。农历六月十七日晚，王韬接受藤田鸣鹤的邀请，参加滨乃家的饮宴，他又作七律再咏西乡："谋国谁能下一筹，平生事业愧千秋。淮阴空作无双士，温峤还居第二流。不尽樽前今古感，安知身后姓名留。蓬莱已到神仙杳，径欲乘槎访十洲。"② 对曾经功绩卓著，堪比韩信、温峤的西乡，因起兵叛乱，最终也不免落得身败名裂、青史无名的悲惨境地而感到惋惜。对抵抗西乡叛军，死守熊本城，为国尽忠的谷干成少将则给予褒扬，曾用诗僧五岳诗韵作《咏谷中将守熊本城事》诗一首："孤城将崩压坏云，健儿两万犄角分。官军善守贼善攻，特纵烈焰如山焚。……惟君忠义贯日月，直

---

① 钟叔河、王晓秋等：《走向世界丛书·扶桑游记》，岳麓书社1985年版，第436—437页。

② 钟叔河、王晓秋等：《走向世界丛书·扶桑游记》，岳麓书社1985年版，第450页。

以一身当其难。……呜呼！君功一国安危之所系，令人相见飞将军。"①
诗中充斥着对"忠君爱国"封建思想的赞美。

农历六月二十六日，王韬与佐田白茅等人同谒神田圣庙，看到昔
日隆盛的孔庙现已被改为书籍馆。这个具有象征意义的变化让王韬深
切感受到明治维新之后在西方文化的巨大冲击下，中华文化地位在日
本的式微。对于从小受儒家文化熏陶成长起来的他来说，不禁对中华
文化在日本备受冷落的现状感到遗憾与惋惜。在他的观念中，中国儒
学的道德文化依然具有至高无上的权威性和合理性，"中学为体，西
学为用"的根本思想促使他对日本过分西化的现实进行了尖刻的批
评。他说，日本仿效西法，究其实"尚属皮毛"，其中有"不必学而
学之者""断不可学而学之者"，而且病在"行之太骤，模之太似"②。
他在评点宫岛诚一郎《养浩堂诗集》中《洋船行》一诗的批语中云：
"奈何今日学之者，徒袭其皮毛也？此我所以痛苦流涕叹息者也。"③
依然把西法视为"奇技淫巧"。而对冈本监辅的《要言类纂》的评价
则截然不同，他说："就古今言理著书""皆孔孟遗意""遍天下可行
也"。④ 在他的观念中，儒学思想仍是"放之四海而皆准"的不变真
理，是中日两国都应该恪守不忘的道德主体，绝不可将"体"与
"用"本末倒置。否则，维新就如同饮鸩止渴，最终将国家引向倾覆
的危险境地。

当时日本学者文人皆视王韬为当世伟人，夙望其风采，来游之际
被视为座上宾。日本名士、学者、文人、诗人大多登场，与王韬应接
唱和，壶觞之会、坛坫之设殆无虚日。访客众多，几无闲暇，日人称
其盛况"开国数千年来所未曾有"。

王韬在饮宴诗会上与日本文士多有诗歌唱和，且能援笔立作，瞬

① 钟叔河、王晓秋等：《走向世界丛书·扶桑游记》，岳麓书社 1985 年版，第 444—445 页。
② 钟叔河、王晓秋等：《走向世界丛书·扶桑游记》，岳麓书社 1985 年版，第 453 页。
③ 郭真义、郑海麟：《黄遵宪题批日人汉籍》，中华书局 2009 年版，第 88 页。
④ 钟叔河、王晓秋等：《走向世界丛书·扶桑游记》，岳麓书社 1985 年版，第 453 页。

间即成。之所以会如此，皆基于王韬自身深厚富赡的诗学才能。孙文川曾评论王韬云："中弢于学无不通，于诗亦无体不上。五律多深稳，七律多清秀，五古兼参选体，七古纵横跌宕。"① 石川鸿斋在为《蘅华馆诗录》的序中写道："叟航游我邦，东京文士踊跃相迎，暂居某氏之邸。一时执贽入门者陆续接踵，笔战墨斗殆无虚日。余亦见于城东一酒楼。同座者公度黄氏、梅史沈氏、诗五梁氏皆海外之奇士也，相与分韵赋诗。叟左聘歌妓，右握花管，杯觞流行，应酬无暇之间。摊笺立书数首，钩章棘句，不该一字，词气雄如建瓴之水，余益服叟之英敏。"② 《扶桑游记》中有多处王韬赋诗唱和的记述。其中大多是五律、七律、五古、七古等长篇。四月初三日，王韬与龟井省轩、佐田白茅、栗本锄云、藤田茂吉（报知社社长）同游墨川，在茶亭啜茗，霎时间即和长命寺诗碑中大沼枕山、舻松塘、关雪江、植村芦洲四人的诗作。而且，既作四律，仍觉意犹未尽，乃和四人诗韵作长歌一篇。③ 可见，王韬反应之迅速，才思之敏捷。

王韬赴东台长酡亭，文士来集者二十二人，皆为当时汉诗文坛知名人物。其中有：小野湖山、藤野海南、鹫津毅堂、冈千仞、龟谷省轩、小牧樱泉、佐田白矛、舻松塘、三岛中洲、小山春山、大卿学桥、河野荃汀、村山拙轩、木下梅里、两尾鹿峰、猪野熊梁、野口犀阳、星野丰城、川口江东、蒲生绚亭、平山蕉阴、寺田望南。席上文士各有赠诗。王韬赋诗云："天借因缘非偶然，今朝何幸集群仙，一帆海外飞来会，作赋吾家记昔年。"④ 诗中"作赋吾家"指《滕王阁赋》的作者王勃。他以王勃后人自比，用典妥当，颇有趣味。小野湖山和诗云："虽云殊遇岂偶然，文字相同兴欲仙。蓬岛风光尚如旧，迟来徐福二千年。"⑤ 诗中虽用韵工整，但将王韬比作徐福，却落了俗套。

① ［日］三浦叶：《日本汉文学史》，汲古书院1998年版，第14页。
② 王韬：《蘅华馆诗录》上卷，山中市兵卫1881年版，第2页。
③ 钟叔河、王晓秋等：《走向世界丛书·扶桑游记》，岳麓书社1985年版，第414—415页。
④ 钟叔河、王晓秋等：《走向世界丛书·扶桑游记》，岳麓书社1985年版，第406—407页。
⑤ 钟叔河、王晓秋等：《走向世界丛书·扶桑游记》，岳麓书社1985年版，第407页。

王韬在《扶桑游记》中将此次集会记为"东台之会，一月一集"。王韬又于五月二十七日参加东台娇语亭之会，诗人们都踊跃参会，与王韬赋诗唱和，切磋诗艺，"东台之会"也发展成为后来的"莲池吟社"的诗会。

王韬除与日本文士招饮赋诗唱和之外，还曾为市川湫村的《湫村诗钞后集》题序。序云："方今日东之以诗名者夥矣。类皆探源汉魏，取法唐宋，以自成一家，而能以奇鸣于世者实罕。尾张市川湫村，今之诗人也。枕山序其诗，独以奇称之。

余谓诗之奇者，不在格奇句奇，而在意奇。此亦专从性情中出，必先见我之所独见，而后乃能言人之所未言。夫尊韩推杜，则不离于模拟；模山范水，则不脱于砭砭；俪青配白，则不出辞藻；皆未足以言奇也。盖山川风月、花木虫鱼，尽人所同见；君臣父子、夫妇朋友，尽人所同具；而能以一己之神明入乎其中，则历千古而常新，而后始得称之为奇。湫村之诗，余虽未得尽读，而枕山既称之于前，磐溪湖山复言于后，则其诗必有异乎寻常者。湫村以其诗之奇鸣于当世，当必于杜之广、李之俊，韩之兀崒、郊之寒、岛之瘦，温李之秾艳、苏之放、黄之生涩槎枒、陆之温润、杨之疏逸之外，别树一帜，而自辟畦町，独立门户，此所谓诗祖也。余于诗，亦欲以奇鸣，惜有志而未逮，故序湫村诗，而不胜景慕焉。"[①]

王韬在序中关于"诗之奇"表明了自己的观点。他认为，日本现在的诗家名手在作诗方面皆取法汉魏唐宋诸家，然后熔铸一炉，自成一派。但是其中存在一个致命的问题，那就是一味地模仿古人。尽管诗作描摹酷肖，而未将真情实感融入诗中。所以，诗不能出奇出新。所谓真正的"诗之奇"就应该出于自我之真性情，抒发自己的独特见解，而不能一味追求格调，讲求韵律，也不能仅在句式变化和辞藻运用上下功夫，而且必须在诗中融入异于他人的精神，这样的诗作才能

---

① ［日］市川湫山：《湫村诗钞后集》，洋洋书房1917年版，序页；亦可参阅钟叔河、王晓秋等《走向世界丛书·扶桑游记》，岳麓书社1985年版，第498页。

历古而常新，才能称得上"奇"。

王韬在《蘅华馆诗录》的"自序"中也有过类似的论述。"自序"云："余不能诗，而诗亦不尽与古合。正惟不与古合，而我之性情乃足以自见。……然窃见之所为诗人矣，扯捭以为富，刻画以为工，宗唐祧宋以为高，摹杜范韩以为能；而于己之性情无有也，是则虽多奚为？慨自雅颂降为古风，古风沦为律体，时代既殊，人才亦变。自汉、魏、六朝迄乎唐、宋、元、明，以诗名者殆不下数千家，后之学者难乎继矣。诗至今日，殆不可作。然自有所为我之诗者，足以写怀抱，言阅历，平生须眉显显如在，同此风云月露，草木山川，而有一神明入乎其中，则自异矣。原不必别创一格，号称初祖，然后翘首殊于众也。"① 王韬又在《我诗》中云："客来问我诗，我诗贵笃挚。譬如和太羹，其中有至味。平生所遭逢，自言无少讳。满胸家国忧，一把辛酸泪。书必读万卷，笔不著一字，从未区宋唐，惟在别真伪。"② 上述序和诗中再次阐述了诗贵有"性情"的观点，只要诗中有自我之精神，才会异于旁人，自然不会落入模拟古人的俗套。

王韬为小野湖山《湖山楼诗稿》写的序中又云："徵君于诗派源流，不名一家，而展卷间，即知其为湖山之诗，则亦有真性情寓乎其中也。"③ 由此可见，王韬对诗中"真性情"的重视。

在《扶桑游记》中，这种"真性情"的流露，让我们看到了在诗酒酬唱、游山玩水、青楼买醉之时所展现出来的另一个王韬。当时的日本文士对王韬也颇有微词："岂中土名士从无不跌宕风流者乎？"王韬却笑而对曰："信陵君醇酒妇人，夫岂初心？鄙人之为人，狂而不失于正，乐而不伤于淫。……生平无忤于人，无求于事。嗜酒好色，乃所以率性而行，流露天真。如若矫行饰节，以求悦于庸流，吾弗为也。……世但

---

① 王韬：《蘅华馆诗录》上卷，山中市兵卫 1881 年版，第 1 页；亦可参阅楚流、书进、风雷等《弢园录外编》，辽宁人民出版社 1994 年版，第 311 页。

② 王韬：《蘅华馆诗录》下卷，山中市兵卫 1881 年版，第 16 页。

③ 小野长愿：《湖山消闲集》上卷，游焉吟社藏 1881 年版；亦可参阅郭真义、郑海麟《黄遵宪题批日人汉籍》，中华书局 2009 年版，第 13 页。

知不好色之伪君子，而不知好色之真豪杰，此真常人之见哉！"① 王韬对于日本文士的诘问不屑一顾，依然将买醉青楼视为文人雅士的"风流"之举，是自我天真的自然流露，是光明磊落的"豪杰"行为。但是，日本文士对于王韬的期望并不是在饮酒赋诗上，而是关心这位当世伟人对时事有何高见。但通观《扶桑游记》，却并没有这方面的议论。他的好友冈千仞在《扶桑游记》跋文中云："先生不说道学，议论不及当时，文酒跌宕，歌筵妓席，丝竹呕鸣，欣然酣畅，不复以尘事介怀。"② 其言辞虽然委婉，但仍然能感觉到对王韬行为的些许失望。

王韬文中对名胜古迹的描写可谓异彩纷呈，对青楼女子招饮侍宴的书写亦不吝笔墨。他曾作《芳原新咏》七绝十二首（后刻入《蘅华馆诗录》），皆是描写东京芳原红楼女子之作，而且每首七绝都附有解说。如"唇脂狼藉复涂金，云鬓花枝不上簪。最是舞裙斜露处，双趺如雪似观音"③。虽诗句描写细微，形容尤妙，但略显庸俗。难怪有日本文士评价他"先生儿女之情有余，而风尘之志不足"④。

木下彪在评论《扶桑游记》时云："今读其游记，行文简劲而尽委曲，令读者有身临其境之感。其诗才藻富赡，文字驱使练达。"但同时又提出尖锐的批评，"写卑俗之事毫无忌惮，甚伤文品，且表露出作者人品之俗"，"毕竟陈套无趣，缺乏动人之精神"。⑤

王韬赴日引起东京诗坛的"震动"，日本友人对王韬的到来也抱以极高的热情。他在日本的四个月中，与东京诗坛的大家名手赋诗唱和，切磋诗艺，作诗103首，可谓高产。他将所见所闻、所思所感都付诸笔端，有游山览胜之文、诗酒唱和之作、怀古咏史之篇、异国风情之什、冶游猎艳之诗，内容丰富多样，开拓了诗歌写作范围，倡导了诗歌创作的新风气。同时，他为日人题序写跋、品评诗文，矫正日

---

① 钟叔河、王晓秋等：《走向世界丛书·扶桑游记》，岳麓书社1985年版，第452页。
② 钟叔河、王晓秋等：《走向世界丛书·扶桑游记》，岳麓书社1985年版，第513页。
③ 钟叔河、王晓秋等：《走向世界丛书·扶桑游记》，岳麓书社1985年版，第432页。
④ 钟叔河、王晓秋等：《走向世界丛书·扶桑游记》，岳麓书社1985年版，第513页。
⑤ ［日］木下周南：《明治诗话》，文中堂1943年版，第302页。

本诗坛汉诗创作中存在的弊病，与日本诗人交流诗学思想。可以说，王韬赴日并没有发挥鼓吹维新的"本领"，而是充分展现了中国传统文人写诗作文的"余技"，在活跃东京汉诗坛方面产生了重要影响，为中日文人诗文交流留下了浓墨重彩的一笔。他与日本友人留别时曾赋诗云："两国相同三千年，文士来游自我始。敢云提倡开宗风，结杜清华争倒屣。某年某月我去来，大书特书补青史。"① 此中豪情溢于言表。

二 陈曼寿与《日本同人诗选》

明治维新以后，日本开放门户，中国的民间文人得以浮槎东游，寓居日本。在国内名不见经传的"穷酸文人"一到日本，则"华丽转身"，经常出入于日本文人的上流社会圈子。因为在中国真正接受过传统儒学教育的文人，大多有一定的汉诗文功底，而且有的文人身兼多艺，酬唱评诗、作序写跋、绘画题字也是常事。对于仰慕中国悠久文明、对汉诗文颇为认同的日本人来说，自然会把对中国文明的仰慕之情倾注到这些具体的寓日文人身上，希望通过与之交往，提高自己的汉诗文水平。虽然，这些民间文人的影响不足与后来的官方汉诗文人（如黄遵宪等人）相提并论，但是，他们在日期间的文化交流活动也对日本汉诗文界的活跃起到了一定的辅助作用。这个时期的民间文人赴日似乎有一个共同的目的，那就是希望凭借一技之长来东瀛"淘金"，改变国内生活拮据困窘的生存现状，卫铸生就是其中一位。王韬在《扶桑游记》中记述道："铸生琴川人，工书法，挟一技之长而掉首作东游者。闻乞字者颇多，自八、九月至今，已得千金，陆贾囊中，殊不寂寞。"② 似乎凭借书画技艺在日获利颇丰。而大河内辉声在与王治本的笔谈中对卫铸生评论不高："铸生雷鸣轰耳，因请挥墨，涂抹纵横，其拙不堪看。仆做诗赠，铸生和韵，和韵亦拙。"③ 小野湖山在《题东海归帆图送卫铸生》一诗中云："不要童男童女辈，老浮

---

① 钟叔河、王晓秋等：《走向世界丛书·扶桑游记》，岳麓书社 1985 年版，第 500 页。
② 钟叔河、王晓秋等：《走向世界丛书·扶桑游记》，岳麓书社 1985 年版，第 396 页。
③ 蔡毅：《日本汉诗论稿》，中华书局 2007 年版，第 259 页。

沧海上神山。当年徐市（按：读音为 fú，'徐市'即'徐福'）合惭杀，满载金沙丹药还。"春山朝弘在眉批中为这首诗作评曰："闻铸生的润笔钱甚多，此诗盖嘲之也。"① 由此可见，卫铸生赴日的目的就是"捞钱"。对于小野湖山和大河内辉声这样具有深厚汉学修养的日本文人来说，对卫铸生这种附庸风雅、恃技敛财之徒不免给予鄙视与嘲讽，在他们眼中，似乎对汉诗文的才能更看重一些。

家道中落，科举屡试不中，仅以秀才之身作经师维持一家八口的生计，生活穷困潦倒的陈曼寿在得知卫铸生在日"暴富"的消息之后，也希望尽快赴日，改变目前经济上的窘境。在卫铸生的斡旋和帮助下，他于 1880 年 3 月 1 日乘"坐秃格萨谷号"轮船赴日，途遇风浪，历尽艰辛，过长崎、神户，最终到达京都，下榻于晚翠楼。② 虽然陈曼寿赴日目的与卫铸生相似，但是陈曼寿与卫铸生的"内涵量"可大不相同。

陈曼寿（1825—1884），浙江嘉兴人，名鸿诰，号味梅华馆、乃亭翁等。少时家境富裕，耽于吟咏，曾著有诗集。他在日本刊行的《味梅华馆诗钞》的《原叙》中云："余少承庭训，束发即喜作诗。自道光辛丑（1841）至咸丰辛亥（1851）十一年诗为友人怂恿，已刻有味梅华馆诗初、二集计十卷。其时学力薄弱，见闻浅陋，非敢言诗，不过存年少本色耳。厥后足迹渐广，得与四方诸名宿交，邮筒往来倡和无虚晷，兼之家中赀斧尚给，不必为衣食计出。其所余凡汉魏六朝及唐宋元明诸大家诗文集，家藏所阙如者，多方购求，罗列一室，昕夕研究，以期深造乎堂奥而后矣。于是意兴所及，日必课数诗，每至漏三四下。虽老亲唤睡，倦僮触屏，而吟咏之声犹达户外。自是学亦稍进。约计数年间，共得古今体诗三千余首。叠经巨手，详加校订，其中长篇短什，颇有可观。正拟付梓，适粤匪陷禾城，尽毁于火。酒边灯下时复记忆，仅得百之一二，另编一卷，以燹余名之志慨焉。然

① ［日］小野长愿：《湖山消闲集》下卷，游焉吟社藏1881年版，第3页。
② 陈鸿诰：《味梅华馆诗钞》第2卷，前川善兵卫1880年版，第15—17页。

性之所近，当流离迁徙时有所感触，仍托之于诗。迨四境廓清言归乡里，则遇日益穷，而昔日坛坫诸同人皆逝。宿草甚有一年得诗一二首者，此调几不弹矣。今岁游幕浙东，与翰臣石君、晋卿杜君结文字契。两君与余有同癖，见猎心喜遂复稍稍近笔，研得诗文不少。残冬无俚，爰将箧中所携庚申（1860）至壬申（1872）所作之诗自加删辑编录一遍。岂中年以往之作工于少时耶？自念齿发渐衰，日力可惜，不忍割弃，辄恕而存之。生重享承平，无所托以自见，惟此区区有韵之语，曾谬役心脾，世有不以格调派别绳我者，或位置余于诗人之末，是亦深幸也夫。"① 从序中可以看出，陈曼寿在诗文方面多有积累，颇有功底。如若诗文不济，也不可能"为诗友怂恿"，将其诗集付之梨枣。

当时身在上海的岸田吟香为即将赴日的陈曼寿写给成岛柳北和小野湖山的推荐信中亦云："（陈）为学者，亦善诗，隶书最为长技"，"陈生善隶书，篆刻最其所长，文事可在卫铸生之右"。② 而且小野湖山在为《味梅华馆诗钞》所作序中云："顷者余游西京馆于麸屋坊。逆旅清国曼寿陈君先生在焉，闻其工铁笔善隶书也，就见之温乎其色，肃乎其容，一二笔语亦不苟，心窃伟之。会坐有数客，言谈未悉明。日又见之几上有其稿，题'味梅华馆诗'者廿余卷。余翻阅其二三，体兼古今，调交唐宋，每卷细字手写，诸家序跋亦具焉。盖俨然儒门名家，岂特铁笔隶书之可称耶？余亦伟之。君探袖中出岸田吟香自上海寄书亦称君工篆隶，乃在彼地人之称君亦不过于此已，宜矣其落拓到于海外也。余为深慨之，而西京诸友亦有同慨者，就君集中钞古今体诗一百余首，特付剞劂以慰其羁情，原田西畴实干其事，继而余东归，君与西畴寄书求序，其言恳情不可辞，乃为君书数语应之。特前日君语余何大臣张副使皆有面识，又与我副岛四位相识。余将告三氏为君东卫，并告此地诸友，诸友必有与余同慨者焉。则君集之续上梓

① 陈鸿诰：《味梅华馆诗钞》第 1 卷，前川善兵卫 1880 年版，原叙。
② 蔡毅：《日本汉诗论稿》，中华书局 2007 年版，第 259 页。

亦可期也，遂并书以代报。"① 原田西畴在序中称赞陈的诗"铸宋熔唐，短长合度，触事应物，斐然成章"，"与副岛、竹添诸名士倡和，令人惊其新拔"②。

小野湖山亲眼所见与岸田吟香所说一致，说明陈曼寿必非浅薄之辈，加之听说陈曼寿与何如璋、张斯桂、副岛苍海结识，让小野湖山对陈曼寿更为信服。1880 年 3 月 1 日陈曼寿来日，同年 8 月《味梅华馆诗钞》上梓。在不到半年的时间里，出版自己诗集的夙愿就已达成，而且在当时日本诗坛刊载政界名流、文坛大家之作的汉诗杂志《新文诗》中亦刊登了他的长诗《乃亨翁歌》，可谓特别"露脸"，这为陈曼寿以诗文在日本站稳脚跟起到了非常重要的作用，也为其以后题签题字、诗文品评、写序撰跋、诗文交友和后来编选《日本同人诗选》平添了几分"便利"与"优势"。

陈曼寿除了出版诗集和发表诗歌之外，还为王寅的《冶梅书谱》题签，为《冶梅石谱》《冶梅书谱人物册》题词并作序；品评土屋弘的《晚晴楼文钞》、江马钦的《退享园诗钞》和《赏心赘录》，并为《退享园诗钞》撰序；值得一提的是，他审阅了小野泉藏的《社友诗律论》并为其作了序，这是中国人最早为日本诗话著作撰写的序文。③通过这些文化活动，陈曼寿在日本的生活渐渐变得游刃有余，江马钦在《曼寿明经重入京都挈小鬟秀凤随从有二绝见示戏次其韵》中写道："白头犹混少年场，罗带金钗粲有光。一任满城人属目，春风花底凤呼凰。"④ 虽诗中不免有些戏谑之味，却也道出了陈曼寿生活状况之一斑。他亦在眉批中评点道："绮习未消，恐遭人妒，惶恐惶恐。"⑤

---

① 陈鸿诰：《味梅华馆诗钞》第 1 卷，前川善兵卫 1880 年版，序。
② 陈鸿诰：《味梅华馆诗钞》第 1 卷，前川善兵卫 1880 年版，序。
③ ［日］池田四郎次郎：《日本诗话丛书·社友诗律论》第 10 卷，文会堂书店 1922 年版，第 420 页。
④ 王宝平：《晚清东游日记汇编 1·中日诗文交流集》，上海古籍出版社 2004 年版，第 163 页。
⑤ 王宝平：《晚清东游日记汇编 1·中日诗文交流集》，上海古籍出版社 2004 年版，第 163 页。

由此可知，陈曼寿在未到日本之前"饥来驱我走，拟濯扶桑足。妻孥刻待哺，行行乱我曲"① 的困窘之态与苦闷心情已经全然不见，生活变得游刃有余，颇为自在。

陈曼寿在日本最重要的一项工作就是编选了《日本同人诗选》（以下简称《诗选》）。此《诗选》中收入作者 62 人，诗作 599 首。藤泽南岳为其撰序，土屋弘为其作跋。跋文云："海外人士来游我邦，选诸家诗，古未尝有之也。有之自陈曼寿明经所编日本同人诗选始焉。……此特陈君获之于其所交者，海内之诗固不止于此，而有可观如是。昭代文运之盛于斯略见，今校刻布诸世庶，足以振耀国华并征怀柔之绩也与。"② 从跋文中可以读出两层意思，一是陈曼寿是第一位编辑出版日本诗人诗作的赴日中国人，其举可谓"首创"；二是诗在辑选上并非面向日本全国，主要是与陈曼寿有交往的日本人的作品。所以，选诗的范围和质量都不足以代表日本汉诗文坛的整体水平。

《诗选》共分为四卷。现将其中收录诗人及其汉诗数量作以如下统计。

卷一：江马钦（31）谷铁臣（7）小野长愿（26）神山述（8）伊势华（29）宫原龙（4）村松琴（2）九富女史（7）鹤田朗（5）山中献（11）浅井龙（1）江马肇（1）小川僧泰（4）铃木寿（6）神田新淳（38）

卷二：赖复（11）村松发（4）浅野女史（1）市村谦（24）村田叔（27）户田光（3）福原亮（17）小林卓藏（14）片山勤（10）

卷三：冈本迪（33）林英（9）内村义城（1）大沼厚（11）森熊（1）山田钝（18）水越成章（17）百川女史（8）森鲁直（20）相良常长（5）菊池纯（12）高木保（3）宫原孝（3）

---

① 陈鸿诰：《味梅华馆诗钞》第 2 卷，前川善兵卫 1880 年版，第 16 页。
② 王宝平：《晚清东游日记汇编 1·中日诗文交流集》，上海古籍出版社 2004 年版，第 158 页。

卷四：土屋弘（28）藤泽恒（11）泷野女史（3）波部敬（1）
小山朝弘（13）田部密（2）有马纯心（9）大雅堂定亮
（2）河野通胤（7）关根柔（31）小原正栋（4）石桥僧
教（10）杉山千和（6）石川足（3）野村焕（7）山川贤
（4）后藤束（1）中岛靖（3）牧野铁（2）清水粲藏（2）
关口章（3）矢野精（2）波多野女史（1）高木展为（2）

陈曼寿在"凡例"中对《诗选》做了比较详细的说明。

第一，诗之来源。《凡例一》云："日本为同文之国，都人士秉经
酌雅，文采灿然。余游东土，以文字订交者，不乏其人。所惜足迹有
限，安得举一国之诗与人偏观而尽识。故是编专就所相识之人，加以
搜集，间有神交诸君笔札时通者，亦为编入，以作他日相见之券。"
《凡例三》云："赠答倡和诸什半属筹应，似不可列于选。是编择其佳
者，不忍割爱，以见一时诗筒来往之盛。"《凡例四》云："编中所登
仅有见一二首者，因其人虽曾识面，而未见其全稿，或于诗册上录得
之，或于友人处借抄之，欲存其姓氏，诗之精粗姑置勿论。"《凡例
六》云："是编所辑之诗，悉系诸君子手抄见赠居多，间有于他处录
得者，笔墨余闲匆匆编次，鲁鱼亥豕有所不免。"① 从中可以看出，陈
曼寿的活动范围主要是以京都为中心的地方，所交之友亦大多在此区
域，而且大多数没什么名气，著有诗集的仅有 17 人，这从文中作者的
介绍中就能知道。所选取的汉诗大多并非来自个人诗集，而是搜罗于
书信往来笔札中的作品。选诗时个人倾向性、率意性过强，未能博观
约取、取精用弘。与俞樾编选的《东瀛诗选》相比而言，无论是在质
量上，还是在数量上都不是同一个等量级的。其中，虽然也收录了当
时大沼枕山、森春涛、冈本迪、小野湖山等名家之作，但都不是他们
的代表作，好像给人一种借用他们在诗坛的名望装点门面的味道。他
还将与他人的唱和诗录入其中，共有 71 首，占到汉诗总数的近八分之

---

① 王宝平：《晚清东游日记汇编 1 · 中日诗文交流集》，上海古籍出版社 2004 年版，第
159 页。

一。从表面上看，似乎给人一种交友广泛的感觉，而实际上，反倒让人觉得有贪慕虚名、沽名钓誉之嫌。

第二，诗之损益。《凡例二》云："近来诸家选本日出，名作已美不胜收，然于声调格律，即体中亦有错误而古体则犹甚者，是编所选皆合前人矩矱。纵有微瑕不揣冒昧均为一一酌正。"① 当时的中国文人都有一种以汉诗"嫡传""正宗"自居的心态，而且日本人在汉诗创作上，原本就存在声调格律方面的先天"不足"，即便名手大家亦难免犯"和习"的毛病，更何况一般的汉诗人。所以，日本诗人自知功力不足，只能恭敬请求斧正、改删自己的诗文。这一时期来日的中国文人基本上有为日本人改诗的经历。

俞樾在《东瀛诗选》"例言四"中也指出："东国之诗于音律多有不谐。执一三五不论之说，遂有七言律诗而句末三字皆用平声者。执通韵之说，遂有混'歌'于'支'、借'文'为'先'者。施之律诗，殊欠谐美。如此之类，不得不从芟剃。间或以佳句可爱，不忍弃遗，辄私易其一二字，以期协律，代斫伤手，所弗辞矣。"② 其中还是把"音律不谐"作为汉诗改删的重点。

陈曼寿改诗也特别注意日本汉诗中存在的声调格律问题。他在小野泉藏《社友诗律论》题序中云："……然以东人之口语，通中华之歌谣，欲求声律之不误，已戛戛乎难其人，况音律乎？所惜当前东道未通，不得与吾邦人时相讨论，以致疑无不质，难无不问，以误传误，不可救药。今则两国同盟，彼此文人学士往来交际，此倡彼和，将见不数年后，后起之士必有大胜于前者。从此优而柔之，神而明之，如春樵居士云'譬射者，手法既熟，自然百发百中也'。夫至声律能中肯綮，渐至音律，亦爱调和，未不知也，是所望于善言诗者。"③ 不仅如此，他

---

① 王宝平：《晚清东游日记汇编 1·中日诗文交流集》，上海古籍出版社 2004 年版，第 159 页。

② 李庆：《东瀛遗墨——近代中日文化交流稀见资料辑注》，上海人民出版社 1999 年版，第 91 页。

③ ［日］池田四郎次郎：《日本诗话丛书》第 10 卷，文会堂书店 1922 年版，第 419 页。

在《明治百二十家绝句》"序"中对绝句中存在的问题也进行了指摘:"盖四句中须抑扬顿挫,兼有寄托,含蓄不尽,是为上乘;……风神摇曳,节短韵长者次之;至于平铺直叙,任意促成,不若村歌巷曲,犹有天籁存其间也。……余每过书肆中,见所刻贵邦近时人诸诗选,大半皆录绝句,阅之纯杂不一,声调多有乖戾,更非善本也。"① 可见,陈曼寿对声律问题的重视,并把它视为日本人作汉诗登堂入室的基础。

土屋弘在笔谈时曾问陈曼寿:"骏儿成长后,将令其学唐音。"陈曼寿对曰:"一习伊吕波,则与唐音及字迹总相刺谬,最好于童年即教以方字及中国言语,庶几可进于大成。"② 陈曼寿认为,日语发音与汉语发音两相龃龉,一旦日语式发音固定,则积习难改,故而应该在年少时掌握汉语发音并固定下来,然后再加以汉字、言语的训练,日后作汉诗就不会为声律所困。江马钦亦在《古诗声谱》的自叙中提及声调问题时云:"宇内同学鸟迹之文,发而成章。若诗若文,抗衡于汉土而不多让者,吾邦也。但于古诗作法声调不谐,往往为彼所姗笑。……而其古诗尚不合古人矩矱,无佗,以声调之失也。余有疑于声调久矣,客岁与陈明经鸿谐交,日为倡和,谈屡及古诗,问难数回,疑团始得冰释……"③ 由此可以看出,对日人古诗声调格律的指导是陈曼寿教授与批评汉诗的一个重要方面。在陈曼寿的指导之下,实际效果确实明显,对于长期没有良师指导,苦于声律的日本汉诗人来说,犹如打通了"任督二脉",茅塞顿开。

陈曼寿的《诗选》"以人录诗",采取传统的眉批方式,为汉诗做具体的评点。这与《东瀛诗选》"以诗录人",只有诗人小传而无诗评不同。

陈曼寿对汉诗作品的评点主要可以归纳为以下六个方面。

---

① 王宝平:《日本典籍清人序跋集》,上海古籍出版社 2010 年版,第 24 页。
② [日]土屋弘:《邂逅笔语》,土屋弘出版 1881 年版,第 7 页。
③ [日]江马钦:《古诗声谱》,求放心斋藏版 1884 年版。

第一，诗作风格。

"格调类"评语：如"雄健""稳惬""浑融""坚卓""豪放""秀挺""隽快""沉静""灵警""警世语""旷达语""庄重不佻""温柔敦厚""清超拔俗""格老气苍""悲壮苍凉""苍劲古茂""浑厚沉着""沉郁浏亮""凝重有力""骂得痛快""如闻铙歌，大快人心""气象阔壮，实大声宏""苍凉悲壮，一字一泪""积健为雄，一字不苟""可作西人当头棒喝""一气贯注，厥声琅琅""格局苍老，声调响亮，非靡靡者可比"等。

"性灵类"评语：如"清真""清婉""冷隽""清而新""圆绽""凄紧""紧峭""奇险""浮艳""妍丽""尖新""尖峭""情真语""活泼泼地""真率不苟""鲜艳夺目""流丽动宕""鲜丽夺目""轻圆流丽""鲜秾绮丽""造句奇峭""秀色可餐""情景如绘""细腻熨帖""即景生情，头头是道""短峭合度，情景皆到""烹炼新颖，生面别开"等。

"神韵类"评语：如"神韵悠然""摇曳传神""阿堵传神""曲折传神""古色古香""风致嫣然""音传弦外""逸趣""淡而弥旨""淡而有味""别有风趣""诗中有画""爽脆绝伦""以神韵取胜""古趣横溢""悠然不尽""淡远芊锦，幽趣可想""寄托遥深，耐人寻味""诗有含蓄，便耐寻味""节短韵长情见乎辞"等。

中国古代诗歌的品评大多是感性的、吉光片羽式的评点，而非西方式理性的、系统化的思考。在中国人看来，对于诗歌的评点，都是通过自己的主观感受对诗歌进行鉴赏和品评。所以，陈曼寿对日本汉诗的评点，基本上是依靠中国传统的格调、性灵和神韵派的诗风特点加以点评的。这种对汉诗的直观感受，可以在品读诗歌的瞬间抓住诗歌某一方面的显著特征，一针见血地道出诗作的精妙之处。这无疑对日本诗人提高汉诗的鉴赏能力是大有裨益的。

第二，诗风渊源。

如"唐音""开府流亚""脱胎少陵""渔洋风调""晚唐佳句""古典似六朝""颇有六朝气象""剑南得意之句""是长吉囊中物"

"亦是宋人佳绝句""脱胎青莲诗亦妙""诗格在韦孟之间""得力于韩杜居多""收二句颇似苏诗""风神不让王新城""颇得少陵气息""字字尤当少陵余韵""诗亦如画当是摩诘后身""流丽自如香山流亚""濮上遗风留存海外""第三联颇似万历七子""五六一联得右丞妙境""小杜风流于斯复见""通篇的汉魏遗音颇耐寻味""句清而新逼近南宋群贤"等。

陈曼寿在品评汉诗时指出各家风格的源流，有庾信、杜甫、陆游、李白、韦应物、孟浩然、王维、白居易、王渔洋、万历七子、杜牧。由此可见，他在辨析上的仔细，更为难能可贵的是，他把一些日本人不太熟悉的诗集也提点出来，"是中好句"中的"南宋群贤集"，实际上就是陈起编选的《南宋群贤小集》，这对于扩大日本人的汉诗视野有一定的推介作用。

第三，修辞类。

用字："著一'放'字句峭""'漏'字下的妙""'腕'字见工夫""一个'妙'字有无限妙处在内""'韵'字下的妙""'节'字'飑'字句中之眼圆湛""推敲尽善""炼字炼句，可称绝响"等。

用典："巧思运典新警动目""运典巧妙""对仗精致""配合掌故""巧对"等。

音韵："音节俱古""琢句不苟押韵亦自然"等。

句法："造句自然""句奇语险""承联静细""承联雄壮""收结隽妙""结亦坚凝有力""笔情韵秀句法轻灵""思清句丽圆转如环""笔妙如环，粘滞者当奉为良药"等。

比喻："隐喻讥讽""譬喻恰好""借喻得当""罕譬而喻神韵自佳""借题发挥寓意不浅"等。

如果说"诗作风格""诗风源流"比较随意，是"软功夫"的话，那汉诗做法中的修辞技巧可谓"硬功夫"。在"字"的推敲锤炼、典故的灵活运用、声律音韵的和谐与否、句法句式的开阖变化、比喻修辞的得体恰当等诸多方面，陈曼寿的评点还是可圈可点的。他在这几方面的品评，犹如一种"现场示范"，对于汉诗作者来说，可以获得直观的交流与学习。

第四，亲历验证。

如"真读书人方知此中甘苦""养老瀑布以幽复胜，布引瀑布以雄壮胜，两处余皆亲历其境故知此诗之妙""是日伊势氏用碧筒传饮，真情实景不同虚说""鸭水东西最称繁华，十二首中描摹尽致，读之令人游兴勃勃"。

此类评语若非亲身体验，亲眼所见或者亲耳所闻是无法做出的，这也许正是陈曼寿在日本的"现场优势"，他不像身在中国、仅靠岸田吟香提供的诗集资料甄选诗作的俞樾，他如同一个身在日本的"采风者"，能够就地撷拾明治诗坛的汉诗"新葩"，可以直接将自己的直观感受与诗作内容联系起来。

第五，褒扬之语。

如"识见不凡""蕴酿功深""深人无浅语""才情卓荦，志向高超""信手拈来，恰到好处""笔轻而秀，咏絮妙才""逸思飘忽，卓荦不群""工于摹写，不落凡庸""诗格与人格具高""咏史有识，稽古功深""以少许胜任多许""三唐遗响，于斯未坠""老吏断狱，的确不移""家学渊源，一斑可见""魄气直达，不愧骚坛老将""此境非躁心人所能领取""考据精细，非多读书者不能""非深于阅历者不能道只字""一小题不肯草草，着笔是高人一招处"等。

评点他人诗句，褒扬之语，自不可免，关键是看是否合度。陈曼寿在评点中凡遇到好句时也会不吝惜笔墨予以褒奖，也许可能有碍于"同人"之故，但通观其原作，他的评语也还算是比较适当的。

第六，溢美之词。

如"其句得未曾有""中外论交，于斯为胜""钱王有知名，未免惭愧""胜于东坡攫云多倍""绝无好诗，以副君望愧""高旷浑穆，五言上乘""数诗置诸少陵集中，几不可辨""诗置诸剑南集中，几不可辨""与香岩三诗并驾齐驱，是侪辈中之铮铮者"等。

此处列出"溢美之辞"的评语，是因为这类评语有夸大其词、大肆吹捧之嫌，评点空泛，有失公允，不甚可信。例如，卷一伊势华的《玉江归途》中有"红叶寺连寺，白鸥洲又洲"①之句，虽然对仗工整，但不知所云，陈评之为"高旷浑穆，五言上乘"，不知何意；卷二福原周峰的《次曼寿明经见示与梨堂相公涉成园宴饮韵》中写"风流儒雅赛苏韩，……艺苑今添一佳话，新闻传与四方看"②，对于一般的饮宴酬唱之什，陈曼寿却评之为"中外论交，于斯为胜"，未免把"规格"拔得太高，过于浮夸；再如，卷三冈本迪的《重次艺州五首》中有"谈论空日日，奔走一年年"③两句，用词平庸，措辞生硬，哪有陈评"数诗置诸少陵集中，几不可辨"那般出色，显为浮泛之词。

因为《诗选》中的作者大多是没有名气的"同人"，并非当时骚坛的宿将老手，所以诗文在编选上存在诸多不足，作为民间文人的陈曼寿更多的是出于自己的个人喜好。诗文唱和常常难免逢场作戏，诗论品评往往随意浮浅，缺乏诗学理论的系统性和应有的学术高度。而且在社会地位上，陈曼寿没有以"中朝旧史官"自居的俞樾名声显赫，学识上也不及俞樾功力那么深厚。所以，《诗选》自然无法与《东瀛诗选》相提并论。但是，陈曼寿的优势在于他身处日本，能够亲身接触实际的日本诗坛和最新的诗文著作，这是俞樾所不具备的。他在大阪一带的诗文活动，在一定程度上活跃和促进了当地的汉诗发展。况且，《诗选》毕竟是寓日文人编选的第一部日本汉诗集，此种"首开之功"不可磨灭。

---

①　王宝平：《晚清东游日记汇编 1·中日诗文交流集》，上海古籍出版社 2004 年版，第 170 页。

②　王宝平：《晚清东游日记汇编 1·中日诗文交流集》，上海古籍出版社 2004 年版，第 185 页。

③　王宝平：《晚清东游日记汇编 1·中日诗文交流集》，上海古籍出版社 2004 年版，第 190 页。

第三节　明治汉学家的中国之行

一　竹添光鸿①与《栈云峡雨日记并诗草》

竹添光鸿，明治大正期间著名的汉学家，精通经史，善诗文。来华之前就曾熟读陆游《入蜀记》和范成大《吴船录》，深受其影响，遂有游览巴蜀三峡之夙愿。1875 年末随驻华公使森有礼赴中国，"驻北京公使馆者数月，每闻客自蜀中来，谈其山水风土，神飞魂驰，不能会禁。遂请于公使，与津田君亮以明治九年（1876）五月二日治装启行"。② 沿途化为蒙古行脚僧，从北京出发，经河北、河南、陕西，翻越秦岭古栈道，进入川渝之地。后乘船顺江而下游历三峡，终至上海，后乘轮船返回日本。

竹添此次旅行是近代日本文人首次深涉中国川陕内地的实地游历，《栈云峡雨日记并诗草》③（简称《日记》）也成为日本人撰写的该地区

①　竹添光鸿（1842—1917），名进一郎，字渐卿，号井井。别号独抱楼。肥后天草（今熊本县）人。明治大正时期汉学家、汉诗人。自幼随父学习四书五经，十一岁随儒医值贺槐南（龟井昭阳门下）学习《左传》《国语》。十五岁后入木下犀潭门下，与井上毅、冈松瓮谷（一说为木村弦雄）、古庄嘉门并称"木门四天王"。1874 年至东京，次年任修史局御用挂，法制局御用挂。同年 9 月随森有礼赴北京，数月后辞职。1876 年 5 月从北京出发旅行，经冀、豫、陕、川等地，8 月 21 日从上海归国。著《栈云峡雨日记并诗草》三卷，1879 年在日本出版后，声名鹊起。1878 年任大藏权书记官，1880 年晋升书记官。同年，被任命为天津领事，曾与李鸿章进行琉球谈判。1882 年任朝鲜办理公使，1884 年辞职，潜心读书。1893 年在文部大臣井上毅的推荐下，任东京帝国大学文科教授，与岛田篁村并称汉文科"双璧"。著有《独抱楼诗文稿》六卷五册、《左氏会笺》三十卷、《毛诗会笺》二十卷、《论语会笺》十卷、《参评清大家诗选》五册和《元遗山诗选补》等。

②　［日］竹添进一郎、股野琢：《栈云峡雨日记·苇杭游记》，张明杰整理，中华书局 2007 年版，第 20 页。

③　《栈云峡雨日记并诗草》共分上、中、下三卷，上、中两卷为日记，下卷为诗草（收诗 154 首，附录"乘槎稿"6 首，"沪上游草"9 首，"杭苏游草"23 首）。上卷卷首有三条实美和伊藤博文的题词，李鸿章、俞樾、钟文烝的序；中卷卷尾有川田瓮江、重野成斋、土井有格、藤野海南、高心夔、杨岘、强汝洵、李鸿裔、吴大廷、齐学裘、薛福成、曾纪泽的题识，井上毅、方德骥、胜海舟的跋，中村敬宇的后序，冈松瓮谷的书后；下卷卷首有长冈护美、副岛种臣的题词，中村敬宇的序。卷尾有大槻磐溪、杨岘、雪门（程光祖）、刘瑞芬、李鸿裔、高心夔、徐庆铨的题识；三卷页眉附有三岛中洲、中村敬宇、阪谷朗庐、四谷穗峰、藤野海南、大槻磐溪、重野成斋、小野湖山、川田瓮江、大沼枕山、长三洲、草场船山、萩原西畴、土井聱（转下页）

最早的游览纪闻。书中有四十三位中日文人名流为其题词、作序、写跋、题识、评点。此书一经出版，在日本引起强烈反响。

此次旅行不足四个月，游历地区主要在川陕地区和长江三峡一带。《日记》中主要记录了沿途的山水地理、名胜古迹、各地物产以及当地的风土人情等。伊藤博文为其题词云："民俗土宜真学问，山光水色好文章。"① 整部《日记》充满了浓郁的人文色彩，在沿途自然景观、历史遗迹，特别是在三峡景观的文字描写上，颇见其深厚的历史文化素养和文学功底。所到之处，考订古迹，对其中缘由了如指掌，作文吟诗，抒胸中之感慨，发思古之幽情。清季朴学大师俞樾对《栈云峡雨日记并诗草》评价甚高，他在"序"中云："山水则究其脉络，风俗则言其得失，政治则考其本末，物产则察其盈虚，此虽生长于斯者，犹难言之。而井井航海远来，乃能于饮风农日之际，纸劳墨瘁之时，历历指陈，如示诸掌，岂易言哉？是足以观其学识矣。"② 上海敬业书院钟文烝亦在序中评云："夫综览形势，能知其险易；详核古迹，而证其源流，周谙乎土风之否臧，熟察乎物产之衰旺，此皆不徒以游历见闻相夸耀者。……今观《日记》一书，叙次该悉，无美不臻，而于世道人心之故，尤三致意焉。斯其关系大矣，斯其寄托也深矣。"③ 重野成斋在《日记》卷中后评曰："繁简得宜，有韵致，有精彩。即以文辞评之，亦记行最上乘矣。"④

整部游记诗文并举，既有散文描写的细致传神，又有汉诗的简洁蕴藉。两者相互参照，别有一番滋味。以前在《入蜀记》和《吴船录》的影响下在竹添头脑中所形成的"巴蜀想象"可以在实际的体验

（接上页）牙、那珂梧楼、木下梅里、俞樾、李鸿裔、高心夔、方德骥、蔡尔康、程光祖、吴大廷、刘履芬、蔡锡麟、毛祥麟、杨岘、万世清、葛其龙、竹虚、钱微等中日文士的评语。竹添进一郎：《栈云峡雨日记》，奎文堂 1879 年版。

①　[日] 竹添进一郎：《栈云峡雨日记》上卷，奎文堂 1879 年版，题辞。

②　[日] 竹添进一郎、股野琢：《栈云峡雨日记·苇杭游记》，张明杰整理，中华书局 2007 年版，第 17 页。

③　[日] 竹添进一郎、股野琢：《栈云峡雨日记·苇杭游记》，张明杰整理，中华书局 2007 年版，第 17—18 页。

④　[日] 竹添进一郎：《栈云峡雨日记》中卷，奎文堂 1879 年版，第 30 页。

中得到充分的印证。同时他也不受前人之羁绊，以异于前人的敏锐视角捕捉眼前的一切，用生花妙笔描写眼前的景象，并以自己切身的感受作出评价和判断。此处列举一例说明之。如"入巫峡"一段描写，可谓精彩。"抵青石洞。人家可十户，聚为邑居。北岸则巫山十二峰，前后蔽亏，其得见者特六七峰而已。最东一峰，肤白如雪，细皴刻画，顶插双玉笋，晶乎玲珑，与云光相掩映。最西一峰，其形亦相肖。诸峰皆娟秀明媚，有莺骞凤翥之态。与他山之瑰奇郁崒各自为雄者，刚柔相制，主宾相得，以成绝大奇观。宜乎古来骚人韵士，载之图画，飏之讽咏，推为名山第一也。大约巫峡之山，顶锐而脚少爹张。其绝壁断崖，多在肩以上。瞿塘则自水面陡立，腹背以上斜杀而生毛。且巫之山，秀娟而郁崒。其秀媚者如淑女之贞静端正，顾眄含态；郁崒者如伟丈夫衣冠俨然尊瞻视。瞿塘则猛将临阵，眦裂发竖，可望不而可狎。盖巫峡能兼瞿塘之奇，而瞿塘不能有巫峡之富。二峡之优劣于是而判矣。"①

竹添在《巫峡》古诗中也将巫峡景色的美妙与奇绝表现得淋漓尽致。"巫峡之山高且大，峰峰直矗青天外。争奇献媚看何穷，天然一幅好图画。青则染蓝白撒盐，凿以龟坼削以钎。瘰然而长毛生胫，秃然而童颔无髯。松峦相对翠屏翠，望霞还与起云媚。飞凤翩翩舞态浓，登龙跃跃鳞甲坠（松峦、翠屏、望霞、起云、飞凤、登龙，皆十二峰名）。矫如高士脱尘俗，濯如美人新出浴。巴将超逸兼雍容，端庄又见娇态足。中有巫山第一峰，插天玉笋双玲珑。俨然占得九五位，臣使诸山来朝宗。君不见瞿塘未免挟霸气，至此正惊王者贵。又不见效颦颦亦好，嫣然西陵假十二（黄牛峡有假十二峰，极其明媚。黄牛一名西陵峡）。"大槻磐溪评曰："此诗便是一副好图画矣，形容之妙使人飞舞。"小野湖山评云："范陆外又出一奇，何等才气！"② 李鸿章亦在"叙"中对其诗文称赞道："其文含咀道味，瑰辞奥义，间见叠出。

---

① ［日］竹添进一郎、股野琢：《栈云峡雨日记·苇杭游记》，张明杰整理，中华书局2007年版，第69—70页。

② ［日］竹添进一郎：《栈云峡雨日记》下卷，奎文堂1879年版，第28页。

其诗思骞韵远，摆脱尘垢，不履近人之藩。岂非以所阅者博，得山川之助者多耶？"①

　　竹添在沿途除了观光览胜之外，还将与政治、经济、宗教相关的内容诉诸笔端。对于竹添来讲，"想象"中的"文化中国"与目睹的"现实中国"之间存在极大的反差，但从游记内容本身来看，他并没有对"现实中国"采取蔑视的态度，虽然对清末吏治的腐败、鸦片的泛滥、厘金的盛行等社会流弊颇为不满，往往对其加以讽刺和批判，但基本上没有包含什么恶意。而且他还为一些实际的社会问题，如沟洫治水、食盐专卖等，提出了建设性的意见，这与后来日本人的中国游记是不一样的。这可能与竹添受到的传统汉学教育的影响和对中国历史文化抱有的好感和崇敬之情相关，这也与李鸿章"叙"中谈到的"光绪三年，畿辅、山西、河南饥。其明年，日本井井居士竹添进一，实来饩饥氓以粟"②，为赈济中国灾民的"义举"相映照。

　　竹添在"自序"中表达了他此次旅行对中国和中国人的整体认识，他看到中国的富商大贾"拥财连肆"与西洋商人"争巨万之利"，而对于海外传入的西洋"器玩"则漠然不见，唯独对西方之船舰战法"渐拣而取之"。在中国结识的朋友中既看到了"君子"的"忠信好学"，也发现了"小人"的"力竞于利"，但两者"皆能茹淡苦考，百折不挠，有不可侮者"。他指出中国吏治的腐败导致"举业囿之于上，苛敛困之于下，以致萎靡不振"的局面，将其比喻为"为庸医所误""荏苒弥日，色瘁而形槁"的"患寒疾者"，但他又认为还未到"病入膏肓"的程度，"其中犹未至衰羸，药之得宜，霍然而起矣"③。说明竹添对于中国的现状还没有彻底失去希望，还希冀中国能够变法自强。

　　通过《日记》的序跋、题识和评语可以看出中日文人在阅读《日记》时侧重点的不同，几乎所有的中国文人在字里行间都在称赞竹添

---

　　① ［日］竹添进一郎、股野琢：《栈云峡雨日记·苇杭游记》，张明杰整理，中华书局2007年版，第15页。

　　② ［日］竹添进一郎：《栈云峡雨日记》上卷，奎文堂1879年版，李鸿章叙。

　　③ ［日］竹添进一郎：《栈云峡雨日记》上卷，奎文堂1879年版，"自序"。

"学养之富赡"和"诗文之精妙",而对《日记》中提到的"负面材料"绝然不提,但日本文人则表现出截然不同的观察视角。

三岛毅在跋文中并没有对诗文的优美给予过多的评价,并未将《日记》视为"观国之光"和"声容文物",而是对竹添游历中国时"访器识之士,肝胆相投,痛哭相问难"等方面的问题更为关心,他从《日记》的文字中读出了另一番滋味。他在分析当时世界形势的基础上,清楚地看到西洋强势而造成东洋"有奴役者,割地者","有利柄于人,而已自朘削者"的严峻局面,进而严厉地批评东洋各国"护病讳医,咥咥削语"的保守态度,得出东洋各国"不免立于以大厄运中""仅自救之不暇"的结论,进一步结合《日记》中关于中国"民力衰凋,生息拂地","阿片之毒,宗教之祸,束手粮雠,浸入膏肓"的现状记述,开出了"唯有尝胆啖苦,炼养彻神焉尔"方能"转尪为健"的"药方"①。

中村敬宇则在"后序"中指出,中日两国"同文同种""唇齿相依",面对欧洲列强之觊觎,今日两国应当"小大相忘,强弱莫角,诚心实意,交如兄弟,互相亲信,不容谗间,有过相宽恕,无礼不相咎",希望中日能够"同心协力,保护独立,以存亚细亚之权"②,清楚地表明了自己在中日关系上的政治立场和热切期望。

由此看来,《栈云峡雨日记并诗草》除了展现竹添深厚的汉学素养和生花妙笔的景物描写之外,更向读者披露了竹添对国势凋敝的"现实中国"的态度。同时,从诗文的题批和评点中,也可以窥见中日两国文人对于同一事物两种不同的态度。中国文人依然偏重对"诗文"的喜好,而维新变革中的日本文人则在游记中"扫描"有关中国"时事"的信息,从而做出与"时世"相应的判断。笔者认为,对于处在明治维新时期的日本文人来讲,其内心急切的变革图强意识,促使其在海外见闻的阅读上必然倾向于对新信息的"网罗",而老大经

---

① [日]竹添进一郎:《栈云峡雨日记》中卷,奎文堂1879年版,"跋文"。
② [日]竹添进一郎:《栈云峡雨日记》中卷,奎文堂1879年版,"后序"。

岁的清朝在内外交困的状态下苟延残喘，保守而不知图变的现实也从侧面给了日本文人以很大刺激，这也加速了他们由"想象中国"向"现实中国"认识上的转变，进而开始加速"消解"了对"圣人之国"的崇敬和"儒学"的尊奉。从这个意义上来讲，残酷的现实给他们思想上的巨大冲击远比美妙的山水形胜带来的审美享受更为"有力"和"刺激"，这样的思想变化从后来日本人的游记中就可以清楚地看出来。

二　冈千仞①与《观光纪游》

与竹添光鸿的《栈云峡雨日记并诗草》相比，冈千仞的中国游记则是另一番中国景象。与其说是游记，还不如说是活生生的清末社会的调查报告更为合适。

他没有用优美的文字去掩饰清末社会的种种积弊，而是在实际的踏查过程中，对自己的所见、所闻、所思、所想抱以冷静的理性思考。他在与中国文人的交往和论战中，试图为身处危难而不知自省的晚清政府寻找一种可以摆脱困弊、走向自强的解决方策。

冈千仞和竹添光鸿的游记之所以会产生这么大的差异，原因在于两者在思想认识上的不同。竹添光鸿是一位凭借深厚的汉文学识由一介平民跻身明治新政府官员行列的传统文人，他的思想深受传统汉学的影响，而对近代西方思想文化的接受则显得比较薄弱。所以，这也成为竹添对传统汉学和晚清中国表现出较为温和一面的重要原因。

而冈千仞作为幕末仙台藩士，在维新之前，就抱有强烈爱国心和

---

①　冈千仞（1833—1914），字振衣，号鹿门，原仙台（今宫城县）藩士，精通汉学与西学。明治维新后，曾历任修史馆编修官、东京府书籍馆干事等职。后因不满藩阀专制而辞官，创办私塾绥猷堂，入门者甚众，有"弟子三千"之称。他为人耿直，性情豪放，好论时事。曾著《尊攘纪事》《米利坚志》《法兰西志》等书，主张"兴亚论"。一生著述达三百余卷。与当时驻日公使何如璋、黎庶昌等使馆人员以及王韬等中国文人均有密切交往，还曾为黄遵宪《日本杂事诗》校评诗稿，拾遗补阙。1884 年来华游历，会见中国官员文士达二百余人，其中包括李鸿章、张之洞、文廷士、盛宣怀、俞樾、李慈铭、沈曾植、袁昶、张焕纶、龚易图等官绅名流，极力主张中国变法图强，著有《观光纪游》、《观光续纪》和《观光游草》。

"勤王之志"，曾经为阻止仙台、奥羽诸藩联盟抵抗政府军而惨遭下狱，险些丧命。维新后，入东京史局，后任东京书籍馆馆长。同时，他还创办私塾绥猷堂招生授业。因不满当时明治政府中的藩阀政治而辞官，终生郁郁不得志，遂以文字消遣，著书自娱，沈文荧曾为其题字"穷愁著书"。他为人志向高远，性格豪爽高亢，视朋友、文字为性命，文多慷慨激昂，深沉真挚。其学问主要以经史为主，文宗唐宋八大家，尊崇阳明之学，基本上还是用"经世致用"的思想研究西方历史，接受西方近代思想。他平生好谈论时事，与当时驻日的中国公使官员交往甚密，特别是黄遵宪，后来与赴日的王韬结成莫逆之交。所以，黄、王二人在日期间的文人集会中，经常会出现冈千仞的身影。冈千仞在诗中也表达出了他们之间的情谊："公度与梅史，紫诠亦狂客。海外得三士，相见莫相逆。"黄遵宪在《藏名山房集》的题序中称赞他为"学兼中西"的有识之士、"方今良史才"，所著文章"指陈形势，抒发议论"而"类不受古人牢笼"。① 王韬在《扶桑游记》中，将他视为"东京不凡之士中之矫矫者""于泰西情形，了然若指诸掌"②。而且，在《爱国丛谈序》的批语中云："作者于当今情事，洞若观火，故能言之侃侃如此。日东文士，能深悉西情者，当于君首屈一指。"③

王韬回国后，还经常与冈千仞鱼雁往来。1879 年正值北海道游历中的冈千仞在函馆收到王韬寄来的《蘅华馆诗录》和书信后，旋即回信，表达了自己来年秋冬"航中土，穷域外之壮观"的愿望，并请王韬代为引荐，"绍介名公钜卿，徘徊盛都大邑"④。而王韬在回信中以"与当世大僚，久相隔绝"，"生平不喜竿牍，以此人事并绝"⑤ 等措辞，并未应允。尽管如此，王韬对于冈千仞的来华游历，还是非常期

---

① 郭真义、郑海麟：《黄遵宪题批日人汉籍》，中华书局 2009 年版，第 180—181 页。
② 陈尚凡、任光亮：《漫游随录·扶桑游记》，湖南人民出版社 1982 年版，第 201 页。
③ 郭真义、郑海麟：《黄遵宪题批日人汉籍》，中华书局 2009 年版，第 201 页。
④ 丁日初：《近代中国》第九辑，上海社会科学院出版社 1999 年版，第 143 页。
⑤ 丁日初：《近代中国》第九辑，上海社会科学院出版社 1999 年版，第 140 页。

待的。他在光绪九年（1883）正月二十七日给冈千仞的信言辞恳切，以身染疴又患风湿为由，催促道："阁下欲来中土，北历燕台，南游粤峤，何不及弟未死时歌来游之什乎?"① 在同年二月十五日信中又云："文旌西迈，何时可来? 殊令人望眼几穿矣。"② 在王韬的盛情邀请下，冈千仞于1884年5月6日来华抵沪。

冈千仞在来中国之前，亲身经历了日本国内"洋胜汉衰"的社会现实，国内政治家，特别是伊藤博文执政期间的"西化"政策导向也使汉学在政治上和学术上的地位一落千丈。身为汉学家的冈千仞非常反对国内全面"西化"而摒弃"汉学"的做法，对汉学颓败的现状甚为惋惜。所以，他希望通过切身体验来考察"真实"的晚清中国，进而寻找振兴日本国内汉学的方法与路径。同时，由于自己在国内有志而不能申，有才而不能用，心情郁闷，因而也有与中国有志之士共讨东亚复兴之良策的愿望。他在《沪上日记》中云："常思一游中土，见一有心之人，反复讨论，以求中土为西人所凌轹之故。"③ 由此看来，冈千仞和竹添光鸿在中国之行的目的方面存在根本性的不同。与《栈云峡雨日记》的轻松愉悦相比，《观光纪游》则显得沉痛警拔，发人深省。

冈千仞自1884年5月至1885年4月在华游历近一年。他以上海为中心，北游北京、天津、保定、烟台，中游苏州、杭州、绍兴、慈溪，南下广东、香港等地，足迹遍及大半个中国。其《观光纪游》由六部日记组成，共十卷。包括《航沪日记》、《苏杭日记》（上下两卷）、《沪上日记》、《燕京日记》（上下两卷）、《沪上再记》和《粤南日记》（上中下三卷），字数十余万。可以说，其规模是近代日本人来华汉文游记中最长的一部。冈千仞回国后，于1886年自费出版了《观光纪游》，1888年出版了《观光游草》（六卷）。

---

① 丁日初：《近代中国》第九辑，上海社会科学院出版社1999年版，第140页。
② 丁日初：《近代中国》第九辑，上海社会科学院出版社1999年版，第141页。
③ ［日］冈千仞：《观光纪游・观光续纪・观光游草》，张明杰整理，中华书局2009年版，第84页。

从题目上来看，《观光纪游》貌似一部在华游览的日常札记，其中的确不乏对所游之地的历史沿革、名胜古迹、风俗习惯、物产人情的精彩记述。但是，从整个游记来看，他与中国士人之间的交往和对有关时事的议论要比《栈云峡雨日记》更加令人印象深刻。1884年5月正值中法战争的酝酿期，冈千仞正巧来华。随着中法战局的不断恶化，性情激越的冈千仞自觉不自觉地卷入了时代的旋涡，以前以经世致用为目的而编写的《米志》《法志》《英志》《俄志》中的"兴亚论"思想主张与热情被再次点燃，在与中国众多"有识之士"的激烈交锋中，他那痛彻淋漓的言辞往往给人以振聋发聩的作用。

冈千仞在游华期间，会见和交往的中国人员颇多，有迹可考者就有百余位。其中包括官僚、缙绅、学院士子、富商、文人学者、工匠等各个阶层人士。在游览的过程中，街衢之不洁、民生之凋敝、景胜之残破、烟毒之流行、军纪之废弛、贪腐之盛行、文人之愚顽等诸多社会现实都与冈千仞心中的"圣人之国"的"中国想象"形成了极大的落差，令他备感失望。所以，来华之前顶礼膜拜的"热望"化为洞悉现实的"冷眼"，他始终以锐利的目光审视和剖析晚清中国的各个方面，对晚清社会中存在的诸多弊端进行了严厉的抨击。

在与众多士人的交往笔谈中，冈千仞议论纵横捭阖，指陈中国现存的种种弊病，内容涉及科举制度、军事海防、政治外交、经济贸易、经史学术和社会风气等诸多方面。其谈论内容之广、信息量之大、意义之深刻是以往日本人游记所不具备的，其后日本人中国游记也未有能出其右者。我们可以通过这些议论的内容，洞悉中日知识阶层的精神世界和思想状况。

冈千仞刚到上海就在"烟店"看到吸食者"昏然如眠，陶然如醉，恍然如死"① 的丑态；在与上海书院士子的笔谈中，他看出书院士子对"鸦片之害"并不关心的漠然态度；在慈溪富商王氏居留期间

---

① ［日］冈千仞：《观光纪游·观光续纪·观光游草》，张明杰整理，中华书局2009年版，第18页。

与王砚云议论"烟毒"时，王砚云"洋烟行于中土，一般为俗，虽圣人再生，不可复救"①的一段话，更让冈千仞深刻认识到"鸦片"已成为中国至极的"积弊"；最让冈千仞感到愤懑的是，自己以前十分器重的王韬也深陷"烟毒"，不能自拔，进而逐渐改变了自己对王韬的看法；对中国文士一味尊孔读经，闭目塞听，妄自尊大，动辄引经据史、不知变通的态度进行了批评；对于拘囿文人思想的"四书五经"之"流毒"进行了尖锐的批判，指斥兀兀穷年、八股取士的"科举制度"是"误天下之根本"②。他在文中记述道："耗有用精神于无用八股，黄口入学，白首无成。廖燕论是事，为愚黔首之术，未为无谓也。"③ 在与龙门书院的张焕纶谈话中，他将当今"绝大急务"在"一变国是"，"废科举，改革文武制度"才能"洗刷千年陋习"，"振起天下之元气"④。

　　在论及中外时局和中法战事时，中国士人表现出不通外情、盲目自大、顽固执迷的保守态度，对于李鸿章的"洋务"运动也多抱以"反感"和"抵触"⑤。冈千仞把中国贫穷落后的根本原因总结为"烟毒"和"经毒"。他认为"非一洗烟毒和六经毒，中土之事不可下手"，并强调对"六经"的尊信要有所取舍，"有可信者，有不可信者"，否则"信不可信者，流毒无所不至"⑥。他在与友人岸田吟香的谈话中，又提出与上述完全相同的见解。他说，"目下中土非一扫烟毒与六经毒，则不可为也"，并将"六经中毒"归结为中国人"拘泥

　　① ［日］冈千仞：《观光纪游·观光续纪·观光游草》，张明杰整理，中华书局 2009 年版，第 48 页。

　　② ［日］冈千仞：《观光纪游·观光续纪·观光游草》，张明杰整理，中华书局 2009 年版，第 130—131 页。

　　③ ［日］冈千仞：《观光纪游·观光续纪·观光游草》，张明杰整理，中华书局 2009 年版，第 58 页。

　　④ ［日］冈千仞：《观光纪游·观光续纪·观光游草》，张明杰整理，中华书局 2009 年版，第 149 页。

　　⑤ ［日］冈千仞：《观光纪游·观光续纪·观光游草》，张明杰整理，中华书局 2009 年版，第 48 页。

　　⑥ ［日］冈千仞：《观光纪游·观光续纪·观光游草》，张明杰整理，中华书局 2009 年版，第 53—54 页。

末义，墨守陈言，烂熟六经"，而不知"西人研究实学，发明实理"，他把今日之"六经流毒"比作"老庄之毒晋宋"①。

他在与官绅和知识分子的笔谈交流中，积极鼓励和建议他们摒弃无用之"八股"，放眼时局，用心外事，师法欧美，讲格致之实学，办有用之实业，变古法以求自强，并试图通过中国文士将自己的建议传达至上级主管的官僚。他对当时主持洋务的李鸿章很是欣赏，在李鸿章受到攻击的时候，屡屡为其"辩护"。他认为中国今日的结果并非李鸿章一个人的错，而是李鸿章虽有"振刷弛废，奋起颓领，兴富强之治"的愿望，但是苦于难觅"人材任大事"。而且认为在朝鲜"壬午兵变"的处理上，李鸿章决断迅速，日、韩二国都"寂然无事"，堪称"疾雷不及掩耳，霹雳手段者"②。所以，冈千仞对于李鸿章高明的政治智慧和外交手段非常赞赏，进而对李鸿章在变法维新上寄予了很高的期望。他曾两次面见李鸿章，意欲进言。首次面见李鸿章的冈千仞被当作一位不懂时事、"古貌古心"的东洋儒士，当被问及是否"知时务"时，冈千仞显露出与时俱进的思想，立即援笔对曰"不知时则不可与谈学，又不可与论时事"③。二次谒见李鸿章则进言道："方今中外，皆属望相公。切望乘是机，建大策，运大势，转祸为福，变危为安"④，对身处要位的李鸿章依然充满了希望。冈千仞在给朱舜江（李鸿章的幕僚）的信中陈述了自己的自强自治之见，希望能够代之转达给李鸿章。他在信中批评了"中土无人不口自强"，但是实际上则是未见"一人将格致之学""一人持正诚之教"的现状，提出了"自强之本"在于贯彻真正务实的"格致""正诚"，否则

---

① ［日］冈千仞：《观光纪游·观光续纪·观光游草》，张明杰整理，中华书局 2009 年版，第 69 页。

② ［日］冈千仞：《观光纪游·观光续纪·观光游草》，张明杰整理，中华书局 2009 年版，第 82 页。

③ ［日］冈千仞：《观光纪游·观光续纪·观光游草》，张明杰整理，中华书局 2009 年版，第 99 页。

④ ［日］冈千仞：《观光纪游·观光续纪·观光游草》，张明杰整理，中华书局 2009 年版，第 136 页。

"欲求自强之功"而"茫乎不可得"①。他还用日本维新变化的经验来证明他的见解，他认为日本之所以"享今日之小康"实际是由于"大开欧学""事无大小，斟酌彼制""一洗千年之陋弊"的缘故②。他也希望中国能够尽早"兴州郡乡校""讲格致实学""建海陆兵学校""讲火器航海诸学"③，这一套完全就是日本维新的"翻版"。

从整体上来看，冈千仞对晚清中国各种社会弊端的批评，可以说是比较客观和对症的，他提出的改革建议和兴中方策也具有一定的积极意义。他在《观光纪游》的"例言"中说："是书间记中土失政弊俗，人或议其过甚。顾余异域人，直记所耳目，非有意为诽谤。他日流入中土，安知不有心者或取为药石之语乎?"④町田三郎对《观光纪游》评价道："此乃鹿门之初衷。鹿门游记之意义就在于以极为冷静的观察，确切地记录了清朝末期混浊的政治社会的诸多现状所形成的珍贵资料，它能够超越竹添的亮点也就在于此。"⑤

但是冈千仞在议论和批评的时候，言辞过激尖刻，过分强调西方"文明尺度"和日本的"维新经验"，常常让旧式的中国知识分子感到不快、抵触和愤怒。所以，他的建议除了开明的官员和具有求变意识的书院士子之外，基本上没有得到回应。还有，他在有关日本出兵中国台湾、吞并琉球、干涉朝鲜的问题上，有意避重就轻、敷衍作答，从不认为日本政府的行为是"不义之举"，明显地暴露出他在国家利益上的自私和民族主义上的狭隘。冈千仞在中日两国关系复杂变化的这个时期，也正是日本国内"鼓吹国权""鼓励扩张"的喧嚣期。福泽谕吉在 1885 年 3 月 16 日《时事新报》发表的"脱亚论"中公然叫

①　[日]冈千仞:《观光纪游·观光续纪·观光游草》，张明杰整理，中华书局 2009 年版，第 136 页。

②　[日]冈千仞:《观光纪游·观光续纪·观光游草》，张明杰整理，中华书局 2009 年版，第 133—134 页。

③　[日]冈千仞:《观光纪游·观光续纪·观光游草》，张明杰整理，中华书局 2009 年版，第 133 页。

④　[日]冈千仞:《观光纪游·观光续纪·观光游草》，张明杰整理，中华书局 2009 年版，第 6—7 页。

⑤　[日]町田三郎:《明治の汉学者たち》，研文出版 1998 年版，第 60 页。

嚣日本"坐等邻邦之进步而与之共同复兴东亚",还不如"脱离其队伍",与中、朝"划清界限",而与"西洋各文明国家共进退",而且主张"只能按西方人对待这些国家之办法对待之"①,表露出赤裸裸的侵略意图。冈千仞日记中以"兴亚论"为基础,促使中国"自强自治"的言论与观点,恰恰与"脱亚论"形成了鲜明对比。因此,这部日记也为我们理解和把握日本人对华态度和亚洲观的变化提供了可供参考的资料。

1899 年蔡元培先生在日记中谈及《观光纪游》时,表现出他对《观光纪游》前后十年不同的接受心态。"十年(1889)前见此书,曾痛诋之",对冈千仞所言说的"八股之毒"很不以为然。因为蔡元培在 1889 年科举考试"中举",最后通过科举走上仕途。所以,冈千仞的观点自然受到"其时正入考据障中"的蔡元培的忌讳和抵触。然而中日甲午战争的结局和维新变法的失败,使蔡元培开始反思冈千仞"变科举,激西学"的合理性,开始意识到"八股之毒,殆逾鸦片"的危害②。民国时期蔡元培积极投身教育,其"兼容并包"的办学方针在积极引进西学的同时,也不摒弃中国的传统文化,这应该与冈千仞的《观光纪游》的影响存在一定关系。

1929 年 8 月 5 日鲁迅先生在《语丝》发表《皇汉医学》一文中也谈及《观光纪游》。他对"距明治维新不久、身有改革英气"的冈千仞非常赞赏,认为"他的日记里常有好意的苦言",并且提出与其看"世纪末的烦琐隐晦没奈何之言"还不如"上观任何民族开国时文字"③,将冈千仞直言不讳的批评与建议看作一剂让国人清醒的"良药"。

冈千仞自幼承继儒家汉学教育,接受孔孟思想熏陶,他对中国文化本身就存一种崇敬向往的情怀,在他心中对中国早已形成"圣人之国"的虚幻想象。而眼前的现实却把他心中美好的"中国形象"彻底击碎,内心受到极大冲击而备感失望。但冈千仞强烈的"兴亚"热

① 吕万和:《简明日本近代史》,天津人民出版社 1984 年版,第 100 页。
② 蔡元培:《蔡元培全集》第 15 卷,浙江教育出版社 1998 年版,第 226 页。
③ 鲁迅:《鲁迅全集·三闲集》第 4 卷,人民文学出版社 2005 年版,第 144 页。

望和"同文相被""一体同命"的使命感驱使他去寻找中国存在的"病因"，他疾呼中国犹如"笃疾之人"，是"非温补宽剂所能治，断然大承气汤之症"①。明治维新取得的显著效果令他对"西学"的长处甚为信服，经常以一种居高临下的姿态，用西方文明的尺度来衡量中国的现实情况，并试图通过"进言"的方式催促中国走"日本式"的维新富强之路。理想与现实的悖反加速了冈千仞中国观的"分裂"和"蜕变"，继而形成了"固陋而不知变通"的新的中国观。回国后《观光纪游》的出版，极大地刺激了日本人对中国的蔑视情绪，间接地推动了近代日本在东亚推行大陆扩张的步伐。

小　结

明治初年，中日使节的正式互派，翻开了两国政治、文化交流的新篇章。中国官方使节和民间文人在日本的活动有力地推动了中日之间的文化交流，对于明治汉文学的再次兴盛做出了积极的贡献。这种交流无论是在规模上，还是在实际作用上都可以用"空前绝后"来形容。中国的传统文人走出闭关锁国的大门，亲临"一衣带水，便隔十重雾"的日本，亲眼去发现和体验与中国文化"相亲相近"但又"似是而非"的日本文化，在诗酒宴集、笔墨交谈之间书写了一段值得记忆的友好历史。日本文人也从典籍描写中的"中国想象"，走向了亲身体验的"实地考察"，他们用日记和诗文记录了自己的所见所闻。寻古迹，访名山，抒怀旧之蓄念，发思古之幽情。在与中国友人的诗文酬唱之间，表达了对中华大地古今沧桑巨变的诸多感慨和两国携手共进的良好愿望。

由王韬的《扶桑游记》与冈千仞的《观光纪游》两者对比可知，二人游历的态度、目的和着眼点截然不同。王韬是一位接受了近代西

---

① ［日］冈千仞：《观光纪游·观光续纪·观光游草》，张明杰整理，中华书局2009年版，第134页。

方文化的传统文人，或可称之为"口岸知识分子"，其行为仍然无法摆脱传统思想的影响。他虽然看到维新后日本日新月异的变化，却依然抱有华夏文明的"自信"态度，殆无虚日的诗酒应酬占用了他深入了解日本的宝贵时间。加之，国内抱残守缺，惶恐维新的政治态势和社会现实最终将昔日"有识之士"的王韬拖入"瘾君子"的行列。冈千仞则是由旧幕藩士转变成"应时之士"，是一位具有传统汉学修养的近代文人，其游历时的深刻观察和与中国文人的激烈论战都表现出近代文人的特征，而且其充满危机意识的思想和行为与整个明治维新的形势非常契合。所以，尽管王韬与冈千仞二人具有相似的人生感遇，但其对待东亚时局的迥异态度和做法也映照和折射出中日两国近代发展过程中不同的历史命运。

中日甲午战争的爆发和最终的结局，彻底改变了两国交流的方向和轨迹，传统的汉学已经完全处于受挤压的被动局面。尽管甲午战争以后中日交流依然继续，但已与这一时期大不相同，其交流中往往带有强烈"鄙视色彩"或者浓厚的"政治意味"。

第四章　明治诗话的分类、整理与研究

　　中日两国一衣带水，文化交流源远流长。明治维新以前，中国文化一直被视为先进、高级的代表。巨大的文化势能使中国文化不断流入文化后进的日本，对日本文化的形成和发展发挥了非常重要的作用。从某种意义上讲，缺少中国文化的滋养，日本文化是不可能真正建立起来的。但同时，日本对中国文化的借鉴也并非亦步亦趋、照单全收，而是在本国固有文化的基础上，摄取适合本民族"肠胃"的精华，最终形成具有本民族特色的变异。日本汉诗和诗话就是其中重要的一部分。

　　王晓平先生在《日本诗话：转世与复活》一文中说："日本汉诗诞生本身，是一种文化移植的产物，而诗话之生，则是中国诗话传播与日本汉诗发展需要碰撞的结果。日本诗话是日本化的诗话，也就是说，它并不是中国诗话的原版复制，而更像是中国诗话的脱胎转世。只有将日本汉文诗话放在日本文学整体中来观察，才可能充分认识日本汉文诗话的文化价值。"[①] 诚然如斯。对于已经异化于日本文化中的中国文化因子，我们绝不能有先入为主之见，更不能臆测妄论，以免失之武断。

　　诗话，这一中国固有的文学批评形式在文化东传中登陆扶桑，扎根大和。

　　王朝时代，空海大师（774—835）将唐代以前的文学理论进行了

---

　　① 　王晓平：《日本诗话：转世与复活》，《中华读书报》2015 年 2 月 4 日第 18 版。

汇集整理，撰成《文镜秘府论》和《文笔眼心抄》，虽然内容上多是援引摘录，但毕竟为日本诗话的产生奠定了基础，催生了日本诗话，可以视其为日本诗话之"前身"。

五山时代，幕府崇尚禅宗，但未对禅僧实行海禁，禅僧得以来往于中日之间，成为中日交流的重要媒介，中国文学的"源头活水"才能再度引入日本，滋润了几乎干涸的日本汉文学，形成了中日文学交流的又一高潮。江村北海《日本诗史》中云："……其僧徒大率玉牒之籍，朱门之胄，锦衣玉食。入则重裀，出则高舆，声名崇重。仪卫森严，名是沙门而富贵公侯。禁宴公会，优游花月，把弄翰墨，一篇一什，纸价为贵。于是海内谈诗者，唯五山是仰，是其所以显赫乎一时，震荡乎四方也。"① 据此，可窥见当时禅僧中作诗和论诗盛行之一斑。在这样的社会背景下，五山禅僧虎关师炼（1278—1346）模仿宋代欧阳修的《六一诗话》，用汉文撰成日本首部真正意义上的诗话《济北诗话》。其中列举了唐代诗人李白、杜甫、白居易、韦应物以及宋代杨万里、林和靖、王安石、刘克庄等诗人诗评，共计三十一则。其内容各自独立，互不关联。遗憾的是，这一时期也仅有此一部诗话传世，显得曲高和寡。最终因为文化集团的封闭性和诗人社会基础的薄弱，《六一诗话》对当时汉诗的发展没能产生太大的影响。

江户时期，德川幕府为了统治的需要，推崇儒学，国内政治渐趋稳定，经济取得较大发展。教育上，诸藩藩校纷纷建立，民间私塾和寺子屋广泛开设，有力地推动了江户汉学教育的发展。汉学教育的进步，又带来了江户时期汉文学的兴盛。特别是在江户中后期，汉文学的繁荣，使汉诗文入门书的需求量不断扩大。印刷技术的进步又使汉诗文书籍的刊行变得更加便捷。于是，日本诗话经过几百年沉寂之后，在江户时期如雨后春笋般大量出现。据船津富彦在《日本与朝鲜的诗话》一书中统计，以"诗话"命名的诗话著作就有 60 余种。

---

① ［日］池田四郎次郎：《日本诗话丛书·日本诗史》第 1 卷，文会堂书店 1922 年版，第 199—200 页。

　　明治维新以后，西方文化如洪水般涌入日本，汉学遭受巨大的打击。但是江户时期以来形成的汉学传统不可能在短时间内土崩瓦解，汉诗文的教育不可能被完全取代。在1877—1897年这二十年间，人们却意外地发现，原以为将要退出历史舞台的汉诗却迎来又一次兴盛，诗话也并没有消亡，而是伴随汉诗的兴盛而有一定数量作品问世。同时，登载汉诗文的报纸杂志不断出现，汉诗文作者可以在报纸杂志上的汉诗文栏目中自由地发表自己的诗作，听取汉诗文名手大家的评点，从而打破了汉诗发表和诗话著述的单一模式。加之，中日文人之间的频繁交流，日本文人可以直接得到中国文人在诗文上的指导与启发，因而诗话创作也逐渐不为诗人所热衷。这一时期的诗话，无论在数量上还是在质量上，都和江户时期的诗话内容存在较大的差异。但是，明治时期的诗话毕竟是明治这一特殊时期的特殊产物，其内容必然带有这一历史阶段的时代印记。通过对明治诗话的整理和研究，我们可以让那些尘封已久的"死材料"重获新生，对其文学价值进行重新判断，进而重估汉文学在明治维新时期的历史作用，进一步深化对日本汉文学的认识。

第一节　明治诗话的分类

　　明治时期的诗话类著作比较繁杂，至今还没有经过系统的整理，更没有像《日本诗话丛书》那样结集出版的大型丛书，基本上是以单行本的形式存在。所以，要对明治诗话进行研究，首先必须要做的工作就是将这些单册出版发行的诗话类著作进行收集和整理，然后按照内容进行划分，进而对其内容进行有效的分析和研究。

　　本文按照诗话的内容将收集到的诗话著作大致进行如下分类。

一　汉诗初学者的入门类书籍

　　这类诗话书籍面对的是汉诗初学者，其内容以诗语、诗法、诗韵、作诗技巧为主。

诗语类：《开化诗语碎金》（吉田庸德编）、《近世诗语玉屑》（渥见竹之郎编）、《开化新选古今名家　幼学诗韵　诗语碎金　绝句诗例》（神尾可三编）、《诗语碎金》（河原英吉编）、《诗语金声玉振》（内山牧山编）、《诗语必携新编伊吕波韵大成》（柳泽武运三编）、《增补伊吕波韵大成　诗语类纂》（近藤元粹编）、《掌中新撰诗语类苑》（福富正水编）、《新撰诗语活用》（冲冠岭编）、《新撰诗语碎金》（高木熊三郎编）、《唐宋诗语玉屑》（高木专辅编）、《明治新撰诗语活法》、《明治新撰诗语玉屑》、《明治新撰诗语碎金》（庄门熙编）、《明治新订　作诗精选》（永田方正编）、《作诗必携　明治作诗解环》（丰原史雅编）、《明治新编作诗便览》（榊原育寿编）、《近世诗学便览》（渡边益轩、松井芳景编）等。

诗韵类：《巾箱诗韵》（太田聿郎编）、《伊吕波韵大成　增补诗韵含英异同辨》（庄门熙编）、《开化诗韵》（小林孝尔编）、《诗韵自在》（堤大介编）、《诗韵群玉》（菊池道人编）、《诗韵熟字遍览》（市川经一编）、《诗韵寸珠》（山内五郎助编）、《诗韵精华》（池田观编）、《诗韵大成》（竹下子正编）、《袖中诗韵全　两韵明辨》（荒井公履编）、《掌中诗韵异同辨》（谷修编）、《掌中诗韵笺大成　鳌头作例》（西川文仲编）、《新纂袖珍诗韵异同辨》（榊原几二郎编）、《新撰诗韵便览》（片冈义助编）、《新撰幼学诗韵》（高木熊三郎编）、《东京改正玉编　诗韵大成》（竹下子正编）、《明治新撰诗韵碎金》（三轮文次郎编）、《幼学诗韵》（成德邻、桧长裕编）、《新刻幼学诗韵》（河原英吉编）、《新撰诗韵　幼学便览》（关德编）、《作诗提要　幼学便览》（渡边喜久寿著）等。

诗法类：《初学诗法轨范》（木山槐所著）、《初学作诗法》（后藤乐山编）、《作诗诀》（松本正纯著）、《作诗眼》（堀舍次郎著）、《诗法纂论》（朱饮山著、小野湖山校、岸田吟香点）、《诗法纂论续编》（游艺编、小野湖山校、岸田吟香点）、《作诗自在》（弥石门之助编）、《作诗自在》（大桥又太郎编）、《诗法详论》（石川鸿斋编）、《有余堂诗法摘要》（石桥云来述、斋藤次郎编）、《诗文幼学便览》（堤大介编)、《作诗大成》（井土灵山著）、《作诗秘诀》（远藤甲南著）、《作诗提要》（中根秀次郎编）、《汉诗自在　作诗术》（宫崎来成著）、《初学作诗活法续编》（土居香国著）、《简易作诗法》（佐藤六石著）、《诗格类聚考》（须和文孝编）、《新唐宋联珠诗格》（东条琴台、东条士阶著）、《作诗法讲话》（森槐南著）、《少年诗话》①（野口宁斋著）等。

这类诗话著述具有明确的指向性和实用性，它把传统诗话中有关诗语、诗韵、诗法之类的内容整理得更为系统，更为完备，更易使用，成为汉诗初学者不可或缺的辞书性参考书籍。

二　诗人、诗作、诗风评述类诗话

汉文诗话：《明治诗话》（籾山逸也著）、《摄西六家诗评》（广濑青村著）。

日文诗话：《北越诗话》（阪口仁一郎著）、《下谷小诗话》（释清潭著）、《近世诗人丛话》（冈崎春石著）、《明治诗家评论》（大江敬香著）。

这类诗话中主要是以人物评论为主，配以汉诗作品和相关逸话，对全面、细致了解和认知这一时期某些汉诗人的相关情况，提供了可供参考的资料。

三　词汇、名物和典故的随笔类诗话

汉文诗话：《柳东轩诗话》（日柳燕石著）、《淳轩诗话》（太田淳轩著）、《梧园诗话》（细川十洲著）。

日文诗话：《翠雨轩诗话》（山田翠雨著）。

这类诗话的主要特点是随意性较强，各个部分之间缺乏逻辑上的关联性，选择的标准也不明确，读者很难从诗话中发现和总结出作者系统性的诗学思想和理论主张。

---

① 《少年诗话》由东京博文馆于 1898 年出版，后与《开春诗记》和《史诗谈》合订为一册，名为《宁斋诗话》，由东京博文馆于 1905 年上梓。［日］野口宁斋：《宁斋诗话》，博文馆 1905 年版。

四 新型诗话

日文诗话：《明治诗话》（木下周南著）。

此部诗话虽然仍以汉诗为中心，但是其内容主要是表现明治维新时期日本社会诸多方面的变化，可以说与传统诗话的内容已经大不相同，而且其版式设计更加新颖，是融合史料性、艺术性和通俗性为一体的大众读物。

第二节 明治诗话的内容

一 诗语、诗韵和诗法类著述

在日本，诗语、诗韵类的著述历来是汉诗初学者学习过程中不可缺少的基础性书籍，具有教科书或者工具书的作用。没有诗韵、诗语方面的积累，作汉诗是完全不可能的。大多数诗语、诗韵书籍的编者是通过翻检古今汉诗作品，从中摘录现成的诗语、诗韵，再按照一定体例分门别类，并配以实例，标明出处，整理汇集而成。具有形式结构清晰明朗，内容具体翔实，使用方便快捷之特点。以上所列举的书籍，特别是冠以"明治新订""明治新撰""明治新编""开化新选"之类的书籍，除了将明治以前的诗语编选之外，还将明治时期出现在诗句中，表现西洋新鲜事物的词语进行了选录，扩大了传统汉诗的诗语、诗韵范围，体现了明治新时期汉诗内容发展的新特点。

关于诗语、诗韵书籍的使用，各书讲述大致相同，现举一例，予以说明。神尾可三在《诗语碎金》的"例言"中告诫初学者云："初学动辄欲以拙手而强吐奇巧之句，其惑甚矣，应以通平仄熟语为主。""文须努力谙诵背书，熟读谙记先儒之粹文，唐宋八大家自不必说，本邦大家之文亦应如此。"① 小竹散人筱崎弼在为泽熊山的《诗语群

---

① ［日］神尾可三：《开化新选古今名家 幼学诗韵 诗语碎金 绝句诗例》，文江书店1881 年版，例言。

玉》一书题词中写道："予尝咏老杜'自无一字无来处，莫是四诗是本根？'诗之本四诗勿论也，用熟字虚字，亦当有根底。世之学诗者，务竞新奇，往往造语任意，或失字义，故虽巧矣，不为识者所取焉。"① 奥田书达在为国枝惟熙《诗语碎金续编》一书写的序中也表达了同样的意思："诗有连熟语谓之材，虽古之名家必遵用焉。故曰'取材于《选》'，少陵岂欺吾哉？凡欲学诗者，采摘古人经用之熟语而用之则得，经营自家无据之泛语则失，不可不知也。予尝观古人所作《群童游戏图》，拆字分画，侧勒竖横以为材，或抱或担，筑成'诗'字，或仰视之者，或旁观而休者，或上梯未半者，或安置一架欣欣然者，或比拟竖柱瞰其面势者，摹写极妙，各得其貌。因顾旁人曰'童幼之学诗亦若是。移彼聚材，就此成章而已矣。诗之材，则古人经用之熟语是也。'以后往往以语人人。国枝成卿采录唐明诸家集中熟语成二小册，名曰《诗语碎金续编》，即是虽云小册，亦唐明诸家经追琢之碎金，不可弃也。学诗童稚就题目下采用熟语，积累成章，如《群童游戏图》竖柱安架之为，则其易也有如承蜩矣。"② 可见，对于汉诗初学者来讲，首要的就是尽可能地背诵和掌握一些固定的词语表达，这样可以在短时间内丰富自己的"诗材储备"，培养自己的汉诗"感觉"，磨砺自己的"诗语"，达到提高学习效率的目的，同时又可以避免出现自造词汇而产生的"和臭"。对于日本人来说，用非母语的汉语创作诗歌并非易事，只有对其烂熟于心才能创作出像样的汉诗来，背诵和积累经典的诗语成为学诗过程中的必要手段和入门捷径。

　　但是，这样做也有弊端。那就是将汉诗语汇模板化和机械化，容易使初学者陷入对固有词汇的模板套用和机械拼对，阻碍初学者在汉诗写作上的创造性发挥，导致"模仿有余"而"个性不足"的后果。所以，植村庐州在《新撰诗语活用》的"题言"中云："诗家之于物

---

　　① ［日］泽熊山：《诗语群玉》，育英塾藏本 1847 年版，题词。

　　② ［日］国枝成卿：《诗语碎金续编》，平安书肆（文锦堂　锦山堂　高鳞堂）合梓 1834年版，"序"。

也，不解其用，则活物翻为死物矣。若能用之，则死物亦为活物矣。幼学诗本，先是非无名言雅语。然未尝示活用方。故活物徒为死物，遂不成其用也。此编新选名言雅语，而示活用方，则死物亦为活物。併前诸本，皆能成用，然则此本之于幼童也。亦可谓有起死肉骨之恩矣。"① 虽然题言中不乏褒奖之词，但也可以从中读出植村已经发现诗语著述中的缺陷，即罗列词语，而没有将其活用的方法。读者也只能一味地死记硬背，生搬硬套，不会在具体的情况下灵活运用，最终导致诗语成为一堆"死材料"。所以，诗语的学习必须对其进行有效的理解和准确的把握，在具体的语境下活学活用，才能够在汉诗创作中游刃有余，信手拈来，才能翻"陈"出"新"，化"腐朽"为"传奇"。

诗法类著作因为是面对初学者，其内容主要涉及诗学大意、汉诗变迁、韵律与平仄，古诗、律诗、绝句的格法、体式、字法、句法、诗病、作诗要点与技巧等方面，而且理论讲述与实例分析相结合，直观明了，易于理解和掌握。江户时期诗话中有关诗法的著述有三浦梅园的《诗辙》、中井兆山的《诗律兆》、畑中荷泽的《太冲诗规》、赤泽一堂的《诗律》、石川丈山的《诗法正义》和长山贯的《诗格集成》等。与之相比较而言，明治时期的这类作品具有内容更加全面、分类更为细腻，体系更为完备的特点。从某种意义上来讲，其内容编排已经具备了近现代教科书的性质。虽然内容上没有什么创见，只是对以往诗法著述的汇集整理，但其内容和形式的有机统一是明治时期汉诗发展过程中社会的客观需要，也是明治时期汉诗发展的必然产物，与江户时期的诗法著作内容分散形成了鲜明对比，故而将其视为明治时期诗法类著作的新特点也未尝不可。

二　诗人诗作评述类诗话
1. 籾山衣洲与《明治诗话》
籾山衣洲（1855—1919），本名逸，字季才，号衣洲，又号樱雨

---

① ［日］冲冠岭：《新撰诗语活用》上卷，万青堂1879年版，题言。

草堂主人。明治时期著名汉诗人，尾张（今爱知县）人。他用汉文撰著《明治诗话》两卷，体例"粗仿"《全唐诗话》。收录明治前期诗人64位，以人为经，以事为纬，列出诗人名号、籍贯、诗作以及与诗人相关的一些资料。其内容多寡因人有异，多者可达几页，少者仅有几行。内容上，或辨析诗歌句法，或赏玩诗中意境，或褒贬诗品高下，或敷陈诗家逸事，或注解诗事源流，为了解明治前期的汉诗人及其诗作提供了重要参考。

《明治诗话》在编选上，似无标准，实则有之。因为《明治诗话》的内容与编者的意图、诗风宗尚密切关联。籾山在"例言"中说道："寄赠之什，一家多及数十首。今节录数首，不免偏于所好，亦只举尔所知之义耳。若夫评语是一家言，非定论也。"① 那么，籾山推崇的诗风是什么呢？

从明治汉文大家信夫恕轩为《明治诗话》作的"序"中就可以看出此书编选的基调与风尚。他云："辞有余而情不足，不可以为诗矣。情有余而辞不足，亦不可为诗矣。辞情已足，运以神韵，始可与言诗已矣。然神韵者，缥缈恍惚如风云，非风云无以神其龙，非神韵安能悉诗境之妙？"② 由此可见，编选的大多是"辞情兼备"且有"神韵"的作品。

信夫恕轩在《明治诗话》的"序"中又云："季才以诗名于世，最推服王渔洋，其诗神韵缥缈，辞情兼至。"③ 籾山在介绍其恩师筒井秋水时也道出了自己深受神韵派风格的熏陶。他云："筒井秋水，名载，字元卿。三河西尾人。性孤峭，不与人苟合。余少时就受句读，训诲甚严，稍有倦色，则叱咤退之，以故子弟往往逃去不敢近。独余与浮图石窗晨夕受业，十年如一日。……诗思清苦，一首往往逾月而成，神韵缥缈，有不尽之妙。……翁尤喜渔洋绝句，抄出其会心者若

---

① ［日］籾山逸也：《明治诗话》，青木嵩山堂1895年版，"序"。
② ［日］籾山逸也：《明治诗话》，青木嵩山堂1895年版，"序"。
③ ［日］籾山逸也：《明治诗话》，青木嵩山堂1895年版，"序"。

干首，朝暮吟讽不绝，以故其诗仿佛相似。"① 由此可知，籾山宗尚渔洋神韵派风格的形成，是源于筒井门下十年汉学和诗学的严格训练。

籾山的故乡尾张，在幕末和明治初期的诗坛具有非常重要的地位，是人才荟萃、诗人辈出之地。小野湖山、关根痴堂、森春涛、鹫津毅堂等著名诗人均出身此地。这些诗人大多推崇宋诗，在诗文中吟咏性情，而且关心时政、抱有经世之志。这样的社会环境对籾山的成长无疑会产生重要的影响，其诗学观点自然会受到熏染。籾山非常敬重鹫津毅堂，在"鹫津毅堂"条中云："我尾出文士殊多，而博学洽闻，兼善诗文者，余私推毅堂翁。"鹫津毅堂，名宣光，字重光，尾张人，与籾山为同乡。其父是江户末期大儒、诗人鹫津益斋，明治诗坛巨擘大沼枕山、森春涛皆学诗于其门下，深受其影响。枕山极嗜宋诗，推崇陆游，香瓣苏、黄，诗风兼及性灵神韵，诗作辞情兼备，名噪骚坛。春涛则鼓吹清诗，诗法渔洋之神韵，模仿张船山、陈碧城、郭频伽之艳体，以"香奁"诗人自居，被人称为"文妖诗魔"，诗作清新雅丽，情辞俱佳。籾山在东京生活期间，潜心诗学，转益多师，于1878年与依田学海、成岛柳北、瓜生梅村在墨田河畔创立白鸥吟社。他虽未满三十岁，却已在明治诗坛小有名气，其诗作入选1880年浅见绫川编选的《东京十才子诗》，与森槐南、桥本蓉堂并列其中，大沼枕山亲笔为诗集题序。② 籾山遂与诗坛名家毅堂、枕山、春涛等人多有往来，因此对他们诗风的接受与认可也在情理之中。

籾山在选录诗人和诗作时，除了诗歌风格外，还非常看重诗人的操守品性。从他在《诗话》中对几位相交甚好的诗友的介绍和评论就可以看出这一潜在的标准。如，"杉浦梅潭"条中云："（梅潭）尝受业大沼枕山，兼善诸体，最工七言律绝，刻意锻炼，一字不苟。清新隽逸，香瓣苏黄。尝曰'巧句不若巧章，巧章不若巧意。'又摘录梅潭《我昔》诗一首：'我昔念功名，十五就学日。冒晨叩师门，风梳又雨栉。意气中年豪，

---

① ［日］籾山逸也：《明治诗话》，青木嵩山堂1895年版，第26—27页。
② ［日］浅见绫川：《东京十才子诗》，博文本社1880年版。

不异骏马逸。栋梁非其材，蒲柳奈此质。堪笑四十年，显晦其揆一。'"①
据此可知，籾山对杉浦梅潭为人的赞赏。

籾山曾经与吉田静海谈论诗学。"吉田静海"条中云："主人博闻
强记，尤邃经史，于诗不多费力。每谓余曰'诗吟咏性情也，情动乎
中，不容已于言而后作。故千载之下，诵之犹接须眉。若今之诗家，
刻苦雕绘，不复问性情为何物，盖不读书之罪也已。'"籾山引其《秋
扇》一诗云："扑萤轻步玉阶丛，掩月娇羞水殿风。婕妤何忧恩爱绝，
将忘犹在未忘中。"并评之曰："辞情并美。"他又摘录了静海《赠川
北梅山论诗》一首，诗云："天地有经纬，森然尽是文。吾人生斯里，
性情成绘纹。有形物既晰，无形省辄闻。发真以托假，犹花吐奇芬。
时流漫拟古，好尚各虽分。绮靡无辞理，测力负山蚊。腐木巧雕镂，
沾沾互自欣。心肠何所适，虚构率尔云。乖情又反性，傀儡着舞裙。
画饼虽充食，剪采艳不熏。文运关世运，昭代笔奏勋。谁能敬轻佻，
超然独排群。理应则天地，辞应象风云。大雅始嗣响，汉魏徒纷纷。
捧杯跪而进，世上唯问君。"② 于此，足以窥见静海平生所持诗论。吉
田认为，诗人首先应该博览群书，收于己胸；作诗应该有感而作，抒
发性情，寓理于诗，经世致用；力戒浮华雕镂，模拟古人，发无病之
呻吟；切勿虚构荒诞，乖情反性，流于无用。这与籾山的诗学观念是
非常一致的。

"信夫恕轩"条中云："恕轩翁以文章著名一时，……狷直不容于
世。明治中兴，三仕三罢，家居教授。一世不遇知己，千岁岂保不朽。
然至其守节不屈，则质诸鬼神而不疑也。……诗于古体，殊有独得之
妙。……其他诸作，概批露胸臆，绝无龌龊之态，盖可谓之真情真诗
也。"此文乃是川田瓮江、依田学海对恕轩文采为人的激赏之词，"往
年著《文话》，川田瓮江序之曰'恕轩信夫君，洽闻多才，好文章。
欲举一世以纳之于其所好之域。尝聚生徒，讲《文章轨范》，雄辩悬

————

① ［日］籾山逸也：《明治诗话》，青木嵩山堂1895年版，第9—10页。
② ［日］籾山逸也：《明治诗话》卷2，青木嵩山堂1895年版，第17—19页。

河，一坐倾听。余读君文，奔放恢奇，才思横溢，不肯墨守一家法'。依田百川序其文集曰'吾友信夫文则，以文名于都下。文则之文，驰骋纵横，奇思泉涌，间有涉嘲谑者。文则识见卓荦，树立一家，不依他人门墙。盖以嬉笑怒骂为文章者也。以圣贤为法者也。'"① 由此可见，恕轩为人性格耿介，不媚世俗，诗作直抒胸臆，辞情皆真，毫无矫揉造作之病，也与籾山所好相契合。

成岛柳北是幕末大儒，曾有感于时事，欲振兴之，但其性格直率，每遇不平则愤然论之，故而屡遭排挤，后来罢官不仕，退隐墨水。后跟随本愿寺法主周游欧美，历览域外山河，如大西洋、苏伊士运河、盐湖城、尼亚加拉瀑布、凯撒遗宫等地，作七绝，收入《航西杂诗》。② 他的诗风清新豪迈，让人耳目一新，而且兼善诗文狂体。籾山在东京时，得到成岛柳北知遇，参与创立白鸥吟社。所以，籾山很仰慕柳北的文采与气节，颇受其汉诗风格的影响，"尝效柳北《新柳情谱》作《衣浦情浦》"，又评柳北"风流文采，照映一世。而气节事业亦有绝于人者"③，足见籾山对柳北的推崇。

大沼枕山在明治前期的汉诗人中堪称大家，诸体兼备，绝句、律诗、古体无不擅长，尤善咏物、咏史。创立下谷吟社，招徒授业，在东京乃至全国都享有盛名。《诗家品评录》（一名《诗学标准》）中载："枕山翁，吾邦人仰之为泰山北斗。……诗法精密，格律森严，音调圆滑，得乐天之真髓。其诗才富赡，上至十三经、二十四史、诸子百家，下到随笔漫录、传奇小说无所不通。本朝历史精熟，乃翁咏史一技无人匹敌之缘由。"④ 清末大儒俞樾在《东瀛诗纪》中论及枕山时亦云："东国人诗集每集必有数序，此集止于卷首自书'千古寸心'四字，不乞人一序，颇有名贵气。"⑤ 枕山一生以诗酒为乐，其《岁晚书

① ［日］籾山逸也：《明治诗话》，青木嵩山堂1895年版，第19—21页。
② ［日］成岛柳北：《柳北诗钞·航西杂诗》，博文馆1894年版，第23—48页。
③ ［日］籾山逸也：《明治诗话》，青木嵩山堂1895年版，第14—15页。
④ ［日］伊藤三郎：《诗家品评录》，盛春堂1887年版，第14—15页。
⑤ 俞樾：《东瀛诗纪》卷2，清光绪十五年刊本，第14页。

怀》云：“闲来拣取新诗句，诗酒犹能祭浪仙。”信夫恕轩在《大沼枕山传》中有此一节：“先生已七十，嗣子游荡，家道顿衰。有人怂恿曰‘高龄古稀，盍设贺寿筵以救其穷？’先生曰‘中兴以后，与世疏阔，彼辈奔走名利，我所唾弃。今宁饿死，不乞哀侪辈。’。”① 晚年尤重气节。对于籾山来说，将枕山选入《诗话》，一则因其与自己嗜好相投，二则其在诗坛德高望重，堪为师范。他评之曰：“枕翁跌宕诗酒，气韵高尚。前后及门之士，殆以钱数。明治廿四年，以病亡，闻者叹云‘世道从此衰矣’，世所推重如此。”②

　　信夫恕轩在《明治诗话》的“序”中指摘了当时诗坛中的一些弊病：“明治中兴，即台阁公卿以至草野小人皆能赋诗。然模拟剽剿，大率止近体小律。若夫纵横变化，发为长篇巨作者，寥寥如晨星。岂非似盛而实衰，似兴而实亡乎？”野口宁斋也将“模拟剽窃”上升到事关“诗人德义”的高度，并主张“口诛笔伐”。他在《诗人之德义》一文中说：“诗人谓之雅人，若欲与俗人区别，诗人可以维持自身之品格，故而胜于俗人，德义自然在心。盖所言所思之处，皆关涉风雅韵致，若其心底卑劣，欲高其诗品亦不可得也。诗人之德义，笔伐剽窃踏袭并非无用之事，更不是无用之举，乃是当下迫切必要之急务也。”③ 而籾山则想通过这部诗话改变当前的状况。信夫恕轩又云：“友人籾山季才著《明治诗话》，奋起挽回之。……方今诗人小传逸事记载靡遗。加以诗眼最高，所择而取如龙如凤云，肺然勃然，谁敢当之。诵其诗知其人，于是乎可观矣。”④ 所以，籾山在选人采诗上很下功夫，因为编著《明治诗话》就有纠正诗坛时弊，奋起挽回诗坛颓势之目的。

　　那为何在当时诗坛中比枕山、湖山、黄石、柳北、毅堂等人名气稍盛的森春涛父子未被选入《明治诗话》呢？

　　春涛来到东京，创立茉莉吟社，鼓吹清诗，为东京诗坛吹入一股

① ［日］信夫恕轩：《恕轩遗稿》上卷，秀英舍1918年版，第7—8页。
② ［日］籾山逸也：《明治诗话》，青木嵩山堂1895年版，第24页。
③ ［日］野口宁斋：《少年诗话》，博文馆1898年版，第136页。
④ ［日］籾山逸也：《明治诗话》，青木嵩山堂1895年版，“序”。

清新之气，一改以往宋诗一统天下之沉闷局面，一定程度上符合了当时追新逐异的社会需求。其社刊《新文诗》奉行"以人采诗""以人论诗"之标准，其中台阁官员之诗多有入选，因而颇受诗坛同人诟病，口碑也大受影响。其门生供职于明治新政府者为数不少，如丹羽花南、永井禾原、神波即山为春涛确立东京诗坛地位立下汗马功劳，在《新文诗》上实现了"台阁与江湖的唱和"。春涛之子槐南从小就有诗人天分，后承继家风，复兴星社，在诗坛名气远播。1881 年他出仕太政官，历任图书寮编官、皇室令整理委员、宫内大臣秘书官、式部官。后受到三条实美、伊藤博文知遇，一时颇为得意，时有恃才放旷之举。

日本传统文人大多独善其身，把赋诗视为一种个人素养与"余技"，与政府官员鲜有交涉，很少把作诗与为官联系起来，反倒不屑于以诗取仕。加之，随着明治时期日本社会的不断发展，明治初年春涛父子鼓吹的清诗逐渐失去"吸引力"，"香奁体"艳体诗也被人视为一种绮靡之作。菊池三溪在不忍池的长酡亭诗会中举一典故问于枕山，枕山沉思未答。而春涛却在一旁私语三溪不知其出于某书云云，三溪怫然曰："如汝仅会作香奁体者，吾所不欲问也。"春涛大惭乃止，成为当时列座者的谈资。① 虽然此逸话意在警示不要恃才放旷，但也由此窥见春涛"香奁体"汉诗在诗坛诗人心目中的地位。横山健堂在《新人国记》中认为，春涛是代表名古屋趣味的诗人，因其香奁体诗颇受世俗追捧而侥幸成功，实乃俗材。湖山亦称此派诗作为"诗魔歌"。② 再者，由于中日甲午战争爆发，以战争为题材的汉诗急剧增多，以高亢雄浑、沉痛有力为风格特色的诗作逐渐流行于诗坛。因此可以说，春涛父子未被入选《诗话》与上述原因多有关涉。

通观《明治诗话》，收录诗人 64 位，大多与政府官员鲜有瓜葛，

---

① 南梁居士：《伟人豪杰言行录：修养教训》，求光阁书店 1911 年版，第 83 页。
② 陈福康：《日本汉文学史》下册，上海外语教育出版社 2011 年版，第 72 页。

在朝为官者寥寥无几。他们都以诗文名世，且人品颇佳。从这也可以窥见籾山《明治诗话》采人录诗的潜在标准。

综上论述，可以洞见贯穿整个《明治诗话》中籾山"推重义理源流，宗尚神韵性灵"的诗学思想和"诗品与人品相结合"的评诗选人的标准。"人品高洁"可为世人典范，"诗品高妙"可作后学楷模，借此来"疗救"明治诗坛之"弊病"，维持和推动汉诗文的发展。1895年10月出版发行的这部汉文诗话，诞生于中日甲午战争之后这个特殊的社会环境，除了其本身所具有的文学价值以外，也许更包含了籾山对当时汉诗文坛"颓败"现状的担忧和感慨。

2. 广濑青村与《摄西六家诗评》

《摄西六家诗评》是广濑青村对摄西（今大阪）的篠崎小竹①、坂井虎山②、广濑淡窗③、广濑旭庄④、草场佩川⑤、后藤松阴⑥六位诗家

---

①　篠崎小竹（1781—1851），大阪人，名弼，号小竹，又号畏堂、南丰、聂江、退庵、些翁。大阪人。擅长汉诗和书法，是江户时代后期日本的儒学者和书法家。九岁入篠崎三岛的私塾梅花社，学习古文辞学，13岁成为三岛的养子。后来受赖山阳感化，离开养父家去江户游学，学于尾藤二洲、古贺精里，成为朱子学者。之后与养父和解，继承梅花社，培育了很多弟子。其性格温厚，喜社交，是关西学界的名士。著有《小竹诗文集》《酒人十咏帖》《小竹斋诗钞》《小竹斋文稿》等。

②　坂井虎山（1789—1850），名华，字公实，号虎山，安艺（今广岛）人，江户末期儒者。幼时学于赖春水，后成为赖山阳弟子，与篠崎小竹、斋藤拙堂、野田笛浦一起被称为"文章四大家"，山阳殁后，其诗论文章被誉为"关西第一"。著有《虎山诗文集》《论语讲义》《杞国策》等。

③　广濑淡窗（1782—1856），名建，字廉卿、子基，号淡窗，又号青溪，丰后日田人（今大分县）。江户时代的儒者、教育家和汉诗人。1805年在长福寺内开设私塾，后来发展成为咸宜园，一直存续到1897年。塾生来自全国各地，入门人数超过四千，成为当时日本最大的私塾。山岸德平在《近世汉文学》中称他为"海西诗圣"，猪口笃志在《日本汉文学史》中称他为"镇西第一诗人"。著有《远思楼诗钞》《淡窗诗话》等。

④　广濑旭庄（1807—1863），名谦，字吉甫，号旭庄、梅墩。广濑淡窗之弟。擅诗，清末大儒俞樾称他为"东国诗人之冠"。著有《梅墩诗钞》《九桂草堂随笔》等。

⑤　草场佩川（1787—1876），名铧，字棣芳，号佩川，肥前（今佐贺长崎各占一部分）人，江户末期儒者，汉诗人。初学于佐贺藩校弘道馆，后赴江户，师事古贺精里。与赖山阳、篠崎小竹有交。著有《珮川诗钞》等。

⑥　后藤松阴（1797—1864），名机，字世张，通称春草、号松阴、春草。美浓（今岐阜县）人，后来成为赖山阳高弟，被称为"诗有旭庄、文有松阴"。后与篠崎小竹之女町子结婚，在大阪教授学生。著有《春草诗钞》《松阴诗钞》等。猪口笃志：《日本汉文学史》，角川书店1984年版，第355—391页。

的诗风特色和各种诗体特点进行综合评论的一部诗话，这对于我们了解日本地方诗坛的诗风和诗人各自诗风特点提供了非常重要的材料。俞樾曾在《东瀛诗纪》"后藤机"条中云："所谓摄西六家者，筱崎畏堂也，广濑淡窗也，草场佩川也，广濑旭庄也，坂井虎山也，并春草而为六家。春草及虎山之诗未见全集，姑就此采辑余四家。则否然摄西坛坫之盛不下摄东七家①亦不可不是也。"② 可见，摄西六家在俞樾的眼中还是占有一定地位的。

广濑青村（1819—1884），名范治，字世叔，号青村。丰前（今大分县）人。自幼好学，十六岁入咸宜园，师从广濑淡窗。由于学业优秀，二十一岁被选为督讲。后来成为淡窗养子，1855 年继承淡窗的咸宜园成为第二代塾主。1862 年青村将塾政让还于广濑旭庄之子广濑林外。青村擅长笔墨丹青，以兰竹见长，而最擅为诗。青村撰写《摄西六家诗评》对这六位诗家加以评论并非随意为之，而是因为摄西六家能够代表关西地方诗坛汉诗风格和特色的缘故。

青村对此六位诗人的评论总体采用了"总—分—总"的形式。即先逐一对每位诗人的诗风进行总体评价，然后对每人的各种诗体特点进行分评，分评均采用比拟手法。最后将六人的整体特点进行总体论评。

他在评论篠崎小竹的总体风格时云："先生之诗，力赡足而神潇洒，词婉折而意串注。无有短促迫切之音，醍醐酸馅之气，使人想见其襟怀浩浩，无所不容。"③ 此段话简明扼要地总结出了小竹诗作的主要特点。即气力富足，潇洒传神，用辞虽然委婉曲折但意思连贯顺畅，毫无短促切迫之感，气韵生动，毫无拘谨做作之态。

实际上，以上评语皆可以与小竹的诗学思想相映照。小竹在《与

---

① 摄东七家是指菊池五山、安积艮斋、野田笛浦、大槻磐溪、斋藤拙堂、梁川星岩和中岛棕隐。
② 俞樾：《东瀛诗纪》卷 2，清光绪十五年刊本，第 8 页。
③ ［日］关仪一郎：《日本儒林丛书·摄西六家诗评》第 3 卷，东洋图书刊行会 1929 年版，第 1 页。

广濑吉甫》的书信中说："仆老来作诗，达意为主。所谓温柔敦厚，微婉和庄者，不能守古人之教。但以韵语吐露胸怀也。"明确指出，诗主达意，吐露胸怀。他又将作诗比作治水，作诗要听凭诗情，反对人为用巧。其在《送茶溪铃木君归江都》诗中云："作诗如治水，此说我曾知。治水从水性，作诗任诗情。苟能思无邪，如水地中行。胸怀时游塞，一浚乃自清。用巧或却失，曲防害所生。"① 由此可见，青村对小竹的评价还是比较中肯的。

青村将"评诗"与"评人"有机结合，从上述诗作中可以看出小竹为诗无所不包的阔达胸襟。这种"论事及人"的批评方法在中国诗话评论中是经常用到的。同时，他又对小竹诗作的风格和不足之处进行了评点："甘滑流利者居多，而苍劲沉着者甚少，此为可憾耳。"最后又对小竹在当时诗坛的地位给予了肯定："顾方今骚坛老宿，世推先生。而春草小山于先生，犹陈蕃、李咸于胡伯始，不得不为之避席也。"② 虽然评点简练，但却面面俱到。

他在对小竹的诗体分评时云："五古如行脚僧随缘说法，不必大乘。七古如涧壑奔泉，冲突激怒，喷雪翻花，而潆洄汪漾，随物赋形，无科不盈，无渊不蓄。五律五绝如乡曲善士，无行可议，未可入卓行传。七律如大藩使人，容姿闲丽，辞令安详。七绝如春水平岸，微波容与，虽无激扬之势，亦自可人。"③ 此段文字对小竹诸体分评皆用比拟之法，道出五古之随意细妙，七古之奔放流畅，五律、五绝之中规中矩，七律之大方得体，七绝之含蓄蕴藉，语言形象，颇有韵味。

广濑淡窗最喜欢的诗人是陶渊明、王维、孟浩然、韦应物和柳宗元。诗风崇尚清淡闲远，学诗主张"诗无唐宋明清，而有巧拙雅俗。

---

① ［日］松下忠：《江户时代的诗风诗论》，范建明译，学苑出版社 2008 年版，第 544—552 页。

② ［日］关仪一郎：《日本儒林丛书·摄西六家诗评》第 3 卷，东洋图书刊行会 1929 年版，第 1 页。

③ ［日］关仪一郎：《日本儒林丛书·摄西六家诗评》第 3 卷，东洋图书刊行会 1929 年版，第 1 页。

巧拙因用意之精粗，雅俗系着眼之高卑"①，坚持"以唐诗及神韵说为中心的折中诗论"②。青村评论淡窗的诗作"淡而不薄，峭而不尖，老洁苍辣，别作天地。覃弱粗豪之态断乎无有"可谓妥当。分论其各诗体特点时云："五古如微雨夜竹，远钟暮云，闲思自生，暗愁忽集。七古如孙知微画水，营度经岁而成。七律如不识庵圆阵，八面受敌，未尝败衄。五律如束带立朝，不见惰容。七绝如小侯朝觐，器仗扈从无一不备，终乏行色。五绝如烟波空蒙，一望无际，而帆飞鹭翻于凝睇中。"③青村用"微雨夜竹、远钟暮云"比拟五古之"淡远"，用"闲思自生，暗愁忽集"表现五古之闲静；用北宋画家"孙知微画水"的典故来说明七古之精研细腻；七律之特点则以素有战国"军神"之称的不识庵谦信之圆阵战法来比喻诗法的圆活稳健；五律则以"束带立朝"比喻其诗之整肃得体；七绝规格气派虽小，但法度完足，无所遗漏；五绝则给人以朦胧空寂、闲适无拘、旷达高远之感。

草场佩川曾著《佩川诗钞》四册二百五十卷，诗作达一万五千余首，以诗代替日记、年谱、自传是他作诗的主要特点之一。筱崎小竹称其为"诗历"，广濑淡窗、后藤松阴称之为"日历"。所以，青村说："先生以诗为日历，出处履历一寓于诗，其集至万首已外，此百分之一耳。"接着他又对佩川的诗材、诗境点评云："有豪放奇逸者，有细腻者，有圆熟自然者，有纤琐者，有组织精工者，有以诙谐出之者。境广材赡，愈出愈有。又有堕时调者，是时运之所使然，而非其希世也。"④ 因为佩川善于在生活中捕捉题材，不拘泥于诗题，凡事都能动其诗兴，因而广濑淡窗评佩川诗中有一种自不可掩的高远气象。佩川认为诗文不是游戏之具，而是德业之具。他曾在诗中云："授简

---

① ［日］池田四郎次郎：《日本诗话丛书·淡窗诗话》第 4 卷，文会堂书店 1922 年版，第 246 页。

② ［日］松下忠：《江户时代的诗风诗论》，范建明译，学苑出版社 2008 年版，第 588 页。

③ ［日］关仪一郎：《日本儒林丛书·摄西六家诗评》第 3 卷，东洋图书刊行会 1929 年版，第 1—2 页。

④ ［日］关仪一郎：《日本儒林丛书·摄西六家诗评》第 3 卷，东洋图书刊行会 1929 年版，第 2 页。

南园赋兴催，因怀邹马漫争才。文章岂是游戏具，德业都从此里来。"① 可以看出，佩川其人本领并不全在作诗上。俞樾在《东瀛诗纪》"草场桦"条中云："读筱崎承弼序盛推其学与德，则知佩川固有存于诗之外者也。"②

接着青村对佩川汉诗诸体进行品骘。青村云："五古如老妓洗妆弃弦，既非华街中物，而流利便辟，善承人意。七古如好事家书画剑陶，杂然满室，犹购之不已。七律如海鼠，形貌不佳，气味自好。五律如长苏作字，用墨太丰，而风度超迈。五绝如秋郊孤芳，时留行人。七绝如弄丸者，高低随手。"如上述所论，佩川之五古能够洗尽铅华，脱俗入雅，善于用辞，说理透辟；七古内容涉猎宽泛，博观约取，融会一炉；七律虽形体欠佳，却像与燕窝、鲍鱼、鱼翅齐名的"海参"一样，滋味腴美，风味高雅；五律好似苏轼之书法，笔圆韵胜，肉丰骨劲，气势不凡；五绝则清新雅致，引人入胜；七绝之技法精进娴熟，纵横捭阖。

后藤松阴乃赖山阳入门最早的弟子，山阳出门远行皆带之同游，深爱其孝悌柔顺之性格，对其多有鼓励指导，故而松阴受山阳影响也颇深。文章、汉诗特别是古体与山阳颇为相似，犹以文章著称于世，有"诗有旭庄、文有松阴"之称。松阴后来成为筱崎小竹乘龙快婿，开设私塾，授业于大阪。青村评之曰："先生山阳高弟，文名夙著。其在浪华，亦与筱翁对峙。其诗着力，多于古体见之。山阳恃才使气，发乎辞者豪放奇杰。先生为其所熏陶，势不能不相似。夫疾行者善蹶，疾食者善噎。欲以豪放压世者，动随虚喝空咄。山阳之诗醇疵不相掩，以此也。余故于此卷，喜其声势稳顺者，而不喜奔放怪谲者。"③ 其述评稳准适当。青村在对后藤松阴汉诗诸体的评点中有褒有贬，"五古如木食道人，举动轻妙，而骨节毕露。七古长篇如崔子钟，一举百余

---

① ［日］松下忠：《江户时代的诗风诗论》，范建明译，学苑出版社 2008 年版，第 658 页。
② 俞樾：《东瀛诗纪》卷 2，清光绪十五年刊本，第 5 页。
③ ［日］关仪一郎：《日本儒林丛书·摄西六家诗评》第 3 卷，东洋图书刊行会 1929 年版，第 2 页。

舩船，呼刘伶小子娘不见我。短古如博浪一椎，万夫失色，而误中副车。七律如密画山水，纸无余白。五绝五律如千金之子，不垂于堂。七绝如和笔作字，终伤婉弱"。① 五古如观木食道人像，刀笔轻妙灵动，关捩处一丝不苟；七古长篇如崔铣饮酒，一气呵成，酣畅淋漓；短古简劲有力，令人惊叹，但仍有未得其要领之处；七律则如满纸作画，细密有余而余味不足；五绝、五律不押险韵，不用僻字；七绝则犹如日本书道，骨肉劲健而有失婉约秀丽之姿。

广濑旭庄才华出众，著诗甚丰。俞樾在《东瀛诗选》"广濑谦"条中云："吉甫诗，才气横溢，变幻百出。长篇大作，极五花八阵之奇；而片语单词，又隽永可味。铁砚学人斋藤谦，称其构思若泉涌，若潮泻，及其发口吻、上笔端，若马之驻坡，若云翻空而风卷叶，虽多不滥，虽长不冗。洵知吉甫之诗者矣。吉甫摆脱尘务，不入仕途，所亲则墨客骚人，所好则江山风月，宜其为东国诗人之冠也。诗美不胜收，故入选者甚多，分上下卷云。"② 藤森大雅在为《梅墩诗钞第五编》作的"序"中云："梅墩之诗，其以力盛者耶？其既博矣。缘情言志，畅意之所出，必有得幽眇缠绵之致者矣。然长矣多矣，何能无芜累，故人或以此为诟病。余曰'是何伤哉？五都之肆，天下之奇珍毕陈，间亦有敝帚败鼓，三家之市，所粥有限，未必无一二输囷离奇可喜之物，然而未见三家之市胜五郎之肆也。'"③

《东瀛诗选》中选诗能占两卷者仅旭庄一人而已。所选诗作共计173首，且多为长诗，其中包括《送桑原子华归天草》七古一首。由此足见俞樾对旭庄诗才的肯定与欣赏。旭庄擅作古诗，据马歌东《梅墩五七言古诗管窥》统计，存世的诗作有1471首，五七古364首，约占总数之四分之一，而且五七古多为长诗。五古200字以上的29首，300字以上的7首，《论诗》最长，1200字；七古100字以上的96首，

① ［日］关仪一郎：《日本儒林丛书·摄西六家诗评》第3卷，东洋图书刊行会1929年版，第2页。
② 俞樾：《东瀛诗选》卷2，清光绪十五年刊本，第4页。
③ ［日］冈村繁：《梅墩诗钞拾遗》，俞慰慈译，上海古籍出版社2009年版，第701—702页。

200 字以上的 63 首，280 字以上的 41 首，《送桑原子华归天草》最长，共 1834 字。①

与上述情况两相对照，青村评论旭庄时云："先生之诗，援引浩博，驱使史传，而融洽极至，不见痕迹。奇正互生，巨细皆举。而俊爽整丽，音节琅然。要皆一气单行，不生支蔓，岂非以其家范行之耶？"② 评论总体上还算公正得体。

青村在分评中云："五古如武将剃发，强捻数珠，时张眼攘臂。又如入肉山脯林，反思莱菹。七古如阁龙辟北亚墨利，千古凿空。视博望河源，真类儿戏。七律如樱花，清高逊梅，富丽逊牡丹，而有一种气韵。嫣然一笑，百妍失色。五律如羁蔑一言而善。五七绝如湖鱼入井，不免伤鼻。"③ 其文中以比喻的笔调表现出作者在五古创作中的动静变化，内容安排上的丰饶简素；七古则能征证史实，不循无稽之事。哥伦布发现新大陆与张华《博物志》所载张骞乘槎穷河源之典故，形同而实异；七律以樱花作比，虽然不若中国汉诗之格调高雅、辞藻华丽，但别有日本汉诗的独特气韵；五律中多出警言秀句，点睛出彩；五、七言绝句则显得太过拘囿形式，不免有伤气韵。

坂井虎山是赖春水的学生，与赖氏一家关系密切。他崇尚宋诗，尊奉朱子学，但又不拘囿于训诂字义，能够博览众家而自出机杼，以文章见长，尤擅作议论文。古贺侗庵称赞虎山的议论文"当今无匹"，俞樾在《东瀛诗选》中对虎山给予很高的评价："虎山为摄西六家之一，六家中最喜旭庄，而虎山亦足与之并驱。盖其时沧溟俎豆久已从祧，故其诗皆有性灵，有议论，非徒以优孟衣冠求似也。"④ 实际上，从选录作品的多少和诗作的质量来看，虎山的水平并不如旭庄。

青村首先对虎山的文章、诗词的特点做了简略论评："先生以经

① 马歌东：《日本汉诗溯源比较研究》，商务印书馆 2011 年版，第 289—318 页。
② ［日］关仪一郎：《日本儒林丛书·摄西六家诗评》第 3 卷，东洋图书刊行会 1929 年版，第 3 页。
③ ［日］关仪一郎：《日本儒林丛书·摄西六家诗评》第 3 卷，东洋图书刊行会 1929 年版，第 3 页。
④ 陈福康：《日本汉文学史》中册，上海外语教育出版社 2011 年版，第 296—298 页。

术文章独步中州，而诗峭拔遒健，自成一家。词杰如管赖，亦非所惧。盖将直企最上乘，世之止于声闻辟支者，宜在下风。"同时指出虎山诗词"气骨有余，而腴腻不足"过于瘦削，不够丰满的缺点，但又进一步补充道，"绮靡卑弱之病除，而从容不迫之旨乏。是势之必至，不足为其病"①。

分评中云："五古如兰亭帖，摹刻愈多，去神愈远。七古如埋没古剑，文理暗涩，而铿然夜鸣。七律如武侯出军，铠仗鲜明，部伍整肃。五律如茜袂行酒，村气反佳。五绝如小城街衢，一见而尽。七绝如茶室结构，似朴而华。"② 即是说，五古之作摹拟太甚，过犹不及；七古虽黯淡板滞，但语句铿锵；七律形式整饬，法度森严；五律曼妙清雅，自然率真；五绝小巧精悍，易读易解；七绝虽外表朴素无奇，但内在雅致华美。

最后，青村在"六家总评"中，按照"宋六家"的文风特色，把"摄西六家"与"宋六家"对照起来综合评论。他云："予尝读宋六家文，知其概略。今试比拟之，小竹似庐陵，淡窗似老泉，佩川似南丰，春草似颍滨，旭庄似东坡，虎山则半山也。抑古贤名价已有定论，而六先生德声日跻，其所诣不止于此，则其优劣，不宜以今日论。且诗文殊途，势难吻合。予所比拟，在其风致相类耳。"③ 以诗风比拟文风，可谓别出心裁。尽管诗文同轨，但两者的区别还是很大的，而且生硬比对也有流于形式之嫌。总体来看，青村的六则诗评，语言生动，比拟形象，善用典故，增强了诗评的艺术性，表现出青村深厚的汉学素养。这种比拟形式的评语，在很多的诗集评点中也能看到，森槐南在《檀栾集》中评点江木冷灰诗作时云："丽句俊词，灿若珠贝。诵之，我情意竟移于银灯罗帐间矣。明月一联，恍然杨玉环梦狃鸳鸯，

---

① ［日］关仪一郎：《日本儒林丛书·摄西六家诗评》第 3 卷，东洋图书刊行会 1929 年版，第 3 页。

② ［日］关仪一郎：《日本儒林丛书·摄西六家诗评》第 3 卷，东洋图书刊行会 1929 年版，第 3 页。

③ ［日］关仪一郎：《日本儒林丛书·摄西六家诗评》第 3 卷，东洋图书刊行会 1929 年版，第 3—4 页。

却当太液池边凉风罢语诗也。"① 诗作优美，评点亦美，两者交相辉映，给人一种诗意盎然的感觉。

3. 阪口仁一郎与《北越诗话》

阪口仁一郎（1859—1923），名恭，字德基、温人、思道、公寿，号五峰，又号听涛山人，越后阿浦贺（今新潟县）人。1871 年学于大野耻堂，1874 年数次入东京，学诗于森春涛，同时入同人社，学习英语。1879 年返乡后，担任米谷贸易所董事长代理，董事长。1884 年年仅 26 岁的五峰成为新潟县议会议员，1891 年出任《新潟新闻》报社社长，1902 年以后曾八次当选新潟县众议院议员，历任宪政会新潟支部部长、总务，与犬养毅、加藤高明等政界要人多有交往。作为汉诗人，他很早就受到注目，其多篇诗作被收入小林二郎编辑的《新潟才人诗》（1882）中，他曾编辑清人王治本的《舟江杂诗》②。自此以后，他不断向《新诗府》《新诗综》《百花栏》等杂志和报纸投稿，经常出席关泽霞庵的雪门会和大久保湘南的随鸥吟社。他擅长文笔，尤善随笔，著有《北越诗话》十卷（1919），《五峰遗稿》两卷（1925）。

《北越诗话》的前身是《越人诗话》（一名《七松居诗话》），也就是在《越人诗话》的基础上增损加工汇集而成的。所谓《越人诗话》，实际上是最早连载于《新潟新闻》的诗话短篇，由五峰搜集整理资料亲自执笔撰写而成。而《越人诗话》中出现的诗家数量大概仅有一百五十人左右，其规模和《北越诗话》收录的诗人数量不可同日而语。

《越人诗话》编选的动机源自岩田洲尾编选的诗集《鸥梦集》（1815）和释云洞编选的《北越诗选》（1822）两部诗集。五峰从这两部诗集中发现北越地区竟有如此多的诗人之后，触动很大，深感有重新编录之必要。因为两部诗集中的诗作大多比较拙劣，而且单录诗作，

① ［日］岩溪晋：《檀栾集·壬寅》，东京印刷株式会社 1903 年版，第 14 页。
② 1883 年由新潟井筒驹吉等刊行，是王治本是年游览新潟时的诗集，共录诗 34 首。内容主要以当地的历史、风俗、景色为主，中有阪口五峰、小崎懋、日下部鸣鹤的评点。王治本：《舟江杂诗》，井筒驹吉等刊 1883 年版。

而没有相关的诗人传述。于是，五峰就下决心搜求集中诗人遗稿。但在搜集整理的过程中，有遗稿传世者甚少，大多数诗人只知其诗而不知其人详情，编录工作异常艰难。

五峰认为，诗话中不仅要有诗，还应有作者传记，否则就无法达到阐幽发潜的效果。在编选形式上，他以新井百石的《停云集》和钱牧斋的《列朝诗集》为范本，但同时他对以上二集中"重诗而不重人""作者传记过于简单"的缺点进行了改正。再者，当时诗话主要是以报纸连载的形式出现，为了能够引起读者的兴趣，也需要将诗作与诗人传记一并登载，因此才有了《越人诗话》的问世。五峰平时在政界、商界的社交活动比较繁忙，没有太多时间去做这项工作，而家严的突然亡故，让他顿感人生无常，应该及早完成诗话编纂的事业。可以说，《越人诗话》是五峰历经三十余年风霜，镂心刻骨、苦心孤诣的结晶。友人市道谦吉在跋文中说："五峰君以《越人诗话》为题开始撰稿，直至大作完成，耗时三十余年。一部著作花费三十余年，可谓长矣。吾辈岂敢不珍视之？将自己整个人生的一半献于此著，且三十余年如一日，毫不懈怠，真乃可敬可佩。"①

《北越诗话》除了具备汉诗趣味，还涉及了诸多人事、历史方面的资料。起初《北越诗话》仅收录诗人 913 人，后增补至 1086 人，将北越本地的、北越出身的以及定居北越的人物进行了一次规模庞大的搜录，其人物身份众多，有豪杰、名僧、医师、画伯、书法家、闺秀、农商、士流，其传记也颇为有趣，值得一读。经过五峰之手，所入选的每个作家基本上有令人惊叹的地方，读者阅读诗话时也不会感到乏味。书中收录汉诗 3100 多首，并配以补遗，行间加注，附注中还有汉诗二三百首（其中只录两句的有七八十首）。诗话中的诗作水平参差不齐，风格各异，唐宋明清诗风杂陈其间，既有拙劣之作，也有绝妙之篇。

《北越诗话》的内容虽然以汉诗为主，但也不是一味地拘囿于汉

---

① ［日］阪口仁一郎：《北越诗话》下册，日清印刷株式会社 1919 年版，第 6 页。

诗方面的考证评论，而是通过多方面的描写，或论述当时风俗人情，或描绘当时社会状况，或引用《国风》中的诗句，甚至将俗谣也列为引用的对象，尽可能将诗文作者的面目生动地呈现在读者面前。其中与人相关的逸话、趣闻自不必说，还对有关当时天下治乱兴亡的大事件，甚至对尚无盖棺定论的史实也进行了辑录和痛快淋漓的评断，大胆地阐述自己的看法。

五峰编辑诗话时，坚持"以诗录人"的方针，同时也并不轻易放过对当时国学者的考察。因为在汉文学兴盛之际，国学者大多会作诗，不作诗的极少。所以，五峰通过各种途径搜集材料，使用各种方法对其中比较著名的人物进行了详细介绍。例如，五峰在记述"和泉冰壶"时，涉及了他的父亲，甚至还因为与其同乡的关系，还涉及了大江广海这个人。因此，这种连带撰写的做法可以避免"诗人以外不采录"的遗珠之憾。

此外，五峰还对各家的学问源流进行了考释。通观《北越诗话》，我们可以从中基本了解北越地区的学派更替对汉诗创作产生的影响，以及各地诗风的渊源和变化。通过阅读各家的传记，可以了解当时的时代风潮和文运盛衰，可以对北越汉文学的发展历史有一个比较全面的认识，增强了诗话的史学性。书中还论及了有关北越文学如何影响汉诗的重要问题。

具体来说，主要包括各藩的藩学与当时的汉诗有什么关联，天岭文学以何种形式与汉诗发生关系，北越各地的私塾、家塾的影响如何，江户和京坂方面的文学对越后的"感化"如何，古往今来游历北越的文人墨客在汉诗中留下怎样的印象等若干方面。颇有一种文学历史趣味包含其中。所以，这部诗话不同于"以资闲谈"的一般诗话。从某种意义上讲，《北越诗话》不啻为一部北越汉文学发展史或者汉文学文艺史。

市道谦吉在对《北越诗话》研读之后，结合与内容相关的历史背景，从北越各藩与学派、各藩与其诗文、天岭文学的势力、私塾时代的到来、豪族文学的势力以及交通与文学的关系等六个方面对诗话进行了系统的分析。① 其理路清晰严整，结论鞭辟入里。

在人物评论上，五峰的批评可谓独具慧眼，与众不同，公允得当。他以慎重的态度和委婉的笔调，为读者全面了解其中的历史人物提供了借鉴。譬如，在介绍上越的蓝泽南城和下越的丹羽思亭两位地方文学开创者的时候，他采用了烘云托月的方式颂扬和表现二人的历史功绩；在评论"北越四大儒"松贞吉、陈谷山、寺泽石城和岑子阳四人时，五峰完全不受社会定论的约束和影响，在经过认真考究之后，最终得出"寺泽石城、岑子阳与松贞吉、陈谷山无法匹敌"这样的评判结果。

在汉诗品评上，他也表现出自己独特的评判标准。在对北越"三大家"蓝泽南城、水落云涛和新保西水三人的汉诗评论中，他认为三人各有所长，水平有高有低。他虽然赞赏蓝泽南城诗的"蕴蓄富赡"和水落云涛的"气力雄健"，但同时也指出云涛汉诗中的"乡俗之气"，南城诗中"词律不备"的缺点。同时他也认为新保西水既有南城之"蕴蓄"，又有云涛之"才气"，在三人之中水平最高。因而，五峰得出西水第一，南城第二，云涛第三这样的评判结果，不免让习惯了古来定评的读者感到惊诧。武石贞松在《北越诗话》"序"中称赞五峰云："叙述简明，论断犀利，一部诗话，兼诗史诗论，前代诗人所不及见，其通才达识，不独表现于事功。"②

在史实的整理和挖掘上，五峰也做出了很大贡献，他将以前被视为"子虚乌有"的人物和事件进行了仔细的考证和认真的研究。比如，良宽之弟橘香被光格天皇召见并作应制诗这一史实，就是通过《北越诗话》的出版才为世人所知晓的。

在古今谬误的辨别上，五峰也做了大量工作。例如，木简芝园将中村东畴的"字"和"号"搞错，误以为是两个人，还承袭星野丰城《竹内式部事迹考》中的错谬，误把"矶部子亮"和"世秀"当成同

---

① ［日］阪口仁一郎：《北越诗话》下册，日清印刷株式会社 1919 年版，第 11—19 页。
② ［日］阪口仁一郎：《北越诗话》上册，日清印刷株式会社 1919 年版，"序"。

一人。五峰通过认真考辨之后，将其一一纠正，表现出五峰编著诗话过程中绝不盲从、求真务实的独立精神。

南歌川绚之在为《北越诗话》所撰的长序中云："北越，大国也。山川之雄，都邑之毂勿论也。其间奇士伟人往往辈出，而地在边陲，声气不与上国通。且封建之世，小藩棋布，虽有奇伟之士，而局促咫尺，老死闾里。其托文字图不朽者，亦多散逸，音尘寂寥，竟贵湮灭。可叹也。五峰阪口君有慨于此，著《北越诗话》若干卷，将排印问于世，使绚之卷首序卷端。昔元裕之著《中州集》，采撷所闻。网罗遗逸，获二百四十人，经二十寒暑而始成。其小传称为补金源氏一代故实，其意盖在借于诗以存史也。斯编起笔正应，以至大正，凡六百年，筹人八百，自将相儒士方技，至闺阁浮屠之流，毕掩无遗，比诸《中州集》殆倍蓰焉。而探源讨委，阐幽发潜，借诗以存史则同。君之从事编摩，实经三十五年。期间为县会议员，为新潟米谷取引所理事，为新闻社长，而七推为众议院议员，职剧事繁。使常人处此，何暇铅椠？君则车行轿坐之余，剖苔碑，访遗老，篝灯参定，矻矻不倦，终成此大著。比之裕之杜门深居，以翰墨为事者，果为何如？而其文字富丽，评诗论世，别具一只眼。此书一出，北越文献始可征矣。岂为一诗话云尔哉？呜呼！士生此世，谁不希不朽？而其蕴不得施诸世，嘉言懿行亦将归湮灭。今赖斯编，得录其词章，又传其行事，则君之功固伟矣。然以北越之大，而六百年之久，奇士伟人岂止于此？而八百余人能传者，非以其辞之有文与？后之志于不朽者，可以知立言之不可已也夫。"① 可以说，此"序"对阪口五峰和《北越诗话》作了一个完整的叙述和中肯的评价。

《北越诗话》皇皇两大厚册，内容丰富多彩，采诗文，录小传，载逸事，评人物，梳源流，辨错谬，是一部融文学性、鉴赏性、史料性为一体的力作，在日本汉文学史上占有一定的地位，为日本汉文学和新潟、富山、福井、石川等地方汉文学的研究提供了值得借鉴的珍

---

① ［日］阪口仁一郎：《北越诗话》上册，日清印刷株式会社 1919 年版，"序"。

贵资料。

4.《下谷小诗话》与《近世诗人丛话》

《下谷小诗话》和《近世诗人丛话》是北原义雄主编的《汉诗大讲座》第十二卷《古今诗话》中的两部诗话作品。从"讲座"二字可以看出,这是面向社会大众的普通读物,全文用日文撰写而成。

《下谷小诗话》由释清潭①撰著,共收诗话九则。文中开篇即云:"下谷小诗话,实如其名,乃小话也。"其内容主要围绕诗人大沼枕山展开,是一部回忆录式的诗人杂话。首则诗话中主要谈及了阅读永井荷风《下谷丛话》之后自己的感想,"书中先师枕山记事大多是我闻所未闻之新闻",并说此记事"有益于读者"。他在此基础之上撰写了《下谷小诗话》来补阙《下谷丛话》之不足,以便读者更全面地"了解下谷之今昔"。第二则诗话简略介绍了明治八年(1875)刊行的诗集《下谷吟社诗》和诗集中53名弟子的情况。第三、四则诗话中全部收录了大沼枕山为弟子植村芦洲《咏物诗钞》写的"序",菊池五山为《枕山咏物诗》所作的"序"和鹫津毅堂的"跋文",以彰显枕山诗"以咏物为宗"之志,驳斥庸儒之辈"认作咏物诗者以为小家数"之陋见。第五则诗话全录了信夫忠轩撰写的《枕山先生传》,其中主要记述了大沼枕山的生平、品行、诗风特点,其中对依田学海以"诗学赅博,诗律细腻"的标准来评论星岩和枕山诗学水平高低的做法提出异议。他指出,星岩和枕山二人若无诗论诗话著作,尚难分优劣高下,更何况枕山有《枕山诗话》传世。同时他对枕山在洋风跋扈、汉学雌伏之际,至死不慕新风,坚守"砚田",指导后进的功绩给予了称扬。第六、八则诗话中主要讲了赖山阳、津阪东阳、菊池五山、大沼枕山和本田种竹对"六如禅师"诗风的批判,斥其"身为沙门中人,却

---

① 释清潭(1871—1942),俗姓小见,名万仞,别号天台山客、大狮子吼林主。东叡山宽永寺学僧,后担任东京大学讲师。1887年学诗于大沼枕山。枕山殁后,出入于中根半岭的不如学吟社,后来又离开诗坛。著有《狐禅狸诗》、《和汉高僧名诗新释》、《寒山诗新释》、《怀风噪新释》(与林古溪合著)、《国译楚辞》、《国译三体诗》等。[日]神田喜一郎:《明治汉诗文集·62》,筑摩书房1983年版,第421页。

作女子情态之诗，实乃色狂院之患者"之所为。第七则诗话中叙述了一则"寿星会合论江户文人之寿数"的趣事，并配以插图，实际与枕山并无关联。第九则诗话中载录了明治十二年沼尻纬一郎编辑的《现今英名百人一首》中冒用枕山之名，发表和歌作品的一则旧事。①

此部诗话乃是清潭为述先师大沼枕山之志所作。其中例举之事，如数家珍，但几乎没有作者论诗之己见，基本上是从侧面对枕山进行勾勒，文中载录的"序"和"跋"有助于读者进一步了解枕山的全貌。

《近世诗人丛话》是冈崎春石②所著。书中辑录明治诗家二十人，分别是大沼枕山、小野湖山、冈本黄石、森春涛、伊藤听秋、岩谷一六、向山黄村、河田贯堂、田边莲舟、乙骨华阳、吉田竹里、中根香亭、秋月天放、信夫恕轩、菱田海鸥、山田新川、释古香、田能村秋皋、长田偶得、田边碧堂。各篇对作家之小传、生平、诗论主张、主要著述等情况作以简述，间或引录诗作数首，又略作赏析评点。诗话中对各位诗家多有称许，犹似一部汉诗鉴赏集，其体与林梅洞用汉文撰著的《史馆茗话》颇为相似。

书中"小引"中云："所谓《近世诗人丛话》，乃叙述与明治以后诗人相关的所见所闻。中兴之际，百度皆新，奎运极盛，诗文作家辈出，其中可称大家者，首推大沼枕山和小野湖山。"③ 鉴于大沼枕山和小野湖山在诗坛上的重要地位，春石在资料的引述和评论上颇为用力。

"大沼枕山"条一开篇，即对枕山作以简略介绍。接着直接引用枕山二十岁在家严墓前所作言志诗"失马悲前事，雕虫喜末枝。五鬼送仍留，半生陷訾毁。顾己百不成，中心徒自耻。镇年走道途，无暇奉祭祀。地下若有知，岂谓克家子。惟有诗癖同，家声誓不坠"，体现枕山自戒自励、把诗作为终身事业的宏志。继而援引俞樾在《东瀛

---

① ［日］北原义雄：《汉诗大讲座·古今诗话·下谷小诗话》第12卷，アトリエ社1938年版，第77—95页。
② ［日］冈崎春石（？—1943），名壮太郎，生于东京，汉诗人。诗学于大沼枕山，文师从依田学海。曾长期担任《日本与日本人》杂志汉诗栏"东瀛诗观"的主编。
③ ［日］北原义雄：《汉诗大讲座·古今诗话·下谷小诗话》第12卷，アトリエ社1938年版，第3页。

诗选》中对枕山的评价："枕山于诗学颇近香山一派。其论诗云'诗无定法意所寄，不要疏宕要精熟。不古不今成一家，枯淡为骨菁为肉'可谓其大概。东国人诗集每集必有数序，此集止于卷首自书'千古寸心'四字，不乞人一序，颇有名贵气"，对枕山诗风和人品作了总体式的述评。并且将枕山各个时期的诗文集《房山集》、《枕山诗钞》、《枕山咏物诗》、《枕山绝句钞》、《咏史百律》和《日本咏史百律》逐一列举，特别对《枕山诗钞》三编作了简略评价："诗初编第一，二编稍次之，三编渐次拙劣"，并在分析其中的原因时云："青年时代才华焕发刻苦用功，中年以后为添削批评他人诗作用尽全力，而无暇推敲自己诗作"，称赞《枕山诗钞》初编中的七古之作是"堂堂大作，胜于星岩者不少"。①

在诗作的引录上，冈崎春石首先全部摘录了枕山的《东京词三十首》和明治己巳年（1869）瑶圃散人津田信全为其题的"跋"，"跋"云："枕山先生顷者作东京词三十绝，其旨柔婉。其辞清丽，实有刘宾客温方山之妙趣矣。大都家家传诵，洛阳之纸价殆将贵矣。于是乎余有此举，盖仿宽斋翁北里歌之科云。但书北里歌者，止一时之名妓焉，而不若此集名士名媛之相兼也。此集一出，而颂官家之德，彰艺苑之才，斯为两得。"②此中道出了《东京词三十首》当时受欢迎的程度和模仿市河宽斋《北里歌》竹枝词的历史渊源。

此外，文中引录枕山五古《车夫篇》和五律《嘲士为商者》，从侧面反映了枕山的观念和操守；引用《题新罗三郎吹笙图》和枕山诗中"春"字源于鲜为人知的僻典《武家评林》的解说，以此彰显枕山相较于寻常诗人的才学空疏，而在文史知识上的精通和学问根柢的深厚。他又例举枕山将朝川善庵《范蠡泛湖图》原诗"定国忠臣倾国色，片帆俱趁五湖风。人间倚伏君知否，吴越存亡一舸中"中"首

---

① ［日］北原义雄：《汉诗大讲座·古今诗话·下谷小诗话》第 12 卷，アトリエ社 1938 年版，第 4—5 页。

② ［日］北原义雄：《汉诗大讲座·古今诗话·下谷小诗话》第 12 卷，アトリエ社 1938 年版，第 5—10 页。

联"改为"倾国佳人定国忠",以表现枕山对中国历史人物及其史实背景的通晓。此外,文中通过插入枕山年轻时苦学苦读中国诗歌的逸话,对枕山富赡的汉学功底作了进一步的阐释。最后,通过七古《酒痴歌》一首,充分展现枕山嗜酒好诗的传统文人性格。

小野湖山(1814—1910),名长愿,近江(今滋贺县)人,明治东京诗坛耆宿。年少时,广结四方之士,为国事积极奔走。维新之际,成为勤王征士。所以,湖山并非寻常诗人,他与大沼枕山、鲈松塘并称为明治诗坛的"诗三宗"。

春石将枕山和湖山进行了比较,他引用湖山的论诗诗"诗人本意在箴规,语要平常不要奇。若就先贤论风格,香山乐府是吾师"说明湖山和枕山都喜欢白香山的诗风,同时也指出他们二人诗风特点的不同,"湖山诗一见平易,中有沉着深挚之处,自得于杜甫之骨。这与枕山稍异,即性情使然也"①。

湖山诗文著述颇丰,有《湖山楼诗钞》《火候忆得诗》《北游稿》《莲塘唱和集》《消闲集》《湖山近稿》《郑绘余意》《赐砚楼唱和集》《湖山楼诗屏风》《湖山老后诗》等十部,被称为"湖山楼十种"。

其中,《郑绘余意》之题意源自宋代熙宁年间的郑侠见流民,绘其惨状成画卷的典故。湖山取此典之意是在欣赏了山本琴谷《穷民图卷》十二幅之后有感而作,得五古十二首,每图一首,主要描写了幕末百姓的困苦惨状。其诗作题目依次为《霖后田畦渺如大湖》《麦实化为蝶》《苦旱祷雨》《大风伤禾稼》《驱蝗》《洪水暴涨》《流民乞食》《掘草根树皮》《盗贼成群》《饥饿者相夺为食》《病苦冻馁极其惨》《施谷粟赈穷困》。蒲生裘亭评云:"十二首反复拜读,句句珠玉,句句忧世,真是有韵之民政策。居牧民之职者宜写一通,置于座右而省观焉。"②湖山将此集敬献宫中,得赐御砚一枚,遂感有感皇恩而作七律三首,和其诗韵者数十家,后辑录刊行,命名为《赐砚楼

---

① [日]北原义雄:《汉诗大讲座·古今诗话·下谷小诗话》第12卷,アトリエ社1938年版,第15页。
② [日]小野湖山:《郑绘余意》,游焉吟社1875年版,第1—6页。

唱和集》。①

春石认为，《镰仓怀古十二首》是湖山最得意的诗作，与服部南郭的《镰仓怀古》相比，也毫不逊色。文中摘录湖山自撰《镰仓十二律自解小引》："余壮年时，闻广濑淡窗翁，时时集生徒自讲己诗，心窃笑之。后闻梁川星岩翁游足利，亦自讲其诗，心大怪之。及翁归闻之，翁笑曰'有之。初学之徒，恳请不已。讲说三四次，然临讲自觉恧尔也。'南总高桥鹤洲手抄余旧作镰仓十二律，每诗后白数行。曰'此什尝授弟子，皆能谐诵朗吟，然未能详其意所在，愿先生细加自注'。余欲一言斥之，偶忆二翁旧事，漫然援笔下解。虽语或类矜夸，要是耄叟半日游戏耳。尤而效之，又任他人笑且怪也。"② 接着，春石悉数全引《镰仓怀古十二首》，每首以史解诗，析出典故，细讲其意。春石与湖山闲谈得知，星岩夫妇从房总旅行归来，读罢此诗大为赞赏，并为其细加朱批。

冈本黄石（1811—1898），名宣迪，旧彦根藩（今滋贺县彦根市）家老。世代以兵学为业。自幼修文学，尤嗜汉诗，初授业于梁川星岩，后转益于大窪诗佛、菊池五山、赖山阳、安积艮斋。维新后，栖迟衡门，以风月为友。曾主持曲坊吟社，集一时之才俊。诗宗老杜，诗品颇高，著诗两千数百首，共计六卷。副岛苍海曾赠诗云："我已得知黄石公，蒙头白发也蓬蓬。平生容履门生列，应有如良胆气雄。"

黄石八十寿诞之时，自作律诗三首，兹录如下。

"世事由来等幻尘，优游静养苦吟身。半生未获三千首，百岁犹余二十春。野鹤风前清古相，江海雪里古精神。原知天地无声色，删尽浮华只贵真。"尾联第二句"删尽浮华只贵真"，可观其诗风好尚之一斑。

"胜水名山路几千，舟车南北廿余年。近来自拟墙东隐，随缘人忽地上仙。得失荣枯皆昨梦，风花雪月是前缘。灾黎未免遭群谤，又

---

① ［日］小野湖山：《赐砚楼诗》，凤文馆 1884 年版，第 1—11 页。
② ［日］北原义雄：《汉诗大讲座·古今诗话·下谷小诗话》第 12 卷，アトリエ社 1938 年版，第 18 页。

科新诗第六编。"诗中"地上仙"与三条实美诗中"圯上当年黄石叟，山中今日白衣仙"似有关联。

"大厦当年势欲倾，嗟吾独木不能撑。剩将皮骨经多难，惟贯心肝有一诚。率土祇今皇化遍，全边无复海波惊。八旬幸际中兴世，日月光辉仰圣明。"

以上三首律诗用辞朴实，叙事真切，不落白俗，从诗中就可知其生平和为人。黄石平生常对人说"人出处进退不可忽也"，曾作《题韩蕲王策骞图》诗以自况。"家国存亡固是天，英雄眼大见机先。功名一掷驴鞍上，结得湖山水月缘"①，一种豪情跃然纸上。

"森春涛"条一开始，春石即论："春涛诗精博不及枕山，豪宕不如湖山。纤丽新脆于枕山湖山另树一帜，犹以绝句见长。"春石最爱春涛《闻鹃》一首"水精花上月依微，著意听时闻得稀。但是空山人定后，云埋老树一声飞"，并点出此诗本自唐代诗人窦常的《杏山馆听子规》②，并评曰："有出蓝之妙。起句确是杜鹃时节之实景，画手犹不能及。承句拆开使用'听闻'二字亦是妙手。转句幽邃深致令人神往。结句借用窦常句中'云埋老树空山里'中'云埋老树'四字，极为贴切，乃古来闻鹃诗之绝唱也。"春石又举《牧童诗》"中兴霸略说丰公，公亦微时是牧童。烟雨满村春嫒嫒，可无牛背出英雄"，评之曰："议论中第三句点出景语，乃生出无限情韵之好手段。"继而由春涛居所"三李堂"之号引出其师梁川星岩一段插话："邦人之诗总是流于平易明畅，终乏余味。若救之，稍稍深奥之李义山等人乃是对症良药。"也许春涛就是谨遵师训，首学李义山，次习李长吉，再次

---

① ［日］北原义雄：《汉诗大讲座·古今诗话·下谷小诗话》第 12 卷，アトリエ社 1938 年版，第 27—28 页。

② 窦常（746—825），字中行，平陵（今陕西咸阳）人。775 年登进士第，隐居广陵之柳杨著书，二十年不出。后淮南节度杜佑辟为参谋。元和间，自湖南判官入为侍御史，转水部员外郎，出刺朗州、固陵、浔阳、临川四郡，入为国子祭酒，致仕。卒赠越州都督。有集十八卷，今存诗二十六首，收入《窦氏联珠集》，《全唐诗》存诗 26 首。与其弟牟、群、庠和巩并称"五窦"。《杏山馆听子规》："楚塞余春听渐稀，断猿今夕让沾衣。云埋老树空山里，仿佛千声一度飞。"窦常：《四部丛刊三编·窦氏联珠集》，商务印书馆 1935 年版，第 15 页。

溯李太白的吧。春涛不但长于绝句，其律诗亦有佳作。春石评《春燕》和《花影》二诗云："清新纤丽，乃绝人之伎俩"，又评《老将行》和《老马行》二首七古"雄伟浑然，似出别手"①。

伊藤听秋（1820—1895），名介一，字士龙。淡路（今兵库县）人，与枕山、湖山、春涛同出梁川星岩门下，但诗名不显。其诗意象风调皆胜，作品洗练。春石评其七绝《都门贱春》"情景双佳，别有所斥"，又评《游向岛弘福寺有感》一诗"如景在眼前，意味深长"。向山黄村对伊藤听秋的诗作颇为激赏，南摩羽峰评其七绝《子规》、《秋夕》、《西风》、《百花园观秋花同杉山三郊分字》、《万代桥偶感》和《星岩先生赠位祭敬荐》时云："诗所尚者，曰格调，曰气韵，曰劲健。能兼此三者，当世绝无仅有。然仅有士龙在列，可以为冠。盖士龙气豪才锐，满腹忧国之心，发而为诗，成金石之响。宜哉！"②《诗家品评录》"伊藤听秋翁"条中载："翁有学识，有识见。其诗亦简古飘逸，有谪仙之筋骨。翁七绝神韵飘渺，楚楚动人。始得之于青莲或得之于龙标③，枕（山）湖（山）春（涛）亦不得不出降旗。……翁之诗不用唐宋以下之新事，读奇书，求奇字，诵古诗，为古句，有此伎而为何不是执牛耳之盟主耶？世窃以翁为诗坛李将军。"④ 对听秋赞誉有加。而笔者认为，听秋与枕山、湖山和春涛宗尚有别，风格各异，不可等同论之，而且文中说伊藤听秋喜好奇文僻字，诗虽奇丽洗练，但也有流于奇僻之弊病。

春石对以下诸位诗人的介绍较为简略，本文也仅将其中内容撮其大要，作以简述。

岩谷一六（1834—1905），明治时期的书法家，诗才亦敏捷。曾

① ［日］北原义雄：《汉诗大讲座·古今诗话·下谷小诗话》第 12 卷，アトリエ社 1938 年版，第 29—30 页。

② ［日］北原义雄：《汉诗大讲座·古今诗话·下谷小诗话》第 12 卷，アトリエ社 1938 年版，第 33—34 页。

③ 龙标，今湖南省黔阳县，此处指王昌龄。《新唐书·文艺传》中载，王昌龄曾左迁龙标尉，故此得名。

④ ［日］伊藤三郎：《诗家品评录》，盛春堂 1887 年版，第 10—11 页。

为晚翠吟社干事的冈崎春石记述了岩谷一六诗会即兴赋诗之雅事，又记载其听盲女弹唱三弦，一曲未终而七律四首已成之传闻。他评论一六之诗"或轻妙，或雄丽，或淡宕，变化无穷"。所引一六《家萱七十寿言》七律三首，用语洗练，真情流露，从诗中亦可见其人品。

向山黄村（1826—1897），幕府遗老，明治诗坛名家。诗、书皆学东坡，颇得神髓。诗作总计六千余首，各体兼备。殁后，杉浦梅潭抄录其遗作三百首上梓。春石引录黄村游览日光时所作《中禅寺》《阿含瀑》等名胜诗，简练奇峭，不落寻常蹊径。此外，又载黄山"窃走"田边莲舟赵忠毅公的铁如意，却作诗戏说乃"莲舟脱手赠我"之逸事。

河田贯堂（1835—1900），名熙，字伯缙，幕府儒臣河田迪斋之子，佐藤一斋之孙。幕末任开港谈判副使，曾赴欧洲。与黄山为亲友，学问阅历相当。维新后与黄山同隐山野，耽于诗文。遗稿未刊，文中录诗五首，分别是《园居夏夜》、《舟中闻雁》、《春阴》、《素尊斩蛇图》和《老将》。

田边莲舟（1831—1915），名太一，字仲藜，少有文才。明治维新以后，任驻清摄理公使，常驻北京，与中国诗人多有唱和。晚年亲于笔砚，诗作不少。但奉行"家鸭主义"，未留草稿。殁后，其门人丰岛慎斋搜罗莲舟遗稿，得诗、文各一卷，付梓刊行。莲舟年少时，曾在《湖海诗传》中读到黄仲则的诗，甚爱之。后又获《两当轩集》，常放于枕边。黄石评莲舟诗"各体兼妙，七古纵横跌宕，所他人不能企及"。莲舟所作《忆昨行》"不儒不佛不神仙，不吏不商不隐沦。日拈不律事吟诵，诗瓢酒盏结前缘。得句投囊鬼昌谷，死便埋我狂伯伦"① 之句，以李贺、刘伶自况，以诗酒为乐，狂放潇洒，足见其豪情。

乙骨华阳（1842—1922），名盈，字士进。其父耐轩诗名高显，华阳得其遗传，生性嗜酒，为人磊落飘逸，但心思缜密，酷爱藏书。

---

① ［日］北原义雄：《汉诗大讲座・古今诗话・下谷小诗话》第12卷，アトリエ社1938年版，第43—44页。

诗风如其为人,缜密而有风韵。七律《落叶次邵南熏韵》:"露出遥峦碧似云,更无风处一纷纷。懒随丛菊夸秋色,且学飞鸦趁夕曛。野寺僧归闲未扫,山斋客至静初开。寒声淅沥枫林下,莫没幽磴迷津鹿。"① 前四句使用拟人手法,烘云托月。后四句叙述景物,回应本题,由表及里,用笔周到。末句似有所托寄。

吉田竹里(1838—1893),名贤辅,田边莲舟之父石庵之门人。从古贺茶溪修经史,后为幕府儒官。莲舟诗云:"阮籍多白眼,灌夫亦骂坐。古之伤心人,狂态时间作。先生抱异质,不屑巴人和。字字珠与玉,随风散咳唾。吾久与君友,文诗相切磋。谈到心契处,倾倒颜为破。竖子漫成名,斯人镜坎坷。一杯酬九原,新坟黄泥涴。"竹里为人可知也。生前,自焚所有诗文稿,春石仅录得《李太白祠》"七古"一首,堪称其诗作之"白眉"。而竹里不识"绝"之异体字"𢇍",误把"七绝"写成了"七古"。

中根香亭(1839—1913),名淑,字君艾,曾为幕臣。他为人严谨,多才多艺,著述颇丰。诗作虽落于理窟,但不乏风韵。如《长城图》"铁椎不中祖龙车,六国山河竟一家。可惜君王胆犹小,长城万里割夷华"。《过高崎吊小栗上州》"一木难支大厦倾,满胸经济竟无成。可怜上蔡东门路,不见君牵黄犬行"。② 香亭晚年丧偶,家产托于姻亲,并尽卖藏书,常常外出旅行。曾借阅春石藏书,并对《汉书》《后汉书》中的讹误一一订正,作《读汉书》《读后汉书》七古两篇,品骘二书之得失,其发议论多切中肯綮。

秋月天放(1839—1913),名新,字大愚,日向高锅(今宫崎县)人,后寓居丰后日田(今大分县)。少时入咸宜园,学于广濑淡窗,学问才识兼备,诗学杜甫、苏轼,被称为"明治十二诗宗"之一。为人聪颖飘逸,不露锋芒。诗艺敏捷,援笔立就。或雄浑,或闲淡,或

---

① [日]北原义雄:《汉诗大讲座·古今诗话·下谷小诗话》第 12 卷,アトリエ社 1938年版,第 45—46 页。

② [日]北原义雄:《汉诗大讲座·古今诗话·下谷小诗话》第 12 卷,アトリエ社 1938年版,第 50 页。

流利，或谐谑，擅长议论说理。其《樱井驿诀别图》"大楠喻儿以大节，小楠慕父泪暗咽。忠臣孝子萃一门，乃至枝叶分余烈。五十七年护南山，神器晃晃天日揭。君不见湊川头，四条畷，千岁香火纷不绝。又不见等持院，三条碛，木偶头断人吐舌"。春石评之曰："议论痛快，音节铿锵。"秋月著《知雨楼诗存》10 卷，补遗一卷，其中新警奇拔之句颇多，五言似淡窗，七言类旭庄，深得咸宜园之风格。如，"诗瘦不关命，春愁多在花""养病以心还胜药，嗜诗如命不知饥""林栖古鬼风如泣，僧食生鱼佛亦腥"① 皆为秀句。

信夫恕轩（1835—1910），名粲，字文则，别号含翠子等，以文章著称。虽不善诗文，但学问功底深厚，往往有妙联佳作。诗以咏史居多，特好赤穗四十七义士之事，对其中人物皆以五绝颂之。如咏"大石良雄"云："一举讨君敌，千秋传遗踪。吾人所不及，始终只从容。"又，咏"冈野包秀"云："三年磨一剑，今夜试冰霜。勇岂让王铁，电挥十字枪。"诗中虽有豪迈气，但技法欠佳。恕轩性情狷介，从不轻易许人，曾乞序于大沼枕山。枕山殁时，赋诗悼念："蔼蔼东台云，溶溶忍池月。对比尝把杯，忆君诗清绝。少壮好漫游，山水相颉颃。晚年甘嘉遁，贵权谢趋谒。眼中无古人，笔端有寸铁。登仙梦耶真，云月照遗窟。"② 对枕山的推挽之情溢于言表。

菱田海鸥（1836—1895），名重禧，大垣（今岐阜县）人。在幕末伏见一役中，战败被俘，因行刑前赋诗一首而脱罪免死，堪称奇谈。其学问、辞藻、气概兼有，又历任县权知事、判事、文部少书记官等职，但始终郁郁不得志，后罢官下野，以诗酒自娱。春石阅其遗稿后云："中年之后忠愤之作颇多，其后平易淡荡，宛如他人。晚年之作，往往浅率，涉于诙谐，不足观也。"文中引录其诗文六首。

山田新川（1827—1905），名长宣，字子昭，越中（今富山县）

---

① ［日］北原义雄：《汉诗大讲座·古今诗话·下谷小诗话》第 12 卷，アトリエ社 1938 年版，第 52—56 页。

② ［日］北原义雄：《汉诗大讲座·古今诗话·下谷小诗话》第 12 卷，アトリエ社 1938 年版，第 57—58 页。

人。资性淡泊，不阿权贵，安贫乐道，曾创正葩吟社，提掖同人。善书法，与诗文并称。诗以律绝为主，著七绝集《太刀山房诗钞》。虽言语口吃，但诗流畅自在，眼前之景、胸中之意皆能平易再现，宛若宋人口吻。诗风近于大窪诗佛，主张诗贵真实，为诗经常加注，以证其诗。他曾登临房州锯山，见星岩诗碑，碑中刻有"流丹万丈削芙蓉"一句，新川认为与实际不符，非难星岩形容失当。春石文中摘录新川《游妙义山》五言古诗十五首。①

释古香（1837—1919），俗姓嵩，名俊海，武藏比企郡野平村了善寺住持。师事大沼枕山数十年，嗜诗如命。枕山评古香诗云"崇尚奇僻纤侧，间或有滑稽鄙俚之处"。春石与之有交，常有书信往来。文中摘引古香诗作中尤为平正之三首，以及悼念枕山诗七律二首。

田能村秋皋（1868—1915），名士梅，丰后竹田（今大分县）人。自幼受祖父如仙教诲，喜好赋诗。毕业于明治法律学校，研究中国法政史，著有《世界最古刑法》一卷。他颇有文采，后以操觚为业，先后入《读卖新闻》《日本新闻》报社，一时声名大躁。秋皋为人性格偏执，不善交际，与春石情投意合，二人于诗文雅会中多有唱和，但诗作大多不存，幸获春石整理，其诗得见于诗话。文中引录诗作六首，五律、七古各一首，七律七绝各二首。

长田偶得（生卒年不详），通称权次郎，又号磐谷，陆中（今岩手县）人。幼时有"神童"之称，曾学于斯文黉、同人社，涉猎群集，尤精史学，著有《德川三百年史》。特好老庄之书，多有创见。诗虽少作，作则必有出色之处。遗稿仅一卷，收诗一百五十余首，多为金玉之作。文中摘录其杂咏诗作五首。

田边碧堂（1864—1931），名华，备中（今冈山县）人，少有诗才，曾学诗于森春涛，对古风、律体颇有研究，中年以后专写七绝，有"七绝专家"之称。世人皆以为碧堂不善他体，因而，春石

---

① ［日］北原义雄：《汉诗大讲座·古今诗话·下谷小诗话》第 12 卷，アトリエ社 1938 年版，第 62—65 页。

在诗话中特录其七古二首，五律、七律各一首。文末又载录《东京日日新闻》为悼念碧堂离世，却误将春石照片错当碧堂而刊载报端的一则逸话。

通观上述诗话内容，除了对枕山、湖山、黄石等几人详加评述外，其余各家用墨较少，大都是生前与作者有过交往的诗人。所以，对各诗家的叙述简略轻松，并无严苛之感。诗文引录随意，评述较少，点到即止，对作家风格特点的论述略显单薄干瘪。所幸逸事插话较为丰富，可以补阙评论之不足。其中一些鲜为人知的资料，假借诗话公之于世，对扩大读者的认知面具有一定作用。而且此部诗话本身就是"讲座"性质，内容简略、形式轻松也是原本应有之义。

5. 大江敬香与《明治诗家评论》

《明治诗家评论》是大江敬香所著，生前并未公开发表。敬香殁后，其子大江武男整理了他生前遗稿数种，于1928年出版了《敬香遗集》。神田喜一郎在《明治汉诗文集》中将其全文转载，并且在"编者后记"中谈道："敬香乃驰骋于明治汉诗坛的一方雄才，所论之处，极为肯綮。"同时也指出："可惜的是，其所论述的范围仅限于明治前期。"① 诚然如斯。敬香在《明治诗家评论》② 中仅对森春涛、鲈松塘、成岛柳北、大沼枕山、菊池三溪、冈本黄石等明治前期的幕末遗老六家进行了评论。虽然人数不及《近世诗人丛话》，但评论上，诗不离话，话中有诗，"各家单评"与"多家比较"交错使用，既阐明各家之所长，又指出各家之所短，生动再现了每位诗家的特点。通过引录各家作品，援引他人评语，达到了主观与客观的有机结合，避免了个人论断的偏激与执拗，具有很强的说服力，同时又不乏创见，不人云亦云，成一家之言。文中均以诗人代表作为切入口，掘隐钩沉，内容涉及诗作风格、诗风宗尚、师承源流、品性操守和诗坛贡献等若干方面。

---

① ［日］神田喜一郎：《明治汉诗文集·62》，筑摩书房1983年版，第401页。
② 据大江武男在文末所记，本篇执笔于明治二十八年（1895）。

"春涛"条一开始，敬香就先引录春涛代表作《岐阜竹枝》，向读者展示春涛的艳体诗风。他将春涛诗风的形成归结于春涛异于旁人的人生境遇、对自我信念的持之以恒和击破"千障万害"的勇敢精神三个方面。进而分析春涛诗风"与枕山违、与湖山异，与松塘殊"的特点，得出"春涛以才自成一家"与"枕山之奇、湖山之正、松塘之法"截然不同的结论。敬香还论述道："春涛才学博大，以丽词行余子（按：枕山、湖山、松塘）不为之事"，将春涛"兼才博而巧用丽词"视为春涛区别于他人的最大优点。文中引录小野湖山和野口松阳的赠诗来证明其"艳体首领"的地位。敬香认为，"声调清朗者，高青邱、查他山、梁川星岩和森春涛。明治诗家中声调清朗可取者，不可不推重春涛"。同时，他又指出，"单以艳体绝律不足以尽评春涛，其五古颇似绝律，掩名读之，春涛之作几不可辨。可见其因体而着笔之自在"。他对春涛的诗体做了排序，即"绝句第一，律诗次之，古体再次之"。

对春涛在中央诗坛的贡献方面，敬香认为，春涛创办茉莉吟社，另立大旗与枕山下谷吟社相抗衡，不仅改变了宋诗"一统天下"的沉闷，而且激活了洋学斯盛下汉学衰颓和无人谈诗的被动局面，汉诗"如枯草逢春雨，顿时气运恢复"，并称赞春涛是实现这一重大变化的"原动力"。对春涛甘受世人"诗魔"之称而持之以恒的精神给予了褒扬，对春涛鼓吹"清诗"，出版清人诗集，以及培养诗学后进人才等方面所做出的积极贡献给予了充分肯定。同时，他对春涛在诗集出版和社刊创办上带有的"台阁"倾向进行了温和的指摘。同时，对"清诗流行"造成学诗者一味地"清诗模仿"的"流弊"进行了指陈和批评①。

敬香在"松塘"条一开篇即对松塘给予了很高的评价，"诗品高则字句清雅，人品高则思想博大。诗有益于名教，此乃诗人占第一流地位之来由。吾人推举松塘全在于此"。继而又云"咏时事而不离身

---

① ［日］大江孝之：《敬香遗集》，东京印刷株式会社1928年版，第136—142页。

份，可见老杜遗法"。在敬香看来，诗人不可脱离时事，吟咏时事乃是诗人之"本分"，"诗"与"人"绝不可分开。枕山和春涛在这方面与松塘相比，还有一定差距。他将松塘视为诗人的典型，并引用湖山给《松塘诗钞》的"题诗"进一步来证明自己的观点，诗云："诗风海内一般新，先达相须后进人。他日骚坛表功烈，梁翁门下有忠臣。"因为幕末梁川星岩曾为国事积极奔走，诗风由"温柔敦厚、寄托深远"一变而为"慷慨悲壮、激越淋漓"。松塘深受星岩的影响，诗以精练见长，以深厚取胜，以真情动人。除了时事咏怀诗之外，松塘咏物诗也颇有逼肖袁随园之处，星岩和枕山对其咏物诗也颇为赞赏。

松塘和冈本黄石、大沼枕山、小野湖山同入玉池吟社，而且名气相当。枕山在《房山楼诗》序中云："其篇什之富，渐渐如老陆；其声之清如青邱他山；其思之新如随园瓯北；是为吾邦之大宗。实海内之公论，而非一家之私言也。余窃取梁翁门下才俊而论之。远云如其声清，而田梅磵其思新者也。彦之奄有二子，以为一人。终配梁翁应无愧色，岂不盛哉？"岛田篁村亦云："彦之天怀高雅，泊然寡营，一切纷华不沁其灵府，专肆力与吟咏。贯穿百家，掇其菁英。旁与诸友相切劘，铣肾镂肝，矻矻不已。时挟翰墨，游历诸州，登临凭吊，以博其情趣。是以造诣益深，风格益高。其所作变化百出，不名一体。而清新隽永，不失前修矩矱。足以接五星岩而宽政诸老遗响矣。"川田甕江又云："翁尝受业梁子，梁子既殁，世局一变，尤继师风。身在肩摩毂击，名奔利走之间。闲居乐道，不通刺权门，即骚人韵士，亦非臭味相投合，未辄纳交。性好漫游，遍访名胜，登山临水，去留任意。沥感泪于吊古，发藻思于探幽。篇无大小，触物成章，余韵悠扬，一唱三叹。自非其人高尚有绝俗之行孰能至此？"① 由此可见，鲈松塘在当时的诗坛地位之高。敬香还将松塘与湖山做了进一步比较，"梁门聚集一代俊才，尖新巧丽诸子各竞其雄。然真星岩者，于松塘湖山之间观之，湖山传星岩其人，而松塘传星岩其诗。湖山松塘关于

① ［日］鲈松塘：《房山楼诗》第3编，关三一发行1894年版，"序"。

星岩之诗皆未尝一日忘却深恩。而中年以后以至老年，全其天真，不知名利为何物，有风流自适之高士面目者，实应推松塘为第一"。①

在门生的培养方面，松塘也并不逊色于枕山和春涛。敬香云："全国各地入松塘门下者甚多，与其说是因为松塘以温颜老手教诲后进，倒不如说，其诗平和隽永，更易教诱门生。枕山熙熙堂一派与春涛茉莉诗社一派，虽二分性灵神韵。但其所涉及范围过窄。枕山限于武总，春涛限于尾浓。相较而下，松塘北至两羽，西及云石。"松塘精力旺盛，喜好四方游历，所到之处，皆有人慕名拜师。依敬香所言："松塘七十犹有生气，诗中无颓唐之弊，笔端自在且风格益高，此乃枕山亦要退避三舍。"②

关于松塘诗体之优劣得失，敬香给出了自己的意见："松塘之诗，律诗第一，绝句次之，古体再次之。律诗得放翁青邱之神髓，如入晚中之域。绝句古体学自宋诗佳篇，足与律诗雁行。"星岩评论松塘的律诗云，"七律于首尾着力，是唐法。今敬服阅兄之诗，皆仿唐法，敬服敬服，七律并皆佳，是兄之惯手"③。但同时，敬香也指出松塘诗"顺阳虽正范模小"，雄伟豪宕不及湖山，诗作多作于顺境，有太过具体细微等疵病。

"隙驹驱我疾于梭，四十星霜容易过。文苑偏怜才子句，教坊徒听美人歌。青云黄壤旧知少，缘酒红灯新感多。好是寒梅花上月，稜稜风骨奈君何。"此诗乃成岛柳北五十六岁时所作《丙子岁晚感怀》，犹自己的自叙传。明治维新后，柳北以幕末遗臣自居，拒仕新政府，隐遁闾巷，诗酒自娱。

柳北为人正直豪爽，在文人圈内颇有威望。其交友广泛，上至台阁，下至江湖，与诗家、文章家、歌人中的名流多有交情。汉诗坛中的枕山、黄石、春涛、松塘四派大都外亲内疏，但都以柳北为畏友。汉文家川田甕江、岛田篁村都与柳北关系亲笃。

---

① ［日］大江孝之：《敬香遗集》，东京印刷株式会社 1928 年版，第 147 页。
② ［日］大江孝之：《敬香遗集》，东京印刷株式会社 1928 年版，第 148 页。
③ ［日］大江孝之：《敬香遗集》，东京印刷株式会社 1928 年版，第 147 页。

柳北殁后，敬香主持《花月新志》，后又模仿《花月新志》创刊《花香月影》。他认为柳北主持下的《朝野新闻》是诗歌登载于报端之滥觞，并且对柳北在《花月新志》刊载江湖诗人作品，活跃民间诗文创作，推动明治诗文发展等方面的贡献给予了积极肯定。他说："文学界应牢记，有柳北明治年间的诗运气脉才得以维持。误认柳北为薄倖杜郎者，不足以谈柳北，也不可论说明治诗坛之沿革。"① 敬香还提到，柳北对诗文圈批严格，不苟赞词。只点圈佳联好句，批点警句名联，能得柳北赞语者极少。柳北曾对枕山、春涛在诗文中妄用圈批，于《东京日日新闻》上滥圈谀评的现象提出了严厉批评。敬香认为，柳北这种严格的态度和做法才是培养后进诗人日后大成的正确方法。在敬香看来，赞词虽能激励学生，但谬赞却往往误导学生。

在论及柳北诗文时，敬香云："绝律相当，不分伯仲。古体自成一家，多得于剑南，其绝律则得于瓯北。通晓西籍，故而诗中多含新颖分子，涉猎经史，其古体则有古意古调，此乃与寻常诗人不同之处。其诗皆脱口而出，有真情实感。巧致精工则非其所欲，而非不能也。"②

柳北善写汉诗，汉文水平颇高。其代表作《柳桥新志》是明治时代狂文中的名篇，内容诙谐，脍炙人口，在当时很受读者欢迎。也许正因为柳北的汉文太过出名，才遮蔽了他的诗名吧。

大沼枕山是明治初期的诗坛大家，谈及明治诗话枕山是不能绕过的重要人物。敬香从枕山的《秋居幽兴》入手，对诗中尾联"千首尽堪轻万户，功名未遂宿心违"作以阐释。他认为，枕山在诗坛声名显赫，被世人公认为诗宗并非偶然。枕山在以诗立世的愿望驱动下，将"治诗"作为毕生事业，最终如愿。敬香指出，枕山诗艺纯熟，几无短板，诸体兼备，自成一家。风格上兼具湖山之豪宕、春涛之清丽、松塘之淡泊。

同时，敬香还指出，枕山不喜唐明，独崇宋诗，尤重陆游。古体、

---

① ［日］大江孝之：《敬香遗集》，东京印刷株式会社1928年版，第152页。
② ［日］大江孝之：《敬香遗集》，东京印刷株式会社1928年版，第152—153页。

律诗皆以陆游为宗。门下弟子以枕山宋诗为范，不涉他域，因而不免有宋诗之癖。杉浦梅潭久居枕山门下，亦不能通晓宋诗做法之秘诀。枕山以一己之力，虽使宋诗流行一时，但后继无人，结局寂寥亦是意料中事。继而对枕山诗与社会脱节的弊病、囿于诗坛而不出世的态度，不以新兴媒体为己用的做法，以及保守而不知与时俱进的固执进行了严厉的批评。①

"菊池三溪"条一开篇，敬香就称赞他"诗文双绝"，是兼"儒者"、"诗人"和"文章家"于一身的"大家"，是最有资格列入"诗坛大家"的儒者。他将三溪的诗文比作"明治袁随园"，对他诗中丰富的学识颇为佩服，认为三溪的古诗胜于律诗，而律诗又胜于绝句。

三溪曾著《东京写真镜》一书，其中，人力车、洋人曲马、蝙蝠伞、鸢衫等西洋新鲜事物皆收诗中。敬香读罢此书，连连称妙，并赞叹道："仅仅一小册子，对诗坛当时诗运之维持功劳颇大。儒者三溪其人运用此等新颖文字于文明事物上，所作之诗为何物，今已知矣。"② 江马天江评论三溪时云："三溪翁诗有三奇。寻常烂熟之景，写之以新警句，令人精神振奋，此一奇也；事物之琐屑，他人口噤手棘，难著语者，以灵细之笔，轻松点出，此二奇也；时用经语，极意追琢，翻旧为新，此三奇也。"③

敬香对三溪诗文兼备的优点尤为赞赏，将三溪视为诗人应该效法的"楷模"。他说："在中国，诗人亦是文章家。诗人不作文章者甚鲜。而我国，不作诗之文章家往往有之，而作文章之诗人却比比皆是。汉文界之成名者，诗文不可不兼善为之。当今不为文之诗人比不作诗之文章家何其多也。唯独三溪诗文兼长，若问其故，乃源于其学识渊博者也。"同时，敬香对汉诗文坛"批风抹月、品山评水、钉饾文字"的现象进行了批评："历览今日所谓之作家，其文字修饰雕琢逊色于老辈，浮夸而为诗者，几无感人之处，此皆源于其无识见故也。学诗

---

① ［日］大江孝之：《敬香遗集》，东京印刷株式会社 1928 年版，第 153—158 页。
② ［日］大江孝之：《敬香遗集》，东京印刷株式会社 1928 年版，第 161—162 页。
③ ［日］大江孝之：《敬香遗集》，东京印刷株式会社 1928 年版，第 162 页。

非限于经史，阅世故，通人情皆为学问。诗人不可草率为之者，正源于此。诗不可乱作，应作时即作，此乃诗人之真诗赋也。"①

"天地无奇又有奇，原吾性情作吾诗。君看声色自然妙，花发鸟啼皆是诗。"冈本黄石的《论诗绝句》道出了自己"诗写性情"的诗学主张。敬香对黄石的诗学主张非常认同。他说："黄石之所以是黄石，在于与其他诗家着眼之不同。诗人写诗莫不出于性情，诗人为人所敬，亦缘自作了该作之诗。若应作而未作，玩弄诗文，纵然字句工巧，亦不可称其为诗人。吾所说之诗人乃通诗学，又通人情，且具人生阅历，更具达观时势活眼之人。雕章琢句而自鸣得意者，非吾所谓之诗人也。翻阅黄石生涯可以证明，他既通诗学，又通人情，此乃人尽皆知。而且，黄石丰富之阅历与达观时势之活眼，文坛无人不晓。正因与枕山、春涛、松塘境遇之不同，故而黄石汉诗主题与以上三家相异者甚夥。"② 进而敬香评论黄石云："黄石诗以情胜，毫无丝毫俗气，此枕山春涛概莫能及。"③

黄石之诗取法于唐，私淑杜甫，不仅诗学杜甫，为人亦以杜甫为范。野口松阳为黄石诗集题诗云："袁轻钟俗岂其伦，几卷新诗醇更醇。若使当年秋谷在，当评清秀季于鳞。"松塘题词云："济时勋业空存志，传世文章足裳音。"对黄石的诗品和人品都给予了高度评价。诗集序中亦云："其诗率尸祝老杜，出入百家，高古典则，优入古人域。""夫诗岂在乎人情世事之外？故老杜诗皆自实历来。"柳北又云："凡古今善文诗之人，往往不用心于国家人民。嘲花媚月，品鸟评虫，以竞其巧。虽为巧手，亦不足以爱重。今读君诗，老苍高妙，蕴藉恬淡，与彼俗流迥异其调，实有由也。"④ 在敬香眼中，黄石是一位既有经世之才，又有报国之志的诗人。所以，黄石颇受世人推崇，枕山、湖山皆推举黄石为"梁门第一"。川田瓮江为其《黄石斋诗集》题

---

① ［日］大江孝之：《敬香遗集》，东京印刷株式会社 1928 年版，第 162—163 页。
② ［日］大江孝之：《敬香遗集》，东京印刷株式会社 1928 年版，第 164 页。
③ ［日］大江孝之：《敬香遗集》，东京印刷株式会社 1928 年版，第 170 页。
④ ［日］大江孝之：《敬香遗集》，东京印刷株式会社 1928 年版，第 171 页。

"序"中云："往事星岩梁子以一代耆宿崇尚风雅，余谒之京师客舍。问门弟子，'孰为能诗?'曰'骋奇弄巧，不少其人。若夫忠厚恻怛，爱君忧国，得三百篇遗意者，其唯彦根藩冈本大夫乎?'大夫即今诗人黄石翁是也。"湖山亦在"序"中云："往年远山云如竹内云涛将镌梁翁门下玉池吟社诗，询余曰'谁当置开卷第一?'余曰'亦从翁意。然以吾拟之，其大沼枕山冈本黄石乎? 二子取决于翁。'翁遂以黄石为第一。盖有所见也。"①

黄石诗作圆熟与枕山不相伯仲。绝句、律诗、古诗各体兼备，诗作中古体篇什最富。其律诗最妙，古诗次之，绝句再次之。咏事述怀之作，能熔铸真情于诗中，写景诗亦能贴切如实，"笔致清远"。咏物诗不及枕山，与湖山不相上下。他不擅衒才竞奇，但情韵芊绵。巧致不及枕山，纤丽不及春涛，诗作皆出于情性，自然而成。敬香评论《黄石斋诗集》云："其雄浑苍古者学于杜，其安详流丽者，乃黄石出于'原吾性情作吾诗'之物"，② 视"笔致清远"为黄石"独擅之绝技"。

综上可见，敬香对于黄石的诗品和人品评价颇高，对黄石"原吾性情作吾诗"的诗学思想极为推崇，在与枕山、湖山、松塘、三溪比较的过程中，足以看出黄石在明治诗坛中的重要地位。

大江敬香在《明治诗家评论》中，通过具体细腻的笔致、周到细致的比较，将明治初期诗坛大家的形象描绘得清晰明了，特点突出，诗作风格更为明朗，各家短长一目了然，充分体现了敬香丰富的诗学涵养、敏锐的洞察力和精准的判断力，为研究明治初期的汉诗和诗话提供了极为重要的参考资料。而且，敬香在诗家的选择上，除了考虑到他们的诗坛地位和社会影响之外，还另有目的。因为敬香自己也为维系和推动明治时期汉诗文的发展做出了积极努力，而且诗话中曾多次提及当时汉诗坛与汉诗文中存在的某些不良倾向和弊病，如作诗炫

---

① ［日］大江孝之:《敬香遗集》，东京印刷株式会社 1928 年版，第 165 页。
② ［日］大江孝之:《敬香遗集》，东京印刷株式会社 1928 年版，第 167 页。

技卖巧、言之无物，缺乏真情，模拟剽窃、饾饤文字等，都是在明治中期以后诗坛上出现的不良现象。而以上论述的六位诗家都是具有深厚学养和丰富人生阅历的骚坛老将、大家名手。敬香认为，他所推崇的诗人都是才情兼备、有益于国家社会的栋梁之材，他们的操守品格和诗中蕴含的真意才是后进学诗者应该留心学习和认真效仿的地方。这一点，从大江敬香对以上诗家比较论评的细微之处就可以体会出来。

三　词汇、名物和典故等杂录随笔类诗话

山田翠雨①用日文撰写了《翠雨轩诗话》，其内容主要将汉诗中一些鲜见的、类似的或者误用的诗语进行了收集整理，并配以实际用例，对它们的意思、发音进行了解释说明。对初学汉诗者来讲，这些诗语可以作为基础的"材料"，对于汉诗的学习与创作大有裨益。但翠雨在诗话中几未涉及诗学理论的阐发与论述。

翠雨友人山本秀夫在为《翠雨轩诗话》撰写的"序"中云："翠雨山人以鹩枝书巢名其所居，其知足安分之意可知也。独于诗学不知足，上至经史百家，下及稗官小说，凡有可供诗材者，则必网罗采掇，不遗余力，编成一书，题曰《翠雨轩诗话》，盖仿六如师《葛原诗话》也。"②

由此可知，《翠雨轩诗话》是以《葛原诗话》为范本的模仿和延续。《葛原诗话》是六如上人"涉猎诸家语，举其类而演练之疏解之"而形成的诗语集。菊池五山曾讥笑六如上人的《葛原诗话》是"一部古董簿"③。而事实上，这样的著述体现了日本诗话注重事实考证的一

① ［日］山田翠雨（1815—1875），名义卿、翠雨，别号鹩巢。摄津（大阪、兵库各占一部分）人。幕末明治初期儒者，曾学于大阪后藤松阴，后又师从京都摩岛松南，汉诗学于梁川星岩。与江马天江、藤井竹外等人有交。曾在京都开设私塾，庆应年间被美浓（今岐阜县）八幡藩藩校文武馆招为宾师。著有《翠雨轩诗话》四卷、《椋湖观莲集》一卷、《丹生樵歌》八卷。
② ［日］山田翠雨：《翠雨轩诗话》，六书堂合梓1862年版，"序"。
③ ［日］池田四郎次郎：《日本诗话丛书·五山堂诗话》第9卷，文会堂书店1922年版，第575页。

个显著特征。对诗语进行分类、考辨，并配以用例，就像一部辞典，有利于学诗者随时翻检和使用。所以，山田翠雨在"自序"中云："诗话固然要有益于后进，诗话若无裨益，则所谓徒话耳，谈资耳。文虽巧焉，亦奚以为？"他对于日本诗人以诗话张皇己见的行为颇为不满，"汉土姑舍焉，我邦如《南海诗诀》《淇园诗话》《五山堂诗话》之类，致则致焉，缛则缛焉，然大略张皇自己之识见，则不过衒卖文字焉耳。故一旦虽行于世，而人稍知其无益而束阁之"。在他看来，那些诗话只不过是沽名钓誉之作，没有什么历史价值。但山田翠雨对六如上人的做法却很赞赏，"独六如上人之撰则异乎是。能使人人与昭于心，亦读了然，其有益后进岂浅浅耶？故今犹传艺苑而不磨灭也。余尝有慨乎此，因仿颦，辑多年所抄录，分为八卷，题曰《翠雨轩诗话》"①。从中反映出山田翠雨对诗话作用的理解，即资料性、准确性、可信性和实用性。

日柳燕石②的《柳东轩诗话》、太田淳轩③的《淳轩诗话》、细川十洲④的《梧园诗话》均以汉文撰就。本文之所以将这类诗话命名为杂录随笔类诗话，就是因为诗话内容过于庞杂。此类诗话内容涉猎范围宽泛，有些内容与汉诗毫无关系。杂话、逸闻、趣事、诗文随性而录，更像是作者平时读书学习过程中摘录的读书笔札。用葛西休文为《五山堂诗话》所撰写的"序言"来概括这三部诗话比较合适，"话诗

---

① ［日］山田翠雨：《翠雨轩诗话》，六书堂合梓1862年版，"序"。
② 日柳燕石（1817—1869），名政章，字士焕。号燕石、柳东、白堂、春园、吞象楼等。赞歧（今香川县）人。曾师从三井雪航，用功于史学，擅长诗文、书画。具有强烈的勤王之志，与吉田松阴、木户孝允、西乡南洲等人有交。著有《柳东轩诗话》《柳东轩略稿》《柳东轩杂话》《吞象楼诗钞》《吞象楼杂纂》《象山竹枝》各一卷，《吞象楼消夏录》《山阳诗注》各一册，《吞象楼遗稿》八卷。
③ ［日］太田淳轩（1864—1940），名才次郎，号子德。东京人。明治初期汉学家太田晴斋之子。自幼受教于父亲，通晓四书五经，曾任东京府立第一中学校讲师。著有《淳轩诗话》《旧闻小录》等。
④ ［日］细川十洲（1834—1923），名元，润次郎，号十洲。幕末土佐（今高知县）藩士，明治大正时代的法制学家、教育家、汉学家。儒者细川清斋之子，少承家学，后师从江户高岛秋帆，业成归乡，任土佐藩校教授。维新后参与策划起草各种条例，历任枢密顾问官、贵族院副议长、神宫皇学馆教监、学习院院长等职。著有《梧园诗话》《十洲全集》等。

赋者，诗人乐事也。话也者，非论、非议、非辩、非弹也，平常说话也。有是话而闻之、喜之、快之、笑之、记之、忘之，一任旁人所取，是话者之心也"①。但同时，这几部诗话中也有一些值得注意和研究的地方。

《柳东轩诗话》中载："方今诗风大开，海内作者斗量车载。而辇下之诗新丽秀艳，其弊流于猥琐，譬犹千金小姐买一把之菜，妍美之中带鄙吝之气。镇西之诗雅澹简洁，其弊失于拘缩，譬犹洁癖荼博扫四席之室，虽清楚可喜，不可以迎大宾。后生学诗者，宜先脱此二桩也。"文中对当时日本诗坛流行的清诗和宋诗的优点和弊病同时进行了简明扼要的批评，表现出作者在汉诗上独立的批评精神。同时，他又提出了自己认为堪作师范的诗人，表明了自己的诗风倾向，"享保之诗，气局虽大而失于粗笨，其最精妙者，唯有蜕岩梁翁。近代之诗，风气稍开而流于靡弱，其最清雅者，独有星岩梁翁。予尝有诗云'风流才子调多纤，博洽鸿儒句却凡。如把黄金铸遗像，蜕岩以后只星岩'"。

明治年间，西方文化传入日本，汉文学已不再是唯一的参照物。在对诗歌、诗论的评价上，也逐渐以多角度的比较而展开。《柳东轩诗话》中载："西土（指中国）以诗赋取人，故学诗用全力于词章，与本邦人出于游戏之余者不同也。然本邦前辈文字巧妙不让于西人，往往在焉。"又载："汉土之学问，其弊则浮华。西洋之理精，其弊则拘泥。要之，不及本邦之简易矣。""汉文之弊冗长，使读者厌焉，本邦中古武人之文简劲可喜。"日柳燕石从中、日、西三个方面展开比较论述，虽然结论片面，有失偏颇，但从中也可以看出，日柳燕石对于日本民族在追赶先进文化时那种"不服输"精神的肯定，同时也表现出他对日本文化中崇尚简洁、实用的强烈认同。

日柳燕石这种强烈的民族情结还表现在一些史话的摘录上。如：

---

① ［日］池田四郎次郎：《日本诗话丛书·五山堂诗话》第9卷，文会堂书店1922年版，第533页。

"邦人入西土赋诗者率多佳句。僧索彦入明，彼人延之湖上，相诳谓曰'汝知此湖名乎？'彦答以诗云'参得雨奇晴好句，暗中摸索识西湖'。正德间，本邦使者某过西湖云'昔年曾见此湖图，不信人间有此湖。今日打从湖上过，画图还欠着功夫'。僧奋然视官吏诗云'弃妻抛子入大唐，将军何事苦相防？通津桥上淡淡月，天地无私一样光'。嘻哩嘛哈答明主诗云'国比中原国，人如上古人。衣冠唐制度，礼乐汉君臣。银瓮刍新酒，金刀脍锦鳞。年年二三月，桃李一般春'。皆不愧西人。"又云："异邦人来于本邦，所作亦多佳句。今抄出数首。朝鲜李东郭云'文武雄才大都会，诗书旧业小中华'"，俨然一种"华夏第二"的心态。

不仅如此，皇国思想也有明显的表现。如"皇国琼矛之威，卓绝万国。日本武之东征、神功后之西伐，功业之烈炳于青史。北氏龙山之捷、丰相鸡林之役，亦足接其武矣。近世萨摩侯之降琉球、武田氏之开松前、山田长政之救暹罗、滨田弥兵之劫红夷，皆可谓本邦吐气也"。穷兵黩武的思想也间或其中，"本邦中古精于航海之术，日本甲螺、胡蝶军，皆以海寇横行于西南疆。近代稍疏其法者，盖海禁过密之弊也"。日向伊藤侯有咏山田、滨田等诗四首，今录其二云："盛世无由试错盘，远怀利器去求餐。峨冠重见同舟客，非复当时袴下韩。""螫毒横流蠢尔蛮，片帆敌忾入台湾。一身是胆胸吞贼，虎穴从容获子还。""琉球已属萨，则亦我版图内也。近来洋船屡出没于南疆，宜严锁钥而备之矣。"[①] 可见，这部《柳东轩诗话》，并不完全是汉诗闲话的"讲堂"，还是展示自己思想的"会场"。

《淳轩诗话》中亦有可圈可点的地方。太田淳轩谈论日本汉诗发展阶段的一段文字颇有见地。他云："或问诗道之兴废，余应之曰'诗盖昉于大有皇子，而平城、嵯峨、文武、淳和诸帝，至河岛皇子、大津皇子、葛野王等，皆能作诗。而菅公、菅文时、大江匡衡、大江以言、三善清行、藤原冬嗣、藤原兼良、藤原赖长、藤原伊周、都良香、

---

① ［日］日柳燕石：《柳东轩诗话》，香川新报社 1926 年版。

源赖、源经信等诸臣，亦皆相争赋诗。当时作诗之盛，可概见矣。降至源平二氏执政。王纲解纽，学术扫地，至室町氏而极矣。然五山僧徒，往而受学于彼土，作文赋诗者多矣，如周兴、义堂、中岩、雪村、绝海、默云、村庵等是也。及织丰二氏勃兴，士人日寻干戈斗争之事，无用心咕哔之暇，然犹有细川赖之、武田机山、上杉霜台、伊达贞山、足利义昭、明智光秀、直江兼续等所作之诗，间存于人间，使见者叹其艳丽。及至德川氏建纛后，藤原惺窝、林罗山二子先众唱学，而后如石川丈山则以诗歌为专业，自是而后作者辈出，殆不遑偻指。元禄以后，有如新井白石、薮孤山、祇园南海、秋山玉山、荻生徂徕、服部南郭、山县周南、平野金华等而出，而萱园诸子唱李王修辞，一时蠹毒天下。然作诗之盛，前古无比。至文化、文政间，有市河宽斋、菊池五山、大窪诗佛、柏木如亭，世称'四家'。继之而菅茶山、梁田蜕岩、馆柳湾、佐羽淡斋等，亦有重名。自时厥后，赖山阳、梁川星岩、广濑淡窗、中岛棕隐诸子，亦各张门户。或主张唐诗，或主张宋诗，甲是乙非，互有出入。至明治初，受山阳、星岩、淡窗等人之教者，尚多存于世。是以至今日，所到媲黄对白，不绝吟诵声，有故矣哉。江匡衡之称本邦为'诗国'也。"这段文字理路清晰，概括全面，简直可以视作日本汉诗发展简史。

同时，他又对日本诗人作诗不顾中日文化之间的差异，盲目使用中国典故的现象进行了批评。他云："古今诗家，往往袭用西土故事，而不知其与我无关涉者有矣。如杜鹃为然，夫杜鹃，鸣以春末夏初之候，而其声清绝，使人百虑顿消，故人人闻以为欢喜。西土则不然，曰闻其初声则主别离，于是旅人闻之悲哀不措。曰啼血，曰断肠，因名曰'不如归'。而我作诗者袭用之，恬然不为怪也。朱熹《夜闻子规》诗云'空山初夜子规鸣，静对诗书百虑清。唤得形神两超越，不知底是断肠声'。此诗已破却迷雾，而后人尤不觉，岂非可笑之甚乎？"在学诗方面，他主张不分唐、宋、明、清，各取所长，舍"形"而取"神"。他云："人各异好尚，故有喜唐诗而学之者，有喜宋诗而学之者，有喜明清诗而学之者，任其所欲而可也。但学之者，须弃其形而学其神，此之谓获鱼而忘筌也。"①

细川十洲在《梧园诗话》的"历朝诗风"条中，对日本各个时期的诗风变化进行了简洁明了的概括："本邦古诗，如《怀风藻》所载，气象敦厚敦朴，有西土汉魏六朝之风。及白诗传于我，则上下靡然以此为宗，不独菅家也。北条氏时，禅僧与西土人相往来，而五山之僧好诵《联珠诗格》《律髓》《三体诗》，是以诗有宋元之风。迨德川氏之世，名儒辈出，模仿唐诗，不无可观。而萱园诸子又尚李王之风，陈陈相因，人渐厌之，宋诗之风渐盛，新奇可喜，其弊近俗。近日又好清诗，变为绮靡，要非大雅，洵可叹也。"② 从中可以看出，中国历代诗风变化对日本诗坛所产生的重要影响，但同时也可看出作者对于盲目跟风模拟中国诗风现象的厌嫌。

此部诗话中有许多条目不再一味地以谈论中国的"诗事"为中心，而是在中日比较文化的视野下进行记述，透露出作者明显的比较文化意识。如"句题"条云："西土之诗，用句为题者，多是课试之作。而本邦朝廷宴会之作，率用句为题。试阅古人诗集，半是句题之诗也。《作文大体》谓'唐家诗，随物言志，曾无句题。我朝贞观以往，又多如此。而中古以来，好用句题。句题者，就五言七言诗中，取其适时宜者，又出新题。按中古诗人专事雕琢，易陷纤巧间有佳句，而完璧太罕则句题之弊也。'""无题诗"条云："西土人诗曰无题者，多香奁体。《元诗体要》曰'无题之诗，起唐李商隐，多言闺情及宫事。故隐讳不名，而曰无题是也'。本邦无题诗，不与之同。盖无题者，对句题之语，诗之非句题者，皆谓之无题诗。《作文大体》谓'无题诗，多有勒韵，而句题亦有勒韵，如菅家《春浅带轻寒题勒初余鱼虚》是也，无题句题并举'。可见无题者，对句题之语也。乃如本朝无题诗，分为行幸、宴贺、天象、时节之类。而行幸则有行幸平等院之诗，宴贺则有贺太极殿新成之诗，天象则有赋月之诗，时节则有赋

---

① ［日］太田淳轩：《淳轩诗话》，松雪堂 1939 年版。
② ［日］细川润次郎：《梧园诗话》上卷，东京筑地活版制造所 1904 年版，第 3 页。

早凉之诗，无无题之诗，而句题之诗一首不见。"①。

从整体上来看，《梧园诗话》中的内容已将日本作为记述的重点，而改变了以往以中国"诗事"为中心的传统做法。而且，作者往往从比较文化的角度看待中日文化之间的差异。可以说这部诗话的产生，与明治维新后日益高涨的、意欲彰显日本民族文化的思想意识密切相关。

明治后期至大正初期，还出现了一些"名不副实"的诗话。之所以说它"名不副实"，是因为它已经与以汉诗文为中心的传统诗话大不相同。虽然仍以"某某诗话"命名，但是其内核已经发生了本质变化，只保留了诗话的"外壳"。例如，三木露风②的《露风诗话》就是讲述明治时期兴起的"新体诗"；富士川英郎的《西东诗话》则主要讲的是李白与德国的近代诗歌、唐诗的德译以及里尔克与日本等之类的内容。

四　新型诗话

新型诗话的代表作是木下周南的《明治诗话》。

木下周南的《明治诗话》与籾山逸也的《明治诗话》在内容和体例上大不相同，他在对明治前期与诗文相关的资料进行广泛搜罗和整理的基础之上，加入自己的观点和评论。全书就像一部"写真集"，生动记录和再现了明治维新前期的社会变化，是一部了解和研究明治前期社会状况不可多得的珍贵资料。其中，许多几近散佚的稀有资料，就是由于该书的出版才得以保存的。明治二年（1869）刊行的插图版

① ［日］细川润次郎：《梧园诗话》上卷，东京筑地活版制造所1904年版，第13页。
② 三木露风（1889—1964），原名操，兵库县人，象征主义代表诗人。中学三年级自费出版诗集《夏姬》，后至东京。最初在车前社发表和歌，后来致力于诗歌创作，与野口雨晴等人成立早稻田诗社，同年进入早稻田大学文学科，不断在《文库》、《艺苑》和《早稻田文学》等一流刊物上发表诗作。1908年年仅二十一岁的露风发表代表作《废园》，以富有音乐美的诗歌一举震惊文坛。1909年转学至庆应大学，后退学专门从事诗歌创作。后来连续出版了《寂寞的黎明》（1909）、《有着白皙双手的猎人》（1913）和《虚幻的田园》（1914）等几部重要作品。1964年因车祸丧生。

《东京词三十首》就是其中之一。

木下周南（1909—1999），名彪，大正、昭和时期的汉学家，曾经在宫内省任职员兼图书寮管理员。他在读了陈石遗辑录的《近代诗钞》之后，对陈石遗在"序"中所说的"身丁变雅变风，以殆于将废将亡。上下数十年间，亦近代文献得失之林乎"① 产生强烈共鸣。于是，他以一种保护历史文献资料的责任感，耗费大量的时间精力，广搜博取各种汉诗文资料，编选了《明治大正名诗选》。他在《明治大正名诗选》的"序"中云："所凝结两朝诗家心血，专集、总集、选本自不必说，博搜旁求，煞费时日，遂获三百余种，其中选录其最优者，人入二百家，得诗一千余篇。"② 为明治、大正时期的汉诗整理和研究做出了巨大贡献。之后，他又着手编著《明治诗话》，与《明治大正名诗选》互为表里，起到了相互补充的作用。他在《明治诗话》的编选上，已完全不同于《明治大正名诗选》编选时的立场与态度。他对明治时期出版的汉诗文进行了深入探讨，对明治这个特殊时代背景下产生的名篇佳作，包括正诗③、狂诗和与汉诗相关的俳句以及诗文作者都进行了相应研究。诗话中的主要内容涉及时事、人物、文化、世态、人情、风俗等多个方面，不但可以补充和完善明治文化研究方面的不足，而且对日本汉诗文研究也大有裨益。

依照该书"凡例"所言，《明治诗话》由上、中、下三卷构成。上卷选录明治初大约十年间与时事、人物相关的诗与诗话；中卷则选录明治初年至明治十七八年期间有关文化、世情、风俗的汉诗及诗话；下卷主要叙述中日两国文人雅士之间的交游与唱和。

此书编纂历时较长，于 1943 年由东京文中堂出版发行。在内容、体例和版式上都表现出与以往诗话迥异的特点。所以，笔者认为可以将其看作一部全新形式的诗话著作。

---

① 陈衍：《近代诗钞》上册，商务印书馆 1935 年版，第 1—2 页。

② ［日］木下周南：《明治诗话》，文中堂 1943 年版，第 351—353 页。

③ 所谓正诗，即正统汉诗。是与以戏谑为主，不重格律平仄，常有俗语、和语夹杂其中的狂诗相对而言的。

　　该诗话特点大致有三。其一，其版式新颖，体例独特，图文并茂，直观易解。这部诗话作品在中日两国的诗话史上也称得上"头一份"。其二，除诗作外，还插入与汉诗有关的图片、绘画、书法作品，有助于读者理解诗作的内容与背景，形式古朴典雅，给人以赏心悦目之感，具有很强的可读性和一定的艺术性。其三，书中各部分专设一专题统领内容，以史采诗，以诗证史，诗史结合，说明集中，兼备了文学性和史料性，增加了诗话的通俗性和趣味性，一改旧体诗话中议论诗句之工拙、诗律之正误、字词之辨析的传统形式，让人在阅读过程中有所感、有所思、有所学。

　　《明治诗话》上卷以大沼枕山的《东京词三十首》开篇，其三十首七言竹枝词在当时都是脍炙人口的佳作名篇，具有很高的文学性和参考价值。

　　木下周南在文中云："王政维新后，大沼枕山耳闻目睹日月推移之东京情景，咏为七言绝句三十首，当时著名书家十人，每人书写三首，画家十人，每人各作十幅，命名《东京词三十首》，明治二年十月梓行。现今已七十余年，乃绝无仅有之珍书，其诗因故竟未收入枕山集中，如今大概已无人知晓。此诗乃维新后吟咏东京最早之珍贵文献，今日读来犹觉感兴良多。"①

　　《东京词三十首》的内容涉及范围较为广泛，木下周南对每首汉诗（共录诗 29 首，由于作者另有考虑，未录第五首）都做了详细的背景说明。原诗本无题，木下周南根据诗文内容拟作了题目。其内容有：东京迁都、双马驾车、贡士公议、诗入都都逸、总发头、儒生粱肉、白骨苍苔、新岛原、满世夷装、滨宫行幸、大院治疮、书画会、昌平簧开成所、言路洞开、猿若芝居、移戏场、陌上罗敷、风流太守舟、新纸币、吹上御苑拜观、招魂社、从仆完履、旧土就封、明主重儒教、虾夷地开拓、火舶铁车、始祭学祖神、僧寮置降兵、藩知事、诸侯邸址。

---

　　① ［日］木下周南：《明治诗话》，文中堂 1943 年版，第 3 页。

大沼枕山以一双犀利的"冷眼"审视着明治初年的社会变化，颓唐保守的他对新事物的出现并未投以"热望"，始终在旧式的思想体系中对新事物进行考量和评价。其中诗作虽格调不高，但也不落白俗，用语尖刻而又不失雅致，诗中多用典故，手法自然熨帖，毫无生硬之感。

"天子迁都布宠华，东京儿女美如花，须知鸭水输鸥渡，从此簪绅不顾家。"[1]"奇才不减状元郎，加奉新登众议场。又见唐朝宽典美，公然夜夜宿平康。"枕山对堂上的簪绅之徒、诸藩选出的贡生来到新都之后，依然积习不改，夜夜笙歌、忘家游兴、公然夜宿"平康"的现象进行了辛辣的讽刺。京都之鸭川、东京之隅田川（又名墨川）、用典中的"平康坊"皆是烟花游乐之所。

"双马驾车载钜公，大都片刻往来通。无由潘岳来拜尘，星电突过一瞬中。"维新时期的新事物"马车"并非枕山惊讶的东西，而一闪而过的"趾高气昂"与献媚显贵、谋求利禄的各藩书生却成为枕山"扫描"的对象。诗中化用"潘岳拜尘"的典故非常妥帖。

明治二年（1869）出版的《唐诗作加那》成为明治都都逸[2]之嚆矢，此后各种类本层出不穷，非常流行。都都逸的上句与下句之间，插入句意关联的唐诗七言绝句，以三弦配乐，进行吟唱。"唱出枫桥夜泊诗，三弦弹里寄相思。谁图孤客愁眠句，却上佳人艳绝辞。"反映出当时汉诗都都逸的繁盛与流行，从中也可看出庄重典雅的汉诗与轻佻谐谑的日本俗文化相互融合的一种尝试与努力。

明治维新以后，身负"双刀"，高举"攘夷"大旗的武士、诸侯

---

① 文中诗作皆引自木下周南《明治诗话》，文中堂1943年版，此后不再另行加注。

② 江户末期（1804—1852年）由第一代都都逸坊扇歌发展变化而形成的口语定型诗，主要用于表现男女相爱内容。遵照七·七·七·五的音数律，进而又多被分成（三·四）·（四·三）·（三·四）·五的形式。例如，髪に手を遣る気はなけれどもせめて夕べのまくら癖。从明治时期开始，都都逸作为脱离歌谣的文艺形式逐渐为人所认识，都都逸作家也不断涌现，报纸杂志等媒体上也开始征集都都逸作品，其中也有尝试融入汉诗的都都逸作品。例如，鐘は七ツか八ツか山下を「月落乌啼霜满天，江枫渔火对愁眠」駕て飛せる早帰り。上例选自汤朝观明《风流俗谣集》，聚英阁1921年版，第29、246页。

昔日威风已然不在，沦为外国人居留地与新岛原"游廓"的"看护"。诗云："小扬州是新岛原，关诃邦士护蛮船。劝郎莫带两条铁，劝郎须带十万钱。"诗中通过妓女之口委婉地道出当时政府颁布的"脱刀令"，此乃诗人写作中假人之口的惯用技法。同时诗中巧妙化用杜牧诗句"十年一觉扬州梦"与"腰缠十万贯，骑鹤下扬州"的典故，如盐入水，不露痕迹，避免了表现上的浅俗。

西洋物质文明涌入，文明开化之风劲吹。衣食住行各个方面都在一味西化。"总发"头式一变而为垂肩散发，和服一变而为洋装，唐伞一变而为蝙蝠伞，驾笼一变而为马车。枕山对这种对新奇趋之若鹜之人心和异样之洋风颇感不快。他所作的"满世夷装士志迁，力人妓女服依然。可知至健至柔者，其德利贞坤与乾"一诗让我们看出枕山眼中对于固守传统的力士和妓女的"偏爱"。

风雅之道的沦落也让枕山难忍技痒，一首"当筵奏技被恩优，名士名姬誉望侔。歌舞中间陈翰墨，太平将相太风流"写出了明治初期社会变化的一个侧面。旧幕遗留下来的书画业在明治时期渐次繁盛，书画名人挥毫泼墨，与艺妓之辈同台竞技，献技取誉于显贵达官。在枕山眼中，代表文人高雅身份的笔墨丹青如今却以俗众为对象，追逐厚报巨富，昔日风流蕴藉之文人风雅已委然扫地。木下周南评此诗云："用含蓄蕴藉之笔，藏深刻揶揄怒骂于言外，颇得诗人讽刺之体。"[1]

明治初年，学校教育开始向平民阶层推行，民间接受教育的观念也逐渐强化，教育成为"开化"的主要手段，少男少女都能掌握外语技能。诗云："昌平黉近开成馆，两处繁华隔郭门。红袖雏姬通汉语，青衣小竖解胡言。"昌平黉主要讲授皇汉学，开成馆则以西洋学为主，虽然政府主张西化，但维新之初，汉语的使用依然流行，日用公文、会话都经常用到汉语，最新流入的西洋词语也经常与汉语混用。所以，汉语在当时的地位并不是现在想象的那么低，从"红袖雏姬""青衣小竖"都会外语就足以洞见当时新兴教育的盛行。

---

① ［日］木下周南：《明治诗话》，文中堂1943年版，第18页。

四民平等法令的颁布，身份等级得以消除（虽然是表面上的）。国家设立"待诏局"，地不分都鄙，人不论老幼，皆可建言献策。诗云："纷纷上疏各图功，兴学建官论太公。黄口市童皆贾谊，白头村叟半文翁。"旧幕时被视为"非类"，为士人所不齿的俳优（演员），如今卖名致富成为缙绅，洋装高帽，乘车进出于高官府邸，结交于显贵之间。"宜矣看场引贵人，名优绝伎妙如神，沐猴而冠今谁笑，猿若坊中有搢绅。"枕山对俳优身份地位的变化颇为不满，将其讽为"沐猴而冠"。"二八妍姿当玉童，紫袍束带跨花骢。女郎不省藩知事，只道三生在五公。"藩籍奉还、阶级打破之后，大名也位列四民之中，年轻貌美的美女已不再眷顾陈腐没落的旧藩主，而倾慕于新进庙堂、炫耀荣华的王公显贵，侧面反映出旧大名权威的丧失。等级制度的消除为平民出仕提供了机会，"陌上罗敷媚夕曛，水杨柳映石榴裙，如今睡复领千骑，细马单身是使君"。斜阳之下，身着红裙的妻子等待新任官职的丈夫归来之景象跃然纸上，让人不禁联想到汉代乐府名篇《陌上桑》。

此外，枕山对维新中出现的新鲜事物也投去了好奇的目光。如咏"纸币"云："功成谁指五湖东，比美扁舟也可同。今日轻钞胜重宝，千金一束入怀中。"诗中化用范蠡会稽雪耻成功之后，携财宝珠玉，乘扁舟浮浪江湖，而今日纸币之轻便非昔日金银重宝可以相比，诗思巧妙，堪称佳作。新型交通工具的出现也令枕山备感惊讶，"火舶铁车①租税通，鲁西②以外一家同。东京自此洛阳似，道里均平天地中"。先进的交通工具打通了地域的隔绝，缩短了国与国之间交流的时间，日益频繁的万国交往也变得方便快捷起来。

---

① 此处的铁车并非指火车，而是指马车。因为当时的马车车身和车轮皆为铁质，故谓之铁车。另据明治七年（1876）出版的《东京开化繁昌记》的记载："人力车尚未问世，火车尚未有之。驰骋于陆路，能与蒸汽轮船争速、与其势相颉颃者何也？乃有马车也。"（原文为日文）［日］木下周南：《明治诗话》，文中堂1943年版，第33页。

② 指沙皇俄国。当时"ロシヤ"音译汉字写成"鲁西亚"。因为俄国被日本人视为一直觊觎日本北方领土的夷狄，故而大沼枕山不将其包含在"四海一家"之列。当时日本人惊呼俄国为"おそろしや"，与日语"おそろしい"意义相通，是"恐怖、可怕"之意。

　　通观《东京词三十首》，其中诗文贬斥居多，褒赞甚少，诗词中总是透露和隐含着对明治新社会的不满和讽刺。在革故鼎新的时代，利弊犹如一对孪生兄弟，相伴而生，并行而存。从江户幕末而至明治维新的枕山总是抱以"冷眼"看待社会的消极面，这也许是枕山的本性使然。通过他的诗作，可以还原其描绘的历史场域，去探寻和理解彼时的社会变迁与人世百态。

　　清代诗人赵翼曾云："国家不幸诗人幸，赋到沧桑句自工。"动乱的年代给诗人提供了一展才能的"契机"。除了大沼枕山的《东京词三十首》之外，当时"资深"的诗家名手皆有秀作问世。广濑林外、鲈松塘、菊池三溪、小野湖山、龟井省轩、菱田海鸥、石井南桥、山内容堂、松平春岳、锅岛闲叟、小原铁心等人面对幕末维新前后的社会大变革，将自己的所见、所闻、所思、所感融入诗中，内容多以悲古、抒怀、咏史、讽咏为主，诗意惨厉、悲怆凄婉。由于诗人所处地方各有不同，故而通过诗作可以感受和想象维新变革初年日本各地不同的社会景象，颇具参考价值。

　　木下周南在对幕末明治"精英人物"诗作的选录和评论上奉行"不以成败论英雄"的态度，对明治时期仁人志士的事迹进行了深入思考和重新审视，具有鲜明的个人立场。与他们的诗文相比，木下周南更注重作者的人品和节操。幕末明治的"精英人物"大都接受过旧式的士族教育，具有一定的汉文学素养，大都能吟诗著文。但他们大多被看作"事功"的志士，诗文大多湮没无闻。所以，木下周南在诗文的搜集整理方面耗费了大量时间和精力，将许多不为人知的珍贵资料公之于世，这对了解当时的时代背景、历史事件和人物事迹等多方面的内容提供了宝贵的参考资料。

　　木下周南所选的幕末各藩藩士，大多是明大义、知本分、尽忠守节的豪杰之士，通过他们的诗作来证明此人的品性和操守，即"以诗证人"。例如，对会津藩士秋月悌次郎的描述，援引了大段原始材料彰显其为人品质。秋月在幕末乱世斡旋于朝廷、幕府与诸藩之间，后来为抵抗政府的奥羽征讨军，转战各地，若松城一战兵败被俘。当收到政府军将军奥平谦辅的劝降信之后，他在回信中纵横捭阖，力陈君臣知分、忠孝仁悌。裂肝为纸，沥血为辞。在生死之际，神气不乱，足见其平生涵养之深，品质之高。其诗《有故潜行北越归途所作》云："行无舆兮归无家，国破孤城乱雀鸦。治不奏功战无略，微臣有罪复何嗟。闻说天皇元圣明，我公贯日发至诚。恩赐赦书应非远，几度额手望京城。思之思之夕达晨，忧满胸臆泪沾巾。风淅沥兮云惨淡，何地置君又置亲。"内容悲痛至极、忠厚之至，一字一泪，恻恻动人。全诗四句一解，换韵处平仄互用，但皆用平韵，不可不谓之疵病。木下周南评之曰："技法虽无特别之处，但与前文可为传于千载之名作。此诗可谓皆因作者之职分、所处环境使然，'赋到沧桑句自工'正谓此篇也。"①《输城后述怀》云："至今忠孝事方亏，四十余年和所为。独恨宝刀未全试，松城门外值降旗。"一个"恨"字可见秋月当时忠孝未竟，壮志未酬的心境。"一去元期不复还，丈夫何事泪潸潸。老亲卧病年将百，梦绕那须山外山。"身落牢笼，不为己悲，仍然挂念家中年迈卧病的父母，孝心可鉴。幸遇特赦，再度任官，不为之欢喜，反而作诗自嘲："囚余措大有余荣，九死何图得一生，地下故人应笑我，厚颜又入帝王城。"之后秋月罢官还乡，归隐田园，躬耕奉母，诗云："旦暮亲耕岂苦辛，闲云孤鹤永占春。谁知意气异前日，曾是官员录里人。"虽然锐气日渐消磨，但气节犹在。

木下周南用诗作向读者展现其品德操守，表现志士诗人的一生，具有很强的说服力。他在对会津藩士南摩羽峰、广泽安任、那珂梧楼、永冈久茂，肥前藩士江藤新平、宇田沧溟、岛勇毅、山中一郎、香月经五郎，敬神党成员林樱园、加屋霁坚、加屋秀子，征韩论者鹤田伍一郎父子、太田三彦郎、猿渡唯夫、前原一诚等人的叙述上都采用这种手法。总体来看，志士诗作都以悲怆雄浑、豪放跌宕风格为主，内容平实质朴，但技法单一，不若专业诗人汉诗风格之变化多端，内容之修饰雕琢，技法之娴熟多样。但是，志士诗中独有的感人至深的热

---

① ［日］木下周南：《明治诗话》，文中堂 1943 年版，第 75—76 页。

情与精神是专业诗人所无法企及的。在对西乡隆盛一派与西南战争的评判上，木下周南并未盲从大流，他以独立的自我思考对西乡隆盛进行了全面的审视、客观的判断和公允的评价。

在木下周南眼中，西乡隆盛是一位淡泊名利之人，高洁无欲之士。他选录西乡"征韩论"破产，弃官归乡所作的一首诗："我家松籁洗尘缘，满耳清风身欲仙。误作京华名利客，此声不听已三年。"此诗情景兼备，风调殊佳，诗思应来自陆游《冬夜听雨戏作·其二》："忆在锦城歌吹海，七年夜雨不曾知。"又选其《偶成》一首："几历辛酸志始坚，丈夫玉碎愧砖全。我家遗法人知否，不为儿孙买美田。"并且引用西乡放弃爵位俸禄之逸话，来塑造西乡高尚的道德品质。木下周南并未对参与西南战争的西乡一派采取一概否定的做法，反而将注意的焦点放在了他们诗中流露出的英雄豪情和不惧生死的"武士道"精神上。如贵岛清《阵中作》："直挡百万关东兵，笑听阵中钟鼓声。西海男儿心胆在，唯知有死不知生。"

西南战争失败后，全国上下对西乡隆盛一派以"贼"骂称，诽谤之诗文多有刊载，诗坛文坛大家纷纷赋诗撰文"讨伐"西乡隆盛，极力为明治新政府歌功颂德。而木下周南认为，那些诗文大都是献媚政府，不解一代英雄大志，对英雄末路缺乏同情且有失公允的粗劣之作。他对那些以成王败寇的偏激观念，或为一己之私和个人好恶而恣意评判西乡的宵小之辈和市侩之徒予以猛烈的批判。如三岛中洲《闻萨贼荡平有此作》云："雾岛之山雾吹毒，中藏玄豹与猛虎。忽向人间试爪牙，一跃勤王倒霸府。倒霸兴王又叛王，朝变暮变迹如狂。谁谓君子能豹变，不知野心是虎狼。西巡以朝驻六马，遥纵熊罴满旷野。左追右逐相蹂躏，镇西百里山皆赭。奔逸再据鹿儿城，一网打尽群臭平。始见天日照海陬，雾岛之雾忽晴明。君不见老贼一片可怜处，狐死首丘不忘故。"木下周南评曰"叛王野心是虎狼，并未真正理解西乡的心思"，并认为该诗"诗句虽工，但诗意不稳"①。平贺如恒《咏西乡隆盛》曰："老贼多

---

① ［日］木下周南：《明治诗话》，文中堂1943年版，第146页。

年异志豪，弄兵漫唱憩民劳。登坛曾辱布衣极，不学张良学赵高。"木下酷评曰："为骂南洲竟以赵高如此恶人相比，不伦不类，更有甚者将其比作王莽。此类之徒不识春秋一字褒贬之意，人物评论绝不可不相符。"① 森春涛在《新文诗》第二十四、二十五集中全篇收录攻击西乡的诗文，木下对此很不满，并揭露了春涛不遗余力攻击西乡的实际目的是"以此迎合政府要员，为其主办的吟社趁机吸纳官员，扩大门户之阴谋"。木下周南引用杜甫《戏为六绝句》中的诗句，将咒骂西乡的无名诗人的诗文视作一群蚊子的嗡鸣。②

同时，木下周南也引录了一些辩证评价西乡隆盛的"公允"之作。如寺田望南的《吊西乡隆盛墓》和佐田白茅对此诗的诗评，以及福泽谕吉的《丁丑公论》和中村敬宇的《祭丁丑亡者》。并且，木下周南对当时政府权臣大久保利通不得民心的做法进行了大胆"曝光"。

佐田白茅与西乡隆盛一样，都曾积极主张"征韩"，并向政府递交过"建言书"③，福泽谕吉也曾主张"脱亚入欧"，一度鼓吹和支持"征韩"，木下周南之所以将此二人的言论作为佐证材料，其深层的原因在于对其"征韩"思想的认同。而且，本书出版于第二次世界大战尚未结束的1943年，其评论必然带有明显的历史色彩。所以，木下周南对于西乡的顶礼膜拜似乎不仅是对西乡人格的崇敬，更是对西乡"征韩论"思想的肯定与支持。

中卷一开始，木下周南就对将坪内逍遥的《小说神髓》视为日本近代文学开端的文学史观进行了严厉的批判，④ 对轻视或无视明治初年至明治十八年间的汉文学史的看法十分不满。他认为，江户幕末至明治初期的戏作文学、政治小说、汉文体文艺作品都应该成为明治文

① ［日］木下周南：《明治诗话》，文中堂1943年版，第146—147页。
② ［日］木下周南：《明治诗话》，文中堂1943年版，第150—151页。
③ 戚其章：《国际法视角下的甲午战争》，人民出版社2001年版，第18—19页。
④ 即便现在，明治文学史在编纂上依然沿袭这种观点。笔者认为，江户末期一直延续到明治初年的文学形式都应视为明治文学的一部分。明治近代文学是在对其批判的基础之上产生的，仅仅依靠西方文学的机械模仿，而不吸收和融入传统文学的养分，是不可能真正实现明治新文学的转型的。

学不可分割的组成部分。他还在文中强调，在时代文学的认识上，必须持有正确的历史观念，喜好与否姑且不论，但必须对它们在文学史上的作用、意义和价值予以充分、适当和公允的认识与评价。① 他还进一步分析指出，明治初期急速的西化，汉学尽管丧失了传统的权威地位，但其余势尚存，在众多有教养的士人心中依然葆有"汉诗文以外无诗文"的传统观念，许多汉学大家依然被世人奉为文学权威，即便是明治维新中的启蒙学者也都具有深厚的汉学修养。汉学私塾与西洋学校并存，使当时的学生在主修洋学的同时也必须兼习汉学。诗云："陆军学佛海军英，旧习一新两至精，请见他半大成后，神威却压而州兵。"其中的"两至精"就是汉洋兼修的意思。诗又云："才子负才愚守愚，少年才子不如愚，谁知他日成功后，才子不才愚不愚。"诗中的"才子"即指洋学生，"愚"则指汉书生。

木下周南非常注重明治时期一手资料的发掘与整理，在该卷的编写中，内容安排条目分明，叙述细致入微，具有很强的史料性。特别在文会、诗社的介绍上，简明而又清晰。可贵的是，他还对明治四年（1871）出版的诗集进行了爬梳整理，将其中名篇作者逐一列出，还将《明治三十八家绝句》《明治十家绝句》《今世名家诗钞》《明治名家诗选》等不同诗集中重复出现的诗人姓名进行了仔细校对，为今后的明治汉文学的深入研究提供了极大的方便。

此外，木下周南对描写明治初期社会、风土、人情、风俗等内容为主的戏作汉诗文也进行了录述，并且加入了与之相关的文史知识，罗列了当时知名的出版刊物，并配以该刊物的封面扉页和相关插绘，书中图文并茂，生动形象，易读易解。其中主要包括以下内容。

狂体汉文戏作类：成岛柳北的《柳桥新志·初编二编》《京猫一斑初编》，服部诚一的《东京新繁昌记》，中岛棕隐的《都繁昌记》，菊池三溪的《西京传新记》，石田鱼门的《大阪繁昌记》，奥泽信行的《大阪繁昌杂记》，关搓盆的《东京银街小志》，三木爱花的《东都仙洞余谈》《仙洞美人禅》，关醉花的《越柏新志》等。其中以《柳桥新志》与《东京新繁昌记》最为著名。

戏作汉诗文类：九春社《东京新志》《吾妻新志》，花月社《花月新志》，开新社的《风雅新闻》（后改为《风雅新志》）、《凤鸣新志》，团团社的《团团珍闻》《骥尾团子》，妙妙社的《妙妙杂俎》，同乐社的《同乐相谈》等。

狂诗类：原田道义的《东京开化繁昌诗选》《开明讽喻珍文莞诗》，土田淡堂的《正变狂诗选》，松本晚年的《东京日日新闻》，宫内贯一、平山果的《日本开化诗》，藤原元亲的《开化真奇诗文集》，福城驹多朗的《开化穴探狂诗选》，牛窟了的《开化狂诗洒边理诗题》，柳亭种清的《开化新题咄表诗话初二编》，榊原英吉的《明治太平乐府初二编》，本田庄四郎的《明治风雅乐府》，田岛任天的《抱腹绝倒诗选》，梦春居士的《怪化狂诗选》等。

此外，还有与正诗体格相近，取材与狂诗相通，介乎正诗与狂诗之间的诗作集。如菊池三溪的《东京写真镜》，大桥直、北真逸的《东京新词初编》，总生宽的《东京繁昌新诗初编二编》，田中内记的《大阪新繁昌诗》，水越成章的《开口新词》，关根痴堂的《东京新咏》等。① 上述刊物只不过是当时出版物中比较有名的一小部分而已，但也足以看出明治初年戏作汉诗文的繁盛，通过它们也可以让我们了解当时的社会变迁和人世百态。木下周南在书中还将《东京开化繁昌诗选》《日本开化诗》《东京新词初二编》的标题罗列出来，仅看书名，足以让读者眼前一亮，耳目一新。其取材之广泛、内容之丰富也足以令读者惊叹不已。

狂诗是汉诗的变种，是一种以玩笑般的态度表现诙谐滑稽的游戏性文字。它重谐趣而不重格律，语言喜俚俗而不求古雅。它以捕捉世态，反映人情，窥知风俗见长。在革故鼎新的变革年代，社会百态自然会成为绝好的狂诗素材。作者运用生活中的智慧对新鲜材料进行滑

---

① ［日］木下周南：《明治诗话》，文中堂 1943 年版，第 167—175 页。

稽性的加工，以期达到戏谑讽刺的效果。它比"十日画一水，五日画一石"雕心镂骨的"正诗"更能迎合消费读者的"口味"。但是，其中也有一些鄙俚猥亵的低级趣味作品，这样作品的出版也反映出社会变革时期人们的一种游戏心态和明治初年万事混沌、秩序无定的社会现实。

木下周南在明治新事物的介绍上，多引用狂诗、狂文来表现牛肉、洋服、洋帽、皮鞋、烟卷、蝙蝠伞、炼瓦房、新式发型等新鲜事物。因为只有狂诗、狂文才能够在轻松诙谐的语调中，更为传神、更加有效地表现出那个时代新事物的具体特征和时代特色。如对"牛肉"一条的介绍，就可以看出"牛肉"在明治时期发挥的巨大"作用"。

1872 年明治天皇解除了"肉食禁令"，率先垂范进食牛肉。消息一经报道，全民沸腾，开始一窝蜂地大吃牛肉，掀起吃牛肉的全国风潮。在当时的日本人看来，牛肉好吃与否倒是其次，关键是"吃牛肉"成为"文明开化"的象征。《日本开化诗》中云："聊开牛店表未忠，欲洗生民顽固风。一吃乍悟开化味，果知肥肉半斤功。"将开牛肉店与效忠国家、吃牛肉与文明开化挂起钩来，虽然有些谐谑过头，但也正表现出"明治特色"。斯风一开，横滨、东京、大阪等城市的牛肉店、牛肉火锅店迅速增多，"牛肉招牌朱子新，屠铺楼上揭馐珍。一锅滋味一瓶酒，醉倒都城几个人"。《东京新咏》中云："健啖谁非饕餮民，暖锅风味趁时新。店头山积花如肉，黑牡丹开不断春。"历来"四足不洁"之观念为之一扫，原本食用肉类之"饕餮恶兽"如今成为"开化之人"。服部抚松《东京新繁昌记》中的狂文将牛肉夸大到无以复加的地步："牛肉之于人也，开化之药铺，而文明之良剂也。可养其精神，可健其肠胃，可助其血脉，可非其肥肉。……用之于旧病因循病，则纵令虽顽固症，一锅而发力气。十锅则可全治也。……千功万能，吃百贴苦药不如口食一锅甘肉。"① 虽然内容滑稽夸张，但读来颇觉有趣，从某种程度上也客观反映了当时的时代风尚。

---

① ［日］服部抚松：《东京新繁昌记》初编，奎章阁 1874 年版，第 32 页。

在木下周南看来，狂诗文就好像一部时代的"速写本"，可以快速捕捉当时的流行事物。如"怀中时计蝙蝠伞，四角襟卷罗纱蓑衣。牛肉洋酒卷烟草，其他片罗々々歌"。此诗仅仅是将事物名称罗列出来"凑"成二十八字，徒有诗型，严格来讲，很难将它看作汉诗。但是，它所记录的内容与那些平淡无味的吟咏、陈腐无奇的章句相较，其内容的新奇往往更能夺人心目，吸引眼球。而且，狂诗作者大多是具备一定汉学素养之人，原本就无心赞美和讴歌时代之洋风，也无意真正去碰触变态之风俗，只是以兴趣为本位，将自己的所见所闻写进狂诗里罢了。而正因为这些"无意为之"的狂诗，为我们提供了了解那个时代的"钥匙"。

因此，木下周南在介绍明治时期出现的诸如电信机、邮政局、人力车、公共马车、火车、蒸汽船、钟表、瓦斯灯、太阳历、娼妓、澡堂等新事物、新变化时，他竭泽而渔式地狂搜博引大量的狂诗狂文，其目的就是辅助读者阅读，让读者能在想象中还原当时的历史语境，在阅读过程中去体味当时的时代氛围，具体形象地理解和把握那一时代的历史变迁。换句话说，就是"诗文作史，以证时事"。这些也正是与传统诗话截然不同的新特征，可以说，它开辟了诗话发展的新格局。

该书下卷主要叙述了中日互派使节之后，驻日官员、民间文人与日本文人雅士之间的宴集赋诗、诗文酬唱等文化交流方面的内容。首先，文中叙述了大使何如章、参赞黄遵宪等官员与日本诗文人之间的宴饮，并载录了相关酬唱之作。其中对黄遵宪和他的《日本杂事诗》中描写日本风土、人情、民俗习惯等内容的诗作做了较为详细的介绍。其次，对于王韬赴日期间每天的主要活动、宴饮唱和的诗文进行了细致的整理。因为在当时日本文人心中，王韬是一位颇有名气的文人志士，他的东渡给日本文坛带来很大的"震动"。最后，简单列举了大使黎庶昌在日期间中日文人之间频繁的诗酒聚会和结集出版的诗文集，由此可以看出当时中日文人之间交流唱和的盛况，但木下周南在书中对内容的介绍稍显简略，叙述平铺直叙。

通过上述论述，我们可以感受到《明治诗话》已改变了传统诗话的套路，突破了传统诗话中"声律格调、字法句式、传记逸话、诗学观念、作品点评"的传统格局，表现了木下周南面对东西方文化碰撞与交融过程中对新时代、新变化的主动适应，是在传统诗话基础之上的一种积极有效的改良。他试图以通俗易懂、为读者所喜闻乐见的新形式让诗话这一传统的文学重获新生。可以说，木下周南的《明治诗话》在以上方面的开拓上具有一定的时代性和创新性。

第三节　明治诗话的特征和成因

明治诗话是江户诗话的延伸和继续，是日本汉诗在明治时期发展过程中的必然产物。它不可能完全脱离江户诗话的影响，但也不可避免地带有明治新时期诗话的某些新特征。

船津富彦曾在《中国诗话研究》中，从与中国诗话比较的角度，从内容和形式两个方面将日本诗话的特征进行了总结和概括。他认为，日本诗话具有四个方面的特征，即模仿性、实用性、辞书化和本土化。①

张伯伟在《论日本诗话的特色——兼谈中日韩诗话的关系》中也指出日本诗话中"小学化"的特点。②

蔡镇楚在《比较诗话学》一书中，在日本诗话和朝鲜诗话相比较的基础上得出，日本诗话具有诗格化、钟化、诗论化三个鲜明特征。③祁晓明则认为，这三个特征主要是以朝鲜诗话作为参照物而得出的结论，而且诗格化、钟化、诗论化只不过是对中国诗话有侧重的继承，而并非其自身独特之处，笼而统之的概括并不适合其中的所有诗话。所以，他将日本诗话既不同于中国诗话又不同于朝鲜诗话的特点总结为"启蒙性"，④ 并且进一步结合船津富彦和张伯伟对于日本诗话特点

---

① ［日］船津富彦：《中国诗话研究》，八云书房 1977 年版，第 235—236 页。

② 张伯伟：《论日本诗话的特色——兼谈中日韩诗话的关系》，《外国文学评论》2002 年第 1 期。

③ 蔡镇楚：《比较诗话学》，北京图书馆出版社 2006 年版，第 305—312 页；亦可参照蔡镇楚《中国诗话与日本诗话》，《文学评论》1992 年第 5 期。

④ 祁晓明：《江户时期的日本诗话》，中国社会科学出版社 2009 年版，第 96—97 页。

的论述，在对江户时期诗话仔细考察的基础之上，最终得出日本诗话最显著的特征是"实用性"这样的结论。①

笔者认为，上述论者都将论述的对象聚集在了池田四郎次郎编著《日本诗话丛书》中的诗话著作上，而没有将目光投放到明治诗话的范围中来。如果要将论述的结论冠以"日本诗话"的话，那就不得不将明治诗话也囊括进来。正如郭绍虞在《诗话丛话》中所云："以诗之多，于是有诗话。"② 明治时代作为日本汉诗发展的最后一个隆盛期，汉诗的大量产生必然会伴有诗话的出现。如果将明治诗话排除在日本诗话之外，那么对于日本诗话特征的总结就会不完整或者流于片面。

诚然，上述四位学者的理论总结并无谬误之处，本文只是对其结论作以必要的修正和补充。

首先，我们从第二节的内容就可以看出，作为汉诗入门书的诗语、诗韵和诗法著述依然在明治诗话中最为常见，占的比重也最大。对于用非母语的汉语进行汉诗创作的日本人来说，实用性的诗话著作自然是必不可少的。王晓平先生说过："日本诗话是日本探诗者的指南车。不少诗话是为初学诗者撰写的，或是传授诗艺的记录，或许在理论创新方面乏善可陈，但在实用性方面却有撰写者的良苦用心。对于不会操汉语的日本诗人来说，掌握诗韵、诗病之说的困难远远大于中国诗人，因而对这方面的知识便格外在意，也正因为如此，在保留相关资料方面，日本诗话往往可以为中国诗话拾遗补阙。天仁二年（1109）三善为康所作《童蒙颂韵》，平声每韵四字为句，以便暗诵，以令易记忆。句中文字取义相近者，又有成义理者，体仿《千字文》。有些诗话看来不过是菟园册子，对于了解日本的汉诗教育却不无裨益。"③这类诗话著述在明治时期依然层出不穷，长时间的积累使内容在编选上更加趋于系统化，甚至具有从"论诗及辞，论诗及事"的传统诗话

---

① 祁晓明：《江户时期的日本诗话》，中国社会科学出版社2009年版，第97—108页。
② 郭绍虞：《照隅室杂著》，上海古籍出版社1986年版，第225页。
③ 王晓平：《日本诗话：转世与复活》，《中华读书报》2015年2月4日第18版。

中独立出来的倾向。但是，归根结底，实用性依然是明治诗话最显著的特征。

其次，与江户时期的某些诗话相比，明治诗话已经不再是以盈利为目的，也不再是教育本门弟子、发表本门同人诗作的主要手段和媒介，更不再是维护某派诗学主张和攻击论敌的工具。在明治诗话中，对于某些诗人诗作的评论多为褒扬之语，而鲜有攻伐之词，而且明治诗话的接受对象也由狭隘的诗坛同人扩展到更为广大的社会读者，以达到普遍推介的目的。所以，它又具有第二个特征，即面向大众的通俗性。

再次，诗话成为记录某一地区汉诗历史发展，反映明治时期社会变化的珍贵资料，这是江户时期日本诗话中所不具备的新特征，即史料性。

最后，诗话的作者往往从比较文化的角度出发，将中、日、洋三方文化中的差异表现纳入诗话的编写，反映出作者日渐自觉且不断增强的民族文化独立意识，这就使诗话又具有一种异文化比较的特征，即比较文化性。

明治诗话之所以能出现以上新特征，其主要原因大致有以下几个方面。

首先，近现代出版业和报业的兴起，推动了明治时期新旧文化的共同发展和逐步兴盛。报纸、杂志、汉诗栏的不断出现和各种汉诗文集的大量结集出版，使诗话不再成为学诗者唯一获取汉诗资料的途径和方式。同时，报纸、杂志、汉诗栏和汉诗文集中往往附有诗坛名家的评点，体现出近代媒体快捷的时效性特征，读者可以在阅读中直接获得指导与启发。

其次，随着传统学塾教育的逐渐萎缩，汉诗文教育的空间受到进一步挤压，汉诗文学习者数量也随之大幅减少，这也就意味着与汉诗文息息相关的诗话数量也会相应减少，从明治诗话与江户诗话的数量对比来看，这样的倾向是非常明显的。

再次，汉诗学习的大众化趋势也必然要求诗话从内容、形式和作用上作出相应的变化。实用性、趣味性、通俗性等多方面因素成为诗话编选者不得不考虑的问题。也可以说，诗话作者的编写动机和大众的实际需求决定了诗话的内容、形式和作用。

再次，明治时期虽然对清诗（主要是明治前期）的接受连续不断，但明治诗话在诗论方面的说明上明显要少于江户时期的诗话。这是由于中日两国外交关系的正式建立，改变了以往单纯依靠书籍传播的影响方式，两国文人自由、频繁、深入的交流客观上促进了两国诗学的不断发展，笔谈、唱和、序跋等直接性的对话对于传统诗话造成了相当大的冲击。

最后，明治诗话的变化并不仅仅是一个孤立的文化现象，可以说，它更是汉文学在明治时期发展变化的一个缩影。它在内容、形式、作用以及数量的变化方面都与整个日本明治维新时期的社会环境密切相关。它在反映汉诗文变化的同时，也反映出汉文化、日本文化以及西洋文化在碰撞、吸收和融合的过程中，地位与作用的变化和消长。

小　结

本章通过对现有明治诗话的分类和内容的考察以及与江户时期日本诗话特征的比较，得出明治诗话具备的四个鲜明特征，即实用性、通俗性、史料性、比较文化性。在对其特征产生原因深入探讨的基础上，进一步修正、补充和完善了以往将《日本诗话丛书》作为主要研究对象而得出的"日本诗话特征"结论上的偏颇与不足。与江户时期的日本诗话相比较而言，尽管明治诗话数量相对较少，但它在内容、形式、作用以及数量等方面的变化都反映出汉诗文乃至整个汉文学在日本明治时期的影响变化。在汉学地位急剧下降的明治维新变革期，它也成为理解汉文化在日本影响变化的晴雨表。可以说，明治诗话的研究也为明治时期日本汉文学的整体研究提供了一个有效的参考。

第五章　明治汉诗批评

维新伊始，明治政府在"文明开化"的大旗下，积极推行和普及以"西学"为中心的近代学校教育，以传统"汉学"为主的藩校、私塾迅速走向了衰败。而改革过程中的"激进"又让明治政府的上层统治者深感汉学在伦理道德方面的必要，所以汉学并没有遭受被彻底取缔的"厄运"，但汉学教育却被置于"国学"教育之中，处于从属地位。

作为已经深深扎根于日本文化，成为日本文学表现样式之一的汉诗文，虽然遭到沉重的打击，但还不至于在短时间内彻底覆灭。专门的汉诗文家自不必说，出身幕末的藩士、儒官、维新志士、新政府中的高级官僚和军人基本上接受过汉学教育，具有一定的汉学修养，即使是接受了明治近代教育的文学者也能够作汉诗、写汉文。可以说，汉诗文已成为其表现自己思想和感情的重要手段。夏目漱石曾说："（汉）诗的兴趣，是王朝以来的传统习惯，经过长久的历史已经日本化，因此，即使在今天，也不会轻易从我们这个年代日本人的头脑当中夺走。"①

幕末以来的"纯诗人"在这一时期书写了不少咏物诗、咏史诗、风景诗和抒情诗，他们在继承传统汉诗内容的同时，又突破了吟风啸月、吊古感怀的俗套，将新鲜事物化作诗歌创作的"材料"。

---

① ［日］夏目漱石：《思ひ出す事など》，春阳堂 1938 年版，第 20 页。

幼年接受私塾汉文训练，中学又开始接受近代学校教育的明治文学者，在汉诗的固定框架内描写外国风物，反映现实生活，讽喻时事，颇具新意。虽然诗作数量不多，但汉诗创作中的大胆革新，给明治汉诗文坛吹入一股新风。

明治初期，政府的台阁官僚和行伍出身的军务要员，在汉诗创作中继承了幕末"志士诗"雄浑悲壮的风格，诗中多含豪言壮语，充满赤诚的爱国热情。但是随着维新运动的不断深入，日本逐渐摆脱了西方国家的威胁，此类汉诗虽然保留着"志士诗"慷慨激昂的"外壳"，但却逐渐转向宣扬充满狭隘民族情绪的"大日本主义"和"穷兵黩武"的尚武精神。这类内容的诗歌渐次增多，特别在甲午战争和日俄战争时期，一时间极为盛行。

王晓平先生在《近代中日文学交流史稿》中指出："从来没有任何一个时代的汉诗，与日本的社会生活发生过如此密切的联系。不论是从作品的数量还是质量上说，这一时期都是日本汉文学史上的一个辉煌的时期。"①

第一节　大沼枕山一派咏物诗内容与创作的"本土化"

在我国诗歌史上，咏物诗占有重要的地位。咏物诗中所咏之"物"往往是作者之自况，于描摹事物中寄托感情，或表露人生态度，或寄寓美好愿望，或包含生活哲理，或体现生活情趣。诗人通过描写客观世界中的事物，并将自己的思想感情融入其中，达到"托物言志"或者"借物抒情"的目的。刘熙载在《艺概》中云"咏物隐然只是咏怀，盖个中有我也"，屠隆在《论诗文》中认为，咏物诗"体物肖形，传神写意，不沾不脱，不即不离"。所以，咏物诗是"体物描摹"与"言志抒情"相结合的产物。在日本，咏物诗也颇受文人的青

① 王晓平：《近代中日文学交流史稿》，湖南文艺出版社1987年版，第124—125页。

睐，时至近世，数量犹多。幕末明治时期大沼枕山和其弟子植村芦洲的咏物诗颇为可观，但与中国的咏物诗却存在明显的不同。

赖山阳在《书咏物诗选后》中对日本"咏物诗"的弊病已经作出了明确的批评，他认为中国人所作咏物诗中皆有寄托，有"士大夫"文人那种"官场浮沉"的人生感慨，是寓情志于景物的"可读之诗"。他云："唐人咏物，皆有寄托，非徒作者，谢瞿七律专门于此。然得一警联，其余补填可厌，如袁凯白燕，洵不易获。大抵汉土士大夫官迹浮沉感触，有多少可诗者。"但是，日本文人并没有中国士大夫那样的社会环境和社会地位，几乎没有中国士大夫文人那般对人生际遇的感触，所以诗作往往流于对眼前事物技巧性的"忠实写生"或者表现上的"标新立异"，缺乏咏物诗本应包含的情志内核。他又云："而邦人否焉，故苦无题目，于是不得不逞工于咏物。咏物材料与汉人共之，每为其舆侪势也。唯据所遇，记岁月，写情景，是汉人所不知，而吾独知者，或可标新领异耳，是余所以不欲咏物。咏物不若咏史，史中有无数题目，随读者浅深，皆可成真诗。舍之而曰雁字，曰莺梭无为也。"①

揖斐高在《江户诗歌论》中亦指出了咏物诗中政治性因素"缺席"的问题。他云："与本家中国的咏物诗不同，日本的咏物诗中作为其根底的'志'的不存在，导致了咏物诗在表现技巧上的一边倒。咏物诗作为对事物的客观写生，寄托身边日常生活琐碎感情的工具而在日本扎下了根。"②

枕山在咏物诗的创作上颇受菊池五山的影响，他在为《芦洲咏物诗钞》的题序中云："余少壮诗事五山菊池先生，先生以咏物为宗，故余为咏物七律二百余首。"③ 他在对门生的汉诗教授上，沿袋了菊池五山"余教人学诗，率以咏物为课题"④ 的做法，吸收了菊池五山咏

---

① ［日］赖山阳：《山阳先生书后》下卷，三书堂1832年版，第31页。
② ［日］揖斐高：《江户诗歌论》，汲古书院1998年版，第115页。
③ ［日］植村芦洲：《芦洲咏物诗钞》，小菅直太郎出版1881年版，"序"。
④ ［日］大沼枕山：《枕山咏物诗》，熙熙堂藏版1846年版，"序"。

物诗的写生手法和作诗技巧，延续了菊池五山咏物诗的传统。

大沼枕山在1840年出版了《枕山咏物诗》，收录诗作101首，后来又增补至178首，与梅痴的咏物诗164首合刻出版了《梅痴咏物诗》。而且在1859年和1861年先后出版的《枕山诗钞初编》和《枕山诗钞二编》中皆收录有咏物诗。枕山平时对门内弟子也经常进行咏物诗的课业，1875年出版的《下谷吟社诗初编》中也收录了相当数量的咏物诗。枕山的高足植村芦洲在1862年出版了《芦洲诗钞》，其中就收录了当年枕山课业的咏物诗。1881年芦洲又出版专门的咏物诗集《芦洲咏物诗钞》，收录诗作112首。植村芦洲作为枕山的弟子，一直遵循枕山的指导，坚持咏物诗创作，枕山对此颇为赞赏："余之门人植村后利少小能诗，诸体兼备，而为刻咏物诗之举，余谓仿余之少壮者也。后利之诗声律严正，不苟一字。是亦仿余者也。而后利之诗，出于诸体之余，而熟炼精警，今人之所不及也。呜呼！后利在于咏史满眼之世，而依然作咏物诗，不以变其操，是余最赏。"① 可见芦洲在创作上又承继了枕山咏物诗的传统。

枕山的咏物诗突出了宋诗在自然描写上的客观细腻，在措辞和诗情方面表现得稳健得体。如《秋蝇》诗云："营营犹自恋杯盘，豆大形骸渐欲残。趁雾点头麾不去，向阳顿脚任他弹。窗间钻纸随斜阳，炉底投灰逼晚寒。霜力一麾无几日，吟诗感受拂眉端。"② 诗中对日渐天寒、濒临死境、寻食求暖的无力秋蝇的细致描写犹如一副写生图，形象真切，但其中缺乏作者情感，并没有什么托寄。

再如，其弟子富岛誉的《若蚊》诗云："绝似戈矛袭夜营，灯窗鼓翼乱军声。大攻吾欠周嵩计，白鸟森然突碧城。"虽然描写形象有趣但无内涵，流于一种诗文游戏。再如其《早蝉》诗云："拨其无弦似有弦，密怀高柳拣阴迁。南熏洗耳北窗午，嫩绿如流涵小蝉。"③ 与中国有关咏"蝉"诗的意象大异其趣，既没有虞世南《蝉》里"居高

---

① ［日］植村芦洲：《芦洲咏物诗钞》，小菅直太郎出版1881年版，"序"。
② ［日］大沼枕山：《枕山咏物诗》，熙熙堂藏版1846年版，"序"。
③ ［日］大沼枕山：《下谷吟社诗初编》中卷，考诗阁藏版1875年版，第14—15页。

声自远，非是藉秋风”的清华之语，也没有骆宾王的《咏蝉》内“露重飞难进，风多响易沉”的患难之词，更没有李商隐《蝉》中“本以高难饱，徒劳恨费声”的愤懑之言。

植村芦洲除继承了大沼枕山咏物诗创作中的自然细腻之外，还将日本题材和日语词汇融入咏物诗中，改变了枕山在吟咏日本风物诗时夹杂中国历史典故的手法，在诗中表现出日本人日常生活的智慧。如他在吟咏“腌萝卜”的《水淹萝蔔》一诗中云：“抛掷禅厨旧渍方，品盐和麹试新尝。一枚宁混茄珠紫，半点仍除粃屑黄。葱玉轻轻裁雪薄，瓠犀响冷碎冰香。充他丑旦风流赠，例报开冬演剧场。”再如《海苔脯》：“腥腊都输紫菜干，品川期品更求难。小烘炉上香云腻，轻揉厨中碎雨寒。封寄远人笺共垒，擘供禅老钵同单。省他盐豉莼虽似，为用为羹便可餐。”① 而且，他在有的咏物诗创作中带有俳谐的味道。如《寒灯》：“瓦釭冬冷照更深，可要宫莲一朵金。花落两窗人悄悄，花落雨屋夜沉沉。乘昏鼠辈声过案，畏冻猫儿影逼衾。酒醒只疑梅下卧，枕头残点似横参。”诗中对猫鼠和醒酒后错觉的白俗戏谑式的描写与枕山咏物诗稳健中正的风格完全不同。可以说，植村在咏物诗的创作上更加凸显了内容书写的“日本化”和表现手法的“俳谐化”。

针对枕山一派的“咏物诗”，森春涛一派也提出过批评。森春涛曾评价枕山一派的咏物诗云：“梅痴枕山诗之妙悟在于两家的苦心孤诣，后人学之也只是东施效颦而已。”但是，森槐南的评价则与森春涛完全不同，他对枕山一派的咏物诗中缺乏感情的弊病进行了尖锐的批评，他说：“胸无寄托则笔无远情，诗中尤不可欠一唱三叹之致。其疵在何处？即便曲尽佻巧，也只不过是儿童之哑谜也。”进而对于植村芦洲咏物诗又批评道：“近世熙熙堂主人盛唱咏物，至其末流植村芦洲等一派风愈斯下，以沾沾小言炫工夸奇。”特别对咏物诗中“夸奇斗巧”的弊端进行了严厉的指摘。而实际上，沈德潜在《说诗晬语》中

---

① 〔日〕植村芦洲：《芦洲咏物诗钞》，小菅直太郎出版1881年版，第21—22页。

早就对咏物诗的这些弊病进行了批评，他曾云："彼胸无寄托，笔无远情。如谢宗可，瞿佑之流，直猜谜语耳。"① 由此可见，槐南对枕山一派咏物诗的批评明显是受到了沈德潜《说诗晬语》的影响。

综上可见，幕末明治时期的咏物诗在菊池五山、大沼枕山和植村芦洲师承延续的过程中，五山、枕山稳健中正的咏物诗风逐渐在植村芦洲的咏物诗中呈现出题材"本土化"、表现"俳谐化"的倾向。与我国的咏物诗相较而言，枕山一派的咏物诗缺乏"情志"内核，选材白俗，带有游戏的味道，但这也正反映了咏物诗在日本传播与接受过程中"排异"与"变异"的现象，也体现出日本诗人在咏物诗创作中所加入的"日本风味"。

第二节　森春涛一派艳体诗的基本特征与社会影响

明治初期，以森春涛、森槐南父子为代表的艳体诗一派，逐渐在诗坛兴起，给明治初年的汉诗坛吹入一股新风，打破了宋诗"一统天下"的沉闷局面，对这一时期的社会与文艺产生了重要的影响。

春涛艳体诗的最大特点就是优美纤细、艳冶柔弱，诗中巧妙运用丽句艳词，而最能体现其艳体诗特征的就是他的竹枝词和香奁诗作。

竹枝词中主要吟咏男女之间的艳情和当地的风土民俗。通观《春涛诗钞》可知，春涛一生都在创作竹枝词。其中天保四年（1833）的《岐阜竹枝》二首，文久二年（1862）的《高山竹枝》四十首，庆应三年（1867）的《三国港竹枝》五十首，明治九年（1876）的《横滨竹枝和永坂石埭》十二首，明治十四年（1881）的《新潟竹枝》五十四首，明治十五年（1882）的《千叶竹枝》五首，明治十七年（1884）的《玉岛竹枝》十首。可以说，竹枝词是理解春涛汉诗不可或缺的内容。而且春涛还写了大量与竹枝旨趣相通，表现妇女日常琐事、媚态

---

① 叶燮、沈德潜：《原诗·说诗晬语》，凤凰出版社 2010 年版，第 123 页。

闺情的香奁体诗作。如《无题》"粉愁香恨两凄迷，手剥青苔认旧题。春色满庭人不见，海棠枝上画眉啼"①，诗中表现出了惨遭抛弃的女性忧愁哀怨的主题。小野湖山曾作诗对一副蓄发美髯的伟丈夫却一直用冶艳佳丽的竹枝与香奁体进行汉诗创作的森春涛进行了揶揄。他赋诗云："千古香奁韩偓集，继之次也竹枝词。两家以外推妍妙，一种春髯艳体诗。"②而春涛却并没有因为这些而放弃自己艳体诗的风格，他曾作《诗魔自咏》八首，并在"诗引"中写道："点头如来（按：冈本黄石）目予为诗魔，昔者王常宗以文妖目杨铁崖，盖以有竹枝续奁等作也。予亦喜香奁竹枝者，他日得文妖诗魔并称，则一生情愿了矣。若夫秀师苛责，固所不辞也。"他在第一首中写道："空中之语写魂消，可见才人结习饶。永结不磨脂粉气，诗魔赖得并文妖。"③表明自己不在乎被人称为"诗魔""文妖"，而是将竹枝和香奁体创作视为自己擅长的本领，"情愿"用一生去吟咏这种艳体诗。

　　森春涛的诗文辞清丽，情绪缠绵，音节婉转，清新感兴，缥缈而有余韵，深受王渔洋"神韵说"的影响，王渔洋诗中"忧愁"的主题在春涛诗中多有呈现，他曾用王渔洋《秋柳四首》韵，创作了《秋柳四首》。其第一首云："日日消魂更断魂，行人别去不开门。可怜奁底藏眉谱，谁记衣边剩泪痕。梁苑今无忘忧馆，石城空有莫愁村。一声残笛斜阳恨，纵见渔翁懒细论。"④诗中忧愁感伤的基调甚为浓厚，而促使春涛倾向王渔洋"忧愁"主题的重要原因就是他的三任妻子亡故。所以对女性及其情感的关心构成了对香奁体执着创作的背景。入谷仙介在《春与忧愁——森春涛》一文中对森春涛和他诗中的"忧愁"进行了这样的评价："春涛是一位执着于自己的感性，执着于忧愁的诗人"⑤，"春涛诗的忧愁是领先于时代的新型的忧愁"⑥。他是将森春涛诗中表

---

① ［日］森春涛：《春涛诗钞》第 7 卷，文会堂书店 1912 年版，第 10 页。
② ［日］小野湖山：《湖山近稿》下卷，森春涛出版 1877 年版，第 11 页。
③ ［日］森春涛：《春涛诗钞》第 14 卷，文会堂书店 1912 年版，第 9 页。
④ ［日］森春涛：《春涛诗钞》第 7 卷，文会堂书店 1912 年版，第 16 页。
⑤ ［日］入谷仙介：《近代文学としての明治汉诗》，研文出版 1989 年版，第 11 页。
⑥ ［日］入谷仙介：《近代文学としての明治汉诗》，研文出版 1989 年版，第 15 页。

现的"忧愁"定义在近代男女爱恋的框架下加以评价的。

森春涛的艳体诗享誉诗坛，而让艳体诗真正走向流行的却是得益于门下弟子的支持。他在名古屋开创诗社时，神波即山、丹羽花南、阪本三桥和永井禾原等人在其门下学习汉诗。到东京后，森槐南、桥本蓉堂、杉山三郊和岩溪裳川等人陆续加入，潜心学习春涛的诗风。另外上梦香、神田香岩虽然没有直接受教于春涛，但是通过其弟子桥本蓉堂而间接地受到春涛诗风的强烈影响。而且创作艳体诗的作者大都是二十几岁的年轻人，对于艳体诗风的接受也相对比较容易。森槐南和桥本蓉堂等青年诗人争先创作艳体诗，其作品在全国青年人当中广为流传。森春涛创刊的《新文诗》、成岛柳北的《花月新志》中的汉诗栏经常登载他们的艳体诗作。在明治一〇年代前半，春涛一派的艳体诗风逐渐流行起来，受到读者的广泛欢迎。森鸥外在小说《雁》中记述道："无论谁读了《花月新志》和《桂林一枝》这样的杂志，都会认为槐南、梦香的香奁体汉诗是最优雅的。"[①] 由此可以洞见春涛一派艳体诗在当时流行之一斑。

春涛一派艳体诗之特征大致有二。其一，女色、男女情事与佛禅的融合。我国诗人白居易、杜牧和李商隐的诗中也有不少吟咏色与禅的作品，但大多是通过禅理来阐明"色即是空"的道理。而森春涛一派的艳体诗作则与之不同。如《寄题僧镜堂花柳无私处》一诗中云："风里妖花空是色，烟中媚柳幻成真。多情我亦善男子，花柳前头欲舍身。"[②] 他并没有遵循佛教中"色即是空，空即是色"的教义，而是在披着一层禅理和佛语的"外衣"下，流露出对色事的执着和女性美的追求。桥本蓉堂的《以荷花世界柳丝乡为韵》："欲向西天参妙偈，荷香冉冉风吹袂。三生我是病维摩，伴得散花人绝世。"[③]《戏咏佛手柑》："现来金粟影中身，结印分明证夙因。十指寒香吹不断，当年曾伴散花人。"[④] 都只是

---

① ［日］伊藤整等：《森鸥外集》，讲谈社1981年版，第102页。
② ［日］森春涛：《春涛诗钞》第8卷，文会堂书店1912年版，第8页。
③ ［日］桥本蓉堂：《蓉堂诗钞》下卷，玩古斋藏版1881年版，第30页。
④ ［日］桥本蓉堂：《蓉堂诗钞》下卷，玩古斋藏版1881年版，第14页。

借用佛教中的"维摩"和"散花天女"的形象来表现善男信女之间的爱恋。此外，春涛一派的艳体诗中还经常出现"情禅""美人禅"之类的词语。如森春涛的《禅榻茶烟》中云："维摩一榻扬茶烟，杜牧三生有夙缘。风里落花吹不定，鬓丝参照美人禅。"① 桥本蓉堂《无题次韵二首》之第二首云："回首东风易黯然，小楼倚尽暮寒边。重帘映梦酴醾雪，双笛吹愁杨柳烟。薄幸不为名士累，多情好伴美人禅。青衫剩有飘零感，中酒迷花又一年。"② 表现出作者将对女色和美人的追求视作人生中的参禅修炼，即便耗费一生，也绝不后悔。

其二，对佳人薄命的感伤吟咏。此类艳体诗创作主体主要是春涛一派中的青年诗人。在桥本蓉堂《题小青像》一诗中这样写道："生绡一副写温存，薄命如卿足宿冤。蜀鸟满腔皆恨血，湘兰竟体是情根。春魂犹认桃花影，夕泪曾留镜汐痕。参粉零香寻不得，笛声咽断旧朱门。"③ 诗中通过对我国传奇小说中的"薄命才媛"小青身世的吟咏，表达对小青英年早逝悲惨命运的深切同情。不仅如此，桥本蓉堂经常将"佳人薄命"的意象，投射到现实生活中"英年早逝"的女性身上。如他在《代友人题某校书真》一诗中云："红颜憔悴狭斜尘，漂泊应缘过去因。窈窕春云余幻影，依稀明月认前身。情天不断消魂种，色界偏多薄命人。侬是善恶卿善病，相逢无语各伤神。"④ 诗中依然没有走出"才子佳人""多病善愁""佳人薄命"的主题，抒发了自己对照片中短命佳人的哀婉之情。

春涛一派艳体诗中呈现出的两个特征并非自创，而是受到清代诗人陈碧城诗风的强烈影响。明治初期，森春涛选定出版的《清三家绝句》和《清二十四家诗》中收入大量陈碧城的诗作，通读陈碧城诗作可以发现，诗中的主题与使用的诗语与春涛一派的艳体诗如出一辙。

---

① ［日］森春涛：《春涛诗钞》第13卷，文会堂书店1912年版，第16页。
② ［日］桥本蓉堂：《蓉堂诗钞》下卷，玩古斋藏版1881年版，第10页。
③ ［日］森春涛：《新文诗》第63集，茉莉巷凹处藏梓1880年版。
④ ［日］桥本蓉堂：《蓉堂诗钞》下卷，玩古斋藏1881年版，第14页。

如在《清三家绝句》中陈碧城《题顾子雨梦游旧馆图》"忏尽情禅销
尽劫，一图留得证人天"① 中的"情禅"，《清二十五家绝句》中《芙
蓉山馆与张子白大令夜话》"属国蒲桃名士酒，空山香草美人禅"中
的"美人禅"②。此外，陈碧城吟咏"小青"的诗句不少，据说他还亲
自为小青修缮坟茔。森槐南在《补春天传奇》中，还特意将此事写了
进去。③ 所以说，陈碧城对森春涛一派的艳体诗创作产生了非常重要
的影响。

南摩羽峰在评论艳体诗时云："余论诗以谓音调流畅、气格高古、
语短而意长、使人益觉有余味者为真诗。若夫巧致纤细、调缩格卑，
徒以绮字绣句眩人目，一读可喜，而再读可厌者，则在所不取焉。"
明治文坛骁将井上哲次郎在《论诗》中亦云："小技观诗眼钦明，长
章短句写真情。矧乎禅教其功大，不啻多知草木名。"并自评道："余
平生持论亦如此。岂取绮字秀句，眩人目者哉。虽然近世有此种诗，
句句用绿酒红灯醉花吟月等之文字，浮靡软弱，最可厌，余窃目为游
冶郎体。"④ 评论中提到的"此种诗"就是指当时流行的艳体诗。井上
认为写诗一定要有真情实感，要有益于社会道德。所以他从重视道德
和学问的角度，将艳体诗视为"灯红酒绿，浮靡软弱"的"游冶郎
体"。井上哲次郎在明治文学界具有相当的影响力，他的观点具有一
定的代表性。对于处在明治维新上升期的日本，需要能够带给整个社
会振奋向上的诗作，而不是沉醉于对香草美人主题的吟咏。从整个社
会发展过程中对道德文化需求层面来讲，艳体诗已经逐渐丧失了社会
大众的支持。再者，森春涛一派的艳体诗中的女性形象大多是沦落风
尘的"游女"，并非现实生活中真正的爱恋对象，只不过是对恋爱的
一种非现实性的想象，而并非对现实社会女性的追求，与近代文学中
男女之间的"爱恋"有着根本的区别。《朝野新闻》中曾刊发《伪情

① ［日］森春涛：《清三家诗·陈碧城绝句》，茉莉巷卖诗店藏 1881 年版，第 35 页。
② ［日］中岛一男：《清二十四家诗·陈碧城诗》下卷，森春涛出版 1878 年版。
③ ［日］森槐南：《补春天传奇傍译》，森槐南出版 1880 年版。
④ ［日］井上哲次郎：《巽轩诗钞》上卷，钩玄堂 1884 年版，第 24 页。

痴》一文，将春涛一派，特别是将森槐南称作书写虚空艳体诗的"伪情痴"。① 明治一〇年代后期以降，汉诗文坛逐渐转向了"硬派"诗风。而且随着艳体诗主要创作力量的青年诗人的不断成长和社会阅历的不断丰富，起初对艳体诗的新鲜感也逐渐淡化，"浮靡软弱"的艳体诗也自然走下了流行的舞台。

尽管春涛一派的艳体诗主要表现"才子佳人""佳人薄命"的旧式文学主题，并非描写近代新式男女恋爱的真实体验，但其艳情诗中所蕴含的那种幻想性、神秘性、悲剧性和感伤基调，对于后来围绕女性和恋爱而展开的文艺创作都产生了非常重要的借鉴作用，对于后来成长起来的文学者也产生了深刻的影响。三木爱花的汉文随笔《仙洞美人禅》、笹川临风的小说《美人禅》等作品都与艳体诗中的"美人禅"存在明显的影响关系。因而应该客观公正地评价春涛一派艳体诗在明治时期产生的重要作用，而不能一概否定。

第三节　森槐南、国分青崖"古体诗"的回归与创新

随着明治社会的不断发展，传统汉诗要继续发展必须跟上社会进步的步调，其内容也必须反映急剧变化的社会现实。正如明治一〇年代后半期以降，艳体诗从流行走向衰落的命运那样，归根结底，就是因为它已经不再适应社会的需求和读者大众的口味。面对这样的局面，汉诗人必须作出主动适当的反应，调整或改变以往的汉诗内容和风格。明治二十年代以后，以森槐南和国分青崖为代表的新一代青年才俊逐渐立足诗坛，展示他们的汉诗才能。森槐南和国分青崖等人重振"星社"，在积极进行汉诗创作的同时，还在报纸杂志的汉诗栏目中担任汉诗主编，充任汉诗评正，有力地推动了汉诗的发展，使汉诗迎来了明治时期的兴盛局面。幸田露伴云："二十年（按：1887）以后，直

---

① ［日］日野俊彦：《森春涛の基础的研究》，汲古书院 2013 年版，第 155—156 页。

到春涛之子槐南、仙台的国府（按：应为'分'）青崖的出现，我认为才可以说有了明治初期（汉诗）兴盛的结果。"①

　　森槐南从小随父学作汉诗，从少年时代就开始发表汉诗，成为春涛一派艳体诗的新锐诗人，很早就在诗坛小有名气。黄遵宪驻日期间，由于与森春涛有过交往，因此与槐南结成忘年之交，对槐南的诗才十分欣赏。他曾在《续怀人诗》其七的注中云："年仅十六，兼工词，曾作《补春天传奇》示余，真东京才子也。"而且在《致宫岛诚一郎函》中特地提到了森槐南的名字，"江湖诗人如小野湖山、森槐南想来无恙。仆于日本文士，相知者甚多，不能偻指一数。特举一老辈一后生，以况其余，见俱为我致意"②。足见黄遵宪对森槐南才气的赏识。

　　尽管黄遵宪对森槐南和他的《补春天传奇》赞赏有加，但是他在给森春涛的信中却写道"文章既为小道，词曲又为诗之余"，希望森春涛在诗文教育上对槐南"以大者远者教之"③。俞樾在《东瀛诗选》中评森春涛"诗亦多小题，然清新俊逸，自不可掩"的同时，也指出《三十六湾集》《丝雨残梅集》等诗作"颇涉纤小"④ 的问题。所以，随父学诗的森槐南自然不可能不受到中国文人俞樾对于"艳体诗"指摘的影响。明治一〇年代后半以降，森槐南汉诗吟咏的主题逐渐变宽，诗风也发生了较大的变化。福井辰彦曾指出，在森槐南的意识中，"诗人应该是同时参与国家经营，与社会积极相关的士大夫。而诗则是用来表达士大夫'志'的工具"。自幼习得的儒教文学观也影响和促使了森槐南在诗风上的变化。而且，森槐南在谈及诗风的转变时，也承认受到了俞樾的影响。他说："先君子提倡绮语，以救时人粗犷之习。玉池之清新俊逸，裳川之流美圆畅，皆传其法脉。人或咎不肖，不肯恪守家法。然仆尝读俞曲园所撰卷中评语，誓不作小题诗，力求

① ［日］幸田露伴：《露伴全集》第18卷，岩波书店1949年版，第295页。
② 郭真义、郑海麟编：《黄遵宪题批日人汉籍》，中华书局2009年版，第54页。
③ 郭真义、郑海麟编：《黄遵宪题批日人汉籍》，中华书局2009年版，第55页。
④ 陈福康：《日本汉文学史》下册，上海外语教育出版社2011年版，第72页。

所以涤濯肺肠回异面目也。"①

　　森槐南在《新新文诗》的《诗问》一文中谈及江户后期的汉诗创作时评论道："元禄、享保间之诗家，皆率用此意（按：古体诗），取格慎重，不敢轻率。故音节谐否姑且不论，其骨气清新，或有不亚于建安大历以下者。其所病者，仅有以时时承袭七子之陋习者。若此风骨今存，旨归沉练，自然以为极端，则绝无轻浅浮靡之病。"他认为，这一时期的诗作深受明代"格调派"之影响，诗人作诗畏手畏脚，不敢越雷池半步。诗作模拟剽窃，丧失"建安风骨"，流于"浮靡浅薄"。他还说："文化文政之诸先辈，竞以律绝相标榜，欲矫模拟剽窃之弊，而不知油腔滑调之贻害。"②表现出槐南对以绝句律诗等近体诗为能事的化政诗人，欲以"尖新笔触"矫正"模拟剽窃"之弊，却流于"油腔滑调"的现象提出了严厉的批评，反衬出槐南对"气骨清新""格调高雅"的古体诗风的向往和青睐。

　　森槐南在《送井上巽轩哲学士游欧罗巴》一诗中，吸取了古体诗高雅的格调，驱动自身丰富的汉学储备和多样的修辞手法来书写传统汉诗中几乎从未涉及的西洋历史和异国风情。其诗云："郦道元《水经注》不载九河四渎以外大禹未治处，淮南王《坠形训》乃有八纮八殥八泽怪诞不可问。穆满八骏之所游，虫沙猿鹤如蜉蝣。汉皇错信凿空客，么么拾得织女石。扶桑丽日红晓霞，我朝文藻古可夸。诗人尚谈泰西术，学士乃向欧罗巴。奇烟苍点九万里，鹏程欲从何说起。只问禹贡有此不？天风鼓荡吹海水，海水清以漪天寒。枯桑知霹栗忽凄。动星斗，光离离。空城乌啼如鬼哭，黑云压幕旗撑持。君行矣，感之涕涟洏。歌以志，别我思；安南陲，金波何穆穆，宝月何烛烛。欲问古先生，禅心淡如菊。梵音遥自普陀来，妙莲恍现灵鹫麓。君行矣，自笑头不秃。歌以志，别我思；西天竺，亚伦幻虵蛇，摩西驱蝇蛙，

---

　　①　［日］合山林太郎：《幕末·明治期における日本汉诗文の研究》，和泉书院2014年版，第184页。
　　②　［日］合山林太郎：《幕末·明治期における日本汉诗文の研究》，和泉书院2014年版，第192页。

聚散以色列，慈悲邪和华。火云四射怒潮赤，法老铁骑淘为沙。君行矣，吊古嗟复嗟。歌以志，别我思；红海涯，红海之外地中海。鲛绡织月珠腾彩，玲珑一碧天沉沉，我所思兮渺无际。虹霓龙动百尺桥，星汉巴黎七月标。香狮入殿雪滚锦，斑虎出圈花盘条。蔷薇清露葡萄酒，吊玉阑干金线柳。郎君白皙妇红妆，燕脂紫晕樱桃口。人间果有大罗天，花不凋零月自圆。此际便游众香国，此时应赋小游仙。即今高歌醉酩酊，待至君归酒不醒。杯底茫茫沧海波，山河一片蜻蜓影。"①此诗诗境雄浑壮阔，想象大胆丰富。地理空间跨度很大，从中国而至安南，再由印度而至欧洲。内容丰富多彩，涉及历史、地理、宗教（佛教和犹太教）、风土、人情等多个方面，充分表现出森槐南丰富的知识储备、开阔的视野和娴熟过人的作诗技巧。入谷仙介在《表现者的极北》一文中这样写道："至少在明治二〇年代以前这个阶段，汉诗被视为更能灵活适应新时代的韵文。汉诗背负着中国两千年诗歌的传统，拥有精练丰富的诗语，其内容的壮丽是和歌与俳谐遥不可及的。诗形从五言绝句到七言古诗长篇，范围广泛，内容多样，能够驱使最为丰富的诗语，具有卓越的表现力。海外之体验、社会之变革、伴随着开国而流入的新事物、新现象首先在汉诗中出现。汉诗这样的特性，特别在充分运用它的表现力代替即将出现但尚未出现的新诗语，创作出新型感性的诗作。而朝向这个方向、追求极限的就是森槐南的汉诗，那是值得称赞的成果。"②

明治一〇年代以后，与森槐南一道，国分青崖也成为诗坛的中心人物之一。青崖从明治一〇年代中期开始向《新文诗》和《新新文诗》投稿，而这一时期主要是以吟咏名山之作而在诗坛崭露头角。他的诗作苍古雄劲，格调高雅。如他的《登岳》第二首："气骨崚嶒独绝群，四山如垤乱纷纷。寒炎上界春秋一，风雨中峰日夜分。洞中蛟龙云自湿，巅无草木石皆焚。置身已在青冥外，仙阙笙歌月里闻。"

① ［日］森槐南：《槐南集》第3卷，博文馆1912年版，第2页。
② ［日］入谷仙介：《近代文学としての明治汉诗》，研文出版1989年版，第50页。

明治二十年代以后，青崖的作诗技巧渐次圆熟，表现力也更加丰富。其诗作《风雨观华严瀑布歌》雄壮豪放，气格高古，神奇瑰丽，想象丰富，飘逸洒脱，诗中带有一种动人心魄之感。诗云："黑发之山高入空，白灵呵护青龍怸。绝顶汇碧三万顷，溢为巨瀑专其雄。远望匹练挂林末，近疑河汉横苍穹。一落为霰再落雾，雾飞霰迸林生风。三落而下不见水，俯视一白云濛濛。骊珠翻倒百千斛，老精夜哭鲛人宫。我来正遇热如毁，隆隆之雷起岳顶。飒然飞雨吹万松，紫光矸磰闪眉睫，一声霹雳双耳聋。泉声风声不可别，林木訇磕涛崩洶。莫是雷雨助真主，虎豹犀象争奔冲。不然大风撼赤壁，龙蛇骇逸摧艨艟。纷纭斗乱不可乱，奇正百出交相攻。飞廉鞭叱天马走，冯夷击鼓声冬冬。阴晴倏忽几变幻，风云奇谲谁能穷。乃知精灵逞狡狯，戏与词客争神工。须臾雨歇夕阳出，一条饮涧垂彩虹。层层萝薜露痕湿，残霞掩映纷青红。晚投湖楼独呼酒，惊魂未定神惝惝。青莲千岁不可起，诗成欲舞潭中龙。"① 副岛苍海对此诗非常欣赏，曾多次次韵和诗。也因为此诗，青崖博得诗坛众家的好评，确立了自己在诗坛的地位。

青崖诗风的形成与他对当时汉诗坛诗风的批评密切相关。他曾作论诗诗云："徐翁一起辞学古，世人讥作剽窃祖。文化文政大名家，笔竞尖新意陈腐。"他对文化文政时期以来的"性灵派"进行了批判，认为所谓的汉诗大家的诗作看似"尖新"，其内容并没有什么新意，这与森槐南所持有的观点是非常类似的。

当然，青崖的汉诗并非仅限于山水游兴、怀古遣怀之作。他曾在《日本新闻》中开设"评林"栏目，通过汉诗评论时事，发挥汉诗讽咏现实的"美刺"功能。这从青崖的《诗董狐》（评林第一集）中可以看得出来。

青崖在"例言"中云："诗者志也，言志也；诗者史也，纪事也；诗者刺也，讽世也。"可以看出，他明显受到中国传统诗学思想的影响。所以，他十分推崇《诗经》、《楚辞》和《古诗十九首》。他说：

---

① ［日］神田喜一郎：《明治汉诗文集·62》，筑摩书房1983年版，第102—103页。

"《三百篇》尚矣,《离骚》哀怨悱恻,《十九首》质茂深厚,讽刺之辞十居七八。"同时对"自时厥后,披风抹月,流连光景,模山范水,专事雕绘"丧失"诗之本旨"的现象提出了批评。在他看来,"诗之用,在动人。不动人,则辞藻之美如琳琅,音节之美如鸾凤,复何益于世?若夫以艰僻幽晦为深,以秾丽绮缛为工,神奇不属,其性情全沦,可谓诗之一大厄也"。作诗的目的和意义就在于"言者无罪,闻者足戒,裨益于世道人心。恶其事,而不恶其人,不失优柔敦厚之旨"。这种"崇古抑今"的思想明显流露出青崖对于日本诗坛现状的不满,同时也表现出青崖回归古体诗的倾向。青崖的评林诗内容涉猎广泛,"自政治、法律、经济、文学至理化、算数、工艺、农桑,莫不网罗",从不同方面对明治时期的社会现象进行了批判。[1] 如《泣孤岛》一诗云:"仰告皇天天不答,俯诉后土地不纳。三千坑夫苦倒悬,帝泽所及何偏狭。炭脉层层断复连,暗中匍匐踵接肩。瘴烟疬气塞坑底,呼吸逼迫步且颠。有人有人何残毒,手提棍棒日督促。千鞭万挞尚不厌,气息仅苏又驱逐。皮败肉烂无完肤,乱头蓬松发不梳。裸体起卧乱沙上,面容仿佛昆仑奴。昔闻苛政猛于虎,苦役惨虐所未睹。岂啻农夫使马牛,甚于狱吏役囚房。病无汤药寝无衣,糟糠食尽日呼饥。父母伏病不得省,妻儿在家几时归。一身羁缚脱无计,故犯法网陷罪戾。自白缧绁非不酸,尚胜孤岛坐待毙。坑夫坑夫有何辜,唤苦叫痛形槁枯。剑山血池非夸诞,眼见佛氏地狱图。触头屠腹自摧殒,草间鲜血痕未泯。鬼哭啾啾磷火青,风浪澎湃带余愤。呜呼明治陶朱公,家累巨万人尊崇。吾闻炭坑为其有,何不锐意除弊风。何物凶奴逞奸狡,巧假虎威贪不饱。日月不照无告民,三千余人泣孤岛。"[2] 诗中对煤炭坑夫悲惨境遇的描写,触目惊心,一字一泪,沉痛悲愤跃然纸上。透过煤炭坑夫的非人境遇,让读者可以看到明治"文明开化"进程中丑恶与黑暗的另一面。

---

① 〔日〕国分青崖:《诗董狐》,明治书院 1897 年版,"例言"第 1—9 页。
② 〔日〕国分青崖:《诗董狐》,明治书院 1897 年版,第 27—28 页。

　　以揭露时弊、批评时事、反映现实为宗旨的"评林体"汉诗的出现，打破了日本传统文学"脱政治性"的拘囿，真正实现了文学与社会现实的"接轨"，发挥了汉诗针砭时事的社会功能。可以说，青崖的"评林体"汉诗在日本文学史上具有开拓性的意义。

　　但是，也有人认为青崖的评林诗"不够精练"，不过是"从报纸拾捡的、有平仄的论说文句""陈腐至极的牢骚"，不能称为"诗"①。而入谷仙介则认为，"评林诗"犹如一幅巨大的画卷"向我们全面呈现出了明治这一时代的各种样相"②，对于青崖在这方面做出的贡献给予了高度评价，将国分青崖赞誉为"国民诗人"。

　　一时代有一时代之诗歌。回顾明治汉诗坛的诗风变化，我们可以发现，春涛之所以能够取代枕山而让"艳体诗"在汉诗坛骤然"流行"，就是抓住了读者大众对于"新鲜"诗作的需求。当"艳体诗"逐渐失去"吸引力"走向衰败之际，同样需要用另一种风格的汉诗取而代之。槐南、青崖向古体诗的回归，反映了二人对于诗坛流派主观的再认识，也反映了重立"新风"以解决同一风格汉诗"审美疲劳"的客观问题。对于许多尝试通过汉诗改良来完成新体诗创制的明治文学者来说，声律、对偶以及形式严格的律诗和绝句明显限制和阻碍了新体诗的创制。而与律诗和绝句相较而言的古体诗，形式比较自由，格律束缚较小，不拘对仗、平仄，押韵较宽，除七言的柏梁体句句押韵外，一般隔句押韵，韵脚可平可仄，亦可换韵，篇幅长短不限，句子可以整齐划一为四言、五言、六言、七言体，也可杂用长短句，随意变化。从某种意义上来讲，槐南和青崖在古体诗上的回归，内容的革新，正暗合了新体诗创制的历史潮流。

　　无论是槐南的杂言古诗还是青崖严整的七言古诗，它们的内容和形式上都要比律诗、绝句更为灵活，更具表现力，充分体现出古体诗内容丰富、气势磅礴、格调高雅的特点。虽然他们开辟的新诗风是在

---

　　① ［日］入谷仙介：《近代文学としての明治汉诗》，研文出版1989年版，第65页。
　　② ［日］入谷仙介：《近代文学としての明治汉诗》，研文出版1989年版，第65页。

传统汉诗的框架内进行的，但是它却为其他文学者掀起新的诗歌潮流奠定了基础。从这个意义上讲，它也可以被视为诗歌近代化的一个重要组成部分。他们在古体诗中所体现出来的高超的表现力，是同样处在改良运动中的和歌、俳谐所无法比拟的。曾经把明治汉诗兴盛的原因归结为"汉诗人识见多"汉诗言语多"句法变化丰富"等正冈子规的论断用在古体诗的回归与内容的革新上应该最合适不过了。

第四节　中野逍遥"恋爱诗"的近代色彩

　　中野逍遥（1867—1894），本名重太郎，字威卿，号逍遥，别号狂骨子等，伊予宇和岛（今爱媛县宇和岛市）人。东京大学汉学科第一届毕业生，师从重野安绎、岛田篁村学习汉学。在东大学习期间，潜心汉诗，仰慕杜甫、宋邵康节沉痛雄浑的诗风，又从唐韩偓香奁体的艳体诗中汲取营养，同时在汉诗中加入了西欧近代诗中蕴含的（特别是席勒）自由恋爱思想，大胆地吐露自己青春的热情与忧愁，开辟了汉诗独特的新境界，被称为"古诗型的新诗才"。神田喜一郎评价逍遥云："作为一名浪漫主义的诗人，他的素质丝毫不逊色于日本近代诗诗人北村透谷和岛崎藤村。"①

　　中野逍遥才华横溢，但因患急性肺炎，英年早逝，去世时年仅27岁。生前诗作并未刊行，于1895年一周年祭之际，由友人整理出版了《逍遥遗稿》正编和外编，后收入岩波文库。入谷仙介在《汉诗与小说之间》一文中说："诗文集《逍遥遗稿》是收入岩波文库中极为稀有的日本人的汉诗文之一，作为明治以后汉诗人的集子，直到现在为止也仅此一部。"② 岛田篁村为《逍遥遗稿》题词中云："中野文学士有才而无年，今览其遗稿，慨然不堪蕙折兰摧之叹。"诗坛老将冈本黄石亦在"序"中对逍遥称赞道："好学长于汉文，雄健富赡，超然

①　[日]神田喜一郎：《明治汉诗文集·62》，筑摩书房1983年版，第426页。
②　[日]入谷仙介：《近代文学としての明治汉诗》，研文出版1989年版，第96页。

侪辈。入大学，卒业为文学士，自号逍遥子，声名隆隆日起。余谓异日执牛耳于文坛者，必斯人也。"在《中野文学士小传》中编纂委员对逍遥评论道："又嗜剑又嗜诗，好诵西人志留礼流翁（按：席勒）咏，自期以翁，是以嫌热肠之辈如蛇蝎，憎薄俗特甚。"① 对逍遥富赡的文才和高洁的品质给予了很高的评价。重野安绎曾作《悼中野逍遥》一诗："古来才慧易伤生，手把遗编老泪横。字字幽愤追屈宋，人言之子是多情。"对中野逍遥英年早逝感到无限的悲痛。桥本夏男在《中野君志想之一斑》中说，逍遥是"非凡之天才"，为人"满腔热情"，常"叹世之陵夷，愤人之轻薄"，常怀"不堪之忧愤"，他的诗歌"卓然超脱世俗""悲怆愤慨有血有泪"，与当时"专事雕琢字句以为巧"之徒相比"不啻云泥"②。活跃于当时文艺论坛的文艺评论家、持有浪漫主义文学观的田冈岭云对中野逍遥评价很高。他在《多憾诗人故中野逍遥》一文中，将逍遥比作"鬼才"李贺，将逍遥之早夭视为"兰挫玉折"，评价逍遥的诗"字字悉是泪，句句悉是血"，对"满腔胎怨而去世，满肚抱忧而入墓"的逍遥寄以深切的哀婉③。

　　田冈岭云之所以对中野逍遥评价这么高，是与当时文坛文士、汉诗人在创作上大多流于炫技斗巧的批评相对而言的。他曾经在《八面峰（一）》一文中引用陈元辅《枕山楼课儿诗话》中"气骨"条中"若胸前无缠绵不已之情，徒剪彩为花，红艳满纸，虽为金装玉饰，霞蔚云蒸，亦令观者一时夺目，究竟丢却本来心性"④ 一节，对上述现象进行了批判，他认为诗人胸中若有难禁之情才能写出打动人心的秀美之作。而中野逍遥的诗歌大都富有激情，以至热至诚的感情来打动读者。《逍遥遗稿》正、外二编中大胆歌颂自己青春爱恋的诗作，让人能够感受到逍遥胸中对单相思女性——群马县骏河台南条贞子的那份炽热的真情。

---

① ［日］中野重太郎：《逍遥遗稿·正编》，厚信舍1895年版，"序"。
② ［日］中野重太郎：《逍遥遗稿·外编·杂录》，厚信舍1895年版，第1—3页。
③ ［日］田冈岭云：《第二岭云摇曳》，新声社1899年版，第157—174页。
④ ［日］二宫俊博：《明治の汉诗人中野逍遥とその周边》，知泉书馆2009年版，第161页。

中野逍遥作诗的本领就在于率直倾诉自己的恋情。出身于骏河台上州馆林实业家的千金南条贞子就是令逍遥暗生情愫,倾注满腔热情,用汉诗来吟咏自己无果的爱恋悲歌的"原动力"。他的爱恋诗大多采用乐府体裁,模仿游仙诗和闺怨诗,诗中多用隐语、典故。其中《秋怨十绝》《思君十首》《狂残痴诗》《长想瘦》等都是很好的作品。

为了吐露自己的心情和愿望,中野逍遥常常将其寄托于中国古典传奇小说中"才子佳人"型的人物身上,来完成自己的诗歌表现。如《偶成》一诗:"红拂本知李卫公,温柔眼里认英雄。一树香樱逐风散,落花乱扑玉花骢。"① 他将自己比作李靖,希望"红拂"能够慧眼识英雄;再如《好色行》中他把自己称为"海东马相如",希望自己心中的"卓文君"能够"爱其才,越礼而就"②。同时也表现出中野逍遥在文才上的自负和对心中"卓文君"的热切盼望。然而逍遥单相思的南条贞子似乎并不知道逍遥对自己的那份爱恋,嫁给了父亲为其选择的一位律师,这让逍遥感到万分懊悔与烦闷。他在《秋怨十首》其八中写道:"韩翃难免章台愤,杜牧长留绿叶叹。人情一样各般愁,收向秋灯肠欲断。"③ 他将自己比作韩翃、杜牧来抒发失恋的悲伤与愤恨。

除此之外,中野逍遥还在《豆州漫笔》中化用晚唐皇甫枚撰著《三水小牍》中《飞烟传》的主人公步飞烟和明人冯梦龙撰著的《情史》卷十一"情化类"中"心坚金石"条的主人公李彦直来表现忠贞不渝的爱情。《豆州漫笔》中云:"李彦直何人耶?思张丽容而不已。跋涉三千里,足肤俱裂,遂恸绝于道路。犹托思于未来,而感形于来世。步飞烟何女耶?至于鞭楚流血,尚不实告,曰生的相亲,死亦何恨。盖以一情之所感,折项摧肝而不辞。知而陷其境,甘而当其祸,吾竟不能知情之为何物也。"④ 诗中表现了得知南条贞子结婚消息的逍

① [日] 中野重太郎:《逍遥遗稿·正编》,厚信舍 1895 年版,第 10 页。
② [日] 中野重太郎:《逍遥遗稿·正编》,厚信舍 1895 年版,第 18—19 页。
③ [日] 中野重太郎:《逍遥遗稿·正编》,厚信舍 1895 年版,第 24 页。
④ [日] 中野重太郎:《逍遥遗稿·正编》,厚信舍 1895 年版,第 45 页。

遥内心中对为爱情而至死不渝的"步飞烟"型女性的渴望。

中野逍遥诗中之所以频繁引用中国古典传奇小说里"才子佳人"的形象，其原因有三。其一是他对这类小说的喜爱。森鸥外说："恋爱这个美梦不断地潜藏在意识的深处。起初从借阅《梅历》开始，结交了汉学者的朋友，再读《剪灯余话》《燕山外史》和《情史》。这类书中所写的青年男女纯真的恋爱让人非常羡慕，非常嫉妒。"① 这段话也从侧面为我们理解逍遥恋爱世界的形成提供了很多启示。其二是他与传奇小说中的人物具有相似或者相通的共感。明治初年，许多地方学生怀揣出人头地的梦想来到东京，希望能一展才华，功成名就。考入东京大学的逍遥自然也有这样的抱负。前田爱在谈及《情史》一书时指出："书中收录了很多立志进士及第的才子与佳人的风流韵事。这个主题诱引出明治初年梦想立身出世而上京的汉学书生的共鸣，让人可以体味出淡淡的浪漫主义。"② 对于逍遥来说，才子佳人所编织出来的离散聚合的情话，并非虚构的连环画式的风流韵事，而是活化自己真实的爱恋，表现自己思想不可或缺的"道具"。其三是逍遥对当时诗坛流行的香奁体的接受。关于中野逍遥与香奁体艳诗之间的关系，中村忠行在《近代日本文学辞典》中说："他在（汉诗）作法上，没有良师益友，他独自亲近李杜之诗、韩偓之香奁体艳诗，同时喜诵席勒之诗，并努力去碰触其中的真髓。"村山吉广《日本近代文学大事典》的"中野逍遥"条中亦云："他敬慕杜甫和宋邵康节雄浑沉痛的诗风的同时，又从唐韩偓的香奁体汉诗中多有学习。"③ 三浦叶在《明治的汉学》中写道："逍遥学习唐韩偓的香奁体诗，并在其中混入了从西欧近代诗中得来的自由诗思，他是一位开辟了独特诗境的浪漫诗人。"④ 但是，二宫俊博则认为，逍遥亲近韩偓香奁体诗风并从中多有摄取的论断有失偏颇，如果从香奁体艳诗肇始于韩偓的角度来谈其影

---

① ［日］二宫俊博：《明治の汉诗人中野逍遥とその周边》，知泉书馆2009年版，第17页。
② ［日］二宫俊博：《明治の汉诗人中野逍遥とその周边》，知泉书馆2009年版，第16页。
③ ［日］二宫俊博：《明治の汉诗人中野逍遥とその周边》，知泉书馆2009年版，第299页。
④ ［日］三浦叶：《明治の汉学》，汲古书院1993年版，第223页。

响自然无可厚非，但是从当时诗坛春涛一派艳体诗还处于流行地位来看，逍遥受到诗坛流行风潮的影响也属正常，① 因为从明治一〇年代开始一直到逍遥去世的明治二十七年（1894），春涛父子的香奁体艳体诗还处于流行地位，而逍遥所处的年代与春涛父子艳体诗风流行的时间正相吻合。所以，逍遥应该会受到诗坛流行风潮的直接影响。但逍遥并未完全模仿春涛父子的艳体诗风，而是在相同或相似的主题下带有自己的特点。逍遥曾作《拟竹枝》四首，其一云："洛阳美女赵飞燕，学画鸦黄未巧妍。呼来同伴夸佳福，一股宝钗三百钱。"② 诗中不过是拟唐诗风的观念性习作，与春涛、槐南的竹枝词的巧致纤细相比，逊色不少。他在描写红楼游兴之地的作品也并非单纯的"好色"，而是在寻求具有"侠义之心"的志同道合者。如《偶成》之第五首云："择友须求青眼士，聘妓须邀侠流人。悲歌倚剑与君饮，满座风神别作春。"③ 当逍遥抒发自己对南条贞子的思慕，明白大胆地吐露自己心迹时，传统的香奁体汉诗和竹枝词中含蓄婉约、间接吟咏的表现手法已无法满足表达的需要。入谷仙介在《汉诗与小说之间》中云："逍遥的诗以激情为特色。（诗中）时而夹杂极端的和习之语，时而踩着唐诗朗朗的格调，一个劲儿地去突出激情。"④ 而且，有的作品中还带有汉魏两晋古诗的特点。如《我所思行》四首，明显有模拟张衡《四愁诗》的痕迹⑤。《思君十首》之第七首："访君过台下，清宵琴响摇。伫门不敢入，恐乱月前调"⑥ 一诗的"创作灵感"似乎来自西晋陆机的《拟西北有高楼》；《长想瘦》⑦ 中"愿托""愿借""愿为"词语的频繁使用来表现对思恋女性的迫切之情是香奁体艳诗所无法表现的。宫本正贯在《书亡友中野君遗稿后》中这样写道："他日余亦

---

① ［日］二宫俊博：《明治の汉诗人中野逍遥とその周边》，知泉书馆 2009 年版，第 300 页。
② ［日］中野重太郎：《逍遥遗稿·正编》，厚信舍 1895 年版，第 14 页。
③ ［日］中野重太郎：《逍遥遗稿·正编》，厚信舍 1895 年版，第 2 页。
④ ［日］入谷仙介：《近代文学としての明治汉诗》，研文出版 1989 年版，第 110 页。
⑤ ［日］中野重太郎：《逍遥遗稿·外编》，厚信舍 1895 年版，第 12—13 页。
⑥ ［日］中野重太郎：《逍遥遗稿·外编》，厚信舍 1895 年版，第 13 页。
⑦ ［日］中野重太郎：《逍遥遗稿·外编》，厚信舍 1895 年版，第 13—14 页。

访君，君示以秘藏，受而阅之，则皆古文辞。君且曰'韩柳李杜，其学有本源，吾愿溯之。'盖君之所志，文则不降秦汉，诗亦不下汉魏，书则殊慕王卫。"① 可以看出，逍遥对于汉魏雄劲咏怀述志诗风的崇尚和诗中的汉魏气象晋唐风调的来由。

　　1895 年 6 月，《帝国文学》一卷六号发表了一篇没有署名的评论文章《明治的汉诗坛》。文中对明治诗坛形成的历史渊源进行了简洁的概括，对明治汉诗坛的现状和当时的诗人进行了对比式的评论。文章上半段对森槐南、野口宁斋一派诗文的辞藻华美予以肯定，但对诗中缺乏"气骨"和高大"韵致"的弊病进行了指摘。这与大町桂月在《读逍遥遗稿》一文中对森槐南和野口宁斋的尖锐批评如出一辙。文中写道，"当今诗人徒弄词汇"而"丝毫不见生色"，"媚权阿世，胸中无一片赤诚，不解国家为何物，不懂美为何物，无血，无泪，徒拟中国人之口，陈腐相袭，浮华轻佻，催人作呕"。文章下半段谈及中野逍遥和他的诗歌时云："他在诗坛尚无诗人之名，然并非无诗人之资。可惜桂兰早被秋风催，无情抔土空埋未死魂。其词句虽有尚未臻于圆熟浑成之域者，他的才情与气魄终不可掩。他有血有泪，多情多恨之才而又有棱棱气骨。以此则观花而泣，闻鸟而哭，对佳人而落泪，对国家而涕零。其肮脏不平之余，发而为诗文者，皆才情跃跃逸气可掬，首首多为咄嗟之作，而无极尽辞藻秀丽、陈腐露骨之嫌，玲珑如玉，高大纵横之笔致更有天马行空之观。其才笔既已不易获，而又丝毫无轻佻浮华之气。忠厚沉挚而又缠绵情绪者，决非现代之俗诗可比也。……他的才情与气骨，远在当时俗诗人之上。闻说未出世而收于筐底之遗稿，顷者由亲友之手上梓颁于同人之间，热心于斯道者有幸一读，可知俗诗人蠢动之明治诗坛，亦有血泪兼具、才情绝世、厌世愤俗的青年诗人。"② 对"才情"与"气骨"兼有，深切吐露自己内心真情的逍遥和他的诗作给予了极高的评价。

---

　　① ［日］中野重太郎：《逍遥遗稿·外编·杂录》，厚信舍 1895 年版，第 12 页。

　　② ［日］二宫俊博：《明治の汉诗人中野逍遥とその周边》，知泉书馆 2009 年版，第 289—291 页。

　　然而，明治诗坛的名家对逍遥的诗作表现冷漠，也有人对逍遥的诗作提出了批评，认为他的诗作思想浅薄，技法粗拙，尚不圆熟。但是对于追求自己梦想的年青一代来说，逍遥的诗作无疑是很有吸引力的。1929 年出版的《译文逍遥遗稿》（笹川林风、金筑松桂将汉诗翻译成日语，并付以原文）在 15 年间印刷了 4 次，足见逍遥汉诗在读者中的反响。① 他以异于以往诗人的独特风格，打破传统的束缚，在述志的同时，将自己的爱恋倾诉编织其中，毫无掩饰地表现出来。正源于此，逍遥的诗歌才博得了大町桂月和田冈岭云等同时代年轻人的强烈共鸣与热情支持。

　　综上可见，中野逍遥的恋爱诗虽然与森氏父子的香奁体有一定的相似之处，但是其内核与之存在根本的不同，他的恋爱诗是在中国才子佳人模式下对自己心中真爱的大胆追求，是一种自我真实感情的大胆表露，而并非对虚构人物相思的"扭捏作态"。他的诗歌并没有落入中国式才子佳人的大团圆结局或者佳人薄命的窠臼，而是对中国传统诗歌中才子佳人主题模式的一种运用和突破，为此类主题的汉诗注入了近代恋爱诗中"狂热"的浪漫主义因子。可以说，这也是明治近代诗歌发展过程中，将汉诗这种"古诗型"与西方近代恋爱的"新思想"进行融合的一种有意义的积极大胆的尝试。

第五节　明治"征清"汉诗的内容及其思想批判

　　中日甲午战争日本的获胜使日本国内一片"欢腾"，报纸、杂志对此大肆宣扬。以"征清"为题材，歌颂战争的所谓"爱国"诗集、文集、和歌集、狂诗文集、歌谣等作品大量涌现。翻开三浦叶的《明治汉文学史》，从明治二十七年（1894）至三十年（1897），出版了为数不少的以"征清"为内容的汉诗文集。个人诗集有：小谷笃的《征清杂诗》、福原公亮的《外征记事》、坪井花浦的《征清军中公余》、关口隆正的

---

① 　王晓平：《亚洲汉文学》，天津人民出版社 2009 年版，第 342 页。

《炮枪余响》。编辑的诗合集有：依田学海的《凯奏余唱》、石桥云来的《征清战胜诗》、柳井绚斋的《征清诗集》①、野口宁斋的《大纛余光》②。此外，还有越智宣哲的韵文《西征千字文》。其中《大纛余光》"颇

---

① 柳井绚斋（1871—1905），名碌，字文甫，通称录太郎。备中（今冈山县）柳井闲斋之长子。学于有终馆，后入东京专门学校文科，毕业后成为博文馆编辑员，后又任教于中学。著有《作诗自在》、编辑《征清诗集》等。《征清诗集》共分为三卷，收诗 671 首。卷上收五古 29 首，七古 83 首；卷中五律 45 首，五排律 5 首，七律 111 首；卷下五绝 41 首，七绝 357 首。诗作者 170 人，其中有：冈本黄山、小野湖山、向山黄村、伊藤听秋、江马天江、谷如意、福原周峰、伊藤春亩、副岛苍海、山县含雪、芳川越山、土方秦山、渡边苍海、股野蓝田、末松青萍、宫岛栗香、金井金洞、细川十洲、岩谷古梅、田中青山、川田甕江、大给龟厓、杉听雨、宫本鸭北、西周宜宣、三岛中洲、川北梅山、龟谷省轩、谷口蓝田、杉浦梅潭、依田学海、信夫恕轩、木村芥舟、秋月古香、秋月必山、秋月韦轩、冈本韦庵、大鸟如枫、乃木希典、胜间田岫云、关湘云、西村泊翁、富冈耿明、山田新川、古泽介堂、荻原希畴、增田岳阳、藤泽南岳、土屋凤洲、蒲生绚亭、高云外、石川鸿斋、矢土锦山、森槐南、永坂石埭、国分青崖、本田种竹、岩溪裳川、丁野丹山、横田竹泉、日下部鸣鹤、高野竹隐、野口宁斋、大久保湘南、田边碧堂、长尾雨山、黑木钦堂、小崎蓝川、高岛蓮川、林双桥、市村水香、神田香岩、小菅香村、小栗栖莲舶、嵩古香、水越耕南、坂口五峰、土居香国、杉溪六桥、斋藤栗堂、落合东郭、佐藤六石、横山黄木、横井古城、左成芹川、奥田抱生、森川竹磎、田边松坡、大庭云心、杉山千和、手岛秋水、宇田沧溟、石田东陵、金井秋雨、天野淞村、岛田见山、小室屈山、西村天囚、川崎紫山、近藤柳塘、细田东乡、籾山衣洲、福井学圃、石桥云来、石桥云崖、关旭岩、冈本随轩、松田学鸥、服部担风、早川峡雨、岸上质轩、辻泽菖水、三谷耕云、铃木兰田、黑原银台、高桥某、柳井绚斋。当时的大家冈本黄石、小野湖山、向山黄村、岩谷一六、森槐南为其题词，三岛中洲、依田学海、信夫恕轩、矢土锦山为其作序。据柳井绚斋《征清诗集》，博文馆 1895 年版整理。

② 《大纛余光》共九卷，收诗 467 首。其中七古 44 首，五古 27 首，乐府 63 首，五律 32 首，七律 129 首，五长律 7 首，五绝 32 首，七绝 111 首，联句 22 首。诗作者 187 人，其中有：森槐南、古泽介堂、黑木钦堂、大庭云心、岸泽醉经、奥田大观、矶野素堂、宫下碧云、堤学轩、久保天心、伊藤壶溪、堀晦园、坂口五峰、向山黄村、田边松坡、森川竹磎、岩溪裳川、川岛小泉、岩谷古梅、矢土锦山、小室屈山、藤胁松轩、松平破天荒、富田鸥波、小野湖山、牟田石香、小林林塘、河田贯堂、金井秋蘋、冈本随轩、泽崎梨圃、本田种竹、户仓梅室、城井锦原、永坂石埭、久保桧谷、依田学海、高野竹隐、佐藤六石、杉溪六桥、牧野静斋、宇田沧溟、冈田松窗、柳井绚斋、土居香国、吉田梅城、落合东郭、长尾雨山、新田柑园、田边碧堂、岸上质轩、石田东陵、杉浦梅潭、千贺鹤堂、长谷川三岳、何蠡舟、田边莲舟、渡印南、石井梧冈、海浦竹斋、吉川青州、蓝桥北、林无底湖、市村梅轩、奥田抱生、胜间田蝶梦、佐藤碧海、水野芦洲、藤井紫水、铃木东溟、清水秋村、田中青山、丸濑槐谷、斋藤积翠、生驹旭轩、国分青崖、入江雨亭、根本穆堂、野村欲庵、辻泽菖水、大久保湘南、土屋凤洲、田野淞村、永久保春湖、门胁黄鼎、三谷耕云、大矢梅洞、高岛九峰、久保青琴、杉下素云、斋藤栗堂、谏早鹰城、八木泽鸥汀、松田学鸥、山内桂崖、雄山牧村、片山芳湾、寺岛翠峰、横山黄木、土屋大梦、本多天放、本多玄谷、宫尾竹亩、若山江村、高田梅南、高岛蓮川、井上活泉、釜泽桥北、坂田听水、小野梅村、横川唐阳、手岛秋水、服部担风、池田贯堂、井上绚堂、渡边牧野、日向竹君、高桥牛山、早川峡雨、原白山、草场金台、荒井虎南、辻香坞、加藤蕙畴、山田蘋村、服部 （转下页）

受欢迎，评价甚高"①。诗集中出现的汉诗作者，很多是以前与中国官方使节和民间文人诗酒宴集、相互酬唱的"熟面孔"，而中日甲午战争的结果使他们对中国的态度发生了一百八十度的大转弯，从之前的敬中、亲中一变而为蔑中、恶中。原来汉诗文中的"友好"之词却被"征伐"之语代替。

这些以"征清"为题材的汉诗文集，给我们清晰地展示了当时为日本的侵略行为"摇旗呐喊""歌功颂德"的汉诗文人的整体倾向，为我们进一步了解汉诗作者对甲午战争所持有的态度与看法提供了重要的参考。面对用汉诗记录侵华战争的这一现象，夏晓虹教授慨叹道："我看这些汉诗时，于是常想到'刻毒'一词，尽管这可能只是出于我的'刻入'。"②

高桥白石③的《征清诗史》就是在这一时期应运而生的，而且它也是征清汉诗集中表现最为"露骨"和"全面"的。通过对《征清诗史》中汉诗和相关评论的深入考察，我们可以看清楚当时日本文人的心态，进而揭露出汉诗集背后隐藏的野心。

在当时的日本人眼中，甲午战争（日本称为"日清战争"）并不是一场侵略战争，而是一场"文明之战""解放之战""救亡之战"。

（接上页）南村、岛田湘洲、津田杉南、秋月必山、关泽霞庵、栗田鹤渚、岩佐眉山、藤波千溪、横山樱梅溪、白石紫洲、八木天川、清水柏轩、青柳秋堂、佐藤船山、田中听雪、山本西湖、吉田竹南、细田东乡、坂田警轩、冈本黄石、副岛苍海、柚木玉村、西周宜轩、大胁秋涯、小岛董图、山县含雪、大庭梦铁、弘田静溪、柏木城谷、金井金洞、奈良善斋、石井桐阴、椙取畊堂、乃木希典、伊庭星岭、蓝东洋、桥本鹿村、本间香浦、马渡汉阳、福原周峰、伊东栖霞、日下部鸣鹤、堀彬如、长濑甲村、中岛姬山、广冈尾山、神原古石、小林栗村、日野珠堂、七星学溪、多田松庄、太田香海、长泽松雨、长谷川城山、福岛平洲、室石田、本多井华、山本雪溪、野田松斋、坂本三桥、谷枫桥、村山袖浦。［日］三浦叶：《明治汉文学史》，汲古书院1998年版，第148—151页。

① ［日］三浦叶：《明治汉文学史》，汲古书院1998年版，第147页。
② 夏晓虹：《日本汉诗中的甲午战争》，《读书》1999年第11期。
③ ［日］高桥白石（1837—1904），名利贞，号白山，信浓高远藩（今长野县）藩儒，高桥确斋之子，高桥作卫之父。初承家学，学于藩校，后师从坂本天山、鹫津毅堂，16岁成为藩校进德馆的助教。维新后，开私塾授徒讲学，后供事于新潟县中学、师范学校。著有《征清诗史》《白山诗集》《白山文集》《白山楼诗文钞》等。

经历了明治维新仅仅二十多年的日本，政治制度的确立，殖产兴业的推进，教育事业的勃兴，国力迅速上升。日本在迅速摆脱沦为西方列强殖民地危险的同时，急不可耐地走上了具有浓厚封建性、穷兵黩武的帝国主义道路。国内"忠君爱国"的封建思想和"万世一系"皇国思想的宣传，逐渐滋生了日本人狂热的民族优越感，"强权即公理"的霸权思想弥漫于朝野上下，大陆扩张的野心也急遽滋长。面对西方列强对东方封建落后国家的侵略和瓜分，日本自然不愿等闲视之，也在为对外扩张而处心积虑地寻找时机。日本以"同文同种"为幌子，将自己扮演成东亚的"解放者"，妄图重构东亚的政治秩序，确立自己在亚洲的霸主地位。当然，要想达到这样的目的，首要面对的就是经过鸦片战争后逐渐沦为西方半封建半殖民地、外强中干、"银样镴枪头"的"大清帝国"。

1897 年，高桥白山用汉文写成《征清诗史》，其内容由 179 首七言绝句、史事和评论构成。这部诗史对中日甲午战争的记述非常详细，具有特殊的史料价值，其子高桥作卫在书后的跋文清晰地交代了成书始末。跋文中云："乙未夏，征清役起。不肖奉命从海军趣（按：应为'赴'字）清国。急述之间，不遑归乡辞于家君。家君闻儿从军，大喜寄书于战场，嘉赏之。书有教音，曰悉报战斗之状。媾和后归旧里，则家君更使儿谈从军中所闻见，详细周密。无复遗漏。家君深忧国事，丙申冬据儿所报与战史战报等所记，著征清诗史，以传家庭，盖有所感也。今兹丁酉三月稿成，命儿校阅。儿在征清海战史局，因证之公报，改其传闻有异同者，三阅月而订正全毕，谨按此书。首称皇家威德以叙国民忠爱致身立功之所由，次观东洋大势将一变，以说兵备为急务，终伤忠臣烈士之死，而论其志业不可以不继。呜呼家君有所感，作史传家庭，则捧读不怠，存心于国事者子孙之务也。因书卷尾以自警云。"①

战时高桥作卫从军，战后又供职于征清海战史局，有机会接触战

---

① ［日］高桥白山：《征清诗史》，国文社 1898 年版，第 98 页。

时的第一手史料，因而他才能"因证之公报，改其传闻有异同者"。
而且，参加甲午战争的海军中将坪井航三为此书作的序中也写道：
"……翁所著征清诗史求余序言，阅之自东洋大势着笔至平和克服之
日，其唱海陆两军激战奋斗之状，写以二十八字。视之全体秩序井然，
有经有纬。察之各篇事迹明确，唯精唯致。史眼如炬，笔力千钧。盖
翁为人慷慨，存心于国事，当时战报大战小斗莫不熟知稔闻者。宜乎！
其评余诗犹历观实地而言者也。因书所感以赠。"① 因此，可以说，
《征清诗史》所记录的内容极具官方色彩。

那么，高桥白山的《征清诗史》内容是什么？其背后又隐藏着什
么呢？

让我们先来看一看高桥白山自撰的《征清诗史叙》。"叙"中云：
"国之所以致隆盛者，以有国民爱国之诚也，我先王之君临亿兆也。
养以恩爱，结以信义。列圣相传，仁慈之政。俭勤之行，莫敢或怠。
垂统一系，继继承承，二千五百年于兹。其树德流泽，可谓深且远矣。
上之临下，一以至诚。而下之奉上，亦以至诚。慕之如父母，仰之如
日月。四千万国民，爱国忠君，犹手足之扞头目。宜乎！征清之役，
我军勇战奋斗以震慑四邻也。然而东洋兵力不能以制宇内大势。媾和
之日，使欧洲强国置喙于东邦之事。论者多归咎于政策，以为失其宜。
然一时得丧者，事之枝叶也。凡物有根本而枝叶生，国民爱国之诚者
国之本也。本已完矣，何患于其末不繁盛乎？养以徯时而已矣。余每
想见征清军勇战状，窃有所感，因作七绝诗，纪忠臣烈士伟绩，命曰
征清诗史，传之家庭，使我子孙日夜讽诵，如置身于苦战间而存爱国
之志焉。亦自养本之意也。词务取与通常言语同一者，便幼童读解，
不辞浅近粗俗之嘲。若夫慷慨激昂之气，悲壮淋漓之音，大吐肝膈而
为一痛哭者，欲自禁不能也。"②

通过以上叙文，我们可以看出高桥白山撰写《征清诗史》的态度

---

① ［日］高桥白山：《征清诗史》，国文社 1898 年版，平井航三叙。
② ［日］高桥白山：《征清诗史》，国文社 1898 年版，第 1—2 页。

和用意。

1. 宣扬神国皇国思想

他说，"万世一系"的天皇，勤政圣明，仁爱俭行，是日本民众"慕之如父母，仰之如日月"顶礼膜拜的"神"。七绝《皇家威德》云："皇家威德日维新，一系神孙临兆民。义是君臣恩父子，美风卓绝万邦人。"他把日本描绘成一个君仁民忠、上下一心、良风美俗的"皇国"。《日本统纪》又云："皇系联绵树德崇，深根固蒂自无穷。三千统纪雍熙化，人在春风和其中。"《日本文教》再云："黎元辑穆国风淳，弦诵声连文教新。一德唯忠四千万，无非益勇奉公人。"① 神化日本和天皇的思想昭然若揭。

在明清易代以后，德川幕府曾委托林家，主要由幕府儒官林春胜、林信笃父子负责编纂被称为"风说"的情报集，后命名为《华夷变态》。其书中包含："华"为"夷"所败，"华"的气数或正宗品格已然丧失；而"夷"变"华"，一则"夷"以"夷"之低贱身份而竟能变"华"；二则"夷"竟改变"华"与"夷"之间的文化属性的上下尊卑；三则"华""夷"互变等三方面的内容。②

古学派的山鹿素行在其著作《中朝事实》中最早明确提出：日本才是"中华"的思想，开始强调日本"武威"及"皇统"的优越；国学家本居宣长也曾标榜日本是"神国""皇国"，鼓吹日本民族优秀论；幕末水户学派的儒者会泽正志斋也从儒家名分论的观点出发，认为日本优于其他国家，日本才是"中华"，日本天皇是"万世一系"，其皇统延绵在世界上是独一无二的。③

再加上福泽谕吉《文明论概略》和《脱亚论》两部著作的推波助澜，国内各大具有影响力的知名报纸、杂志的大肆宣传，日本对华的态度开始由"仰慕"转变为"蔑视"。而中日甲午战争日本的胜利彻底颠覆了日本人对华态度，原本深藏在内心的"华夷变态"思想，在

---

① ［日］高桥白山：《征清诗史》，国文社 1898 年版，第 4 页。
② 周颂伦：《华夷变态三形态》，《东北师范大学学报》（哲学社会科学版）2014 年第 4 期。
③ 郭丽：《日本华夷思想的形成与特点》，南开大学日本研究院 2003 年版，第 321 页。

武力获胜的"帮助"下彻底地显露出来。

高桥白山就是以这样的思想和心态来撰写《征清诗史》的。他在汉诗中经常用"神州""尧天"之类的词语自称日本,而用"蛮""虏""夷""狄"等字眼蔑称中国。《旅顺口》一诗云:"贮粮督役课群工,根据已完军奏功。政务井然皆就绪,神州雨露化蛮风。"① 显而易见,此处"神州"是指日本,而"蛮"则指中国。

2. 宣扬日本的武士道精神,兜售武力征伐的军国思想

他在《日本士气》中写道:"宝刀有气斗间明,慷慨淋漓报国诚。五尺身躯全是胆,唯知有死不知生。"《武功》中又写道:"男装自握六军权,遥突贼巢筹策全。丑虏惊惶申誓约,犒师金帛八十船。"并且评论说:"神后征服三韩,而百济荐秀士献论语。寻致织缝酿冶诸工,我国文化大进。自古武功之开文明者极多,历山王(按:亚历山大)东征,而亚细亚西部诸国传希腊语。十字军终,而欧罗巴各邦始趋文明。征之东西史乘,邦国之趋开化不独关于文教也。"② 他不但扯出日本神功皇后和丰臣秀吉凭借武力对朝鲜半岛的血腥征伐和野蛮掠夺这两段历史,还搜罗亚历山大东征和十字军东征的史实,来佐证武力征伐才是加速实现国家地区文明开化最直接、最有效、最快捷的手段这一谬论。

历史上的几次"征韩"只不过是日本与中国博弈的第一步,而日本最终的目的就是与中国对抗,改变东亚的政治秩序,争夺东亚的领导权。《丰臣秀吉》一诗云:"八道山河唾手收,夙期异域封禁侯。长驱万里如风雨,震动朱明四百州。"③ 战国武将丰臣秀吉在形式上刚刚统一日本不久,就立刻发动了侵朝战争,并且制订了狂妄的侵华计划,准备长驱直入大明,坐拥华夏,封侯建国。高桥之所以写这首诗,其目的就是妄图通过这段历史唤起国内战争狂徒的征服欲望,为日后大举侵略中国寻找历史上的"先例"。

---

① [日]高桥白山:《征清诗史》,国文社 1898 年版,第 88 页。
② [日]高桥白山:《征清诗史》,国文社 1898 年版,第 6 页。
③ [日]高桥白山:《征清诗史》,国文社 1898 年版,第 6 页。

3. 宣扬大修兵备，卧薪尝胆

在高桥眼中，甲午一战日本完胜而与满清和谈，虽然已经获得天文数字的巨额赔款和大量割地，但因俄、德、法三国以"今日本国割占辽东，既有危害中国之首都（北京）之虞，也让朝鲜国之独立有名无实，有碍维持远东之和平"为借口，迫使日本放弃辽东半岛。日本无奈放弃，遂逼迫清廷以三千万两白银赎回辽东半岛。即便如此，日本国内媒介还叫嚣"使欧洲强国置喙于东邦之事，论者多归咎于政策，以为失其宜"，把"还辽事件"视为"东洋兵力不能以制宇内大势"，而须进一步"修兵备为当今之急务"。其《成败》一诗云："朝成暮败几兴衰，大势变迁非可支。进取谁可攘臂起，东洋危急在焦眉。"[1] 高桥评论道："余尝读万国史，有普通史，有特别史。分普通史为二种，其一，合万国以为一大体，邦国文化，及于全体，其兵力关于大势者纪之。不然者，虽旧国不载录。而其所纪者，欧洲之各邦也。所不载录者，东洋之诸国。"他把东洋诸国没有被载入世界史的原因归结为各国的得过且过和不思进取。他接着说："今屈指东西诸邦，曰英，曰露（俄国），自独（德国）佛（法国）澳（奥匈帝国）伊（意大利）至兰（荷兰）瑞（瑞典）等各小邦，其文化兵力与大势相应，足以自立矣。而如东洋诸国，印度、缅甸、暹罗、安南、朝鲜、支那，或归欧洲版图，或惴惴焉其侵略。幸一日无事而已。史之不录，抑有故也。"得出"武力强权"才有资格录入世界史的结论。他还认为"振兴亚洲"是上天赋予日本的责任，是历史之必然。他慨叹道："呜呼！亚细亚之大如此，而国力之不振如彼，岂可胜叹哉？虽然宇内大势之变不穷，朝成暮败，兴衰递变，强弱易地，则进取之不可已者，必然之势也方此之时。兴文化，修兵备，挽回东洋颓势，以辉国名于史上者，非我忠勇四千万臣民，其谁望耶？"[2] 军国主义的论调在他的评论中一览无余，侵略和奴役他国，攫取亚洲霸权的野心昭然若

---

[1] ［日］高桥白山：《征清诗史》，国文社 1898 年版，第 8 页。

[2] ［日］高桥白山：《征清诗史》，国文社 1898 年版，第 8—9 页。

揭。他在《卧薪尝胆》一诗中这样写道："有时蠖屈待龙伸，骄气全消忠愤新。战士疮痍犹未愈，又为尝胆卧薪人。"①虽然日本战争获胜，但由于军事力量羽翼未丰，无法与欧洲列强相抗衡，不得已而隐忍退让，采取卧薪尝胆的策略。

高桥打着爱国的旗号，利用日本人民的爱国"热情"，将"爱国"与"侵略"相捆绑，狂热地宣扬和兜售日本军国主义思想。他在金兰社刊发的《征清诗史》的解说词中写道："白山云，凡事有不可忽者，不可忘者。方今东西邦国，对峙争雄，所以其立国护民全名义者，惟有和与战而已。和破则战，战败则赔金割地。和战之机，间不容发。而保和之道，不在于亲好矣。夫兵备不全，则和不可保。知和之不可保，而修兵备，兵备全而后和可保矣。是乃宇内现时之大势也。若夫以和议已成，谓外患不足虞。以敌舰未来，谓无事可久。苟生安逸之心，则国事陵迟，为强邦所侵掠而不能自立焉。抑立国之体，名义为重矣。先王创业垂统二千五百年于此，未尝受外邦侵掠。奉先王遗业自立于东洋者，皇国之大名也。扬先王威武，不受外邦之侮者，皇国之大义也。思名义之所存，察大势之所趋，修兵备以应不测之变者。今日之急务而不可一日忽焉。征清之战，启端于朝鲜，我国宽恕，屡让步而清国顽傲，恣其谲诈。四千万臣民扼腕切齿。膺惩之师出于万不可止。而公愤之激发，自将校、士卒至军夫、马丁莫复期生还者。进当弹丸雨注冲，勇战奋斗，以死为荣。枕骸横野，毙尸漂海。至其侦骑陷围，舰艇袭敌，坚冰冻肤，积雪伤肉，危险艰苦，不可名状。积劳累功，悉拔辽东城寨，歼灭北洋水师。媾和之日，清国割我所略之地，其地皆我同胞沬②血沉骨之场，收为版图，理固为当。而欧洲强邦横暴恣睢，妄容其喙，是乃臣子之所谓憾而不可须臾忘者也。呜呼！此憾亦为兵备未完之所致，若不早图将有再悔。大修兵备此为时矣。况于有忠臣烈士伟业，不可以不继者乎？方今各邦之人，欲奋智

---

① ［日］高桥白山：《征清诗史》，国文社1898年版，第92页。
② 此处原文写作"抹"，引文照录未改，但前后文意不通。实则应为"沬"，音为 huì，意为洗脸。沬血，意为以血洗脸，形容血流满面。

勇以张国力，或能致富强，或陷贫弱。其贫富强弱莫不关于邦人优劣者。平和之不可侥幸，侵略之无可底止。优胜劣败，时势之变，递至于此。而征清之役一战，破骄清昏梦，进当危难冲路，则以此役为启东洋战伐之端，谁曰不然。夫欧洲兵力震慑东洋，盖非一日。英法版图遍于南陲，鲁国（俄国）铁轨（西伯利亚铁路）将告成功。方此之时，清国尚学宋人故智，赂强邦以苟幸无事。汉民羸弱轻佻，无复一人忧国家者，是实东邦危急之秋也，岂不戒惧哉？余窃察宇内大势，详和战所由，以说兵备之为急务。观强邦横恣，伤忠臣烈士致死，而论其志业之不可不继，使后人有所奋起焉。"①

　　读完此文，不禁让人扼腕。高桥极力将故意制造摩擦、寻衅滋事的日本粉饰成"礼仪之邦"，在战争史实上混淆黑白，颠倒是非。丰岛之役日本海军于仁川港外的丰岛附近海面偷袭我国运兵船，致使租于英国的"高升"号被击沉，官兵千余人溺死，护卫舰"广乙"号触礁后焚毁，"操江"舰被俘。他不但对这种不宣而战的卑劣行径只字未提，反而将开战的责任嫁祸给中国，而美其名曰"受清之胁迫，不得已而开战"，如此无耻行为，实在令人愤慨。他又在《定征清战略》中写道："作战先开第一期，直前扫荡北洋师。幄中夙有筹边策，渤海湾头树旭旗。"以此观之，日本对清发动战争是精心策划、蓄谋已久的。而且，高桥白山的评论是以日本天皇赐予征清大总督彰仁亲王的敕书为依据的。他说："见分战略纲领以为二。盖扫荡北洋敌舰，把握韩、清二海权，略辽阳、奉天而树旗于渤海湾头者，是为前期战。全军渡海，置大总督府于旅顺，堂堂之阵，正正之旗，破山海关，取大沽炮台，进而陷北京城者，是为后期战。所谓扼喉拊背者也。"② 如此详细周密的战略计划，不正戳穿了高桥白山无耻的谎言吗？

　　4. 宣扬忠君爱国，伺机雪耻

　　高桥妄图利用《征清诗史》让日本国民勿忘欧洲列强干涉"还

---

① ［日］高桥白山：《征清诗史》，国文社1898年版，第1页。
② ［日］高桥白山：《征清诗史》，国文社1898年版，第24页。

辽"的"国耻",煽动日本国民"忠君爱国"的"热忱",从精神上对日本国民进行"洗脑",把为天皇献身由"被动"转化为"主动",由"不愿"转化为"自愿"。他使用"忠君爱国"为基调的七言绝句来营造出慷慨激昂、悲壮沉浑的氛围,感染和激发国民的"报国之情"。高桥白山还特意选用白俗浅显之词,童蒙可解之句,力图扩大受众的范围,真正达到《征清诗史》的鼓动作用。他还作《告子孙》一诗云:"爱国心开富强源,至诚只合答皇恩。试看忠士征清绩,日本隆盛新纪元。"① 向国民宣扬"爱国之心""报国之诚"是甲午战争日本能够取胜的重要因素,是开创日本未来"新纪元"的重要条件。甲午战争之后,日本的确在国民"忠君爱国"封建思想的宣教上变本加厉,将日本国民牢牢地捆绑在日本军国主义的战车上,使日本一步步走上了对外侵略扩张、终致惨败的不归之路。

高桥白山为什么特意要用汉诗文来记述和评论甲午战争?其背后到底又有何深层次的原因呢?

首先,高桥白石本身具备良好的汉学素养,用汉诗文来写作并不是什么难事。其次,它与整个日本汉诗文流行的社会风潮相一致,使用当时流行的汉诗文可以在汉诗文坛扩大影响。再次,汉诗文能够表达诗人忧国忧民的爱国情怀,能够更加自由地表达自己或喜或悲、或讽或赞的复杂感情,也能够渲染出雄浑、激越、悲怆、沉痛的文学氛围。而把眼光聚焦在季节的敏感、风花雪月的纤微、爱情生活的细腻、山光水色的兴致上的日本传统的和歌远不如汉诗文在写作技法和风格表现上的多变。津阪东阳曾在《夜航诗话》卷之二云:"武弁之士作诗无害,磨盾横槊之风,悲歌慷慨之气,亦可以庶几焉。如学国字卅一之什,直是养成儿女子态耳。余亦尝染指以其易于诗,殆将为专家,既而嫌其无丈夫气,遂焚此笔砚矣。"② 可见,高桥在文体的选择上也并非随意而为。

① [日]高桥白山:《征清诗史》,国文社1898年版,第97页。
② [日]池田四郎次郎:《日本诗话丛书·夜航诗话》第2卷,文会堂书店1922年版,第274页。

　　而且，当时日本汉学界正在呼吁和谋求汉学的复兴。田冈岭云曾在《汉学复兴之机》一文中提出了汉学复兴的主张，他说："……斯学（按：汉学）覆灭即吾国民思想文化之源干涸，根干养则枝叶必盛。自不待言，吾国民必先修汉学。……支那与吾（按：日本）同处东亚，同种同文，吾受支那文化感化既深且远，世界上吾最能咀嚼支那思想、最能解支那文字。欧洲文明虽应学习，而同文之国，同种之民，应先学习同处东亚之支那文化，且最易学。……十九世纪是东西文明冲突之秋，二十世纪为东西文明融合同化形成新文明之际。今日成为吾日本国民不得不肩负东西二文明融合之责任，吾国民自信，此实为上天降于吾帝国之大任也。征清之后，吾帝国超绝东洋各邦，实已占东洋霸主之地位。既为东洋盟主，岂能不发扬东洋文明之光彩？吾国民必成为东西文明之融合者，进而成为世界文明之大成者也。"①

　　田冈岭云分别从思想文化的根源、两国的地理方位、世界学术的大势三个角度来论述汉学复兴的必要性。但是，仔细分析一下，我们就可以看出，田冈岭云企图用"同文同种"的幌子来掩盖日本对中国文化的侵略，妄图在武力称霸东亚之后，再攫取东亚思想文化上的霸权，进而使日本文化能够争得与西方文化相对等的地位，其在文化上的野心可谓大矣。

　　思想界对于文化霸权的鼓吹，自然也会投射到文坛。野口宁斋在《少年诗话》一书的"序言"中这样写道："诗（按：汉诗）行于我国久矣。我国人能消化之，化为自己之营养。故文字虽借于支那，但我国人能以诗充分表露自己思想，与用我国字歌唱无异。由国体论之，与以国语（按：日语）言己志无异，于诗化为我国诗之今日，使其发达而压倒支那，亦为快哉之事。若闻所由，佛教大乘之奥义不在印度，亦未在支那，而存于我国，教义凌驾其发生之地，不禁令人仰天慨叹。若诗未有不能凌驾于其本家本元之道理，至他年，支那人欲学诗，宜言可赴日本者。"②

---

　　①　［日］伊藤整等：《明治思想家集》，讲谈社 1968 年版，第 267—268 页。
　　②　［日］野口宁斋：《少年诗话》，博文馆 1898 年版，第 1—2 页。

野口宁斋的这番言论虽然有些狂妄自大，但却让人更能够觉察到日本不仅要在军事上充当"霸主"，而且在文化上也要以"华夏文化正宗继承者"的身份占据东亚文化"盟主"的野心。

"征清"大都督彰仁亲王为《征清诗史》亲笔题字"一德唯忠"。可见，高桥白山的汉诗文颇受官方的"青睐"，评论也很符合他们的"胃口"。他就这样成为宣扬日本军国主义和极端民族主义的"刀笔吏"，歌颂侵略战争的"吹鼓手"，助纣为虐的"马前卒"，他用带血的"刀笔"来"觇日本之国运"。

一部出自日本人之手、用汉诗文书写的《征清诗史》向我们再现了那段令国人难以忘却的耻辱历史，让我们从中可以体会到当时日本文人面对战争胜利时所表现出来的狂热，更让我们看到了武力强权对当时日本文人心态的扭曲。这也时刻提醒我们在文学文化交流过程中，既要看到和平友好的一面，也要看到斗争排斥的另一面，这也要求我们在文学研究过程中对其合理部分要虚心接受，而对其谬误的东西要予以坚决批判。

小　结

本章通过对明治诗坛中枕山一派的咏物诗，春涛一派的香奁体，槐南、青崖的古体诗，中野逍遥的恋爱诗以及中日甲午战争后出现的"征清"题材的汉诗进行了分析和研究，初步阐明了枕山一派咏物诗内容、创作上的"日本化"倾向；春涛香奁体艳诗的基本特征和社会影响；槐南、青崖适时的诗体变化与内容的创新；中野逍遥恋爱诗中所表现出来的近代色彩；明治"征清"题材汉诗中表现出来的军国主义思想和狭隘的民族主义情绪。这有利于我们进一步了解不断变化的明治诗坛，弄清明治时期不同阶段汉诗内容的变化情况，更有利于我们对明治汉诗进行全面细致的把握。

结　　语

　　明治时代是"西学东渐"在日本表现得最为猛烈的时代，也是汉学逐渐式微走向衰败没落的时代。但是，千余年来在日本形成的汉学传统不可能在瞬间土崩瓦解，总要经历一个渐次变化的过程。

　　从江户末期到明治初年，西风日炽，汉学衰败的大势已成定局。但是，以"汉学"为主的私塾还有不小的势力。生于幕末的儒者、文人、汉诗人自不消说，即便是接受西方学校教育和西方文学文化洗礼而后成为明治文学大家的夏目漱石、森鸥外等人大多有在汉学塾学习的经历，接受过中国古代文化和古典文学的熏陶，在其骨髓中已经深深烙上了汉文学的印记，他们在创作上会自觉不自觉地从汉诗文中汲取语言、题材、构思等方面的营养。所以，在他们的身上和作品中常常会发现汉文化和汉文学的因子。甲午战争之前，日本人亲身的中国游历逐渐改变了他们对中国的美好"想象"，甲午战争中国的惨败，进一步加速了汉文学衰落的进程，日本人对中国及中国文化鄙夷至极，连同汉诗在内的日本汉文学亦因此而骤然衰败。即便如此，我们依然不可否认汉文学在近代日本文化创造过程中所发挥的桥梁和摆渡作用，不可忘记汉文学在日本人文学创作过程中所具有的示范与酵母的功效。明治时期的诗话和汉诗就是汉文学在这一时期继续发展并产生影响的明证。

　　明治诗话是日本诗话不可或缺的组成部分，是日本诗话在明治时期的继续与发展，是与明治汉诗文相伴相生的产物。明治诗话的产生及其特点的形成都受到了明治时期社会发展变化的影响。所以，明治诗话既有对以往诗话（主要是江户时期的日本诗话）特点和作用的继承，如诗话内容的"小学化"，诗话著作的实用性，又有对以往诗话特点与作用的摒弃，如诗话成为诗派论战攻讦的工具，维持生计的手段；同时，还有在这一时期所产生的新特点，如诗话内容中所表现出来的通俗性、史料性和比较文化性。

当然，诗话的产生是不可能脱离汉诗而孤立存在的。明治时期汉诗坛诗派的更迭、诗风的嬗变使汉诗不但没有在短时间迅速衰败，反而在明治二十年代迎来了汉诗隆盛的局面。明治初期，枕山一派宋诗的余势尚存，下谷吟社的开设对汉诗起到了维持和推动的作用；之后，春涛又创立茉莉吟社，鼓吹清诗，香奁体的艳体诗在诗坛骤然流行，进而代替枕山一派执掌中央诗坛；中期，当老一辈诗家——离世，以春涛之子槐南和青崖等人为首的青年诗人再次复兴星社，逐渐在诗坛立足，他们在汉诗文坛积极的活动将汉诗推向了全盛。值得一提的是，中国官方和民间文人的东渡和日本人来华的游历以及他们之间活跃的文化交流活动，改变了日本人长期以来在汉诗文学习上以书本为主要媒介的单一方式，对日本诗坛和汉诗文的发展产生了直接或者间接的推动作用。

一时代有一时代的诗歌。明治汉诗文在这一时期已经不完全是对中国汉诗的模拟仿作，而有着属于这一时代的新内容。汉诗或在旧体框架下"旧瓶装新酒"，吟诵新时代、新气象和新事物；或在创作中进行"日本化"的改变；或在其中融入西方近代诗歌思想的元素；或对汉诗进行改良，用汉诗翻译西洋诗歌。这些都表现出汉诗文在明治近代文化创造中所发挥出的积极有效的一面。然而，同时它也有令我们中国人感到愤慨的另一面。中日甲午战后的"征清"诗文大量出现，蔑视中国、敌视中国的日本民族主义情绪甚嚣尘上，而反映当时日本文人心迹的文学体裁恰恰是源自中国的汉诗文。汉诗文中充斥着对军国主义侵略思想的"颂扬"，完全是对汉诗文的一种"恶用"，是必须对其加以坚决批判的。

随着明治时代的终结，经过大正而进入昭和时代，汉文学已成为日本历史上独特的文化现象。然而，汉文学中蕴含的雄健、豪迈、进取的精神和闲雅的志趣，却如盐入水般溶入日本文化，它对日本的民族精神和民族性格的养成起到了不可忽视的作用。虽然汉文学这种特定时期的文学样式在日本逝去了，但是它所涵养的精神内核将常存不灭。

我们现在研究明治诗话和明治汉诗的目的和意义并非在于借助近年日渐兴起的域外中国学的热潮去重温中国文化过去的辉煌，而是想通过新材料的发掘来再现当时日本人在汉诗文方面所做出的努力，来对日本诗话的整体特点进行更为准确的把握，进而探究中日文人在汉诗文的操作与处理时，展现出在认识方式、接受兴趣、道德观念、知识结构等方面存在的异同，以便进一步深入细致地了解日本民族的思想与精神。

由于资料的限制和个人能力的不足，书中肯定存在一定的问题，需要继续收集和挖掘新材料来对文中内容和论述进行丰富与补充，对文中的观点与结论进行修正和完善，这项工作也将成为笔者今后不断努力和长期研究的目标与方向。

参考文献

一 中文著作

卞崇道、王青：《明治哲学与文化》，中国社会科学出版社 2005 年版。

蔡毅：《日本汉诗论稿》，中华书局 2007 年版。

蔡元培：《蔡元培全集》第 15 卷，浙江教育出版社 1998 年版。

蔡镇楚：《比较诗话学》，北京图书馆出版社 2006 年版。

曹顺庆：《东方文论选》，四川人民出版社 1996 年版。

陈福康：《日本汉文学史》，上海外语教育出版社 2011 年版。

陈尚凡、任光亮主编：《漫游随录》，湖南人民出版社 1982 年版。

陈衍：《近代诗钞》，商务印书馆 1935 年版。

陈铮：《黄遵宪全集》，中华书局 2005 年版。

程千帆、孙望：《日本汉诗选评》，江苏古籍出版社 1988 年版。

丁日初：《近代中国》（第九辑），上海社会科学院出版社 1999 年版。

冯天瑜：《"千岁丸"上海行——日本人 1862 年的中国观察》，商务印书馆 2001 年版。

［日］福泽谕吉：《劝学篇》，群力译，商务印书馆 1984 年版。

［日］福泽谕吉：《文明论之概略》，北京编译社译，商务印书馆 1992 年版。

［日］冈村繁：《梅墩诗钞拾遗》，俞慰慈译，上海古籍出版社 2009 年版。

［日］冈千仞：《观光纪游·观光续纪·观光游草》，张明杰整理，中华书局 2009 年版。

高文汉：《日本近代汉文学》，宁夏人民出版社 2005 年版。

郭绍虞：《中国文学批评史》，上海古籍出版社 1979 年版。

郭颖：《汉诗与和习——从〈东瀛诗选〉到日本的诗歌自觉》，厦门大学出版社 2013 年版。

郭真义、郑海麟：《黄遵宪题批日人汉籍》，中华书局 2009 年版。

黄万机等：《黎星使宴集合编补遗》，贵州人民出版社 2001 年版。

黄遵宪：《日本国志》，天津人民出版社 2005 年版。

［德］J. G. 赫尔德：《论语言的起源》，姚小平译，商务印书馆 1998 年版。

［日］吉川幸次郎：《中国诗史》，章培恒等译，安徽文艺出版社 1986 年版。

［日］加藤周一：《日本文学史序说》，叶渭渠、唐月梅译，开明出版社 1995 年版。

近代日本思想史研究会：《日本近代思想史》第二卷，孙文康等译，商务印书馆 1992 年版。

李庆：《东瀛遗墨——近代中日文化交流稀见资料辑注》，上海人民出版社 1999 年版。

李庆：《日本汉学史》，上海人民出版社 2010 年版。

刘砚、马沁：《日本汉诗新编》，安徽文艺出版社 1985 年版。

刘雨珍：《清代首届驻日公使馆员笔谈资料汇编》，天津人民出版社 2010 年版。

鲁迅：《鲁迅全集》第 4 卷，人民文学出版社 2005 年版。

吕万和：《简明日本近代史》，天津人民出版社 1984 年版。

马歌东：《日本汉诗溯源比较研究》，商务印书馆 2011 年版。

戚其章：《国际法视角下的甲午战争》，人民出版社 2001 年版。

祁晓明：《江户时期的日本诗话》，中国社会科学出版社 2009 年版。

钱钟联：《人境庐诗草笺注》，上海古籍出版社 1981 年版。

石之瑜：《近代日本对华思想》，（台北）台湾大学出版社 1996 年版。

［日］松浦友久：《节奏的美学》，石观海、赵德玉译，辽宁大学出版社 1990 年版。

［日］松浦友久：《中国诗歌原理》，孙昌武、郑天刚译，辽宁教育出版社 1990 年版。

［日］松下忠：《江户时代的诗风诗论》，范建明译，学苑出版社 2008 年版。

孙东林、李中华：《中日交往汉诗选注》，春风文艺出版社 1988 年版。

孙立：《日本诗话中的中国古代诗学研究》，北京大学出版社 2012 年版。

孙文：《唐船风说：文献与历史——〈华夷变态〉初探》，商务印书馆 2011 年版。

王宝平：《日本藏晚清中日朝笔谈资料：大河内文书》，浙江古籍出版社 2017 年版。

王宝平：《日本典籍清人序跋集》，上海古籍出版社 2010 年版。

王宝平：《晚清东游日记汇编 1·中日诗文交流集》，上海古籍出版社 2004 年版。

王福祥：《日本汉诗与中国历史人物典故》，外语教学与研究出版社 1997 年版。

王福祥等：《日本汉诗撷英》，外语教学与研究出版社 1995 年版。

王家骅：《儒家思想与日本文化》，浙江人民出版社 1994 年版。

王勤谟：《近代中日文化交流先行者：王惕斋》，宁波出版社 2011 年版。

王晓平：《近代中日文学交流史稿》，湖南文艺出版社 1987 年版。

王晓平：《梅红樱粉：日本作家与中国文化》，宁夏人民出版社 2002 年版。

王晓平：《日本中国学述闻》，中华书局 2008 年版。

王晓平：《亚洲汉文学》，天津人民出版社 2009 年版。

吴振清等：《黄遵宪集》，天津人民出版社 2003 年版。

严绍璗：《比较文学视野中的日本文化》，北京大学出版社 2004 年版。

严绍璗、王晓平：《中国文学在日本》，花城出版社 1990 年版。

严绍璗等：《比较文化：中国和日本》，吉林大学出版社 1996 年版。

叶渭渠、唐月梅：《日本文学史·近代卷》，经济日报出版社 2000 年版。

叶渭渠、唐月梅：《日本文学史·近古卷》，昆仑出版社 2004 年版。

叶燮、沈德潜：《原诗·说诗晬语》，凤凰出版社 2010 年版。

［日］永田广志：《日本哲学思想史》，版本图书馆编译室译，商务印书馆 1978 年版。

俞樾：《东瀛诗纪》，清光绪十五年（1889）刊本。

［日］远山茂树：《日本近代思想史》第 1 卷，邹有恒译，商务印书馆 1992 年版。

张伯伟：《清代诗话东传略论稿》，中华书局 2007 年版。

张伯伟：《中国古代文学批评方法研究》，中华书局 2002 年版。

张岱年、楚流等：《弢园文录外编》，辽宁人民出版社 1994 年版。

赵季等：《日本汉诗话集成》，中华书局 2019 年版。

郑海麟：《黄遵宪与近代中国》，生活·读书·新知三联书店 1988 年版。

［日］中江兆民：《一年有半·续一年有半》，吴藻溪译，商务印书馆 1997 年版。

查屏球：《甲午日本汉诗选录》，凤凰出版社 2017 年版。

中西进、王晓平：《智水仁山——中日诗歌自然意象对谈录》，中华书局 1995 年版。

钟叔河、王晓秋等：《走向世界丛书·扶桑游记》，岳麓书社 1985 年版。

［日］竹添进一郎、股野琢：《栈云峡雨日记·苇杭游记》，张明杰整理，中华书局 2007 年版。

二　外文著作

［日］阪口仁一郎：《北越诗话》，日清印刷株式会社 1919 年版。

［日］陈鸿诰：《味梅华馆诗钞》，前川善兵卫 1880 年版。

［日］陈生保：《森鸥外の汉诗》，明治书院 1993 年版。

［日］成岛柳北：《柳北诗钞》，博文馆 1894 年版。

［日］池田四郎次郎：《日本诗话丛书》，文会堂书店 1922 年版。

［日］冲冠岭：《新撰诗语活用》，万青堂 1879 年版。

［日］船津富彦：《中国诗话研究》，八云书房 1977 年版。

［日］大谷雅夫等：《日本诗史·五山堂诗话》，岩波书店 1991 年版。

［日］大江孝之：《敬香遗集》，东京印刷株式会社 1928 年版。

［日］大町桂月：《笔のしづく》（增订版），公文书院 1911 年版。

［日］大町桂月：《笔のすさび》，富山房 1912 年版。

［日］大沼枕山：《江户繁昌诗》，江岛伊兵卫 1878 年版。

［日］大沼枕山：《江户名胜诗》，下谷吟社藏版 1878 年版。

［日］大沼枕山：《日本咏史百律》，下谷吟社藏版 1883 年版。

［日］大沼枕山：《下谷吟社诗初编》，考诗阁藏版 1875 年版。

［日］大沼枕山：《枕山先生遗稿》，下谷吟社藏版 1893 年版。

［日］大沼枕山：《枕山咏物诗》，熙熙堂藏版 1846 年版。

［日］服部抚松：《东京新繁昌记·初编》，奎章阁 1874 年版。

［日］福原公亮：《外征纪事》，青木恒三郎发行 1896 年版。

［日］福泽谕吉：《福翁百话》，时事新报社 1902 年版。

［日］福泽谕吉：《品行论》，时事新报社 1885 年版。

［日］冈崎春石：《近世诗人丛话》，アトリエ社 1938 年版。

［日］冈千仞：《观光游草》，近藤圭造印刷 1888 年版。

［日］高桥白山：《征清诗史》，国文社 1898 年版。

［日］宫崎晴澜：《晴澜焚诗》，明治书院 1896 年版。

［日］古井由吉：《漱石の汉诗をよむ》，岩波书店 2008 年版。

［日］关口隆正：《炮枪余响》，堀田印刷所 1895 年版。

［日］关仪一郎：《日本儒林丛书》，东洋图书刊行会 1929 年版。

［日］国分青崖：《诗董狐》，明治书院 1897 年版。

［日］国枝成卿：《诗语碎金续编》，平安书肆（文锦堂　锦山堂　高
鳞堂）合梓 1834 年版。

［日］合山林太郎：《幕末·明治期における日本汉诗文の研究》，和
泉书院 2014 年版。

［日］后藤乐山：《初学作诗法》，文林阁 1893 年版。

〔日〕加藤弘之：《天则百话》，博文馆 1899 年版。

〔日〕江马钦：《古诗声谱》，求放心斋藏版 1884 年版。

〔日〕井上哲次郎：《巽轩诗钞》，钩玄堂 1884 年版。

〔日〕堀舍次郎：《作诗眼》，诚之堂 1883 年版。

〔日〕赖山阳：《山阳先生书后》，春和堂 1850 年版。

〔日〕柳井绚斋：《征清诗集》，博文馆 1895 年版。

〔日〕鲈松塘：《房山楼诗·三编》，关三一发行 1894 年版。

〔日〕木下周南：《明治诗话》，文中堂 1943 年版。

〔日〕南梁居士：《伟人豪杰言行录：修养教训》，求光阁书店 1911 年版。

〔日〕内田铁三郎：《名家文话》，吉本襄发行 1899 年版。

〔日〕籾山逸也：《明治诗话》，青木嵩山堂 1895 年版。

〔日〕坪井航三：《征清军中公余》，秀英舍 1897 年版。

〔日〕浅见绫川：《东京十才子诗》，博文本社 1880 年版。

〔日〕桥本蓉堂：《蓉堂诗钞》，玩古斋藏版 1881 年版。

〔日〕青山延寿：《国史纪事本末》，太田金右卫门 1876 年版。

〔日〕青山延寿等：《皇朝金鉴》，松阳家塾 1895 年版。

〔日〕热执生：《傍若无人》，求光阁书店 1905 年版。

〔日〕日柳燕石：《柳东轩诗话》，香川新报社 1926 年版。

〔日〕日野俊彦：《森春涛の基础的研究》，汲古书院 2013 年版。

〔日〕入谷仙介：《近代文学としての明治汉诗》，研文出版 1989 年版。

〔日〕入谷仙介、揖斐高：《汉诗文集·明治编 2》，岩波书店 2004 年版。

〔日〕入矢义高：《日本文人诗选》，中央公论社 1983 年版。

〔日〕三浦叶：《明治の汉学》，汲古书院 1998 年版。

〔日〕三浦叶：《明治汉文学史》，汲古书院 1998 年版。

〔日〕森春涛：《春涛诗钞》，文会堂书店 1912 年版。

〔日〕森春涛：《清三家绝句》，茉莉巷卖诗店存版 1868 年版。

〔日〕森春涛：《清三家诗·陈碧城绝句》，茉莉巷卖诗店藏版 1881 年版。

〔日〕森春涛：《新文诗》第 1 集，茉莉巷凹处藏梓 1875 年版。

［日］森春涛：《新文诗》第 2 集，茉莉巷凹处藏梓 1875 年版。

［日］森春涛编：《新文诗》第 63 集，茉莉巷凹处藏梓 1880 年版。

［日］森槐南：《补春天传奇傍译》，森槐南出版 1880 年版。

［日］森槐南：《槐南集》，博文馆 1912 年版。

［日］森槐南：《作诗法讲话》，文会堂 1912 年版。

［日］杉下元明：《江户汉诗—影响と变容の系谱》，ぺりかん社 2004
年版。

［日］上村胜弥：《大日本思想全集》第 17 卷，大日本思想全集刊行
会 1932 年版。

［日］神田喜一郎：《明治汉诗文集·62》，筑摩书房 1983 年版。

［日］神田喜一郎：《神田喜一郎全集》，同朋舍 1987 年版。

［日］神尾三郎：《开化新选古今名家　幼学诗韵　诗语碎金　绝句诗
例》，文江书店 1881 年版。

［日］石井都留：《征清横槊余韵》，秀英舍 1895 年版。

［日］实藤惠秀、郑子瑜：《黄遵宪与日本友人笔谈遗稿》，内山书店
1968 年版。

［日］市川湫山：《湫村诗钞后集》，洋洋书房 1917 年版。

［日］释清潭：《下谷小诗话》，アトリエ社 1938 年版。

［日］松平直亮：《泊翁西村茂树传》，日本弘道会 1923 年版。

［日］松下忠：《江户时代の诗风诗论》，明治书院 1969 年版。

［日］太田才方次郎：《淳轩诗话》，松雪堂 1939 年版。

［日］太田青丘：《日本歌学と中国诗学》，清水弘文堂书房 1968 年版。

［日］汤朝观明：《风流俗谣集》，聚英阁 1921 年版。

［日］藤川正数：《森鸥外と汉诗》，有精堂 1991 年版。

［日］田村维则：《汉文征清战史》，岛田活版所 1896 年版。

［日］田中贡太郎：《土佐五人随笔集》，人文会出版部 1922 年版。

［日］町田三郎：《明治の汉学者たち》，研文出版 1998 年版。

［日］土屋弘：《邂逅笔语》，土屋弘出版 1881 年版。

［日］王韬：《蘅华馆诗录》，山中市兵卫 1881 年版。

［日］细川润次郎:《梧园诗话》,东京筑地活版制造所 1904 年版。

［日］夏目漱石:《漱石全集》第 18 卷,岩波书店 1995 年版。

［日］夏目漱石:《思ひ出す事など》,春阳堂 1938 年版。

［日］小野长愿:《湖山消闲集》,游焉吟社藏版 1881 年版。

［日］小野湖山:《郑绘余意》,游焉吟社 1875 年版。

［日］信夫恕轩:《恕轩遗稿》,秀英舍 1918 年版。

［日］幸德秋水:《兆民先生》,博文馆 1902 年版。

［日］幸田露伴:《露伴全集》第 18 卷,岩波书店 1949 年版。

［日］徐前:《漱石と子规の汉诗—对比の视点から》,明治书院 2005
年版。

［日］岩溪晋:《檀栾集·壬寅》,东京印刷株式会社 1903 年版。

［日］野口宁斋:《宁斋诗话》,博文馆 1905 年版。

［日］野口宁斋:《少年诗话》,博文馆 1898 年版。

［日］伊藤三郎:《诗家品评录》,盛春堂 1887 年版。

［日］伊藤整:《森鸥外集》,讲谈社 1981 年版。

［日］伊藤整等:《明治思想家集》,讲谈社 1968 年版。

［日］依田学海:《征清录》,六合馆书房 1894 年版。

［日］揖斐高:《江户诗歌论》,汲古书院 1998 年版。

［日］永井荷风:《荷风全集》第 15 卷,岩波书店 1963 年版。

［日］远藤隆吉:《汉学の革命》,育英舍 1911 年版。

［日］越智宣哲:《西征千字文》,矢岛嘉平次印刷 1896 年版。

［日］泽熊山:《诗语群玉》,育英塾藏本 1847 年版。

［日］斎藤希史:《汉文脉と近代日本》,日本放送出版协会 2007 年版。

［日］斎藤希史:《汉文脉の近代—清末＝明治的文化圈》,名古屋大
学出版会 2005 年版。

［日］正冈子规:《松萝玉液》,春阳堂 1932 年版。

［日］植村芦洲:《芦洲咏物诗钞》,小菅直太郎出版 1881 年版。

［日］中村敬宇:《敬宇文集》第 3 卷,吉川弘文馆 1903 年版。

［日］中岛一男:《清二十四家诗》,森春涛出版 1878 年版。

［日］中野重太郎：《逍遥遗稿（正外编）》，厚信舍 1895 年版。

［日］猪口笃志：《日本汉诗》，明治书院 2000 年版。

［日］猪口笃志：《日本汉文学史》，角川书店 1984 年版。

［日］竹添进一郎：《栈云峡雨日记并诗草》，奎文堂 1879 年版。

［日］祝振媛：《夏目漱石の汉诗と中国文化思想》，中国书籍出版社 2003 年版。

［日］佐藤宽：《简易作诗法》，青山堂 1902 年版。

三　论文

硕博论文

陈文丽：《近代中国人撰日本竹枝词之研究》，硕士学位论文，浙江工商大学，2012 年。

刘芳亮：《日本江户汉诗对明代诗歌的接受研究》，博士学位论文，山东大学，2009 年。

毛明娟：《江户时期日本诗话对清代诗歌的接受批评》，硕士学位论文，福建师范大学，2013 年。

谭雯：《日本诗话及其对中国诗话的继承与发展》，博士学位论文，复旦大学，2005 年。

期刊论文

白鹤峰：《论日本诗话中的复古理论》，《林业科技信息》2010 年第 4 期。

蔡毅：《黄遵宪研究新论——纪念黄遵宪逝世一百周年国际学术研讨会论文集》，社会科学文献出版社 2007 年版。

蔡镇楚：《中国诗话与日本诗话》，《文学评论》1992 年第 5 期。

曹磊：《津阪孝绰〈夜航诗话〉研究评述》，《古籍整理研究学刊》2012 年第 6 期。

道坂昭广：《江户时代后期日本人对汉诗的认识——以津阪东阳〈夜航诗话〉为线索》，《西华师范大学学报》2014 年第 1 期。

郭丽：《日本华夷思想的形成与特点》，《日本研究论集》，南开大学日本研究院，2003 年。

兰立亮：《日本汉诗文中的明治时代》，《乐山师范学院学报》2012 年第 1 期。

刘芳亮：《大沼枕山对白居易诗歌的接受》，《信阳师范学院学报》（哲学社会科学版）2011 年第 1 期。

刘欢萍：《20 世纪 80 年代以来中国的日本诗话研究述评》，《日本学论坛》2008 年第 4 期。

刘欢萍：《论日本〈五山堂诗话〉的诗学观及对中国古典诗学之受容》，《贵州文史丛刊》2011 年第 4 期。

刘欢萍：《日本〈夜航诗话〉对中国古典诗文考释之举隅辨析》，《名作欣赏》2011 年第 2 期。

刘欢萍：《日本诗话对清代诗文的接受与批评考论》，《东疆学刊》2010 年第 1 期。

马歌东：《日本诗话的文本结集与分类》，《陕西师范大学学报》（哲学社会科学版）2001 年第 3 期。

祁晓明：《江户汉诗人打通和、汉壁垒的尝试——以池田四郎次郎的〈日本诗话丛书〉为例》，《文史哲》2012 年第 6 期。

权宇：《试析日本诗话的价值取向和审美文化特点》，《延边大学学报》（社会科学版）2012 年第 2 期。

孙立：《面向中国的日本诗话》，《学术研究》2012 年第 1 期。

孙立：《民国—明治时期中日诗话的古今之变》，《中山大学学报》（社会科学版）2015 年第 3 期。

谭雯、蒋凡：《日本诗话论诗话》，《湘潭大学学报》（哲学社会科学版）2008 年第 2 期。

王美平：《甲午战争前后日本对华观的变迁——以报刊舆论为中心》，《历史研究》2012 年第 1 期。

王晓平：《日本诗话：转世与复活》，《中华读书报》2015 年 2 月 4 日第 18 版。

夏晓虹：《日本汉诗中的甲午战争》，《读书》1999 年第 11 期。

严明：《日本狂诗创作的三次高潮》，《学习与探索》2009 年第 2 期。

张伯伟：《论日本诗话的特色——兼谈中日韩诗话的关系》，《外国文学评论》2002 年第 1 期。

周颂伦：《华夷变态三形态》，《东北师范大学学报》（哲学社会科学版）2014 年第 4 期。

附录 幕末·明治汉诗人小传及其诗作选录

柴秋村（1830—1871），名藾，字绿野、通称六郎，号秋村，阿波（德岛县）人。曾从德岛藩儒新居水竹学习经史，后赴江户，入大沼枕山门下。又因仰慕广濑淡窗之学风，后入广濑旭庄塾学习。在大阪居留期间，秋村主要学习汉诗。他擅长诗文，尤擅长篇，以韩、苏为典范，著有《秋村遗稿》3卷。

鱼目

鱼目纷纷混蚌胎，蓝田宝气亦篙莱。讵图一块他山石，今日公然称玉来。

观音寺

都府楼空瓦亦催，平田无处觅遗基。疏松落日观音寺，只剩钟声似旧时。

题桑苎翁小像

清苦尝来煮嫩芽，一经自守便成家。世间谁复知真味？欲笑先生着毁茶。

所见和藤田小虎韵

夜水生寒酒力微，小禽嘎嘎掠舟飞。一星灯火枯蒲里，知有渔家未掩扉。

大槻磐溪（1801—1878），名清崇，字士广，通称平次，号磐溪、宁静子，陆前（今宫城县）仙台人。磐溪是江户时代末期的儒学家，善诗文，尤工五、七言古诗。文，受教于葛西因是和松崎慊堂；诗，得益于梁川星岩。其诗优柔温雅，清丽隽永。其著述颇丰，诗文方面的著述有《宁静阁诗文集》、《磐溪随笔》、《三体诗绝句解》3卷、《磐溪诗钞》2卷、《昨梦诗历》、《奇文欣赏》6卷、《磐溪文钞》3卷、《古经文视》2卷等。

下逢隈川
一棹下逢水，花湾又柳堤。连山青远近，转瞬失东西。

溪山风雨图
斜风挟溪雨，来扑钓归舟。欲向前村去，波高不自由。

花坞夕阳迟
十里桃林坞，弯环路未穷。风柔蝶舞倦，日暖禽声融。
水涨柳阴外，人归花影中。春云凝不散，留得夕阳红。

秋水共长天一色
太湖三万顷，一碧拭秋烟。积水疑无地，远帆来自天。
云飞归鸟外，波动夕阳边。暮色苍然至，笛声何处船？

秋日偶成
一领敝裘双鬓秋，等闲老却读书楼。实心实理甘如蜜，浮名浮利轻似沤。

松树露清仙鹤警，芦花霜冷野鸥愁。何时女嫁男婚毕，去学名山五岳游？

梁川红兰（1804—1879），名景，字道华、月华，号红莺，后改红兰，美浓（岐阜县）人，诗人梁川星岩之妻。幕末明治时代著名诗人，与江马细香、龟井小琴、原采苹并称为"闺秀诗人"。著有《红兰小集》2卷。小野湖山在《红兰小集题词》中赞美其人其诗云："莫欺三寸弓鞋小，蹈破江山万里春""优柔清婉人相似，卓越高情世莫如"。

散步

散步沿流水，烟微午景晴。澄潭鱼有影，幽竹鸟无声。
草爱受鞋软，风怜吹袂轻。逢花不敢咏，或恐蝶魂惊。

夜深

夜深蚕语切，爽气逼衣裳。叶落千山雨，砧声万户霜。
流年真转盼，久客易回肠。归梦多中断，应缘去路长。

湖村春雾

午景含朝景，山烟带水烟。风晴群鹤映，草暖一牛眠。
五亩卜不得，半生常泛然。谁家好夫妇，耕老傍湖田？

寒夜待外君

四邻人已定，灯火夜阑残。雪逆月光白，云随风势团。
家贫为客久，岁晏怯衣单。鼓半起烹粥，思君吟坐寒。

庭梅

庭梅口噤欲开难，淰淰阴云十日寒。今晓风头较晴暖，一枝
笑影倦帘看。

旅怀

满目山川霜已红，弹丸光景太匆匆。敢悲落托命分薄，且喜
清平行路通。

繁杵捣残千里梦，单衾冷透五更风。辛酸尝尽心如铁，一任
天涯迹转蓬。

村上佛山（1810—1879），名刚，字大有，号佛山，丰前（福冈
县）人。佛山13岁受教于龟井南冥的门人原古，1825年师从大儒龟
井南冥之子龟井昭阳。1830年寄寓京都贯名海屋的私塾，与梅迁春樵
和梁川星岩结交。1835年因脚疾返回稗田村开设私塾招徒授业，门下
弟子云集，有1500余人。佛山为人性温厚，待人谦恭，事亲孝顺。他
善诗文，爱读白居易、苏轼之诗，一生好诗如命，每写成诗一首，必

置于几上，早晚拜之，常为家人及弟子所笑。其诗才纵横奇悠，诗意巧致精妙，俞樾曾称其诗"气韵沉厚，语句疏爽"。著有《佛山文集》、《佛山堂诗钞》9 册、《佛山堂咏史绝句钞》1 卷等。

晚望

晚云湿不飞，村火远依微。多少插秧女，青蓑带雨归。

途中所见

秋水磨明镜，寒潭晚照余。渔翁举纲处，红叶多于鱼。

闲步

秋晴无限好，闲步不辞赊。寒水迷孤雁，夕阳明远花。
桥危横独木，舟败阁平沙。此景宜分付，诗家与画家。

春江晓景

残月一痕漂远波，归鸿几阵渡平沙。渔翁早起将炊饭，汲取清流半是花。

秋江晚眺

江天归雁杂归鸦，鸦宿汀林雁宿沙。别有渔船炊晚饭，青烟一缕出芦花。

西溪

坠叶纷纷扑笠鸣，西溪徐度小桥行。山如仙女癯逾好，秋似名僧老益清。

暝色远从天末至，愁心偏向月中生。欲过村店买微醉，竹外一星灯火明。

菊池溪琴（1799—1881），名保定，字子固，号溪琴，后改号海庄，别号海雯、生石、琴诸等，纪伊（今和歌山县）人。他喜好文学，13 岁师从大窪诗佛，常与大槻磐溪、斋藤拙堂、广淡濑窗、广濑旭庄、菊池三溪相互唱和，曾创立古碧吟社。溪琴为人温柔敦厚，崇尚名节，习武好文，博览经史，还善写诗文，著有《溪琴山房诗》5 卷、《秀餐楼诗集》2 卷、《海庄集》3 卷、《海庄遗稿》1 卷、《海庄珊瑚编》2卷、《诗语烂锦》1卷、《国政论》1卷、《内政论》1卷等。

墨竹

啼烟仍泣露，辛苦护幽姿。不似江南柳，春风容易吹。

岚山同白谷先生赋

罢琴下山堂，月落春水苍。山花凝不动，满山夜云香。

江村

青山漠漠锁烟霏，缺月无光海气微。一点松灯人语远，满蓑轻雨夜渔归。

即事

石瓯煮雨品清茶，坐觉新凉逼碧纱。小院月明人影静，风香菡苕一池花。

侨居雨中

客舍临流柳色闲，落花芳草觉春阑。江楼歌歇游人尽，户户青帘烟雨山。

河内途上

南朝古木锁寒霏，六百春秋一梦非。几度问天天不答，金刚山下暮云归。

望川中岛

龙战虎斗无暂休，越军甲兵互结仇。自古两雄难并立，至今二水交争流。

云封残垒蛟蛇走，秋冷丛祠风雨愁。唯有兴亡长不管，芦花洲畔一眠鸥。

鹭津毅堂（1825—1882），名宣光，字重光、九藏，号毅堂，尾张（今爱知县）人。幼时入私塾有邻舍，后从其父鹭津益斋学习经史。20岁时赴伊势（三重县）有造馆，师从猪饲敬所。后又赴江户昌平簧读书。1853年任上总（今千叶县）久留里藩儒官，1865年任尾张侯义宜的侍读，1866年任明伦堂教授、督学，主张复古，改革学政，1869 年任大学少承。废藩后，他历任司法省书记官、司法权大书记官。毅堂精通经史百家，宗古义学。著有《毅堂集》5 卷、《薄游吟草》1 卷、《亲灯余影》4 卷、《金山仙史私记》1 卷、《迁乔书屋记》等。

中秋

断续宾鸿声转酸，北边霜早已催寒。可怜今夜团圆月，数口一家三处看。

转任登米权知事赴陆前国途过白川关旧址

官程既入奥毛间，行觉丁夫语带蛮。二十三山青未了，秋风秋雨白川关。

次小野侗翁湖上新居韵二首

（一）

境占繁华冷淡间，不须多事买青山。酒楼萧寺连园墅，高柳低花水一湾。

（二）

尺五天台隔一涯，红云摇曳衬汀沙。吟骖得得谙来路，只访幽人不访花。

万松亭

渔弟樵兄今尚存，相迎喜气满闾门。万松阴合三间屋，一水青萦数户村。

此日才偿奉奥志，几时能报断机恩。思量人世安身地，到底无如处士尊。

成岛柳北（1837—1884），名惟弘，字叔厉、保民，号柳北、确堂，别号何有山人、墨水渔史，江户（东京）浅草人。幼时颖悟，好诗文。18 岁继承家业，为见习侍讲，1856 年升任侍讲，为德川家定、家茂讲经学，明治维新后辞官。1870 年创办本愿寺学塾，任学长。

1872 年随东本愿寺法主大谷光莹游历欧洲，1874 年出任东京朝野新闻社社长。他以洒脱轻妙之文笔批判明治维新政府的"文明开化"，使该社名声大噪。1877 他年又创办《花月新志》。柳北遍游江户、京都的"花街"，揭露时世的衰败。著有《柳北诗钞》1 卷、《柳北奇文》2 卷、《柳北遗稿》2 卷、《寒巢小稿》4 卷、《柳桥新志》2 册、《航薇日记》3 卷、《柳北文钞》、《航西日乘》、《温泉纪行》等。

春声楼口号

客岁楼新落，栽梅倚画楹。醉来傍花听，无物不春声。

暮钟

老鲸浏亮响，楼角夕阳残。震螫秋云动，渡江暮水寒。
齐撞百兰若，忽破几槐安。更想门间下，慈娘望子还。

秋夜

云吞月处小星明，天末秋风雁一声。半夜愁人眠不得，败蕉窗下对残檠。

岁旦口占

妇子朝来扫甋尘，萧条破屋又新春。卖书卖剑家赀尽，幸是先生未卖身。

那耶哥罗观瀑诗

客梦惊醒枕上雷，起攀老树阶崔嵬。夜深一望乾坤白，万丈珠帘倦月来。

病中偶作

药炉烟断纸窗虚，腕脚如云任卷舒。未饮今年家酿酒，捡来往日手抄书。
槿花朝露看将尽，梧叶秋声感有余。一枕天恩于我足，岂关鹏鷃竞名誉。

桥本蓉塘（1844—1884），名宁，字静甫，号蓉塘、慎斋，京都人。早年学于立命黉，明治初年入森春涛的茉莉吟社。与神田香岩、上梦香并称为"西京三才子"。1872 年任职于东京宫内省。与森春涛、森槐南父子交情颇厚。其诗宗唐宋，尤爱白居易、陆游的诗。森春涛评价蓉塘时云："若以才量论静甫，则余一言断之曰，子建八斗"；湖山老人赞曰："静甫之于诗，实天下奇才也"；广濑南丰称其诗"秀莹而不绮薄"。著有《蓉塘诗钞》2 卷、《琼予余滴》2 卷等。

即事

微雨初过处，野花香浓时。一丛秋气味，病蝶最先知。

客去

客去寂书斋，蠹残犹可读。夕阳红半阶，逗在南天竹。

冬暖

冬暖似春煦，悠然步鸭干。水枯桥脚瘦，树老店身寒。
佳句有时得，好山随意看。一枝方竹杖，终日伴盘桓。

同僚友游墨水百花园

散策何边好？无如墨水东。步随蝴蝶影，寻入野花丛。
秋水鸥衣白，晚霞鱼尾红。一醺村店酒，幸得故人同。

春夜

玉漏丁丁夜未分，水沉烟断有余熏。偎帘悄读红楼梦，月在梨花澹似云。

岚山

水态山姿相映新，低鬟影落镜中春。轻烟日暮不遮尽，好似隔帘看美人。

秋雨偶晴

秋霖连日似黄梅，且喜今朝晴景开。篱菊一枝同我懒，待人扶起卧青苔。

湖亭杂诗

词人肠断是秋风，往事云烟瞥眼空。楼下垂杨楼上客，一般影瘦夕阳中。

偶感

雨洗炎尘玉宇晴，秋凉沁骨坐来清。天边雁字摸无迹，砌下蛩机织有声。

地棘天荆仕途险，覆云翻雨世情轻。飘零犹在京城里，漫赋归田计未成。

移居

门临流水小桥斜，如是幽栖尽可夸。檐不太低能贮月，园虽然窄亦容花。

扁舟未与鸥分渚，老屋聊同燕作家。牧笛樵歌耳常惯，此间敢信市街哗。

草场船山（1819—1887），名廉，字立大，号船山，肥前（今佐贺县）人。早年受教于江户昌平黉古贺精里，后又随梁川星岩、篠崎小竹学诗，明治初年在东京任教。著有《文章规范纂评》7 卷、《船山诗集》3 卷、《船山遗稿》2 卷、《日本史略》等。

樱花

西土牡丹徒自夸，不知东海有名葩。徐生当日求仙处，看作祥云是此花。

镰仓

镰府开基五百秋，鹤陵庙古只松楸。夕阳回首沧溟阔，一抹青山是蛭州。

大津买舟

片帆风饱载春潮，湖土青山日欲晡。不问膳城何处是，隔松纷堞白模糊。

森春涛（1819—1889），名鲁直，字希黄，号春涛、九十九峰轩、三十六湾书楼，别号机阴、小东山，尾张（今爱知县）人。好诗喜吟。15 岁时入尾张名儒鹫津益斋门下学诗。1850 年赴江户，寄寓上野东壑山或学寮，常与大沼枕山诗文唱和。1856 年至京都，拜梁川星岩为师，与池内陶所、斋藤拙堂、广濑旭庄等诗人结交。1863 年移居名古屋桑名町三丁目，开办桑三轩吟社，门人有丹羽花南、奥田香雨、永坂石埭、神波即山，被誉为森门"四天王"。1874 年春涛迁至东京天横町茉莉凹巷，入小西湖诗酒社，从事诗文研究。在此期间，他广交诗友，发起并创办茉莉吟社，翌年创刊并出版杂志《新文诗》，鼓吹清诗，倡导"嘉（庆）道（光）"的感伤诗风，成为明治汉诗坛的大师。他喜爱"艳体诗"，其诗纤细华丽，尤擅绝句。著有《春涛诗钞》20 卷、《岐阜杂诗》1 卷、《旧雨新钞》2 卷、《新潟竹枝》1 卷、《玉岛竹枝》1 卷、《高山竹枝》1 卷，编辑出版《清三家绝句》2 册、《清二十四家诗》3 卷、《东京才人绝句》2 卷等。

秋景四首（选一）

山骨瘦如人，峻嶒落照间。看山秋入骨，人更瘦于山。

秋人

秋人愁不睡，月隐小窗西。如织不成织，一虫终夜啼。

老杉园听雨

苔痕无俗展，窗影带秋衫。四五点秋雨，二三株老杉。

横堀马上作

羸马踏云去，乱云遮涧阿。采樵人不见，只听采樵歌。

夜归

夜山茫不见，风意冷衣巾。取路芦花岸，唤舟秋水津。
渚烟迷宿羽，洲火照潜鳞。延伫思诗久，依依月近人。

春日蓝川即瞩

客从花里去，花外夕阳收。杨柳依依水，烟波杳杳舟。
笛声悲远渚，山色映飞楼。春酒醒何早？满川生暮愁。

秋深病中书感

世味曾经饱，已谙甜与酸。病腰秋柳瘦，吟骨暮山寒。
旧雨梦犹在，忏镫杯未干。手拈篱下菊，自起寄情看。

文字

　　文字获钱能几多，笑颜呈媚奈君何？可怜措大终年业，不抵珠娘半夕歌。

送春

　　飘絮飞花闪落晖，白纷纷似雪霏霏。春风同是一条路，昨日迎来今送归。

衣浦櫂歌

　　衣浦前湾接后湾，早凉吹上橛头船。橹枝摇曳苹花水，又到鸥鸥鹭鹭边。

宿佐渡村

　　堆树滴残过雨痕，蕉翁墓畔月黄昏。羁愁一片今犹昔，人宿水鸡啼处村。

题闺秀藤氏梧竹书房

　　梧影扶疏竹色交，细风吹露滴高梢。流萤一点出深碧，来照案头湖月钞。

四月二日作（是日予生辰）

　　柳絮如人剧可怜，浮萍流水有前缘。去来空作飘零叹，落地春风十八年。

蟹江城址

　　儿女踏青裙屐香，不知今昔有兴亡。夜来微雨生春水，木末轻帆送夕阳。

　　耕耰地开残镞出，英雄事去古城荒。落花风里催罗绮，又上当年旧战场。

锦云亭观枫

　　裁锦为云叶染时，霜枫晚映碧山陲。千年艳诵流红记，万口喧传坐爱诗。

　　残绮如霞秋色丽，余明在水夕阳迟。小春时节寻君去，也学停车杜牧之。

七十自述

北马南船阅历频，归来对酒正逢春。山中犹有伪君子，城里岂无贤主人。

世事饱看云变幻，诗情不损竹精神。头颅今日聊如此，独与梅花笑且亲。

中村敬宇（1832—1891），名正直，号敬宇、鹤鸣、梧山，东京人。1848 年入昌平黉师从佐藤一斋，又从桂川甫周修兰学。1866 年留学英国，1868 年归国，跟随德川家移居静冈，作为静冈学问所一等教授，1872 年任大藏省翻译。翻译局撤销后，积极从事教育工作，研究幼儿教育、女子教育、聋哑人及盲人教育。1873 年创办同人社，普及洋学。1888 年获得文学博士称号，1890 年任东京女子高等师范学校教授、东京大学文学科教授、贵族院议员。他是明治时期著名的启蒙思想家、汉诗人。译作有《自由之理》6 册、《西洋品行论》12 册、《共和政治》3 册、《西国立志编》13 册。著有《敬宇诗集》3 册、《敬宇文集》16 卷等。

杂诗二十四首（选一）

画月难画光，写花难写香。语言文字短，精神意味长。

竹

潇洒出尘表，凛凛又堂堂。欲看为好友，却觉恐难当。

水口驿途中作

昨雪又今雨，趁程难少留。云遮羁客眼，山学老人头。
小歇寻茅店，微醺散旅愁。晚晴描树杪，我兴正悠悠。

暇日登城楼

郡城时放望，远近画图开。比屋人烟富，连云雉堞回。
山川称秀绝，客子独低回。信美非吾土，故乡归思催。

正月念二日访杉浦子基

曳筇乘快霁，来访故人家。遥岭犹留雪，寒梅未着花。

诗书谈有味，机席静无哗。盛待感情厚，留连至日斜。

渔父词

菡萏吹香柳罩烟，全家生计半篷船。人间荣辱毁誉事，不到溪风山月边。

春日杂赋

香篆斜飘帘幕风，无端闲思寄焦桐。庭前蛱蝶作团戏，似欲入侬诗句中。

墨水春游

西望莲峰翠色浮，三围祠外水如油。白樱夹岸几千树，处处弦歌处处楼。

春雨

近似纤丝远似烟，蒙蒙细雨养花天。绿深杨柳池塘畔，红湿海棠庭院边。

懊恼佳人情合懒，低垂词客梦应牵。阴沉非是出游日，恰好焚香对卷编。

偶成

几树梅花相映明，黄莺快意弄新晴。客无生熟谈无择，邻有渔樵交有情。

职业苦中真乐在，空闲欢里暗愁生。残年愿见兵戈息，四海安宁万国亨。

丁卯元旦（在伦敦）

客舍迎春独自怜，人生苦乐两相缠。非无他国见闻异，其奈故乡情思牵。

惊浪骇波成昨梦，明窗净几入新年。危楼百尺凌晨倚，目断东方日出边。

大沼枕山（1818—1891），名厚，字子寿，号枕山、台岭，东京下谷人。其父大沼竹溪为尾张藩（今爱知县）儒官，江户诗坛知名诗人。枕山幼时家贫，10岁丧父，后寄居叔父鹫津松隐家读书，后学诗于菊池五山。1835 年返回江户，入梁川星岩玉池吟社，与大窪诗佛和小野湖山等人有交。诗宗陆游，尤擅咏物诗。后在东京下谷仲御徒町开设下谷吟社，招徒授课，其门下俊才云集。植村芦洲、沟口桂岩、中根半岭就出自枕山门下。著有《房山集》1 卷、《日本咏史百律》1 卷、《枕山咏物诗选》1 卷、《王梦楼绝句》2 卷、《咏史绝句》2 卷、《观月小稿》1 卷、《诗学明辨》1 卷、《诗语拔锦》5 卷、《历代咏史百律》1 卷、《江户名胜诗》1 卷、《下谷吟社诗》3 卷、《枕山诗钞》6 册等。

山兰

山兰殊可爱，绝胜在潇湘。深涧无人处，犹含太古香。

晓渡

晓渡霜如雪，枯芦碎玉凝。舟人呼不起，惟有水禽应。

论诗示杉山顺卿

篱花与塘草，黄绿未称奇。妙手经陶谢，终为大好诗。

冬日杂诗

风响振堂阴，寒威透窗孔。曲身藤络蛇，薄被茧包蛹。
檐日已流丹，砌霜犹泼汞。早梅开几花，袭枕香浮动。

池亭秋雨

细细烟笼岸，盈盈水拍栏。未收荷黄碧，先作桂花寒。
透雨全帘薄，消尘一宇宽。游凫兼坠叶，相逐要人看。

载庵即事

庵庐尘事少，坐卧养幽情。闲向病余得，道从贫后成。
稻花看野色，荷叶听湖声。此际宜真隐，柴扉掩姓名。

独夜书怀

萧萧枥马鸣，耿耿野灯明。月破初三影，鹃传第一声。
客游仍海驿，归梦忽江城。行役无休日，飘然过半生。

池莲

池莲外直又中通，略与高人气象同。红翠看来皮相耳，爱渠心性太玲珑。

刀宁舟中

暗水寒鸣浪作堆，烟中灯火见楼台。半篷残月芦洲晓，掉入沙鸥梦里来。

东台看樱

清宜春雨艳春晴，绝胜秾红满锦城。若使放翁生我土，海棠不爱爱山樱。

村园所见

春风吹冷水西浔，门巷村园深又深。一半斜阳照不到，山茶花落古松阴。

暮春感兴

特地蜂愁蝶也惊，流光向老太怜生。风前花碎残春色，烟外钟传薄暮声。

人入中年先抱感，天于三月最钟情。碧窗纱外朦胧月，满目伤心画不成。

菊池三溪（1819—1891），名纯，字子显，号三溪，别号晴雪楼主人，纪伊（今和歌山县）人。初学于江户林柽宇，后任和歌山藩儒，担任赤坂藩邸内明教馆教授。后升为幕府儒官，担任德川家茂将军侍讲。明治初年，受竹中竹香之嘱托，参与日本野史的校订工作，其文才卓绝，善写诗文，精通经史。著有《近事纪略》3 卷、《本朝虞初新志》3 卷、《国史略》15 卷、《三溪文钞》、《晴雪楼诗钞》1 卷等。

残月杜鹃

人言声在月，吾疑月有声。月落声不断，一川卯花明。

春晓

半规落月望朦胧，人立春烟漠漠中。栏角冷云吹不散，梨花影白一帘风。

盆栽小樱

日透纱窗花气熏，一盆红雪淡于云。金莲不许出闺闱，个是东皇寡小君。

新凉读书

秋动梧桐叶落初，新凉早已到郊墟。半帘斜月清于水，络纬声中夜读书。

初夏园中即事

梅时喜雨只蜗牛，欲上芭蕉不自由，高处元非置身地，移家徐下竹篱头。

神波即山（1832—1891），名恒，字猛卿、龙朔，名古屋人。曾为尾张国海部郡甚目寺住持，僧名圆恒。维新后还俗，1871 年担任名古屋县史生。后辞职上京，出仕司法省，累进至内阁一等属。曾学诗于森春涛的三轩吟社，与永坂石埭、丹羽花南一起成为春涛门下高足。1878 年返回故乡龙冈，在自宅开办龙邱吟社，教授诗书，曾邀请鹭津毅堂讲授《诗经》。他还曾帮助关泽霞庵创办梦草吟社，帮助森川竹磎创办鸥梦吟社。

题画二首

（一）

山色挟虚岚，天光落秋水。归舟穿峡来，残日半帆紫。

（二）

日落远山平，天长归鸟疾。人家深树中，一缕孤烟出。

惜春词

庭院深深雨浃旬，浓稠如酒欲醺人。眼中金粉归黄土，梦里风花堕幻尘。

杨柳词新谁继唱，海棠颠是我前身。绿章试向通明奏，愿请东皇挽住春。

南都

夕阳渺渺塔层层，满目青山阅废兴。铜佛有灵逃烈焰，石人无语护荒陵。

秋芜满苑汉时鹿，香火一龛梁代僧。宝鼎已迁王气息，豪华空自忆诸藤。

花南小稿题词二首

（一）

载酒谈兵并有之，当年风度类分司。才华只做云华现，参透情禅鬓未丝。

（二）

前尘如梦水迢迢，江上春风入大招。读到美人香草句，使侬肠断更魂销。

中井樱洲（1838—1894），名弘，又名蛟岛云城、后藤休次郎、田中幸介，号樱洲山人，鹿儿岛人。早年受教于造士馆，16 岁脱藩，22 岁至江户，因主张"尊王攘夷"被捕，被遣送回鹿儿岛。两年后被赦免，他再度脱藩，游学京都、土佐等地。1866 年得到后藤象二郎与坂本龙马资助，在国外了解世界动态。回国后，任职于宇和岛藩，1868 年任神奈川、东京府审判官，1871 年随岩仓具亲赴欧美考察。他善写诗文、擅长书法，通晓汉、英语言。著有《西洋纪行航海新说》《目见耳闻西洋纪行》《樱洲山人遗稿》《漫记程》等。

同友某生贬谪南岛遥有此寄

绝海云涛路不通，谪居知汝感无穷。相思一夜客船梦，飞向弹丸孤岛中。

舟中杂诗示诸生

狂澜当面雪山颓，千里洋程一夜来。却笑徐生寻异药，片帆咫尺访蓬莱。

今夜月色朦胧偶怀友人

冻云笼月海漫漫，船到欧洲夜转寒。京洛故人无恙否？尺书待汝报平安。

发长崎赴上海

遥指扶桑以外天，三山五岳在何边？火船暮忽如飞鸟，截破鲸涛万叠烟。

西红海舟中

烟锁亚罗比亚海，云迷亚弗利加洲。客身遥在青天外，九万鹏程一叶舟。

病德莎港即事

寓居三日记曾游，此夕争无怀古愁。黑海浪平天水合，一湾北是栗官洲。

尼罗河畔

麦田菜陇倚河畔，无限春风暑仅消。绿阴夹路墓村远，人骑骆驼过小桥。

埃及金字塔

我来吊古立斜曛，沙没荒陵路不分。唯有巍然三角塚，塔尖高在半天云。

中野逍遥（1867—1894），名重太郎，字威卿，号逍遥，别号狂骨子，伊予（今爱媛县）人。曾在南予中学读书，后入东京大学预科。1894 年毕业于东京大学汉文科，同年 11 月 16 日死于肺炎，享年 27 岁。他善诗文，著有《逍遥遗稿》。

向京途中过伏见拜桓武帝兆域

露浃虫声湿，山灵鸟下飞。欲穷平安目，天风卷客衣。

庚寅八月游土州途上

风雅当年定数谁？剑门久诵陆游诗。今日骑驴土州路，轻衫带雨入高知。

将向东都留别二首

（一）

招朋此夕且凭楼，大月照来不说愁。秋高南海三千里，云灭东程十五州。

（二）

秋风吹湿蛾眉面，醉指天水天尽畔。怜君一点泪香痕，染入客衣不堪浣。

偶成

半生飘泊耗穷途，莫及二毛侵鬓须。柱石何人推伊吕，升平谁使唱唐虞。

烟松雨霁钗翻翠，露竹风吹剑滴珠。独倚小窗思何极，天涯明月满皇都。

长三洲（1833—1895），本姓长谷，名光，字世章、秋史，通称富太郎、光太郎，号三洲。丰后（今大分县）人。早年入广濑淡窗门下。1860 年任教于明伦馆。明治维新后历任大学少承、文部少承、学务局长、一等编修等职。1894 年出任东宫侍讲，翌年授正五位。幕末明治时期的汉学家，他擅诗文，工书画。著有《书论》3 卷、《三洲遗稿》12 卷等。

题画

春山好鸟啼，细路入松崦。花雾一林深，小祠门半掩。
山色过桥来，寒溪绿如染。疏林透夕阳，红叶明秋点。

石川丈山

功名场里早抽身，一卧东山经几年。照影愧临鸭川水，英雄回首即神仙。

有感

一蹶元勋竟作尘，立功容易处功难。汉家始信非恩寡，心竟韩彭是叛臣。

初夏书事

燕子花开燕子忙，杜鹃红发杜鹃鸣。无数蜻蛉立不住，青庐叶弱晚风轻。

天津城晚望

草树连天绿似苔，白河引带抱城回。苍茫客思欲无际，七十二沽秋色来。

燕京杂句（录一）

渚宫水殿带残荷，秋柳萧疏太液波。独自金鳌桥上望，景山满目夕阳多。

向山黄村（1826—1897），本姓一色氏，名荣，通称荣五郎，字欣夫、一履，号黄村，江户人。黄村曾受教于千坂莞尔，后入昌平黉。学成之后，承继养父之职，在幕府为官。1856 年任箱馆奉行、外国奉行组头、目付等职，1866 年被委派为驻法公使。1868 年跟随德川家移住静冈县，在静冈、沼津等地任教。1878 年在东京小西湖畔的长酡亭与大沼枕山、鲈松塘、小野湖山、田边莲舟等江户遗老结成晚翠吟社，与森春涛的茉莉吟社相对立。诗宗苏轼，因景慕苏轼，遂将其书斋命名为景苏轩，著有《游晁小草》《景苏轩诗钞》2 卷，其诗"寓讽刺于只幅，寄感慨于片词，而继骚雅之遗响"。

题画竹二首

（一）

胸里有成竹，写来无恶竿。只恐化龙去，横空风雨寒。

（二）

壁土生修竹，好堪为钓竿。夜深愁压折，户外雪声寒。

宿汤本万翠楼

夜宿溪楼上，沉沉万籁空。何知泉激石，只道雨兼风。绝壁孤松挂，危桥独木通。山萤如鬼火，明灭出深丛。

追悼成岛柳北

白鸥盟已冷，春草梦犹牵。花月三千首，才名四十年。

遍论朝野事，微寓是非权。旧雨来相吊，空楼锁暮烟。

青山新居有作

妻子团栾话客怀，芙蓉回看落天涯。名山不及家山好，生可
闲居死可埋。

醍醐寺闻子规

乌藤来叩白云扉，踯躅红开映翠微。非有鹃声苦相促，留连
尽日殆忘归。

己卯三月寓墨上小楼为花下十日之游

朝爱芳云补断霞，夜怜艳雪压平沙。闲人近日颇多事，早起
迟眠都为花。

次韵妻木栖碧

一笑回头万事空，钓竿三尺胜三公。白鸥不受缁尘染，出没
烟波浩荡中。

游春

野岸冰消石映沙，泥香燕子啄芹芽。看过二月连三月，落尽
梅花到杏花。

细雨如丝吹不断，流年似水去难遮。儿童拍手拦街笑，扶醉
归来乌帽斜。

大雪写怀

天绘自然成白描，不分碧海与青霄。一朝埋没怜袁宅，千古
风流属灞桥。

寂寂无声空有影，纷纷密洒忽斜飘。少年鞭马猎狐兔，病里
追怀魂欲销。

次韵藤泽梅南晚春偶感

山色依然世事新，余生沦落海之滨。追寻往事空垂泪，每值
交游几损神。

颓壁雨多蜗写篆，小庭人静鸟窥茵。杜鹃啼血红千滴，染出

花枝照晚春。

鲈松塘（1823—1898），本姓铃木，名元邦，字彦之，号松塘、小塘、十髯史堂、东洋钓史、晴耕雨读斋、怀人诗屋等，安房国（今千叶县）人。1839 年至江户，入梁川星岩门下，与小野湖山、大沼枕山并称为星岩"三高足"。1868 年定居东京浅草向柳原，创办七曲吟社，教授学生，终生不仕。七曲吟社与大沼枕山的下谷吟社齐名，门人数百。其性情谦恭，志向高洁，喜欢游历，诗才横溢，有诗 3000 多首，擅作七律，尤长咏物，咏海诗颇多。鹭津毅堂曾评其诗云："句炼字锻，沉郁深稳，兼之闲雅澹远。"著有《松塘小稿》1 卷、《松塘诗钞》1 卷、《房山楼集》4 卷、《房山楼诗》2 册、《七曲吟社诗》8 卷、《香山游草》1 册、《北游存稿》4 卷、《起海集》1 卷等。

送鹭津文郁游野岛崎玩月

瀛海环孤岛，蓬莱一气通。三更天半月，万里大洋风。
才逸诗无敌，秋高兴自雄。赋成休朗咏，脚底即龙宫。

将发彦根留别黄石涛堂二君

欢晤才旬日，扁舟又远征。青山悬梦影，白苇约秋声。
湖海未归客，风烟分袂情。苍茫千里意，对酒醉难成。

芳山怀古

青山满目恨难消，陵树花飞春寂寥。犹有残僧守兰若，御容挂壁说南朝。

正月五过蒲田梅庄

东风吹雨湿青苔，春浅南枝犹未开。笑向梅前作幽约，一旬过后又重来。

牡丹词四首（选一）

只因花好忘家贫，日日园亭酒一醺。看到今朝忽零落，果知富贵是浮云。

板桥驿与送行诸子别

铃声马语共匆匆，何恨征愁一醉中。无赖千丝板桥柳，拂人离袂各西东。

落花

莫将开落问东皇，有限繁华易夕阳。临水难寻当日影，倚栏犹唱满庭芳。

三春绮梦风前远，十里珠帘雨里凉。纵使红颜空谷弃，宁追柳絮学颠狂。

落花

玉砌瑶栏懒寄根，纷飞水郭又山村。太怜描影土缣素，恰喜翻身浮酒樽。

燕啄香泥朝吊迹，莺啼深树晚招魂。虽然凋落填沟壑，肯忘东君雨露恩？

秋怀诗示怀之

山川如画入秋新，对酒当歌莫说贫。千古英雄皆白骨，百年风月独精神。

中心何有不平事，大块能容无用人。勿动扁舟五湖兴，明朝去作水云身！

同星岩先生、红兰夫人、横山怀之游墨水

静岸深坊次第通，潮平十里不生风。远山泼黛新经雨，漫水拖兰似坐空。

官渡莺啼疏柳外，夕阳船转落花中。隔桥遥望长堤树，一片娇云映浪红。

冈本黄石（1811—1898），名宣迪，字吉甫，通称半介、半助，号黄石，近江（今滋贺县）彦根人。自幼好学，喜作诗，曾受教于中岛棕隐、梁川星岩、菊池五山、大窪诗佛和赖山阳等人。从安积艮斋学习经学，与斋藤竹堂、梅痴上人交往甚密。1851 年出仕彦根藩，1882 年在东京创曲坊吟社，教授弟子。晚年喜好游历，诗宗杜甫，好学白

居易。黄石为诗"虽固师法梁翁而实则直宗少陵"。著有《黄石斋诗集》6集12卷、《东流诗选》、《黄石遗稿》等。

村舍偶咏

松影参差绿，禽声上下闻。昼长村巷静，满径落红纷。

湖上即目

越北尽为雪，群峰寒色分。天台一堆碧，半入帝京云。

山水小景

茅屋清溪上，小桥通古林。山人晚归去，滩响和孤吟。

杂吟六首（选一）

邻山秋更静，听雨夜偏幽。白发一灯影，独吟千古愁。

浪华

千帆日来往，长河一道流。豪华多旧俗，辐辏冠诸州。
十里无余地，万家尽有楼。废兴何用说，逝水梦悠悠。

航湖

春湖磨镜面，全室上扁舟。老鹤携雌过，雏凫傍母游。
水村晴似画，烟树远如浮。眼底皆诗本，毫端好可收。

遣兴

枫落无遗锦，菊残有剩香。寒鸦点枯木，流水带斜阳。
我意归闲澹，从他唤古狂。此心聊自比，千载老柴桑。

十二月念八日访红兰女史

山山横嫩霭，风气似春暄。畦麦将抽翠，堤梅已返魂。
遥看柳边宅，半掩水头门。相对评诗画，少时得静温。

松岛

大小参差峰又峰，树无他树尽青松。譬如争宠三千女，一一凝妆各异容。

夜景

夜水无烟月漾澜，行舟经过蓼花滩。不知何物撩吟思？独鹤横江一唤寒。

新秋湖山

大火才流白雁翔，何来爽气满江皋。今朝试土水西阁，七十二峰秋色高。

岚山看花

飞船航海趁春华，千里游情一段加。墨水岚山方烂漫，半旬看尽两都花。

送松石还清国

看尽扶桑大小山，东游三载忽西还。秋风万里吹吟发，夜月重洋照旅颜。

到处健毫收景胜，有时豪语破天悭。家江气节的应好，去矣不教鲈脍闲。

惜春

九十芳华迹易休，使人徒尔抱闲愁。青年一去日无复，白发空余春不留。

三幅冷衾孤梦后，半枝残烛五更头。风风雨雨恨多少，画角声哀江上楼。

八十自寿

世事由来等幻尘，优游静养苦吟身。半生未获三千首，百岁犹余二十春。

野鹤风前清骨相，红梅雪里古精神。原知天地无声色，删尽浮华只贵真。

将发东京留别诸友

游踪隔岁滞还期，忽及鸟啼花落时。别恨转深双鬓雪，离情难系绿杨丝。

东京风月姑为主，西洛云山欲待谁？夸与此回归遗富，满囊珠玉送行诗。

杉浦梅潭（1826—1900），本姓久须美，名诚，字求之、求卿，通称兵库头，号梅潭，静冈县人。曾师从大桥讷庵，后从小野湖山、大沼枕山学诗。明治维新前，仕于幕府，任开成所头取、函馆奉行等职。维新后，出仕外务省，任开拓权判官等职。他曾参与创设晚翠吟社，著有《梅潭诗钞》。

寒山

西风吹落叶，骨耸更嶙峋。怪石佛头仄，长萝蛇足神。

寒云飞出岫，枯木瘦如人。松该千秋影，苍苍不染尘。

江村春日

洗缨何处妙，渺渺大江东。隔水残云白，衔山夕阳红。

自辞干禄士，宜学钓渔翁。一线垂杨畔，前村有路通。

移竹

小园移植碧琅玕，闲洒清泉珠未干。疏叶生风遮淡月，新根添石接幽兰。

虚心自古医尘俗，高节于今保岁寒。吾聘此君忘有夏，吟窗已觉葛衣单。

破屋叹　赠依田学海翁

秋天漠漠风凄凄，不辨牛马江烟低。黑云横天天候恶，前川后川浪拍堤。

阴风夜摇江南柳，柳僵堤坏龙蛇走。倒卷浊浪如疾风，田家逃避人不守。

夫负父老妇负孩，援嫂何顾以其手。丙午之水吾曾知，今岁暴溢倍当时。

老木枝裂云根动，小屋柱存四壁危。荒凉最是茂陵宅，著书有乐莫叹息。

我读老杜秋风歌，忆君襟怀堪凄恻。风冷云晴留碧空，桂花香动圆月白。

江马天江（1825—1901），名圣钦，又名正人，字永弼，号天江。本姓下阪氏，近江（今滋贺县）人。幼好读书，颇具才名，21 岁成为江马榴园之养子，改姓江马。初时学医，后跟随大阪的绪方洪庵学习洋学。他笃好诗文，遂又入梁川星岩门，学诗词。1868 年任史官，改名正人。免官后从教，讲授儒学。著有《古诗声韵》2 册、《退享园诗钞》2 卷、《赏心赘录》4 册等。

竹

瘦竿节更多，劲气欲穿石。横出梅花崖，影流溪水碧。

上野

咫尺邻城市，境幽无俗喧。郁葱深树暗，金碧古祠存。
曾是群争地，今为偕乐园。老松皆合抱，矢石尚留痕。

偶题

风飘微雪入檐端，纵有幽期践约难。莫笑衰翁出门懒，梅花时节尚春寒。

歌中山

钟声寥寥不见僧，寺门锁在白云层。空山霜后无人扫，红叶秋埋古帝陵。

杂感

叶丑枝枯失艳华，新栽巧解补篱笆。世间何地无佳树，依旧惟移惯看花。

名场出没竞奔驰，不省云梯颠坠危。怜杀畏途糜岁月，霜风吹入鬓毛丝。

片野栗轩（1852—1901），名绩，字伯嘉，号栗轩，别号不可无竹居，大分县人。曾在咸宜园学习，师从广濑青村。诗宗性灵派，诗风清丽，感情真挚。与宫城县知事胜间田稔交往甚厚，与北条鸥所、大久保湘南、本田种竹等人常有唱和，著有《栗轩遗稿》。

鸭东杂诗（选二首）

（一）

层楼重阁画桥东，罗绮香飘绣陌风。日暮软尘吹不散，祇园祠上月朦胧。

（二）

红楼倒影蘸斜阳，花外画船过柳塘。偷眼春波漂绡碧，洗纱少女白于霜。

吊林子平先生墓

荣辱生前何足言，眼光千古彻乾坤。新鹃呼起当年恨，月照英雄未死魂。

书怀

龙门争路试先登，堪笑世间多李膺。烂醉骂时三寸舌，穷愁照梦十年灯。

疾风卷野身如鹘，锐气横秋眼似鹰。中夜不眠起看剑，精光依旧冷于冰。

清奇园雅集分韵得麻

一园水木极清华，山色当轩日夕嘉。千古风流托文字，百年痼疾在烟霞。

鸭头绿似杯中酒，人面红于槛外花。满引不辞金石罚，诗成只恐夕阳斜。

高桥白山（1836—1904），名利贞，字子和，号白山。长野县人，幼受家教，后师从坂本天山和鹫津毅堂。江户居留期间，与诗人大沼枕山结交。明治维新后，返回故乡开办私塾，曾担任新潟县和长野县的中学汉语教师。著有《白山楼诗钞》1卷、《白山诗文集》6卷、《兜城诗辑》5卷、《经子史千绝》1册等。

宿御岳

灵岳祥云合，神宫紫气凝。树阴时蹑雪，洞底夏余冰。

下界闻雷起，中霄见日升。天风吹晓梦，玉宇更清澄。

须磨浦

依迟山海景，潋荡暮春风。沙白松逾绿，天空水不穷。
峰峦浓淡外，岛屿有无中。怀旧人沾泪，须磨古梵宫。

闲居

雀罗门外绝嚣尘，一室琴书养我真。山月溪风如故旧，款然来伴谪余人。

野口村侨居答友人见寄

寂寞荒村小径斜，一篱瘦菊是吾家。凉风淡日低飞蝶，衰翅温存护晚花。

读角田香云怀古园杂诗有感次韵

公园春色久关情，岁岁空思小室城。又为新诗添旧感，分明一夜梦山樱。

　　副岛苍海（1828—1905），名种臣，号苍海、一一学人，佐贺人。苍海原为佐贺藩国学教授枝吉南壕次子，后来成为藩士副岛利忠养子。副岛氏为菅原道真之后，其先祖为汉灵帝曾孙阿智王。苍海曾作一首《答人》诗来说明他的家世："我原刘氏出，阀阅亦崇班。坟墓依然在，长安伊洛间。"苍海幼受家教，1840 年受学于藩校弘道馆外生寮。1848 年弘道馆设皇学寮，苍海担任助教。1852 年他赴京都研究皇学，1858 年参与讨幕活动。1864 年藩设致远馆于长崎，苍海始修英学，研究法律、经济等西方新学科。1876 年西游中国，次年归国，1879 年任天皇一等侍讲，1886 年出任宫中顾问官，1888 年后历任枢密院副议长、内务大臣、枢密院顾问官等职。他资性阔达，善诗文，通经学，尚汉魏诗风，著有《苍海全集》6 卷。

归云岩

幽岩一结庐，遂作山中士。云返未言归，云兴不知起。

落叶埋径

霜风撼枯叶，飘落下寒柯。埋我门前径，不教俗客过。

寓居即事

一一学人何所学，书非甚解句非工。平生颇敬渊明节，惟酒与茶论异同。

秋风思故乡

橘柚橙柑秋共黄，游人无日不思乡。肥前粳稻百万斛，河上年鱼尺许长。

夏夜江畔赏月

江上清风不待秋，潮初生处月初浮。孤舟渔笛遥遥起，夹岸青枫飒飒愁。

题自画像思诗图

吾爱平生汉乐府，一咨一叹称人情。房中诸韵尤深好，出北门行殊自鸣。

春日闲居

同舍行藏各有宜，隐居本意在无为。不言世道言天道，非恐人訾恐鬼訾。

后进今多奇杰士，当朝方肇太平基。逍遥坐卧残生足，兴至口号闲适诗。

秋雨茅亭即兴

秋雨茅亭无客过，乾坤索莫一悲歌。西江水拍东江岸，南岭云迷北岭阿。

素节微微簪上发，红心琐琐木梢萝。谁言犹获忘忧物，篱下黄花委地多。

御苑菊仿宽平体

异邦赏爱在黄花，自古吾朝喜白葩。御苑近年兼种植，清秋九月富繁华。

官墙上下馨馨馥，禁掖纵横簇簇霞。曾道宽平圣皇宴，更将文笔付菅家。

岩谷一六（1834—1905），名修，字诚卿，号一六，别号遇堂、古梅、金栗道人，近江（滋贺县）水口人。其家世代为水口藩侍医。1850 年赴京都学医，返藩后从中村栗园学习汉学。明治维新后，历任内阁书记官、元老院议员、贵族院议员等职。一六不仅擅长诗文，而且在当时还是著名的书法家。初学中泽学城的"菱湖流派"字体，1880 年中国金石家杨守敬访日对一六的书法形成产生了很大影响，其书法后形成"一六流派"。

雪意

纸窗如墨点寒蝇，孤坐炉边兀似僧。欲束邻翁谋一醉，呼童先炙砚石冰。

折梅寄人

凌霜冒雪又回春，折取殷勤寄故人。纸帐铜瓶须爱护，一葩一蕊一精神。

醉中漫题

不求成佛不求仙，结习难除翰墨缘。岂有文章惊海内，题花赋月过年年。

夜闻落叶

风叶萧萧和影斜，半帘寒月谱爬沙。依稀曾宿大悲阁，一夜不眠听落花。

闻子规有感

归耕何日买青山，节物江城又杜鹃。风雨飞花客窗暮，此声听到十余年。

杂感

附热趋炎吾不曾，平生心地淡于僧。静观自得道深味，妙悟了来诗上乘。

栖鹤踏翻松顶雪，侍童敲破涧中冰。清茶一啜清无寐，剔尽茹堂半夜灯。

北条鸥所（1866—1905），名直方，字方大，别号碧海舍人、狎沤生、石鸥，东京人。自幼师从岛田篁村，后在外国语学校学习汉语。后来得公使盐田三郎知遇，游览北京，与中国文人多有往来，诗名渐显。1888 年任宫城控诉院书记，大审院书记长。能诗善画，又工于篆刻，著有《北清见闻录鸿泥》《九梅草堂集》等。

明月院

我来明月院，无月但残星。数鸟啼离树，四山围似屏。
经声隔花白，石气入堂青。低首古龛下，愿分诗笔灵。

同种竹山人游松岛

澄波涵皓月，万里遇清秋。乌鹊飞无影，星河澹欲流。
水云空一色，天地此扁舟。鼓枻发长啸，夜深惊斗牛。

芝罘

孤蓬夜泊古烟台，隔水鸡鸣曙色开。但有一痕残月影，无情又照客愁来。

舟发琼浦

落魄飘蓬任去留，天涯由迹亦多愁。春深三十六湾水，送了桃花送客舟。

圆明园揽古

天风不动碧萝闲，古殿无人燕子还。万叠明波涵积草，斜阳冷下玉泉山。

野口宁斋（1867—1905），名式，字贯卿，号宁斋。别号谪天情仙、莺金公子、啸楼、疏庵，肥前谏早（今长崎）人。其父野口松阳亦是汉诗人，是河野铁兜的高足。宁斋幼承庭训，从小就有宁馨儿的美誉。后入槐南门下学诗，其诗才倍加研磨，变得更加出色，被誉为槐门"四天王"之一。著有《出门小草》《少年诗话》《宁斋诗话》，曾编著名为《大纛余光》的汉诗集，收录了当时日本诗坛近两百人书写的近五百首支持和赞美日本侵略中国的汉诗。

春晓

昨夜吹箫处，空濛隔碧纱。春人仞在梦，残月不离花。

小鸭篆烟歇，薄寒帘影遮。丫鬟扶睡起，准备雨前茶。

自题《少年诗话》后

毕竟古贤糟粕余，霏霏谈屑竟何如？烹文炊字闲生计，我是人间一蠹鱼。

寄怀森鸥外在台湾

炎风朔云去来闲，奏凯凤城何日还。流鬼潮通天外水，大冤暑入鼓笳间。

从军儿女文身起，立马英雄埋骨山。飒爽英姿酣战后，又挥健笔纪征蛮。

送宇田沧溟归土佐，次曾寄怀诗韵

笑谢长安轻薄儿，文章不愿市人知。黄金马骨自价高，野鹤鸡群多逸姿。

客鬓飘萧诗亦飘，剑花历乱舞何奇。醉中分手笛悲壮，吹断垂柳绿万丝。

本田种竹（1862—1907），名秀，字实卿，号种竹山人，阿波德岛人。少时，师从阿波藩儒冈本晤堂和有井进斋。1879 年游学近畿，受教于谷太湖、江马天江、赖支峰等人。1898 年曾赴中国游历，著《戊戌游草》2 卷。1904 年辞官，专心研究诗文，创办"自然吟社"。1906 年同森槐南、国分青崖、大江敬香等人复兴"星社"。本田种竹、森槐南和国分青崖并称明治后期的三大诗人。种竹多受清代诗人王渔洋的影响，尤喜怀古诗，把自宅称为"怀古田舍"。他性爱梅花，诗作中多有感伤之语，用词秀逸明快，著有《怀古四舍诗存》6 卷。

锦枫崖

深林如无路，忽与前溪通。夕阳翻石壁，山雨落红枫。

雪景山水

茅屋二三家，千山万岳白。那边一枝梅，不见骑驴客。

台北闲居

烟林春漠漠，苔气雨中深。古径无人处，幽花卧屋阴。

登剑峰

路尽通飞栈，峰回列曲屏。深丛晴讶雨，幽谷昼看星。
云绕山腰白，风吹树发青。人声落空际，绝顶有孤亭。

晚秋独游瀑溪得二首（选一）

自有江山乐，曾无箫鼓喧。烂红枫映水，老绿竹藏门。
鸡犬云中宅，人烟溪上村。此中天地别，莫是小桃源？

淡岛途上

鸡犬云林寂，清溪架板桥。俗淳村自静，邦古木皆乔。
山海饶鱼菜，人文及牧刍。何时了婚嫁，此地永逍遥。

晓起

林际初曒薄雾迷，一帘风露晓凄凄。昨宵园柳微青变，便有
寒蜩尽意啼。

祇园祠

五层塔角夕阳沉，八阪祠边石径深。落木凄风吹不断，丁东
铃铎语空林。

鸭东冶春词

百花飞尽水涂涂，无限春愁酒样浓。半夜空床惊绮梦，一声
长乐寺中钟。

舟过吴江

青山树色晓岚浮，两岸人家帘未钩。雨霁垂虹亭外水，风帆
婀娜入苏州。

畹香兰洞庭园

烟波目断楚山孤，修竹万竿啼鹤鸪。一曲瑶琴仙迹杳，秋风
落日满苍梧。

浪华寓楼雨中作

残梅丝雨古华津，帘幕家家不见人。八百八桥春水绿，江南何处吊王仁？

黄鹤楼

黄鹤仙人安在哉，人亡鹤去白云隈。山连城郭参差出，树带汀洲迤逦开。

万里江流无日夜，千年文物此楼台。夕阳何限登临意，独立苍茫首重回。

彭泽县怀陶靖节

挂帆西指曲弯隈，笑对秋风酌浊醅。县郭人烟围水柳，渔家罟网晒沙苔。

小姑雨洗青螺出，彭浪晴澄雪练开。如此江山清绝处，先生容易赋归来。

病中偶占一律

药烟澹澹竹窗阴，经案绳床一味深。惯病无人来慰问，思花有梦费追寻。

春泥古巷履綦绝，夜雨闲帘草色侵。自笑静耽居士业，曾栽蒼卜已成林。

大久保湘南（1865—1908），名达，字隽吉，号湘南。佐渡相川人。早年从圆山溟北学习汉诗文。后赴北海道，任函馆区役所书记，后历任内务省属官、高等商业学校讲师、法典调查会书记、函馆日日新闻记者等职。1904 年赴京，次年创办"随鸥吟社"，同年 10 月出版《随鸥集》第 1 集，著有《湘南诗稿》。

送田边碧堂归里次其留别韵

红花照前渡，碧树罩归程。翻思重来日，应听落叶声。

鸿踪秋水别，马背夕阳平。嗟我望云切，风尘未出城。

题画

琴韵分愁疏雨冷，灯痕照梦小楼幽。碧梧翠竹三千本，有个高人卧听秋。

病中杂句

燕归梁后雨无痕，垂柳如人瘦叩门。病已缠绵情更恶，最凄凉候是黄昏。

陪陶庵文相大森望绿村庄酒间卒赋奉呈二首（选一）

珊珊缟袂掩苔痕，世外佳人笑不言。浅蘸春星三五点，柴门流水绘黄昏。

小野湖山（1814—1910），姓横山，初名卷，后改名长愿，字怀之，又字舒公、士达、侗翁，号湖山，别号玉池仙史、狂狂生、晏斋，通称侗之助，近江国（今滋贺县）人。曾从大冈右仲学习经史。1830年入玉池吟社，从梁川星岩学诗，后师从尾藤水竹、藤森弘庵。1851年任三河县（今爱知县）吉田藩儒员，主张尊王攘夷，与水户（今滋城县）藤田东湖交厚，1859年因从事反幕活动，被幽禁八年。出狱后改姓小野。1867年出任古籍调研员，1868年始历任总裁局权辨办、记录局主任、丰权藩权少参事兼时习馆督学等职。1883年在京都与冈本黄石、江马天江、赖支峰等结交，后赴大阪创办优游吟社。小野湖山、大沼枕山和鲈松塘并称为明治时期的"三诗宗"。他诗学白乐天，著有《湖山楼诗钞》8册、《湖山老后诗》2卷、《赐砚楼诗钞》5卷、《鸭西唱和集》2卷、《优游吟社诗》2卷、《李西涯古乐府》1卷和《莲塘唱和集》等。

寄题大石良雄故宅樱花

此老无双士，此花绝世芳。千秋留伟绩，一树护余香。
诸葛庙前柏，召公芨处棠。深钦情乃尔，岂啻赏春光。

中元书感

不扫松楸已几年，白云秋隔故乡天。客来佳节每多感，阅到中元最黯然。

寄怀鹫津文郁在房州

青山一发海之东，目断烟云杳渺中。故人归帆何太晚，昨日今日好南风。

徂徕先生墓

秋风萧飒旧坟茔，灯火禅林无限情。豪气当年空盖世，清时何意好论兵？

非朱非陆一家学，维武维文千古名。今日人才寥阒甚，转教后进慕先生。

朱舜水先生墓

安危成败亦唯天，绝海求援岂偶然。一片丹心空白骨，两行哀泪洒黄泉。

丰碑尚记明征士，优待曾逢国大贤。莫恨孤棺葬殊域，九州疆土尽腥膻。

惜春词四首（选一）

楼前杨柳绿斜斜，楼后山樱正落花。春似佳人偏易老，尊无美酒奈难赊。

何时书剑酬初志？所在江山即是家。词客从来多薄命，茶烟禅榻了生涯。

后惜春词四首（选一）

往事悠悠烟水长，银笺写恨饯东皇。月和残梦茫无迹，春到啼鹃易断肠。

纵使心根如木石，那堪眼底阅沧桑。繁华消尽风流歇，何处钟声又夕阳？

信夫恕轩（1835—1910），名集，字文则，号恕轩，别号天倪，因幡（今鸟取县）人。早年学于海保渔村，后师从芳野金陵和大槻磐溪学习经史，兼修文辞。恕轩才思横逸，擅诗文，是明治时代汉学家、汉诗人，曾任东京帝国大学讲师。著有《恕轩文钞》7 卷、《恕轩漫笔》1 卷、《恕轩诗钞》2 卷、《恕轩遗稿》2 卷、《赤穗诚忠录》、《汉译文则》2 册等。

自遣

自怜命薄似残灰，热欲生时冷已来。好是草堂风雨夕，一杯村酒洗灵台。

墨陀观花

吾妻桥畔雨初晴，烟水微茫天欲明。万朵樱花眠未寤，早归人尚带醒行。

江村夜景

夜静江村月一弯，远帆有影破浪还。渔家断续皆临水，补网灯明竹树间。

秋江夜泊

满窗霜月照人明，数尽流年梦不成。逝者如斯吾与水，三年客路听江声。

秋夜独坐

寒灯独对读残书，水漏沉沉欲晓初。风露气凉秋尚残，虫声如泣满阶除。

山根立庵（1861—1911），名虎臣，字炳侯，号晴猎雨读居士，长门（今山口县）荻城人。中学时，因患重听之疾而辍学，后来改学新闻。25 岁时担任《周南》《长州日报》主笔。1898 年赴上海，创办《亚东时报》，与章炳麟、文廷式、张元济等人多有交往。善诗文，长期活跃于山口县的诗坛和文坛。1900 年游历苏州，作《庚子游苏诗稿》。著有《立庵诗钞》2 卷、《立庵遗稿》6 卷等。

即事

蒲吼渡溪水，前林归晚鸦。一僧送春了，撞落满山花。

题画

一溪隔世尘，家与病僧邻。芳草低牛背，青苔肥佛身。
鸟声山欲答，潭色鉴无尘。无事春耕辍，参禅了净因。

兴津

乘醉出门意气豪，遥看岳雪插天高。萧萧微雨渔村宿，一夜
愁心听海涛。

芳山怀古

万木萧条摧北风，犹余樱树护行宫。三朝五十余年事，只在
南柯一梦中。

西都连日雨

柳下凉棚水上楼，红灯绿酒记曾游。重来方过秋霖涨，烛影
滩声动客愁。

上野杂诗

升六梵宫拥碧湾，清波一带隔尘寰。荷花掩水疑无水，树影
如山不是山。

野径迎人闻犬吠，门前托钵有僧还。塔梢日落携筇去，隐隐
钟声暮霭间。

山口怀古

江山半壁小平安，闻说当年冠盖攒。玉树后庭歌断续，铜驼
荆棘梦阑残。

邦家竟为词人误，霸迹空留过客看。金粉凋零天有恨，荒台
疏柳夕阳寒。

感怀

丈夫心事有谁知，慷慨平生托酒卮。漫拟文章传后代，愧无
功业答明时。

危言买祸非吾志，存养待机与世移。剧恨今年秋又老，胡枝
花落雨如丝。

森槐南（1863—1911），名公泰，字大来，通称泰二郎，号槐南，

别号秋波禅侣、菊如澹人、说诗轩主人，森春涛之子。早年曾学于鹫津毅堂、三岛中洲和清人金嘉穗。1881 年出任太政官，后历任枢密院属、帝室制度取调局秘书、图书寮编修官、皇室令整理委员、宫内大臣秘书官、式部官等职，晚年担任东京帝国大学文科大学讲师。1911年获文学博士，同年因枪伤病逝。明治时期汉诗人，明治汉诗坛十二诗宗之首。他博学多识，精通明清传奇小说，极富诗才。著有《唐诗选评释》3 册、《古诗平仄论》2 册、《作诗法讲话》1 册、《李白诗讲义》1 册、《杜诗偶评讲义》3 册、《韩昌黎诗讲义》2 册、《李义山诗讲义》3 册、《浩荡诗程》1 册等。

雪朝早起

屋檐寒雀一群喧，数点疏梅照短垣。应有客携佳句到，山童扫雪晓开门。

湖上次韵

雨过池塘绿骤加，好移渔艇占鸥沙。更须棹入荷花去，风有清香露有华。

访三桥（永井氏）新居次其题壁诗韵

绿阴如画夕阳疏，清簟无尘养静虚。小鼎香残风袅后，古琴韵澹雨凉余。

是花是石是修竹，宜醉宜吟宜读书。潇洒庭阶幽趣足，仙人何必要楼居。

玉河夜泛志忆

身世茫茫明月圆，香鱼此夕上盘鲜。溪流一道碧于玉，不溯蓝川二十年。

芳山怀古（录一）

野棠花落雨潇潇，玉匣珠襦共寂寥。我与天家悲宿草，不知南北是何朝。

峡中怀古二首（录一）

天险依然鸟道通，当年跃马想豪雄。豹韬奇谲阴符变，龙血玄黄野战空。

　　绝壁峡回夔子国，空山寺抱隗嚣官。可怜割据英风尽，哀壑
猿声落日中。

　　秋月天放（1839—1913），名新，字士新，通称新太郎，号天放、
必山。丰后国（今大分县）人，本姓刘。天放承继家学，曾学于日田
咸宜园，师从广濑淡窗。明治时代汉诗人，是明治十二诗宗之一。其
诗风学于杜子美、苏东坡，著有《知雨楼诗存》10 卷、《天放存稿》
1 卷等。

江居图
有客向吾道，素心欲罢官。不知趋热者，能耐水云寒。

出门
步展不知返，微吟入水烟。石横鱼沫碎，荷直露珠圆。
灵岛洋心立，名山天半悬。今宵可无酒，晚渚聚渔船。

椿山庄
秋人宛在画图中，占断秋光倚绮栊。昨夜枫林霜始下，溪阴
染出一枝红。

逾信浓阪
篱落萧萧日欲西，行临修阪马长嘶。褰蹄稳下溪间路，隔树
青山次第低。

湘江所思
茅庐结得海南隅，一钓竿边人影孤。往事回头唯是梦，醒来
白发映青蒲。

　　永井禾原（1852—1913），名匡温，字伯良、耐甫，通称久一郎，
又称禾原侍郎，号禾原，别号来青山人，名古屋市人。少年时师从鹫
津毅堂，后跟随毅堂先后赴京都、江户，寄寓昌平黉，诗学于森春涛、
大沼枕山。1904 年创办随鸥吟社。禾原诗深受森春涛的影响，具有清

朝中期之感伤诗风,用词明快洗练。《西游诗稿》序称:"禾原侍郎诗取径盛唐,措词沉雄,寓意深稳而又加之以激宕之气,悱恻之情迪乎尚矣。"禾原之妻乃鹫津毅堂之女,其子永井荷风后来也成为著名的诗人、文学家。著有《雪炎百日吟稿》《西游诗稿》《来青阁诗集》10卷等。

罗马法王宫后园

异花高十尺,南国不知寒。远望如松树,满园龙舌兰。

送寒山子东归次其留别韵

仙槎自来去,载笔一身安。珍重河梁别,风多春尚寒。

接水野大路书有诗次韵却寄

客里秋将尽,江南归雁频。家乡千万里,一别几经旬。
月出水天阔,愁来杯酒亲。可怜帘外柳,凉叶似吾鬘。

送人之江南

送客江南路,征帆一片孤。水平桃叶渡,柳细女儿湖。
万里春将尽,六朝人已无。夕照空如梦,花飞满旧都。

秋夜次敬香韵

灯光摇不定,夜坐怕寒生。蕉叶连梧叶,风声似雨声。
急砧催落月,远戍忆边城。欲叙惟诗在,悲秋万里情。

茗集席上次韵

人事不如意,暮年兼百忧。狂歌须尽醉,壮志遂难酬。
巫峡寻前梦,岳阳上古楼。苍茫巴蜀景,谁向句中收?

雪晓骑驴过秦淮

满江飞絮不胜寒,绣阁无人起倚栏。只有风流驴背客,秦淮晓色雪中看。

镇江夜泊

金山寺下泊孤舟,忆起当年小杜游。二十四桥何处在,月明依旧是扬州。

过对雁村

匹马萧萧暮色昏,秋风千里度荒原。无端唤起离人恨,孤雁飞过对雁村。

六乡晚渡

野渡呼舟夕照中，更无人吊古英雄。东风吹起胭脂浪，两岸桃花一色红。

庚子三月重来上海留两旬，将归往东京留别诸友人三首（选一）

浦口垂杨绿湿衣，晓风残月促人归。酒诗有约三年住，鸿燕无端千里违。

上国名流容我栖，家山旧友似君稀。今朝忽作销魂别，一片春帆载梦飞。

还乡示旧友

长川如练抱村流，老大归来数日留。野趣依然栽菊地，松阴犹有读书楼。

故乡前辈半黄土，同学少年皆白头。不说茫茫身世感，举杯一笑祝秋收。

过故里题草堂壁

半生违志客他乡，升载重过旧草堂。寺古鹫山烟树暗，舟来星渚芰荷香。

几人得学陶潜逸，到处还夸杜牧狂。只剩浪游千里迹，一囊诗句满头霜。

永富抚松（1864—1913），名敏夫，号抚松，兵库县人。曾学于高野竹隐、木苏岐山等人，还曾向本间虚舟、股野达轩等人学习汉诗，与桥本海关、樱井儿山交往甚厚。著有《春及庐诗稿》2卷。

闲兴二首

（一）

幽趣无人会，闲吟坐晚床。清风吹醉鬓，帘外桂花香。

（二）

月气笼梧竹，秋凉透我袍。胸中无一物，独步觉天高。

红叶谷

四面秋萧寂，呦呦麋鹿呼。停车人似杜，游谷趣如愚。
林缺看禅塔，枫明映酒垆。逍遥颇惬意，欲去又踟蹰。

初夏即事

麦收时节楝花香，雨散低檐晚日凉。野荡水肥三尺许，农人
余事种鱼秧。

寒江归舟图

迢迢一舸稳于家，人语匆匆惜岁华。行李归来无白水，不携
桃叶载梅花。

田边莲舟（1831—1915），名太一，号莲舟、可斋主人、倦知，江
户（今东京）人。1849 年学于昌平黉，毕业时甲科及第，被幕府聘任
为徽典馆教授。1866 年赴法国工作，1868 年辞官，在藩校任教，1880
年任驻清大使，1883 年任元老院议员、贵族院议员等职，晚年任维新
史料编纂会委员长。他善诗文、工书法，著有《莲舟遗稿》《幕末外
交谈》等。

题庄子梦蝶图

睡醒无二致，庄蝶本同身。世上悠悠者，漫分梦与真。

初秋夜坐

今夕是何夕，星河若许清？匆匆过半岁，落落老斯生。
兰簿多新鬼，鸥波负旧盟。一杯长在手，不用世间名。

夏日闲居

一椽倚丛竹，新笱出泥斜。久绝鹿蕉梦，同邻农圃家。
地闲诗易就，市远酒难赊。贫可骄人处，架头书五车。

家信

四旬为客滞山城，几次书来忧喜并。倚伏从来塞翁马，好将
家信阅人生。

吴江舟中

雨蒙蒙里一刀轻，截水櫓柔微有声。两岸桑田青不了，塔尖遥认嘉兴城。

长命寺雅集追题

回首曾游堕泪频，诸公书画迹犹新。平生惯得落人后，今日还为未死人。

舟中呼韵十七首（选一）

世味近来薄似云，人间得失不曾闻。梅花惟有能如我，清亦十分瘦十分。

野菊

甘共蓬篱同托根，秋风秋雨镇消魂。羞偏热客金钱坞，爱傍高人白板门。

泉溉泥封谁护惜，鸿来蛩病互温存。知心不遇陶彭泽，索寞生涯莫与论。

秋蝉

阅尽人间炎与凉，萧条身世黯心伤。半年餐饱露华白，一片抱牢风叶黄。

昔梦难醒同瘦蝶，新交更缔有寒螀。可怜肃杀金飙底，旧调于今犹未忘。

寄内

奉帚殷勤五十秋，量盐数米尽分忧。偶偷余暇操彤管，能守长贫到白头。

入世眉无凭我画，游山酒每向卿谋。肯堂肯构孙儿在，俱喜从今百不愁。

大江敬香（1857—1916），名孝之，字子琴，号敬香，别号爱琴、枫山，生于江户。早年入藩校修文馆学习汉语和英语，1872 年入庆应义塾。16 岁毕业后，经外国语学校入东京大学专攻理财学，中途因病退学。曾先后担任《静冈新闻》、《山阳新报》和《神户新闻》主笔。

明治时代汉诗人，师从菊池三溪，与诗人森春涛、森槐南交往甚厚。诗学白居易、陆剑南，文学韩愈、欧阳修。此间，参加大隈重信的改进党，在东京府任职。1891 年辞职，致力于汉诗的普及工作。1898 年出版汉诗杂志《花香月影》，1908 年出版《风雅报》。著有《敬香诗钞》《明治诗家评论》《明治诗坛评论》《双影游记》《吟窗余录》《敬香遗稿》等。

秋感

尘劳空促鬓边愁，落日思乡悄倚楼。吹冷吴枫红处水，今年又负碧鲈秋。

春晚有感

都门落托费经营，输与田家乐耦耕。梦里家山春历历，月明愁听子规声。

送山内樵云之水户

二州楼阁柳青青，别酒数行杯未停。野服重逢记何处，梅花春月好文亭。

惜春词

满庭新绿雨如尘，断送韶光又一年。婀娜坠楼金谷怨，婷婷归虏汉宫怜。

故山在梦淡于影，芳草吹愁浓似烟。窣地茶炉香烛尽，一帘暮色更凄然。

时事有感

日午萧然未敛衾，抚来时事气严森。功成谁效鸱夷子，材弃空怜焦尾琴。

白骨荒凉边塞草，黄金笼络古今心。秋风吹瘦寒江水，老树依稀落照深。

夏目漱石（1867—1916），名金之助，生于东京。漱石就读于熊本第五高等学校时，受长尾雨山的指导开始创作汉诗。1890 年入东京帝国大学英文科，1893 年在东京高等师范学校教英文，1895 年在松山中学教英文，1900—1903 年留学英国。回国后，在东京帝国大学讲授文学论。1907 年进入朝日新闻社，后来成为职业作家。夏目漱石是日本著名作家、诗人。著有《我是猫》《虞美人草》《草枕》《三四郎》等。正冈子规评其诗云："意则谐谑，诗则唐调。"

函山杂咏（一）

昨夜着征衣，今朝入翠微。云深山欲灭，天阔鸟频飞。
驿马铃声远，行人笑语稀。宵小三十里，孤客已思归。

函山杂咏（四）

飘然辞故国，来宿苇湖湄。排闷何须酒，遣闲只有诗。
古关秋至早，废道马行迟。一夜征人梦，无端落柳枝。

函山杂咏（五）

百念冷如灰，灵泉洗俗埃。鸟啼天自曙，衣冷雨将来。
幽树没青霭，闲花落碧苔。悠悠归思少，卧见白云堆。

题自画

唐诗读罢倚栏干，午院沉沉绿意寒。借问春风何处有？石前幽竹石前兰。

无题

山居日日恰相同，出入无时西复东。的皪梅花浓淡外，朦胧月色有无中。

人从屋后过桥去，水到蹊头穿竹通。最喜清宵灯一点，孤愁梦鹤在春空。

无题

长风解缆古瀛洲，欲破沧溟扫暗愁。缥缈离怀怜野鹤，蹉跎宿志怀沙鸥。

醉扪北斗三杯酒，笑指西天一叶舟。万里苍茫航路杳，灯波深处赋高秋。

竹添井井（1842—1917），名光鸿，幼名满，通称进一郎，字渐卿，号井井、独抱楼，肥后国（今熊本县）人。其父字叔南，号笋园，为广濑淡窗的门人，汉诗人，咸宜园十八才子之一。井井天资颖悟，四岁诵《孝经》，五岁学《论语》，七岁读《资治通鉴》，其父笋园亲自教其作诗。1856 年又受教于木下犂村门下，学习程朱学。后师从安井息轩，学习古注学。1875 年随森有礼公使赴中国天津任随员，翌年辞职，与友人津田君亮游历湖北、河南、陕西、四川、湖北诸省山川名胜，写就《栈云峡雨日记并诗草》3 卷。后至上海，与俞樾结识，俞樾为其《栈云峡雨日记》作序。1880 年被任命为天津总领事，1882 年出任朝鲜公使，1884 年辞官，任教于东京帝国大学、东京高等师范学校。1895 年因病辞职，闲居于小田原，从事写作，书斋名为"独抱楼"，1914 年获文学博士学位，同时获学士院奖。井井是明治、大正时期的汉学家、外交官，毕生研究孔子。著有《孟子论文》7 卷、《论语会笺》20 卷、《毛诗会笺》20 卷、《左氏会笺》30 卷、《独抱楼诗文稿》5 册等。

将抵清风店

野宽风力大，尘倦夕阳黄。雨声追客到，心与马蹄忙。

燕赵途上

扑面尘三斗，萦心柳万丝。邯郸仙梦短，燕赵古歌悲。
野色晴逾旷，山容近更奇。周游男子事，须及壮年时。

潼关

匹马蹄声急，风陵欲起风。河流抱城阔，山势入秦雄。
市近人烟密，关高鸟道通。长安何处是，目断夕阳中。

夜泊铜村

隔桥知市近，欲上酒家楼。夜热天含雨，崖倾树攫舟。
人从忧患老，官为斗升谋。莫使机心动，江湖有白鸥。

同津田君亮发燕京留别驻京诸友

东来万里又西征，岂是寻常离别情。飞絮落花春尽路，差池帽影出燕京。

灞桥

水绿山明阅几朝，古陵寂寂草萧萧。多情只有风前柳，飞絮随人过灞桥。

成都

帘冷香消梦后情，锦城歌管夜三更。伤心奈此天涯客，独对残灯听雨声。

送人归长崎

懒云如梦雨如尘，陌路花飞欲暮春。折尽春申江土柳，他乡又送故乡人。

栈中杂诗三首（选一）

山家枕水小于船，豚栅鸡栖共一椽。衣带栈云疑有雨，日蒸关树欲生烟。

怪峰危嶂犊耕石，黄麦绿苗鸠唤天。蜀道虽高多阻路，乘舆安稳不妨眠。

游西湖初雨后晴三首（选一）

苏小墓前春欲空，流莺啼破一林红。细霭山翠霏霏雨，远送衣香习习风。

古寺幡幢烟柳外，美人笑语画船中。移篙又向三潭去，仿佛瀛州有路通。

木苏岐山（1858—1918），名牧，字自牧，别号果斋、三壶轩主人、五千卷堂主人，美浓笠松（今岐阜县）人。幼承庭训，后从野村藤阴、佐藤牧山学习儒学，精通典故考证。维新后，至京都学诗于梁川星岩门下遗老宇田栗园和江马天江，弱冠即表现出令大沼枕山惊叹的汉诗才能。1885 年在大阪创刊汉诗文专门杂志《熙朝风雅》，1887 年担任《东京新报》汉诗栏的主编，常与森槐南、国分青崖、本田种竹相互切磋诗艺。其诗宗杜子美，与槐南一派所推崇的乾嘉清脆之清诗风两不相容。1891 年遂与东京诗坛诀别，返回越中（今富山县）高岗，而后移居金泽、大阪，曾任《大阪每日新闻》汉诗栏主编，指导关西诗坛。槐南殁后，他与高野竹隐并称为诗坛"双璧"。著有《五千卷堂集》17 卷 6 册、《星岩集注》、《五千卷堂诗话》等。

过僧高岳般若山房

红曒照东壁，闻打讲时钟。木落高孤寺，霜寒肃一峰。

此心无适莫，把臂喜迎逢。名理宗庄老，清言跌古松。

杂感

敢谓九州天地宽？十年书剑足悲欢。燕台未信能延魂，淮市几过谁饭韩？

可耐吴盐凝鬓发，只将鲁酒沥胸肝。此生判向醉乡老，乐府不须来日难。

和国分青崖

镜里萧萧鬓易摧，那堪席帽走尘埃。夙知白也诗无敌，可使王郎歌莫哀。

丘壑放情频载笔，云霄无路孰怜才？相看脱略苍松下，卧瓮只应醉绿醅。

出都书怀留别诸同人四首（录二）

（一）

相逢作达酒如川，几惯花朝劈采笺。孤负功名翻一笑，等闲风月又三年。

云龙角逐非吾事，路鬼揶揄亦偶然。商略平生聊尔尔，江湖夜雨一灯前。

（二）

都门酒醒夕阳红，策马青山向越中。久以凿耕讴帝泽，敢言韬晦混渔翁？

龙湫雨后波声壮，鸟道秋阴树影空。回望确冰关外路，相思杳隔白云东。

　　三岛中洲（1830—1919），名毅，字远叔，号中洲，别号桐南，备中（今冈山县）人。初学于松山藩儒山田方谷，后入伊势（三重县）藩儒斋藤拙堂门下。1857 年赴江户入昌平黉，师从佐藤一斋和安积艮斋。明治维新后，历任法官、裁判长、大审院中判事等职。1877 年辞官后，在东京创办二松学舍私塾（今二松学舍大学前身）教授汉学，与庆应义塾、同人社并称为三大私塾。后担任高等师范学校教授、东京大学文科大学教授，被授予文学博士，还曾任东宫侍讲、宫中顾问。明治、大正时代汉学家，初学朱子学，晚年改学阳明学，重实用。中洲善诗文，与重野成斋和川田瓮江并称为"明治三大文宗"。著有《论语私录》4 卷、《中庸私录》1 卷、《孟子私录》7 卷、《大学私录》4 卷、《论语讲义》1 册、《庄子内篇讲义》1 册、《古今人文集》17 卷、《老子讲话》1 册、《日本外史论文段解》1 卷、《中洲文稿》12 卷、《中洲讲话》1 册、《中洲诗稿》2 卷等。

下长野坂赴平松驿

不堪舆里窄，徒步逐仙踪。路隘荆钩袖，林深苔没筇。
泉奔啮颓岸，石裂吐奇松。山水何相秘，怪云韬四峰。

富岳

太古雪残云汉间，万邦仰止白屏颜。翼然垂拱温如玉，君子国中君子山。

矶滨登望洋楼

夜登百尺海湾楼，极目何边是美洲？慨然忽发远征志，月白东洋万里秋。

二松学舍

托迹城中下绛帷，隐居何必向山移。十年刀笔田蛇足，一卷诗书坐虎皮。

明几净窗连塾舍，古松顽石筑园池。不知咫尺市声聒，风送咿唔断续吹。

苦中村敬宇

苍天何事夺名流，昂首空望白玉楼。卅岁久交归昨梦，一朝永别奈今愁。

人间教育称湖学，海内文章推柳州。君去儒林俄萧寂，斟经酌史与谁游？

藤泽南岳（1842—1920），名恒，字君成，号盘桥、南岳、醒狂、七香斋主人、九九山人、香翁，香川县大川郡人。自幼从父学，后出仕高松藩，任讲道馆督学。1873 年在大阪重兴其父创办的泊园书院，从学者甚众。他反对举国欧化，1887 年发起大成教会，每月刊发《弘道新说》。他与中国旅日诗人陈鸿诰有交，陈鸿诰所编《日本同人诗选》中亦选有南岳的汉诗。其著有《论战新咏》《七香斋诗钞》《和陶饮酒诗》等。

读易

洗心一部经，研几十年读。况是秋满座，凄气观将剥。
否泰悟往来，姤复谙倚伏。人事与天时，何必用痛苦？
只恐仰钻心，一废不可复。天行固应健，日新要在笃。
颐以慎吾言，损以窒吾欲。观变且玩辞，何烦詹尹卜？
潜神神自安，不知日暑促。回看斜阳外，西风吹瘦竹。

和陶饮酒诗（录三）

（一）

大道自分明，彷徨何所之。暮春春服成，咏归雨晴时。
养神只在此，忘事以在兹。荣枯不足惊，来去复奚疑。
欲求终身安，只当慎所持。

（二）

何者是佳友，佳友只名山。山水清音里，可以悟不言。
俯仰无所愧，可以了百年。诗赋时遣兴，不必人间传。

（三）

滩酿三斗酒，杜康一卷经。青莲迹可慕，长短吟作成。
虚窗迎素月，颓然坐三更。露气沁心骨，落叶满空庭。
唧唧又唧唧，蟋蟀达壁鸣。似传唐风意，慰吾及时情。

晓景

水烟一抹半江昏，江畔人家犹掩门。堤柳寒风吹月影，板桥
霜白印鞋痕。

芳川越山（1841—1920），名显正，号越山，阿波国（今德岛县）
人。少时在德岛读书，后游学于长崎、鹿儿岛。1870 年在政府任职，
累进文部大臣、内务大臣、邮政大臣、枢密院顾问官。越山属于古文
辞派，修祖徕学，与本田种竹交厚。其著有《越山遗稿》。

诹访湖

紫澜苍霭世人谈，水底明珠谁得探？知是英雄沉骨处，琉璃
万顷碧于兰。

源赖朝墓

流离尝胆复家仇，只手终麾六十州。守墓无人香火冷，茅花
风战古丘秋。

湘南偶成

茅屋竹篱松作关，余生寄在翠微间。烟波不背鱼虾侣，蓑笠
还浮七里湾。

德岛蛾眉山眺望

红蔫白惨送春还，新树阴浓且可攀。剩看依稀旧时色，蛾眉
滴翠雨余山。

大津访樱洲知县

不须千里恨离群，邂逅有期还可欣。柳绿桃红君访我，菊花
枫叶我寻君。

籾山衣洲（1855—1919），名逸也，字季才，别号衣浦渔叟、樱花草堂主人、冰壶轩主人、鲈六醉士、市川玩球，尾张（今爱知县）人。曾师从尾张藩儒筒井秋水、青木树堂学习汉学，从森春涛学习汉诗。1872 年上京学习英学、法律和经济的同时，从鲈松塘学习汉学、汉诗。1884 年春在《国会》报纸担任诗坛编辑，后转入《东京朝日新闻》，协助大江敬香编辑《花香月影》。1898 年 12 月任《台湾日日新报》汉文栏目主编，1903 年离社。1905 年任天津《北洋日报》主编，翌年担任保定陆军学堂教习，1910 年辞职回国。回国后在大阪创立崇文会，以通信教育维持生计。他的诗初效清初诗风，中年众采各时代、各诗宗诗风之长处，纯情婉丽中带有沉痛苍古之味，独开自己高踏之诗境。著有《明治诗话》《燕云集》2 卷 1 册等。

东郊

东郊麦长雨过稀，四月薰风白纻衣。日暮槐阴村市散，柳枝贯得鳜鱼归。

保定怀古四首

（一）

平野人烟榆柳稠，星分箕尾古幽州。群山直向神京走，一水只绕城郭流。

每每原田麦黄瘦，荒荒墟落草芽抽。帝畿春色今犹昔，谁上当年横翠楼。

（二）

匪势滔天白日沦，睢阳忠烈忆张巡。微臣犹拒降书印，阃宦还看死节人。

废井土花留恨血，枯池蔓草聚阴磷。督师却负君恩厚，偷活甘为屈辱身。

（三）

郎峰如戟半天悬，不割愁肠倍黯然。百雉城池经几劫，万家杨柳种何年。

老园难觅诗人迹，古庙谁寻节井泉。步出西关夕阳洽，怀阴双墓土桥边。

（四）

茂林深绿自元时，隔断风尘水一尺。碧藕香薰御题字，紫藤花覆昔贤碑。

泉从细涧鸣琴榭，竹抱奇岩荫午陂，堪惜琳琅都散尽，书梅何处觅遗基。

末松青萍（1855—1920），名谦澄，字受卿，号青萍，别号笹波子，丰前（今福冈县）人。早年师从村上佛山学习诗文，1874 年成为《东京日日新闻》编辑。因笔力纵横，议论风发受到伊藤博文赏识，被任命为太政官少书记官，1878 年任驻英公使馆一等书记，入剑桥大学学习文学和法学。次年回国，任文部省参事官。他还发起演剧改良会，主张戏剧改革。1887 年成为伊藤博文的女婿，并进入政界。1890年以后历任众议院议员、法制局长官、内阁恩给局长等职。著有《青萍杂诗》《青萍诗存》等。

秋吟

秋旻寥廓澹斜晖，独恨壮年心事违。处处枫林生杀气，裂将残锦任风飞。

寄村上一卿

暮云空隔路三千，无限相思梦尚牵。记得同游呼渡地，一蓑烟雨木绵川。

风雨到木绵川

小芙蓉下望苍茫，旅客斯时最断肠。篙子坤眠呼不起，一蓑烟雨近昏黄。

高野竹隐（1862—1921），名清雄，别号修萧仙侣、白马山人，名古屋人。曾师从佐藤牧山学习汉诗，后成为塾头，与服部悔庵、藤井狷庵一起被称为"牧山门下高足"。1882年随佐藤牧山上京,从根本通明、秋月胤用修经学。后经永坂石埭介绍,出入于森春涛门下,诗才之富令春涛门下惊叹。1886年至伊势人神宫皇学馆任教授,后转任于北海道师范学校、前桥中学校。后成为野崎家家庭教师,移居鹿儿岛、冈山等地,1917年以后定居京都。在此期间,他被推举为随鸥吟社客座,在冈山指导西川吟社。竹隐精于诗学、音韵,善填词,其诗在古雅典致之间带有一种清新之气,但有时过于修洁沉厚,静思炼磨,呈现出难涩阴怪之趣。

秋怀六首

(一)

积忧照不尽,雨丸跳我前。羲和气更短,倏忽无停鞭。
疑惧不成寐,热泪中自煎。天道有七日,人寿无百年。
迷复不迫见,君子犹黾焉。

(二)

感物良无穷,触虑如有赴。劲草值飙风,催兰伤重雾。
未知往日非,旋悲来者忏。楛亡无几许,精役神频瘝。
一钟发虚响,百端归默数。横涕沾我衣,冷逼疑乍雨。

(三)

卒卒送虚景,恻恻怀久悲。酒覆高堂上,汗漫无岸涯。
木叶飞陇首,清晨何所之。兰闺慰婉娩,萱背伤委迟。
风川去棹折,尘陆浮云驰。方马埋其轮,往者胡可追。
骨埋沟壑里,千载谁相知。

(四)

广川昔下帷,偃蹇以亩宫。煌煌天人策,见田应飞龙。
士无忧世志,何见读书功。高堂少甘旨,妻子衣絮空。
咿唔与嗟咸,交满环堵中。客谈当世务,挥手颜发红。
往时多此弊,未足论变通。今者曲学儒,阿世争成风。

（五）

丈人礼节士，殷勤见二子。鸡黍意淳淳，宁同接舆避。

鸟兽不可群，蔼然见微旨。邈矣作者名，犹得附骥尾。

（六）

轧轧复轧轧，寒窗鸣杼机。短暑不盈匹，夫子仍无衣。

斩斩出机轴，愿受矇瞍讥。所以郢中唱，和者从来稀。

近藤南州（1850—1922），名元粹，字纯叔，号南州，伊予（今爱媛县）松山人。1870 年赴江户，入芳野金陵门下。两年后，回松山藩明教馆任助教。1874 年赴大阪，在犹兴书院教书并从事评论、注释古籍、编纂与校订诗集等工作。明治、大正时代的汉诗人、评论家，一生著述极多。撰有《增注小学纂要》6 卷、《笺注十八史略》7 册、《新战国史略》6 卷、《日本政记训纂》3 卷、《笺注唐贤诗集》6 册、《评点今古名家诗文》3 卷、《明清八大家文读本》25 卷、《新撰作文活法》6 卷等。校订《太白诗集》5 册、《白乐天诗集》4 册、《精选杜工部诗集》3 册、《陶渊明集》4 册等。

田家秋日

池莲半老早凉生，仅两三花亦有情。休道衰残背时样，晚芳犹觉十分清。

夏日江村

凉味生时诗思生，雨声至处听蛙声。乱云未没前山尽，已自远帆明处晴。

游冈山后乐园

秋风瑟瑟草萋萋，水殿山亭望欲迷。骚客岂无今古感，名园人去鸟空啼。

携儿元精散步东山

春云闲澹夕阳微，山路寻芳晚未归。栖鸟惊人齐出树，落花如雪洒吟衣。

自遣

陵谷频迁一醉中，功名回首总空空。世途毕竟羊肠险，时誉由来马耳风。

诗酒能令情味澹，江山自有梦魂通。浮生懒散君休怪，得失唯应问塞翁。

森鸥外（1862—1922），名高湛，通称林太郎，号鸥外，别号鸥外渔史、观潮楼主人等，石见国（今岛根县）人。鸥外六岁入藩校养老馆，学汉语。11 岁随父进京，入文学舍学德语。1874 年入东京医学院预科，1877 年考入东京大学医学部本科。毕业后进入陆军，任医副。在此期间，鸥外随依田学海学习汉语。1884 年留学德国。1888 年毕业归国，任陆军大学军员学校教官，同时从事文学作品翻译，曾任《东京医事新志》编辑主任。鸥外曾参加日俄战争，后任军医总监、陆军省医务局长。退役后，任帝国博物馆总长图书头、帝国美术院长。明治、大正时代的文学家、诗人。著有《山椒大夫》《航西日记》《舞姬》《史传》等。

待春

南厢偶坐恼沉吟，目送冻禽鸣出林。唯喜帘前风稍暖，待花心是待春心。

无题

鹏翼同披海外云，谈兵未已又论文。奇缘何日曾相结，不是人间燕雀群。

次白水孤峰韵

去来何必问因缘，入地升天任自然。至竟效肇非我事，不凭基督不参禅。

十二月二十五日作

既脱朝衣赋遂初，何图枕上落除书。石渠天禄清闲地，且为吾皇扫蠹虫。

丙辰夏日校水沫集感触有作

前贤文字见规模，光景由来各万殊。几首犹存效颦作，自惭鱼目混明珠。

阪口五峰（1859—1923），名恭，字公寿、德基、思道、温人，通称仁一郎，别号听涛山人，越后阿贺浦（今新潟县）人。作家阪口安吾是其第五子。1871 年五峰师从大野耻堂，1884 年上京，学诗于森春涛，同时入同人社，兼学英语。1879 年返乡后，担任米谷贸易所董事长代理，董事长。1884 年年仅 26 岁的五峰成为新潟县议会议员，1891 年出任新潟新闻报社的社长，1902 年以后曾八次当选为众议院议员，历任宪政会新潟支部部长、总务，与犬养毅、加藤高明等政界要人有交。作为汉诗人，他很早就受到注目，其多篇诗作被收入 1882 年小林二郎编辑的《新潟才人诗》。他曾编辑清人王治本的《舟江杂诗》。自此以后，他不断向《新诗府》《新诗综》《百花栏》等杂志和报纸投稿，经常出席关泽霞庵的雪门会和大久保湘南的随鸥吟社。他以文笔见长，善写随笔，著有《五峰遗稿》2 卷、《北越诗话》10 卷等。

题《舟江杂诗》

浮槎八月大瀛东，遍赋新风拟采风。外国竹枝多杜撰，从今不复说尤侗。

狭门杂诗

扁舟散发狭门东，怳驾扶摇九万里。山势乍离分大小，涛头相趁判雌雄。

千樯雨霁飞鸦外，一笛秋生落日中。今我褰裳凌鲽海，愧无豪语塞鹏翁。

飙帆百里破沧溟，来宿津亭酒始醒。岛市咸烟千灶白，浦桥渔笛一灯青。

苹香早动鸭湖水，海气骤吹龙窟腥。我有新诗无客知，夜深吟与大鱼听。

坐啸澄天秋月凉，不贪夜识亦何妨。沙含珠玉海生彩，圹秘金银山有光。

毒水谣残夷冢黑，阴崖磷走鬼城荒。探奇未尽扁舟兴，极目烟涛晓渺茫。

掩泪顺皇陵下行，寝园树黑郁峥嵘。三宫移跸天何忍，绝海蒙尘浪亦惊。

坠叶萧萧行在趾，乱山隐隐御銮声。神灵虽共金棺返，风雨犹看漆炬迎。

放舟恋浦雨方晴，闻说当年驻翠旌。终古淘来浪如怒，依然流去水无情。

夕阳秋树海亭暝，落雁归帆沙市明。一片丰碑千载泪，江山却觉有余荣。

横山耐雪（1868—1923），名重固，字士静，通称大藏，号耐雪，松江藩（今岛根县）人，世代为医。23 岁毕业于冈山医学校，在大原郡日登村（今岛根县大原郡木次町）开业行医。耐雪少好诗歌，初师从雨森精翁，后学于内村鲈香。29 岁向永坂石埭学习汉诗，39 岁成为"剪淞吟社"的主要诗人之一。"剪淞"一语出自杜甫的诗句"剪取吴淞半江水"。当时日本各地吟社极多，而加盟"剪淞吟社"的诗人就达 150 多位。耐雪诗多受永坂石埭的影响，诗风清新隽永。

松心榭即事
墙畔犹留雪，池塘草欲烟。自知风意暖，转爱鸟声圆。
炼药开丹灶，煎茶汲碧泉。有僧来问字，聊且悟诗禅。

春夜
一篙春水月盈盈，无限离愁笛里生。闻到夜深吹入破，梅花如雪满江城。

松崎水亭

水阁歌残酒半消，一帘微雪白萧萧。扁舟载得美人梦，月照玉梅花下潮。

哭大久保湘南

诗人埋骨是台南，数卷遗篇世尽谙。长以梅花为供养，年年春冷古僧龛。

松崎水亭剪淞会即赋叠韵

吟情偏在酒船前，湖国春光剧可怜。碧草初生烟自嫩，白鸥相狎梦全圆。

怀人何处潮无信，听雨这番歌有缘。仿佛江南新涨阔，吴娘水阁镜中妍。

永坂石埭（1845—1924），名周、德彰，字周二、希庄，号石埭，别号一桂堂，名古屋人。石埭家世代为医，仕于尾张（今爱知县）德川家。石埭早年在东京学西医，曾任东京帝国大学医学部教授，后在神田松枝町开业行医。同时随森春涛学诗，与神波即山、奥田香雨、丹羽花南并称春涛门下"四天王"。他创立剪淞吟社、一半儿诗社，他还有诗、书、画三绝之美誉。70 岁回到故乡名古屋，以文墨度过余生。著有《横滨竹枝》1 卷。

冬晓二首

（一）

风声簌簌夜来吹，晓起窥窗乍有诗。坠叶满阶红不扫，家僮笑说落花时。

（二）

憔悴堪怜是菊枝，深霜和月逗疏篱。一庭晓趣荒凉甚，略似先生近日诗。

墨水观花

美人何在恨迢迢，词里芳魂不可招。肠断吾妻桥北月，依稀鬓影落春潮。

松岛看月

碧云擎月度群松，大岛相离小岛重。八百八声明历历，金波铸出瑞岩钟。

雨窗偶吟

可将时事付休休，半壁疏灯雨打秋。仰屋著书聊复尔，人生难免是穷愁。

野花秋蝶小品

数点疏花又返魂，梦中寒翅绕颓垣。夕阳一片零星影，犹带春风旧粉痕。

冈山少林寺诗碑

梅花如雪寺门深，薄夜寻诗到少林。五百应真默无语，一天明月照禅心。

三月十七日忆梅亭追忆槐南先生旧游

铁笛吹穿石濑云，寒流碎月白纷纷。我来先倚新亭子，不忆梅花只忆君。

土屋凤洲（1841—1926），名弘，字伯毅，号凤洲，和泉（大阪府）人。明治、大正时代汉学家。12岁入藩校讲习馆，受教于藩儒相马九方，修祖徕学。19岁入但马（兵库县）池田草庵门下，学朱子学、阳明学。后返回故里，研究经学和兵法。1863年西游大阪、兵库至坛浦，访古探幽。1868年任藩学教授兼世子侍读，后遭诬陷下狱，三年后再次担任藩校教授。1871年废藩置县后，他隐居泉州长龙村，1872年任县学校教师，后开家塾"晚晴书院"，从学者数百人。1886年后，历任吉野师范学校校长、奈良县师范校长，1893年任华族女子学校教授，1899年在东洋大学、二松学舍讲学，1916年在皇宫中讲经学。著有《孝经纂释》1卷、《庄子私纂讲义》1册、《周易辑解》4册、《韩非子钞注》1册、《文法纲要》3卷、《皇朝言行录》9卷、《幽囚录》2卷、《苏东坡诗选》1卷、《晚晴楼诗钞》、《晚晴楼文钞》9 卷等。

瀑布图

一道瀑泉悬半空，看来两腋欲生风。坡仙有句吾曾记，青玉峡间飞白龙。

山居雨后

溪流涣涣与桥平，一碧山光雨乍晴。遥见林梢路穷处，懒云徐导老樵行。

秋江晚眺

寒塘红树夕阳微，几队沙禽背水飞。芦荻洲前秋瑟瑟，扁舟一棹划波归。

风雨诣藤岛神社

护将龙种造乾坤，北道曾看飘锦幡。是日来寻殉节地，满天风雨吊英魂。

登大峰

踏破层巅云万重，鸿蒙上界访仙踪。香坛树古栖天狗，灵窟苔深匿雨龙。

卷壑猛风雷击鼓，排空峭壁剑磨锋。会当乞得玉浆饮，飞渡释迦峰外峰。

田边碧堂（1864—1931），名华，字秋谷，通称为三郎，号碧堂，备中（今冈山县）人。幼年在私塾读书，青年时多病故废学，以诗画为乐。壮年投身政界，曾两次当选众议院议员。在此期间，曾访问中国、朝鲜。后任大东汽船株式会社取缔役社长及日清汽船株式会社监查役十余年。晚年从教，任大东文化学院、二松学舍教授、大东美术振兴会顾问兼艺文社顾问。曾在森春涛的茉莉吟社学诗，最擅长七言绝句，有"绝句碧堂"之称，其诗多受国分青崖影响。著有《碧堂绝句》2 册、《衣云集》2 册、《凌沧集》等。

还乡

水色山光入户长，吾家先世宰江乡。山阳外史过中备，三字
留题映碧堂。

旧宅

苔痕绿上石栏干，细雨香花红未残。旧宅春风双燕子，向人
似语画梁寒。

己酉春构别墅于狐岛乘兴率赋

紫绶金章耳不闻，渔翁樵史席相分。柴门咫尺青山浅，欲种
梅花补白云。

万里长城

雄关北划古幽州，浩浩风沙朔气遒。不上长城看落日，谁知
天地有悲秋。

湖上杨柳

苏小坟前烟染黛，白公堤上曲吹尘。西湖万树垂杨柳，半属
诗人半美人。

西湖岳王坟

金牌十二枉班兵，空使英雄涕泗横。遗恨岳王坟上树，还成
风雨渡河声。

花村蓑洲（？—1932），名弘，号蓑洲，别号如竹山人，美浓（今
岐阜县）人。服部担风门人，善诗、画和篆刻。其诗立性高洁，虚清
可诵。著有《蓑洲遗稿》1 卷。

题自画梅花书屋

门径清涧隔，梅拥好村庄。人影迷花影，书声细细香。

题自作花瓶

坦腹虚心自保真，不阿富贵不嫌贫。野人性格清如水，只爱
闲花一掬春。

似富永蝶如

人间蝴蝶两相忘，十二万年一梦长。觉来非觉幻非幻，草自芊眠花自芳。

游芳野竹林院

竹林投宿夜萧萧，旧院春寒魂欲消。犹有残僧来劝酒，雨窗剪烛话南朝。

山阁惜春二首（选一）

暮寒帘幕酒空消，时有檐铃破寂寥。悄向东风伤小别，落花残笛雨萧萧。

内藤湖南（1866—1934），名虎次郎，字炳卿，别号忆人居主人、加一倍子、卧游生、壶乾坤生、湖南鸥侣等。生于秋田县鹿角市儒学世家，毕业于秋田师范专科学院，曾为《明教新志》《日本人》《朝日新闻》《台湾日报》《万朝日报》的记者。与木苏岐山、长尾雨山、籾山衣洲、神田香岩、福原周峰、石桥云来、藤泽南岳一起活跃于关西诗坛，关西诗坛因此而兴盛，与东京诗坛相颉颃。著有《内藤湖南全集》。

航欧十五律之七

要起九泉扬子云，辑轩译语资多闻。名山遗帙留图像，出土方砖有楔文。

古墓奇觚千砌累，长渠如线两洲分。历山坟籍浑星散，柱下谁当访老君？

游清杂诗 次野口宁斋见送诗韵

（一）

风尘满目近中秋，一剑将观禹九州。故旧当年空鬼籍，江山异域久神游。

斗低朴昔开藩地，天接羲和宾日头。要访秦皇勒铭处，片帆先指古之罘。

（二）

郊原草木激悲风，万马闻曾蹀血红。王气朔方钟异类，龙神碣石限山戎。

重关洪武修时壁，废苑咸丰劫后功。一路寒烟青冢底，算来枯骨有英雄。

（三）

庙前楸槚朔风多，斜日蒿莱没石驼。披发煤山宁有此，借兵回鹘竟如何。

兴亡关数倾难挽，夷夏惟天覆不颇。剩得丰碑深刻在，乾隆皇帝谒陵歌。

（四）

寂寞山川阅兴废，秦淮秋色感伤胜。莫愁湖冷疏疏柳，长乐桥荒漠漠塍。

儿女英雄千载恨，君王宰相一春灯。凭谁更问南朝事，碎雨零烟满秣陵。

（五）

楼空不见鹤翩跹，落日浮云客系船。赖有司动诗句在，揭来薄海羽书传。

千秋江汉东南蔽，一部经论内外篇。登瞩因生无限意，平波浩渺接长天。

田冈淮海（1864—1936），名正树，号淮海，土佐（今高知县）人。淮海初在海南学校读书，在东京明治义塾学习。曾游历中国，在大连创办《辽东诗坛》。著有《游杭小草》《汴洛游草》《楚南游草》等。

发上海

出门休问路迢迢，入画春波逐桡小。魂梦夜来何处绕，西湖烟雨浙江潮。

金陵杂诗五首（选一）

秦淮尚咽去来潮，楼外垂杨接画桥。有客伤心千载下，残山剩水认前朝。

西湖杂诗十二首（选四）

（一）

绿水青山一抹痕，此行恰遇晚春暄。斜风细雨西湖路，不是愁人亦断魂。

（二）

绿杨桥外子规啼，湖上风光路欲迷。最是游人回首处，蒙蒙烟雨白公堤。

（三）

鹤子梅妻夺化工，孤山处士与仙同。千秋鹤去亭还寂，惟有梅花放朔风。

（四）

苏小坟前花欲然，岳王墓畔草如烟。佳人身后能传世，长与英雄共墓田。

安井朴堂（1858—1938），名朝康，通称小太郎，号朴堂，宫崎县人。1876 年入岛田篁村的双桂精舍修经学，1878 年赴京都，从草场船山学诗，1882 年入东京帝国大学古典科学习，毕业后任学习院助教授。1902 年在北京大学堂任教，1907 年归国，任第一高等学校教授。1925 年退休后，在大东文化学院、驹泽大学任教。明治、大正时期的汉学家、诗人。精通经学，善诗文。著有《论语讲义》、《中庸讲义》、《孟子讲义》、《大学讲义》、《明治中兴诗文》、《日本儒学史》、《曳尾集》、《经学门径》、《朴堂遗稿》5 卷等。

小铃山

白首归乡国，相逢先问年。小铃山色美，依旧送鲜妍。

夜话

春云催夜暖，欢语似儿时。旧雨他年恨，明朝又别离。

青岛

浓翠落青波，长桥通一路。四时常不凋，道是南洋树。

游箱根

春燕年年来有期，山楼今复把杯卮。殷勤临别更相告，又约鹃啼叶绿时。

吉水院

满目芳山红几丛，翠帏零落古行宫。三朝五十年天地，都在飘香飞雪中。

建礼门院歌意

青苔白石是吾家，山寺萧条依涧阿。恨杀清凉殿上月，彩光偏照他人多。

岩溪裳川（1855—1943），名晋，字士让，号裳川，别号半风瘦仙，但马（今兵库县）人。幼年承袭家学，后学诗于森春涛，与本田种竹、森槐南交往密切。他是一位横跨明治、大正、昭和三代的汉诗人，有人认为他与国分青崖并列为两大诗宗。他性格恬淡，仙骨飘然，诗崇杜子美、白乐天，诗学造诣颇深，曾担当《万朝报》汉诗栏选评。后又曾任二松学舍教授，兼艺文社顾问。著有《裳川自选稿》五册、《谈笑余响》、《感恩珠》（诗话），评选编著《檀栾集》《昭代鼓吹》等。

八龙湖

波光忽泼眼，言是八龙湖。一幅平原景，示我活画图。
远树青如荠，山色堕模糊。片帆飞无影，天低高鸟孤。
诗思自缥缈，水云秋一区。长洲鱼气涨，渔歌起菰蒲。

插梅

铜瓶手插一支花，疏影灯前横又斜。自信对君无愧色，清贫二字是传家。

寄槐南在碧云湖上

碧云湖上碧云长，欸乃一声烟水乡。笑为鲈鱼掷官去，季鹰唯是古之狂。

乙亥迎八十一年春

椒颂邀春各有误，陋居岁岁守吾愚。求名不愿骥从尾，过世何为狼跋胡？

数卷诗劳吟友校，三杯醉被老妻扶。昨来谁了消寒事，圈出梅花九九图。

壬寅古重阳檀栾第八会次冷灰主人韵送挚甫先生

且缓秋风上客程，今番莫道旅装成。鬓侵岁月影还白，诗入宫商心绘声。

一日插萸添寿色，重阳向菊见人情。此筵怕听歌三叠，残柳江城是渭城。

国分青崖（1857—1944），名高胤，字子美，号青崖，别号太白山人、仙台老隐，仙台人。早年师从藩校养贤堂教授国分松屿学习汉文，从落合直亮学国语。1874 年入司法省法律学校，三年后退学。回乡后先后任《仙台日报》记者、宫城师范教员。1889 年任《日本新闻》记者，成为评林栏主笔。他以辛辣的汉诗讽刺和批评大臣、官僚、政客、商贾。1890 年与森槐南等人复兴"星社"，活跃于汉诗坛。1921 年又同田边碧堂、胜岛仙波等人创立"咏社"。1923 年任大东文化学院教授，讲授汉诗文，兼"艺文社"顾问，是"随鸥吟社"名誉会员。明治、大正著名诗人，诗宗李白、杜甫。著有《诗董狐》等。

呈牙城将军

节旄东控九连城，刁斗无声部伍清。诸将卧薪忧社稷，书生仗剑策功名。

朔云幂幂寒低戍，边月荒荒夜照营。赖有将军容我傲，帐中扪虱且谈兵。

山中歌

问余山中栖几年，世间甲子如云烟。采药归来日犹早，独听松风石上眠。

芳野怀古

闻昔君王按剑崩，时无李郭奈龙兴。南朝天地臣生晚，风雨空山谒御陵。

读楠木志

忠义南朝第一臣，阖门九族死成仁。圣明恩泽及枯骨，五爵今无楠姓人。

唯射利

操觚有弊几时除，著述仅成多鲁鱼。乘势奸商唯射利，投机猾士欲求誉。

人情原好新奇事，世俗争传猥亵书。名教更无毫末补，汗牛充栋遂何如？

宫崎晴澜（1868—1944），名宣政，别号天生我才阁主人，土佐（今高知县）人。1891 年担任《经世新闻》记者，后转入板垣退助的《自由新闻》任主笔。后来又成为自由党派的《长野新闻》的主笔，与《信浓每日新闻》相对峙。明治末年离社，大正末年定居神户，晚年情况不详。诗学于森槐南，与佐藤六石、野口宁斋和大久保湘南并称为"槐南门四天王"。曾尝试填词，1890 年成为星社一员。后来与木苏岐山一起离开星社，1896 年刊行《晴澜焚诗》后在诗坛绝迹。他的诗中迸发出的满腔郁情，深埋锋芒于奇字僻典之间，其幽怪深奥诗篇往往令人惊叹不已，故而其诗作常被诗坛恶评为"点鬼簿""獭祭鱼"。

剑花禅

河岳精英尺寸凝，芙蓉六面影藏稜。霜华荆国白虹拂，星斗丰城紫雾腾。

金铁如流谁断发，龙蛇欲逸客悬灯。错疑秋水手中迸，满地红痕不是冰。

秋日书感二首
（一）

百年战战抵冰渊，命到自怜难怨天。风啸衰杨首如鬼，月窥古镜冷于禅。

无多骨肉填膺痛，有限岁华过眼缘。几夜家山梦来往，不关蜀道险三千。

（二）

祸福黄金绝有威，不堪慷慨剑相依。形骸土木饥寒逼，铁石心肠梦寐违。

天意乘除聊复尔，人生歌哭到头非。看吾舌在成何用，二顷田荒未得归。

鬼感七首（录二）
（一）

百尺摩崖铁未删，采薇童子踏云还。风腥猛虎画生翼，月黑鲸鱼夜上山。

海底谁能穿天下，空中岂可挽人间。要看淋血凝神庙，秋液萧萧镇百蛮。

（二）

风云卷入雨云巫，古血犹腥廊庙躯。巨魄相膺魂霹雳，寸心忽折肉珊瑚。

英雄面目嘲天狗，将相功名啸野狐。传语因烽莫为戏，美人冷笑楚山孤。

桥本关雪（1883—1945），名贯一、关一，号关雪。8 岁从片冈公旷学南画，18 岁随竹内栖凤学日本画。1903 年上京，1913 年移居京都。曾游历中国三十多次，精通中国古文化，与吴昌硕、王一亭等人有交。关雪青年时代从其父学习汉诗，其著有《关雪诗存》《关雪诗稿》等。

题画

木鱼声歇晓岚低，汲水雏僧立竹溪。风寨纱橱人欲碧，雨中新树一鹃啼。

懒起吟

药气笼帘日影迟，一衾泥暖读陶诗。园梅昨夜东风信，春自南枝到北枝。

笠置山

山色迷蒙暮雨过，当年遗恨竟如何。一从松露沾龙袖，长滴行人衣上多。

河上肇（1879—1946），日本经济学家，日本马克思主义研究的先驱者，京都帝国大学教授。同时，他还是一位杰出的汉诗人。他有志于解决贫困等社会问题，从研究资产阶级政治经济学，逐渐转变为马克思主义的宣传和阐述者。创刊《社会问题研究》，发表多种政治经济学著作，对马克思主义在日本的传播有一定的影响。他曾参加无产阶级解放运动，一度被捕入狱。主要著作有《唯物史观研究》《经济学大纲》《社会组织与社会革命》《资本论入门》《贫乏物语》《陆放翁鉴赏》等。

天荒

人老潜穷巷，天荒未放红。狗吠门前路，云低万里空。

天犹活此翁

秋风就缚度荒川，寒雨萧萧五载前。如今把得奇书在，尽日魂飞万里天。

兵祸何时止

薄粥犹难得饱尝，煮茶聊慰我饥肠。不知兵祸何时止，破屋颓栏倚夕阳。

六十岁初学诗

偶会狂澜咆勃时，艰难险阻备尝之。如今觅得金丹水，六十衰翁初学诗。

渡贯香云（1870—1953），名勇，号香云、勇翁，茨城县小堀人。幼学汉文，19岁上东京，师从川田甕江、依田学海、蒲生裛亭、永坂石埭学习诗文。23岁开塾教书，25岁任大分中学教员。后在仙台、水户的中学及东京府立一中任教。大正、昭和时期的汉诗人，擅作绝句，著有《宁国轩小草》。

仙台

山河历在古仙台，可憾英雄去不回。唱断图南诗句壮，悲歌一曲雨声来。

春尽

酒欲醒时梦欲空，暮寒如水洒帘枕。花开花落愁多少，春尽风风雨雨中。

松洲秋游

秋风玉笛度回汀，缥缈仙音带梦听。应有羽人会良夜，一湾明月万松屏。

永坂石埭先生画梅见赠赋此寄呈

夜雨空山一笛残，灯痕如水古香坛。梅花瘦尽诗人老，写出春愁不耐看。

土屋竹雨（1887—1958），名久泰，字子健，号竹雨，山形县鹤冈人。幼好赋诗，曾随角田鸟岳、三好靖洲学习，国分青崖曾指导他写汉诗。1906年入仙台第二高等学校，同时向大须贺筍轩学习写汉诗。1923年议会决定创办大东文化协会及大东文化学院，竹雨被推举为协会干事，1928年艺文社创立，竹雨主持汉诗文杂志《东华》。1931

年任大东文化学院讲师，指导汉诗写作。1933 年同国分青崖、长尾雨山、仁贺保香城等到中国东北游历。1935 年任大东文化学院教授，讲授唐诗。1941 年任大东文化协会理事兼大东文化学院次长，1948 年出任大东文化协会理事长兼学院总长，1949 年大东文化学院改为大学，竹雨出任学长。1954 年因积劳成疾，辞去理事长职，1958 年又辞去学长职。他善诗文，喜书法和绘画，书道自成一家。著有《琦庐诗稿》2 卷、《今体诗法》、《日本百人一诗注解》、《汉诗大讲座》，此外，还编写了《大正百家绝句》《昭和七百家绝句》等。

云

白云一片碧霄间，仰可瞻望不可攀。羡尔飘飘无检束，随风飞度万重山。

萤

数萤流入水中苹，星点水心难认真。生不趋炎唯惯冷，可怜身世似诗人。

芭蕉

一团翠色映书帷，有个清阴床可移。劈破墙头云几片，午窗好写散人诗。

梅花

涧流鸣玉韵清微，明月梅花白我衣。独立苍岩横铁笛，夜云吹裂万星飞。

梦友

春帆细雨去年别，短褐秋风今夜逢。未尽平生无限意，五更残梦一声钟。

题画

高下石林微径通，白云摇曳一溪风。修琴道士去何处？门掩寒山落木中。

芳山怀古

天子当年驻翠华，故宫啼老白头鸦。青山长是伤心地，辇路春风又落花。

暮秋杂吟

六十年华指一弹，颜朱销尽鬓凋残。文黉久宰无微绩，艺府新除是散官。

鸿雁长天秋信远，桑榆故国夕阳寒。余生那愿轩裳贵，欲泛沧江把钓竿。

永井荷风（1878—1959），名壮吉，号荷风，别号断肠亭主人、石南居士，爱知县人。其父永井禾原就是汉诗人，其母为鹫津毅堂的次女。荷风中学时代即会作汉诗，岩溪裳川常为其批改。青年时代游学欧美，多受 19 世纪末欧洲颓废派文艺思潮的影响。他是著名小说家、散文家，以描写市井风情闻名。1926 年其随笔《下谷丛话》问世，著有《荷风全集》。

下谷家（选二）
（一）

孤碑一片水之涯，重经斯文知是谁？今日遗孙空有泪，落花风冷夕阳时。

（二）

别后情怀愁易催，相思有泪梦低回。桃花落尽人何在？细雨江南春水来。

浦东

枫叶芦花两岸风，寒潮寂寞晚来通。满天明月孤村渡，舟子吹灯话短蓬。

墨水春游二十绝句（选三）
（一）

长江三月景偏饶，柳正催鬟花正娇。舟过白鸥渡头水，春波依旧绿迢迢。

（二）

樱花万树长江外，垂柳千条古渡边。寒食清明三月景，多般载在木兰船。

（三）

黄昏转觉薄寒加，载酒又过江上家。十里珠帘二分月，一湾春水满堤花。

铃木豹轩（1878—1963），名虎雄，字子文，号豹轩、蕴房，新潟人。幼时受教于家塾长善馆，13 岁上京学英语。1890 年东京帝国大学文科大学汉学科毕业，翌年入日本新闻社。1903 年入台湾日日新闻社，后辞职。1905 年任东京高等师范学校讲师。1908 年任京都帝国大学副教授，1919 年任教授，获文学博士学位。1939 年为学士院会员，同时在数所大学兼任讲师。豹轩一生写诗万余首，其诗"平明流丽，气格劲健"。其著述甚多，有《陶渊明诗解》《陆放翁诗解》《白乐天诗解》《杜少陵诗集全译》《中国文学研究》《中国诗论史》《豹轩诗钞》《豹轩退休集》等。

诗仙堂二首（录一）

高士幽栖处，春风亭午时。莺声犹密竹，云色字清池。
坐槛闲花下，登楼绿野滋。诗仙三十六，一一是吾师。

无题

夺将民志赴干戈，四海风云日夜多。若使管商长跋扈，神州天地竟如何？

宇宙花

荒圃秋光未有涯，胡枝零落雁来斜。红蜻蜓小胆如斗，手脚掀翻宇宙花。

桂湖村墓

万卷读书无所成，是何痴汉葬斯茔？数言题碣何悲痛，反复花飞春鸟鸣。

癸巳岁晚书怀

无能短见恁操觚，标榜文明紫乱朱。限字暴于始皇暴，制言愚驾厉王愚。

不知书契垂千载，何止寒暄便匹夫。根本不同休妄断，蟹行记号但音符。

蒙古来袭图

楼船压涛涛不起，红旆蔽天玄海紫。凤诏一夜下彤宫，匹夫谁不携刀弓。

军旅壮衰由曲直，飓风况赖神明力。铁冠毡裘成泡尘，生还贼虏唯三人。

主将营门献甲首，丹青应照千载后。

服部担风（1867—1964），名辙，字子云，号担风、兰亭，爱知县人。担风幼时已有诗名，师事森槐南、永坂石埭，1893年以"梅花唱和集"出名。1898年6月赴爱知县海部郡观莲，三日写诗百首，出版《江西观莲集》。1905年创立佩兰吟社，1909年参加随鸥吟社。1921年开设雅声社，出版《雅声》，指导汉诗。1951年获中日文化奖，1953年获日本艺术院奖。著有《担风诗集》7册。

江西观莲诗百首（选四）

（一）

茶灶笔床供俊游，瓜皮舣在大江头。手持诗卷仰天卧，仿佛当年太乙舟。

（二）

水枕听残雨点疏，无端身堕万芙蕖。梦中游戏尽相似，莲叶东西南北鱼。

（三）

金乌飞出白瑶宫，宿雾蒸来初日红。凉叶凉花相掩映，水中无物不玲珑。

（四）

江湖闲福属吾曹，此境未酬魂梦劳。争得夏天移小寓，荷衣蕙带读离骚。

野间怀古

海门终古怒涛声，祸起萧墙恨不平。坟上木刀苔若锈，松阴魂魄蟹留名。

恩仇已误君臣分，骨肉总为箕豆争。碧血池边行客泪，飞花满地又伤情。

初夏杂题

祠树当帘山色同，一鹃啼破午濛濛。如云荷影水心绿，欺火榴花雨里红。

梦买奇书悔论值，闲删旧句恐过工。幽居恰有问诗客，拟敕家人侑碧筒。

阿藤伯海（1894—1965），名简，字伯海，冈山县人。幼时学于家塾"岭南精舍"，后入矢挂中学、一高，毕业于东京大学哲学科，师从狩野直喜学汉学。后担任法政大学教授。著有《大简诗草》1卷，其中七绝颇佳。

过西山处士馆址

山阴雪后野梅风，忆昔栖迟老此中。好与先生象高节，一林清瘦旧时同。

重阳二首寄舍弟（选一）

秋风满地菊花香，九日登高独举觞。万木寒声不堪听，天涯回首望家乡。

陪狩野君山夫子访寂光院

山衔翠黛水流东，古寺风烟一梦中。何事杜鹃啼不止，夕阳影里蹴残红。

　　井上舒庵（1900—1977），名万寿藏，号舒庵，舒庵毕业于东京大学法科，在铁道省工作。辞职后，在交通博物馆任馆长。舒庵擅诗，喜画，汉诗学于土屋竹雨，南画学于日下部道寿。其诗好写田园村庄，有悠然闲适之趣。著有《舒庵诗钞》。

偶成

　　白云为侣竹为部，此境幽栖三十春。定识移居西去日，倚辕回首几逡巡。

草堂

　　涉趣村园未索然，有梅有竹有清泉。柴门春日无人访，也好炷香翻简编。

偶成

　　无端微恙坐春风，叉手耽诗书屋中。不似世间忙且急，闲人忘老乐雕虫。

山中杂吟

　　尘外栖迟远世纷，蓬篱没径不曾耘。山中日夕更无课，读易之余看白云。

夏日偶成

　　寂寂山居觉地偏，盘桓尤喜露双肩。闲门不闭风如水，虚室无为日似年。

　　槐下清阴移榻坐，蕉前永昼曲肱眠。却炎妙计君知否？都忘人间返自然。

能州旅次曾曾木海岸

　　曲径崎岖断复通，峻崖矗矗乱云中。拦蹊危石虎蹲地，敬岸老松龙跃空。

　　气象雄浑怀北苑，点皴奇逸似南宫。何人妙手能收拾，掷笔偏叹造化工。

　　滨青洲（1890—1980），字子兴，号青洲，信州（今长野县）人。

弱冠赴东京，入二松学舍，师从三岛中洲。毕业后在帝室博物馆任职，当时馆长为著名汉诗人森鸥外。诗文学于国分青崖、岩溪裳川、冈崎春石。战后在松本医学专门学校（后为信州大学医学部）任教，讲授东洋哲学。1958 年担任二松学舍大学教授。著有《青洲遗稿》诗文集，收入诗 1266 首，文 35 篇。

清明日雪

同云一色销楼台，节入清明暖未回。昨夜东风卷酿雪，红花枝上白花堆。

归乡偶感

草庐临水拥寒林，今日归乡惬素心。话尽旧时犹未寝，信山夜雪一灯深。

题五梅园五首（选一）

一庭佳色在梅花，雪尊琼枝临水斜。不用孤山访处士，春酣积善余庆家。

十国岭头望岳十首（选一）

端丽正襟开玉颜，冰清特立出尘寰。吾今欲诵前贤句，君子国中君子山。

己亥新年古稀自述三首（选一）

故山省母迎三元，雪洒青松又压门。七十年前生诞处，莱衣偏谢旧恩敦。

后　　记

春华秋实，岁月如歌。

八年前，我怀揣梦想，踏上了读博求学的征途。对我来讲，读博并非一时心血来潮，而是完成积久的夙愿。早在 2006 年在日本硕士毕业时，我已做好继续深造，攻读博士的准备。但家中父母年事已高，每次通话都期盼我早日归国，所以我最终放弃了在日读博的机会。回国后，参加工作，结婚生子，但是在我心中，求学深造的梦想从未泯灭。2012 年我负笈北上，报考王晓平老师的博士，但最终落第。2013 年我鼓起勇气再次报考，终于如愿以偿，忝列王老师门下。

王老师在学术上一丝不苟，博学严谨。每一次与先生的交流，我总能在轻松愉悦的氛围里收获意想不到的喜悦，也能感受到先生在中日比较文学研究中的独特视角和新颖观点。王老师待人谦虚和蔼，犹如慈父。因为本书所需的资料不易寻找，有许多是国内没有的。所以，王老师经常将与本书相关的书籍和资料带给我，每次看到先生身上沉甸甸的公文包，心中五味杂陈，感激之情无以言表。记得王老师在博士第一堂课上给我讲了这样一番话："人生就像一座大山，选定属于自己的那一座，一步一个脚印，坚持走下去，到达顶点，去看人世间最美丽的风景。"这是对我的勉励，也是对我的期望。王老师已年过七旬，但仍躬耕研田，笔耕不辍，我等后生晚辈焉有不思进取之理？

本书的草成，得到众多师友、同门师兄师姐的热情鼓励和无私帮助，同窗好友也给我带来许多欢乐与笑声，每次小聚都成为我们交流心得、畅所欲言的饕餮盛宴。孟昭毅老师、赵利民老师、曾艳兵老师、黎跃进老师和曾思艺老师的教诲开阔了我的学术视野；同级挚友武磊磊博士和王新利博士，每每交流，他们的幽默与睿智令我焦躁的情绪得以化解，积存心中的压力得以释放；天津师范大学外国语学院的郝蕊老师，为我在外国语学院内部特色资料室查阅资料提供了极大的方便；南开大学的赵季老师，将自己辛苦收集的诗话资料赠送于我，为我顺利完成本书提供了重要支持；我的老乡晁晓军先生和夫人郭晓婷女士，千里迢迢从日本为我带回重要的参考资料，犹如雪中送炭，解了我的燃眉之急。在此，衷心感谢支持和帮助过我的所有老师和朋友们！

本书的完成，也离不开家人的理解与支持。父母年迈，时有疾患，每次通话总是报喜不报忧，流露最多的依然是对我身体的担心。爱人一边工作，一边还要带小孩，原本柔弱的她也已成为小家的顶梁柱。无论是单位工作，还是家中事务都料理得井井有条，对我的工作极尽支持，所以这本书也凝聚着她辛勤的汗水和无私的付出。

突如其来的新冠肺炎疫情，打乱了我原本赴日收集资料、充实书中内容的计划。所以，这本小书仍存在很多问题，还有很大的提升空间，这也将成为我今后继续努力的方向和目标。

辛丑初冬作者识于涤心瀛舍

2021 年 11 月